DES MURMURES

Ashley Audrain a travaillé dans les relations publiques puis comme directrice de publicité de Penguin Books Canada. Son premier roman, *Entre toutes les mères*, a été un succès international, traduit dans plus de vingt-cinq pays.

Paru au Livre de Poche :

ENTRE TOUTES LES MÈRES

ASHLEY AUDRAIN

Des murmures

ROMAN TRADUIT DE L'ANGLAIS (CANADA)
PAR JULIA KERNINON

JC LATTÈS

Titre original :

THE WHISPERS

Publié par Viking, une filiale de Penguin Random House LLC.

ISBN : 978-2-253-25091-3 – 1re publication LGF

Pour chaque maman
dont la vie ne tient qu'à un fil.
Et pour celles qui essaient
désespérément de devenir mères.

Il sent sur ses doigts l'odeur de la mère de l'enfant. Dans la pénombre de sa cuisine, ses pupilles se dilatent. L'horloge du four indique 00 : 03. Sa poitrine. Il se sent oppressé. Est-ce qu'il est en train de faire une crise cardiaque ? Est-ce que c'est à ça que ressemble une crise cardiaque ? Il faut qu'il bouge. Il parcourt le plancher de chêne blanc et effleure des objets, la manette du grille-pain ; la poignée en inox du frigo ; les bananes odorantes qui ramollissent dans la coupelle de fruits. Il cherche quelque chose de familier à quoi se rattacher. Quelque chose qui le ramène à la réalité.

Une douche. Il faut qu'il prenne une douche. Il gravit les marches comme un petit enfant.

Dans la salle de bains, il détourne son regard du miroir.

Sa peau le démange. Il frotte.

Il croit entendre des sirènes. Est-ce que ce sont des sirènes ?

Il tire d'un coup sec pour ouvrir la douche et écoute. Rien.

Dans son lit, il devrait être dans son lit. C'est là qu'il serait s'il ne s'était rien passé. Si c'était un simple mercredi soir de juin. Il se sèche et replace la serviette sur le crochet de la porte où elle est toujours pendue. Il tripote le tissu-éponge, en ordonne les ondulations comme s'il mettait en scène une vitrine de grand magasin, ses mains tremblant d'une peur inhabituelle.

Son téléphone. Il se déplace sans un bruit à travers la maison plongée dans l'obscurité pour retrouver l'endroit où il l'a laissé – le banc, le plan de travail de la cuisine, la table près de l'escalier. Dans la poche de son manteau, c'est là qu'il se trouve, sur le sol devant la porte du jardin, là où il l'a fait tomber en entrant dans la maison. Il remonte à l'étage avec son portable, les jambes encore flageolantes, et s'arrête net devant la porte de leur chambre.

Il ne peut pas aller là.

Il va dormir dans la chambre d'amis. Il s'allonge lentement sur le lit double, remarquant le soin avec lequel les draps ont été lissés et bordés, et il pose le téléphone à côté de lui. Il ressent un besoin douloureux de lui passer un coup de fil.

Pour lui dire quoi ? Qu'elle lui manque ? Qu'il a besoin d'elle ?

C'est trop tard.

Il fixe quand même le téléphone, il s'imagine entendre le rythme de la sonnerie, en attendant qu'elle décroche. Et puis il ferme les yeux et il revoit l'enfant.

Un peu plus tard, il sent le matelas trembler. Quelqu'un l'a rejoint dans le lit. Il attend de sentir un contact. Mais non, c'est une vibration. Et ça recommence. Puis encore. Un filet de lumière orange perce la pièce. Il fait glisser son pouce sur le reflet de son visage fatigué sur l'écran pour répondre.

Il reconnaît le ton affligé de sa voix. Il l'a déjà entendu avant.

« Quelque chose de terrible est arrivé », dit-elle.

SEPTEMBRE

Le jardin des Loverly

Dans le jardin de la maison la plus chère de la rue, il y a quelque chose d'animal dans la façon dont les adultes d'âge moyen se jaugent tout en feignant l'amabilité. Des groupes se forment autour des plus charismatiques. Ils sont réunis pour un après-midi familial entre voisins, dont les enfants, qui jouent un genre de jeu parallèle, sont le prétexte, mais les hommes ont sorti leurs belles chaussures, les femmes portent des accessoires qu'elles ne mettent jamais au parc, et tout le monde parle sur un ton raffiné.

Le couple a fait appel à un traiteur. Il y a de larges fûts de bière artisanale glacée, des mini-burgers sur de longs plateaux de bois et des cônes en papier débordant de frites allumettes. Il y a des pochettes-surprises remplies de biscuits recouverts de glaçage portant le nom de chaque enfant, la cellophane nouée avec un ruban de satin épais.

La palissade au fond du jardin est bordée d'une rangée d'arbres déjà grands mais plantés récemment, qui ont été soulevés et placés par une grue. Rien ne trahit la présence de la ruelle contiguë, des habitants des logements réhabilités à quelques pâtés de maisons, des égouts qui débordent quand il pleut. La pelouse est d'un vert éclatant grâce au système d'irrigation. Le patio en béton poli devant la cuisine est délimité par des buis soigneusement disposés. Il y a un abri de jardin qui n'en est pas vraiment un – la porte pivote et il y a une vraie lampe.

Trois enfants appartiennent à ce jardin et à l'imposante maison de trois étages qui a été construite sur la double parcelle, inouïe dans un quartier de banlieue comme celui-là. Les jumeaux de trois ans, un garçon et une fille, sont vêtus de seersucker assorti, et ils ont laissé la mère de cette maison audacieuse coiffer leurs cheveux avec soin. L'aîné, dix ans, a insisté pour porter son uniforme d'éducation physique de l'année précédente, avec une tache sur le tee-shirt. Chocolat chaud ou sang, se demanderont les invités. Mais le mari de Whitney l'a convaincue de choisir sagement ses combats avant que la fête ne commence.

À 15 h 30, elle a abandonné l'idée de lui arracher le tee-shirt de sport pour lui enfiler de force le polo bleu pastel qu'elle a acheté pour l'occasion. Le stress de recevoir est retombé et elle ressent à présent l'euphorie satisfaisante de voir tout le monde passer un bon moment. Elle les a suffisamment impressionnés. Elle le voit aux regards échangés, aux amis qui désignent discrètement les détails qu'elle espérait qu'ils remarquent. Elle pense aux photos qui vont déferler sur les réseaux sociaux ce soir. Le brouhaha est sonore et ponctué de rires, et cette sensation de convivialité la comble.

Ce raffut est la raison pour laquelle Mara, qui habite la porte à côté, ne vient pas à la fête. Comme tout le monde, elle a reçu l'invitation en carton épais le mois précédent, et elle l'a glissée directement dans la poubelle de recyclage. Elle sait que les voisins ne veulent pas vraiment de gens comme elle et Albert chez eux. Ils pensent qu'elle n'a plus rien à offrir. Ses décennies de sagesse ne valent rien aux yeux de ces femmes, qui paradent comme si elles avaient tout compris. Mais peu importe. Elle voit et entend tout ce dont elle a besoin à travers les lattes de la clôture, pendant qu'elle s'occupe de son jardin, arrache les extrémités des mauvaises herbes jusqu'à ce que le bas de son dos lui fasse trop mal, avant de s'asseoir dans la chaise de jardin moisie. Elle remarque quelque chose au milieu des pétales craquants de son buisson d'hortensia. Elle le secoue. Un avion en papier vient s'écraser sur le sol. Encore un qu'elle a raté. Elle en a trouvé plusieurs dans son jardin jeudi matin. Elle se penche pour le ramasser et entend la voix de Whitney s'élever au-dessus des invités pour accueillir le couple qui vit de l'autre côté de la rue.

Rebecca et Ben, le couple en question, partent à la recherche de la maîtresse de maison dès qu'ils arrivent. Ils ont vingt minutes devant eux et une orchidée en pot à lui offrir. Rebecca doit aller travailler. Ben est là pour rassurer Rebecca, sinon il serait resté à la maison. Il ne dit rien tandis que Rebecca et Whitney échangent des paroles aimables. Whitney la complimente et lui pose des questions, elle touche sa main puis son épaule, et Rebecca la laisse faire. Elle est charmée comme rarement. Elle espère que personne ne va venir les interrompre.

Les cheveux de Ben sont encore humides après la douche, et il a son odeur du matin. Il sent le regard de Whitney tandis qu'elle parle à sa femme. Il a la main dans la poche arrière du jean blanc de Rebecca. Il l'attire à lui. Rebecca devine qu'il n'écoute pas sa conversation avec Whitney, pas vraiment, et elle a raison. Il observe le magicien enrouler une écharpe colorée autour d'un des jumeaux gloussant de Whitney. C'est la petite fille, et elle ne lâche pas les yeux amicaux de Ben. Il n'est pas particulièrement sociable avec les adultes, mais les enfants sont toujours attirés par lui. Il est le professeur préféré. L'oncle joueur. L'entraîneur de baseball.

De l'autre côté du jardin, Blair remarque avec quelle subtilité Ben et Rebecca parviennent à se toucher tout en écoutant Whitney, comme s'ils trouvaient encore l'un en l'autre tout ce dont ils avaient besoin. Ils sont sans enfants, libres d'enfants, et ils n'ont donc pas encore été irrévocablement changés comme les autres. Ils se parlent avec des phrases complètes, sur un ton civilisé. Ils baisent probablement encore une fois par jour et avec plaisir. S'endorment dans le même lit, leurs deux corps encastrés. Pas avec un oreiller calé entre eux pour délimiter leurs côtés respectifs du lit, et pouvoir s'imaginer que l'autre n'est pas là.

Blair regarde sa meilleure amie, Whitney, se détourner discrètement de Rebecca tout en concluant la conversation, à la recherche d'un autre interlocuteur. Aiden, l'homme tonitruant qui dort de l'autre côté de l'oreiller-barrière de Blair, se fait entendre du bout du jardin. Il a un public, il a toujours un public. Il est en train d'amorcer une chute qu'elle connaît déjà, il a attiré l'attention de Whitney au passage, et Blair a douloureusement conscience de son isolement. Elle cherche des yeux Jacob, le mari de Whitney, qu'elle repère en compagnie d'un couple auquel elle n'a pas été présentée. Une petite fille avec des nattes serrées se glisse entre les jambes de la mère. Jacob fait des gestes en direction de sa maison, dessinant du doigt la forme du toit, expliquant la conception du bâtiment. Il porte son tee-shirt noir fétiche et un chino noir retroussé sur les chevilles, il est pieds nus dans des baskets de designer d'un blanc éclatant. Ses cheveux, ses sourcils, la monture de ses lunettes scandinaves, tout chez lui est intense et cool, mais il est aussi tellement gentil. Il lève une main en direction de Blair, salut. Elle rougit, elle était en train de le fixer. Il attire le regard. De nouveau, les yeux de Blair cherchent sa femme.

Whitney parle à présent avec un groupe de mères de la classe de son fils aîné, Xavier. Elles ont un groupe de discussion en ligne dans lequel Whitney intervient rarement. Elle ne connaît pas les réponses aux questions concernant le projet du premier trimestre, le menu du déjeuner ou la date butoir pour commander les photos de classe. Mais elle aime être dans le groupe. Elle envoie parfois un émoji, quand elle arrive au bureau le matin avec sa troisième tasse de café chaud et le plaisir de pouvoir réfléchir au calme. Pouce en l'air. Cœur rouge. Merci pour les nouvelles ! Aucune information utile, un ton légèrement moqueur. Whitney sent le regard de ces femmes la suivre quand elle se fraie un chemin pour aller saluer leurs maris, qui interrompent leur conversation et bombent le torse devant elle.

Blair fait signe à Rebecca, et à leur tour elles échangent des amabilités. Dans ce genre de situation, le seul sujet de conversation qui vient à Blair, c'est la météo, toujours la foutue météo, les soirées qui se rafraîchissent tôt maintenant, et puis les horaires éreintants de Rebecca à l'hôpital, où elle est attendue dans quarante-cinq minutes. Mais Rebecca les aime, ces horaires éreintants. À part leur proximité géographique, les deux femmes n'ont rien en commun. Rebecca accepte volontiers de faire office d'encyclopédie médicale pour Blair, elle répond à chacun de ses textos au sujet de la nouvelle irritation de sa fille, sa toux sèche, son tympan qui la démange ou son caca légèrement gris. Le genre de choses qui peut occuper Blair pendant des jours. Blair se demande ce que ça fait d'être aussi déterminée. De porter un jean blanc à un barbecue entre familles.

Régulièrement, les yeux de Rebecca tombent sur la fille de Blair, qui a sept ans. Elle ne peut pas s'empêcher de l'observer. Elle se demande comment ce serait d'être là avec sa propre fille. Elle se laisse embarquer par cette version de son avenir et elle va de plus en plus loin, comme l'écharpe du chapeau du magicien. La petite fille dessine à la craie sur le béton du patio avec les jumeaux, qui attendent leur tour avec le lapin. Les deux femmes regardent la fille de Blair à présent, chacune exagérant son intérêt amusé pour les enfants.

Whitney les rejoint, avec un nouveau verre à la main, et Blair et Rebecca s'animent de nouveau. Whitney pose la main sur l'épaule de Blair et feint de ne pas être agacée par les paumes des jumeaux maculées de craie. Comme ils sont mignons ensemble, roucoule Whitney, comme Chloé est gentille avec les petits. Imperceptiblement, elle fait un pas en arrière pour éviter des traces de mains poudreuses sur sa robe.

Rebecca essaie d'imaginer ce que ça fait de s'intéresser à tout ça, de faire l'hôtesse, d'être en représentation. Il lui reste trois minutes avant de partir et son cerveau va décompter chacune des cent quatre-vingts secondes. Elle est comme ça. Elle aussi souligne le bon caractère de Chloé alors que les secondes défilent. « Délicieuse » est le mot que Rebecca utilise. Blair sourit, minimisant la perfection de sa fille unique, mais rien ne la rend plus heureuse que ce genre de remarque. Même si c'est seulement pour la forme.

En entendant le mot « délicieuse », Whitney se demande où est passé son propre fils si peu délicieux. Elle ne le voit pas dans le jardin. Blair l'a aperçu pour la dernière fois une demi-heure plus tôt, debout devant la clôture de Mara le visage entre les lattes. Il n'est jamais là où il est censé être. Whitney lui a dit de bien se tenir, de divertir les plus petits, d'être gentil. Juste une fois. Juste pour elle. Il devrait être là. Le magicien a presque fini.

Peut-être qu'il a simplement besoin d'être seul un moment. Blair lance ça lentement, discrètement, même si elle ferait sans doute mieux de se taire.

Mais non. Whitney part à sa recherche.
Il ne peut pas pour une fois faire ce qu'elle veut ? Pourquoi est-ce qu'il n'est pas comme la fille de Blair ? Elle pense à sa moue perpétuelle qui frise la grimace, au point que les gens demandent toujours pourquoi il est de mauvaise humeur, alors que c'est tout bonnement la tête qu'il a. Visage morose. Cheveux trop longs qu'il refuse de couper. Elle arpente la maison en appelant son nom. L'entrée. Le salon. La salle de jeux au sous-sol. Elle ne devrait pas avoir à lui courir après au milieu d'une fête, avec une cinquantaine d'invités dans le jardin. Est-ce qu'il se cache ? Est-ce qu'il a encore piqué l'iPad ? *Xavier !* Pourquoi faut-il toujours qu'il la pousse à bout comme ça ? Elle fonce au troisième étage et ouvre la porte de sa chambre, et il est là, sur son lit, avec les pochettes-surprises destinées aux enfants, qu'il a subtilisées et déversées tout autour de lui. Tous les petits sacs. Il y a du chocolat sur son visage et sur les draps. Il est en train de lécher l'emballage d'un biscuit qui porte le nom d'un autre enfant.

« XAVIER ! PUTAIN DE MERDE, MAIS QU'EST-CE

QUE TU FOUS ? » Elle fond sur lui pour lui arracher des mains le papier plein de salive tandis qu'il pousse un cri perçant et recule hors de sa portée. « QU'EST-CE QUI NE VA PAS CHEZ TOI, BORDEL ? »

Le visage de Xavier se crispe et il retrousse sa lèvre inférieure comme un enfant deux fois plus jeune. Whitney refuse de tolérer le pleurnichement agaçant qui va suivre, le chouinement crescendo qui lui donne envie de le frapper. « NON ! » elle hurle, en l'attrapant par le bras tandis qu'il gémit et laisse tout son corps se ramollir. Elle ne supporte pas qu'il fasse ça. « LÈVE-TOI, ESPÈCE DE PETITE MERDE ! »

Mais soudain elle relâche sa prise. Elle vient de s'apercevoir que le ronronnement jovial qui montait du jardin s'est éteint.

La fête est devenue silencieuse. Whitney n'entend plus que les battements furieux de son propre cœur dans ses oreilles. Et le retentissement de ses cris assassins et venimeux. La peur la saisit. Et c'est là qu'elle comprend. La fenêtre grande ouverte. Tout le monde a entendu.

La honte la plaque au sol. Jusqu'au nid de rubans de satin abandonnés, dont l'extrémité est coupée comme une langue de serpent.

Elle sait alors ce qu'elle a perdu.

NEUF MOIS PLUS TARD

1

Blair

Jeudi matin

Il est 5 heures du matin un jeudi de juin. Blair Parks boit son café à petites gorgées et imagine son mari écartant les cuisses d'une autre femme comme les ailes d'un papillon.

Elle l'imagine en train de la sentir. Puis de la goûter, sa langue faisant des cercles, des petits mouvements rapides.

Blair se couvre la bouche d'une main. Elle repose sa tasse.

Elle n'arrive plus à dormir. Mais le matin, maintenant, elle s'autorise ces pensées obscènes. Il n'y a rien d'agréable à commencer sa journée de cette façon, pourtant ça l'aide à apaiser son inquiétude obsessionnelle et ça lui permet de passer à autre chose. Sinon, ces idées lui tomberont dessus à un moment moins opportun. Par exemple quand elle sera en train de regarder l'étagère des détachants au supermarché, ceux présentés dans les publicités qui désexualisent les femmes au foyer d'âge moyen comme elle, tandis qu'elle imagine la bouche d'une femme plus jeune remplie du sperme de son mari.

Elle se verse une deuxième tasse qui n'aura pas aussi bon goût que la première et pense que quelque chose manque à sa vie. Impossible de savoir quoi. Le problème n'est pas uniquement l'ennui. Ni la nostalgie. Ni ses dix années de mariage plan-plan et le compte à rebours jusqu'à l'indifférence totale. Est-ce que c'est normal ? Est-ce que les autres femmes de son âge se sentent aussi comme ça ?

L'idée de parler de ça à voix haute à qui que ce soit lui serre la poitrine. Plus que d'ordinaire. Mieux vaut relever la tête et faire face à l'heure qui se présente. Puis à la suivante, de peur que quiconque ne soupçonne à quel point elle est malheureuse. Ça arrange tout le monde, elle le sait, que son indifférence prenne le dessus. Qu'elle tienne bon, sans gaspiller d'énergie à se demander ce qu'elle veut vraiment. Ni comment elle se sent quand son réveil sonne le matin.

Elle pense qu'elle devrait travailler sur sa vulnérabilité, que c'est une émotion que les femmes sont censées entraîner comme un muscle. Les livres, les podcasts et les conférenciers en développement personnel le leur ont affirmé. Elle s'efforce d'admirer celles qui admettent qu'elles ont fait des choix qu'elles regrettent et qui décident, haut et fort, de changer. Mais ce genre de révolte n'est pas pour elle. Elle n'imagine pas d'autre vie. Et elle ne peut pas se débarrasser de la honte de s'être trompée à ce point.

Une autre tasse plus tard, la porte de la chambre de sa fille grince à l'étage. Ses pas rebondissent sur le parquet du couloir. La chasse d'eau est tirée dans leur seule salle de bains, et la plomberie siffle à travers toute la maison. Blair passe une main sur son visage fatigué.

À un moment donné, reprocher à Aiden son malêtre est devenu pratique. Il a été un bon réceptacle pour sa colère. Elle décharge sa frustration sur lui encore et encore et encore, et il ne semble jamais saturer. Dans son esprit, cela n'avait que peu de conséquences – ils sont mariés, et la séparation n'est pas une option pour Blair. Démanteler la famille, changer toute la structure de leur vie. Le regard des autres. L'impact que ça aurait sur la petite fille à l'étage. Inconcevable.

L'eau du robinet coule dans la salle de bains. Elle entend Chloé ouvrir le meuble dans lequel leurs trois brosses à dents partagent un gobelet. Elle enfourne un bagel dans le grille-pain pour le petit déjeuner de sa fille. Elle a déjà sorti le cream cheese du frigo pour qu'il soit à température ambiante, comme Chloé l'aime.

Attribuer son désespoir à un mariage décevant l'a pas mal aidée à tenir, jusqu'à ce qu'une semaine et demie plus tôt, elle trouve un morceau de papier aluminium dans la poche du jean d'Aiden. Moins d'un centimètre carré. À jeter pour n'importe quelle autre personne le ramassant sur le sol de la buanderie après avoir retourné le pantalon pour le laver. Mais Blair a reconnu la texture des bordures de l'emballage. Et la teinte émeraude. Cela ressemblait exactement aux préservatifs qu'ils utilisaient des années plus tôt. Depuis qu'elle l'a découvert, elle ouvre chaque matin le tiroir dans lequel elle le garde et le place dans sa paume.

Cela pourrait être une infinité d'autres choses. Une barre de céréales. Un bonbon à la menthe à la fin d'un dîner de travail.

Pourtant bien plus qu'une preuve, elle a une intuition.

Un jour, elle a entendu quelqu'un appeler ça les murmures – ces moments qui essaient de nous dire que *quelque chose ne va pas*. Le problème, c'est que certaines femmes n'écoutent pas ce que leur propre vie s'efforce de leur dire. Elles ne perçoivent pas les murmures jusqu'à ce que, prises de court, elles considèrent le passé avec du recul, enfin prêtes à voir la vérité en face.

Mais peut-être qu'elle est juste paranoïaque. Qu'elle a trop de temps pour réfléchir.

Elle entend les pieds de Chloé dans l'escalier et étale

soigneusement le cream cheese. L'image des cuisses largement écartées lui revient. Les doigts d'Aiden entrouvrant les lèvres serrées et épilées de la femme. Comme il serait gentil avec elle après. Peut-être qu'elle le fait rire. Les poils se dressent sur les bras de Blair. Elle repense au fait qu'Aiden n'a pas éjaculé, la seule fois où ils ont fait l'amour le mois dernier. Au fait qu'il passe plus de temps sur son téléphone que d'habitude.

Chloé est presque en bas. Blair referme les cuisses imaginaires et recolle les deux moitiés du bagel. Puis elle se retourne et se force à sourire, pour que chaque matin de la vie de sa fille, le visage radieux de Blair soit la première chose qu'elle voie.

2

Rebecca

Quelques heures plus tôt

Les internes la briefent tandis qu'ils se pressent vers les portes de l'unité de réanimation, leurs baskets couinent sur le sol en résine. Elle sent l'air humide de l'extérieur avant de voir les membres du SAMU pousser le brancard dans les bras de son équipe. Un enfant de sexe masculin, âgé de dix ans, retrouvé inconscient à 23 h 50, suspicion de lésion cérébrale primaire à la suite d'une chute, pas de signes apparents de traumatisme. L'infirmière s'écarte tandis que Rebecca enfile les gants bleus et se tourne pour soulever les paupières du patient.

Elle retire immédiatement sa main. Le visage de l'enfant. Elle regarde l'infirmière qui lui fait face.

« Je le connais. Il s'appelle Xavier. Il habite en face de chez moi.

— Est-ce que tu veux…

— Non. » Elle remue les jambes pour retrouver ses sensations. Le rideau s'apprête à se soulever. « Je vais bien, ça va. Les constantes ? Allez, on y va. »

Ses mains sont fermes sur le petit corps tandis qu'elle donne des ordres, et en quelques secondes la chorégraphie qu'elle effectue depuis des années prend le dessus. Intubation trachéale. Pose de cathéter. Demande de scanner. Elle ne passe jamais beaucoup de temps sur la table de traumatologie avec un enfant, mais chaque minute est cruciale et méthodique, chaque seconde exploitée au maximum, et pourtant à la fin, quand tout ce qui peut être fait a été entrepris, ces minutes lui apparaissent comme une masse de temps qui débouche uniquement sur deux conclusions possibles.

« Les parents, est-ce qu'ils sont là ? Où sont-ils ? » Elle retire ses gants et les jette à la poubelle. Elle regarde de nouveau le visage gris de Xavier, sa bouche ouverte étouffée par le tube qu'elle a glissé entre ses lèvres. Elle repousse une mèche de ses cheveux mouillés. Le sol sur lequel il a atterri devait être encore humide après la pluie d'hier. Elle effleure sa joue.

Des centaines de parents se sont assis pour l'attendre sur les chaises d'hôpital recouvertes de vinyle. Sa facilité à leur dire les choses l'inquiète parfois. Mais elle n'a encore jamais reconnu un patient. Elle n'a jamais eu un patient qui lavait les voitures des voisins dans une masse de mousse savonneuse, qui avait un vélo bleu cobalt avec des poignées vert fluo. Elle n'a jamais eu à annoncer à un ami que son enfant pourrait y rester.

Quand elle quitte la salle de traumatologie, son adrénaline se stabilise. Elle voit le reflet de lumière fluorescente sur le sol du couloir, et ses sensations commencent à revenir : l'infirmier respiratoire qui se fait biper, le gémissement d'un enfant dans la salle d'attente, l'antiseptique dans l'air. Elle prend son téléphone dans sa poche. Elle veut appeler Ben, entendre sa voix rassurante, mais il est sûrement déjà endormi. Et Whitney l'attend à côté.

Rebecca frappe à la porte entrouverte de la petite pièce où ils l'ont installée. Whitney est assise à une table ronde, les yeux rivés à la boîte de mouchoirs rêches qu'on lui a donnée. Elle ne relève pas la tête.

« Whitney, je suis tellement désolée. »

Whitney tourne lentement la tête comme un robot dont la batterie serait en panne. Elle ne dit rien. Rebecca s'assied à côté d'elle et pose sa main sur la sienne. C'est son habitude, elle touche le parent sur le bras ou l'épaule, pour que les mots qu'elle prononce ensuite semblent plus personnels, moins mécaniques. Ce geste fait partie de la gestion des émotions qu'elle a établie pour elle-même des années plus tôt. L'empathie ne lui est pas toujours venue aussi facilement.

Lorsqu'elle était plus jeune, elle excellait plutôt dans d'autres aspects du job, ce qui pouvait être mesuré avec certitude, des évaluations de ses compétences. Ce qu'elle parvenait à démontrer.

Les yeux de Whitney se ferment tandis que sa bouche s'ouvre, mais sa voix est faible. Elle semble avoir oublié comment prononcer les mots.

« Peux-tu me raconter ce qui s'est passé ? »

Rebecca s'attend à ce qu'elle répète ce que les premiers intervenants ont rapporté : qu'elle est allée le voir avant d'aller se coucher, qu'il n'était pas dans son lit et que la fenêtre était ouverte. Qu'elle a regardé en bas et l'a vu allongé sur l'herbe. Qu'elle n'a aucune idée de ce qui s'est passé. *Allez, Whitney, donne-moi précisément cette version.*

Elle pense au jardin, au rectangle d'herbe parfaitement entretenu dont les secouristes l'ont relevé. Rebecca y est allée pour la dernière fois en septembre pour la fête.

Elle ne veut pas penser à la colère de Whitney cet après-midi-là. Aux pleurs de l'enfant dans sa chambre tandis qu'elle lui hurlait dessus.

« Il faut que je te parle de l'état de Xavier. »

Whitney se couvre le visage d'une main. « Dis-moi seulement s'il va mourir. » Sa voix se brise sur une octave à peine audible.

Rebecca saisit l'autre main de Whitney. Ses doigts sont froids et repliés en un poing. Whitney essaie de retirer sa main, mais Rebecca la serre fermement jusqu'à ce qu'elle se laisse aller. Rebecca est rarement intimidée, pourtant elle l'a été la première fois qu'elle a rencontré sa voisine. Sa verve, son vernis social, sa sagacité quand elle prenait la parole.

Mais avec le temps, c'est passé, tandis que leurs vies gravitaient calmement l'une autour de l'autre. Une forte sensation de familiarité s'installe avec quelqu'un qui vit aussi près. Elle et Whitney respirent dans la même minuscule poche d'air. Elle tombe sur ses poubelles les mercredis et constate qu'ils ne recyclent pas autant qu'ils le pourraient. Elle sait qu'elle est accro au shopping, les piles de colis sont chancelantes devant la porte d'entrée, pleins de vêtements de marque, les sacs de coursiers à récupérer par la nounou. Elle a compris qu'un des deux – Whitney ou Jacob – a des problèmes de sommeil. Rebecca remarque les lumières de la cuisine allumées quand elle rentre à la maison au milieu de la nuit. Elle distingue les bouteilles de vin vides à travers les sacs bleus de recyclage.

La fête dans le jardin n'est pas la seule occasion où elle a entendu Whitney crier. Derrière les imposants panneaux de verre de sa maison fuse souvent le ton reconnaissable entre tous d'une mère à bout. Chaque fois, Rebecca s'est sentie gênée, embarrassée de l'avoir entendue, comme au barbecue. Elle n'est pas sûre de ce qui se passe d'autre dans cette maison, mais le fait de se poser la question la met mal à l'aise. Elle est médecin, et elle s'occupe des faits. Elle les trouve réconfortants.

« Xavier est gravement blessé – nous nous inquiétons pour sa tête. Il est en soins intensifs, dans un coma artificiel, pour reposer son cerveau. Ils vont te dire à quoi s'attendre à court terme, d'accord ? Dans ce genre de situation, les premières soixante-douze heures sont décisives. Je sais que c'est dur à entendre, Whitney, mais il faut que tu comprennes qu'il y a un risque qu'il ne se réveille pas. »

Whitney reste de marbre.

Rebecca s'interrompt puis reprend d'une voix plus douce. « Est-ce que tu comprends ? »

Elle sent la main de Whitney qui commence à trembler et elle observe de plus près son visage saisissant. Son front tendu et luisant. Ses sourcils après microblading. Son apparente perfection.

« Est-ce que Jacob est avec les jumeaux ? »

Whitney ferme les yeux et secoue la tête. « Il est à Londres. Pour le travail. Notre nounou est venue immédiatement, mais j'ai dû attendre. » Elle a des trémolos dans la voix. « Je n'ai pas pu monter avec lui dans l'ambulance. »

Rebecca prévient Whitney qu'elle va l'emmener le voir, qu'il est intubé, et qu'il a un œdème. Que ça peut être effrayant de prime abord, mais qu'il ne souffre pas. Un autre docteur va prendre la suite.

La porte s'ouvre en glissant derrière elles et Rebecca se retourne pour voir une infirmière accompagnée de deux officiers de police.

Ils veulent parler à Whitney ; c'est la routine. Rebecca ressent l'inconfort de la situation, bien que les questions qu'ils ont besoin de poser ne la concernent pas, pas techniquement. Elle secoue la tête dans leur direction – *S'il vous plaît, pas maintenant, pas déjà* – et l'infirmière les redirige vers le couloir.

« Certaines études montrent que les patients sentent quand des membres de leur famille sont présents. Tu peux lui tenir la main et lui parler, comme tu le ferais s'il était réveillé. D'accord ? »

Whitney se lève et serre son sweat-shirt contre elle. Elle laisse Rebecca passer son bras ferme et stable dans son dos tandis qu'elles marchent dans le couloir. Jusqu'à ce que Whitney se raidisse. Elle tourne son visage vers Rebecca et leurs yeux se croisent pour la première fois.

« Est-ce que c'est pour ça que tu n'as pas d'enfant ? »

Rebecca s'arrête. Elle ne sait pas quoi répondre. Est-ce qu'elle veut parler de ce métier ? De cet hôpital ? De la peur constante que quelque chose tourne mal, la douleur insurmontable si ça se produisait ?

Elle pense aux heures qu'elle a passées sur le sol de sa salle de bains. Aux caillots de sang coulant à pic au fond des cuvettes, aux fils de mucus dansant. Au poids de la serviette de toilette posée sur ses genoux en route pour l'hôpital.

Pourquoi est-ce qu'elle n'a pas d'enfant ? Parce qu'elle ne parvient pas à garder les siens en vie.

3

Blair

« Bonjour, ma chérie. Tu as bien dormi ? »

Chloé glisse ses bras autour du ventre moelleux de Blair et la serre contre elle. Chloé est comme une ardoise magiquement effacée chaque matin. Blair épluche une banane et la pose sur son assiette, avec un des muffins qu'elle a faits la veille alors qu'il pleuvait à verse. Parce que c'était un mercredi, et que c'est ce qu'elle fait les mercredis. Préparer des muffins, changer les draps, rincer le tambour de la machine à laver avec du vinaigre blanc et du bicarbonate de soude. Parfois elle se sent honteusement basique.

Chloé lèche l'excès de cream cheese sur le bord du bagel en ronronnant de plaisir.

Blair se demande si Aiden a conscience de ce qu'elle accomplit chaque jour. S'il a déjà remarqué les différentes tâches qu'elle note dans les cases du calendrier de la cuisine. Sait-il seulement que le tambour d'une machine à laver vieille de onze ans a besoin d'être nettoyé régulièrement ? Elle pourrait laisser les serpillières sales de son côté du lit ce soir, pour qu'il ait au moins une idée de l'odeur d'une machine à laver de onze ans.

Mais aujourd'hui, c'est jeudi. Nettoyer la salle de bains. Rapporter les livres de bibliothèque de Chloé dont le prêt arrive à échéance. Blair les a mis dans son sac à dos hier soir, avec son bento, les vêtements de sport propres et un petit mot lui disant qu'elle l'aime, après avoir vidé les miettes et le sable du parc dans l'évier. Et puis elle a pris un Advil pour sa migraine et s'est couchée tôt. Aiden a dit qu'il devait travailler tard sur une présentation.

Il était déjà parti au sport quand elle s'est levée ; il devait commencer tôt ce matin. Elle ne se rappelle pas l'avoir senti dans le lit à côté d'elle la nuit dernière. Parfois il dort dans la chambre d'amis pour ne pas la réveiller quand il rentre tard.

Elle est en train de retirer le papier du muffin au son quand elle se laisse aller à se demander : est-ce qu'il est vraiment rentré à la maison ?

Elle dépose un morceau de muffin entre ses dents. Elle imagine Aiden rentrer et monter embrasser leur fille qui dort, la bouche encore couverte de la souillure d'une autre femme. Elle ne peut pas avaler sa bouchée. Elle la crache dans la poubelle.

« Chaussures et manteau, Chloé, il est temps de partir ! »

C'est une fille gentille, une fille intelligente, une fille unique qui aime la routine, les cheveux propres, qui dit toujours s'il vous plaît, et pourtant ses besoins accaparent Blair. Ou peut-être que c'est Blair qui a besoin qu'on l'accapare. À une époque, elle a eu l'impression d'être la seule personne à pouvoir faire ce qu'elle fait pour Chloé de la façon dont elle le fait. C'est pour ça qu'elle n'est jamais retournée au travail depuis sa naissance, il y a huit ans. Et c'est comme ça qu'elle s'est retrouvée où elle en est aujourd'hui. À se sentir quelconque. Elle a quarante ans, et à quarante ans, les perspectives semblent de plus en plus loin derrière elle.

Blair embrasse sa fille devant la porte puis se retourne pour faire face à la maison vide. D'habitude, les matins de semaine, Chloé franchit les quatre pâtés de maisons jusqu'à l'école avec son meilleur ami, Xavier. Chaque fois, Blair doit se persuader qu'elle est arrivée sans encombre. Qu'elle n'est pas à l'arrière de la camionnette d'un pédophile. Si le téléphone sonne le matin, elle y pense immédiatement : c'est l'école qui appelle, car Chloé n'est jamais arrivée. En tant que mère, l'inquiétude est son état d'esprit de base.

À l'étage, elle approche son nez de la céramique concave du lavabo. Elle cherche l'odeur du dentifrice à la menthe qu'il aurait craché, s'il avait été à la maison ce matin. Il n'y a que l'effluve de celui de Chloé, aux fruits rouges, sans fluor. La serviette blanche est pendue derrière la porte, mais ce n'est pas inhabituel. Il prend sa douche à la salle les jours où il s'entraîne.

Tout s'explique si elle le veut.

Tout est criant si elle tend l'oreille.

Elle attrape l'eau de Javel sous le lavabo et en vaporise le carrelage. Quand les émanations chimiques commencent à lui piquer les yeux, elle ne s'arrête pas. Les questions dans sa tête l'anesthésient. Qui est-ce qu'il baise ? Et comment ? Et où ? La Javel ruisselle le long du mur. Les détails concrets d'une possible liaison semblent plus importants que cette liaison elle-même, elle sait que ça n'a pas de sens, pourtant le cerveau humain a la malheureuse tendance à vouloir savoir comment les pires événements se produisent. Nous ne pouvons accepter la mort de quelqu'un tant qu'elle n'est pas expliquée – comment, quand et où ?

C'est aussi une façon d'éviter de penser à quelque chose qui l'effraie encore plus que la possibilité d'une liaison et ce que ça entraînerait : si tout était avéré, elle n'en ferait rien.

Elle étoufferait les murmures en elle et jetterait le morceau d'emballage. Elle se dirait qu'Aiden est au sport, à une réunion chaque fois qu'il ne décroche pas. Elle choisirait de vivre avec ce bruit blanc métallique à l'arrière-plan de leurs vies, parce qu'elle ne pourrait pas accepter les conséquences de l'alternative.

Et personne n'aurait à le savoir.

Elle se sent humiliée d'être aussi seule.

Elle est en train de regarder fixement une tache de moisissure quand elle est surprise par Chloé qui crie d'en bas.

« Maman ? Xavier n'est pas chez lui.

— Comment ça ?

— Personne n'a ouvert la porte. J'ai attendu hyper longtemps. »

Blair accourt en bas de l'escalier, en pensant à l'heure, au fait que Chloé sera maintenant en retard à l'école.

Le visage de Chloé se chiffonne en regardant la montre qu'elle vient juste d'apprendre à déchiffrer. « Est-ce que je vais arriver après la sonnerie ?

— Peut-être qu'il est parti plus tôt pour le club d'échecs et qu'il a oublié de te prévenir. »

C'est inhabituel. Whitney a dû partir tôt au travail, et Jacob est en déplacement, mais leur nounou Louisa devrait être là, comme toujours, pour faire avancer de force ces enfants à travers leur journée.

« On est en juin, maman, le club d'échecs est fermé. Est-ce que tu peux envoyer un texto à Whitney et lui demander où il est ?

— D'accord, mais mettons-nous en route, je vais t'accompagner. »

Elle envoie le texto tout en enfilant ses baskets sans dénouer les lacets. Sur le trottoir, elle marche avec satisfaction – qui était à la maison, prête et disponible pour son enfant ? Regardez-moi. Regardez comme ma fille a besoin de moi. Blair aime formuler dans sa tête les choses qu'elle voudrait que son mari se dise.

Le matin, la circulation traverse Harlow Street comme une parade. Parents menant de petits enfants à la maternelle. Enfants de la ville braillant sur des trottinettes. Vingtenaires à vélo évitant les voitures, en route pour un boulot sous-payé dans le marketing, du même genre que le sien à l'époque. Cette partie éclectique de la ville était autrefois remplie de jeunes familles portugaises qui ne pouvaient se permettre d'acheter ailleurs. Maintenant, ils ont vendu à des gens prêts à payer des prix dont ils n'auraient même pas osé rêver il y a cinquante ans. Comme Blair et Aiden, dont l'emprunt est si astronomique que le chiffre paraît irréel.

Elles marchent le long des maisons alignées comme des dents de monstres, dépareillées et tordues, des rénovations à un million de dollars calées entre des maisons victoriennes inclinées, délaissées, qui gagnent du temps avec des briques repeintes. *Vogue* a désigné l'endroit comme « le futur quartier le plus cool au monde », et depuis certains répètent l'expression comme si elle justifiait de payer deux millions de dollars pour une maison semi-mitoyenne avec un sous-sol pourri et des toilettes d'origine vert avocat. Elle tourne à droite sur Harlow, dépassant les boulangeries vieillissantes et les quelques magasins de prêt-à-porter de Lisbonne encore ouverts. Les anciens baux touchent à leur fin, et l'une après l'autre les devantures se sont métamorphosées pour satisfaire la population fortunée. Hôtels de quelques étages à peine où le café coûte trois dollars. Magasins de plantes kitch, épiceries véganes et boutiques hors de prix pour enfants. Blair travaille dans une de ces boutiques cinq heures par jour, deux fois par semaine, et cette semaine son deuxième créneau est aujourd'hui. Elle ouvrira la boutique dans une heure. Elle obéit aux ordres d'une Jane de vingt-sept ans qui couvre les coûts d'exploitation avec un prêt de ses parents qu'elle ne remboursera jamais. Elles vendent des bonnets en lin et des jeux en laine qui plaisent davantage aux parents qu'aux enfants.

Jane a été animatrice de colonies de vacances et pense qu'elle comprend les enfants, mais elle ne connaît rien aux mères. Dans le catalogue d'achats, Blair entoure des objets qui se vendront vraiment, elle présente aux clients ce dont ils ne savent pas encore avoir besoin. Elle a eu l'idée de travailler là un jour où elle y cherchait un cadeau d'anniversaire pour Chloé, elle regardait les étagères et s'était dit qu'elle aimerait les réorganiser. Que la boutique pourrait proposer une meilleure expérience aux clients. Du papier cadeau mat, dans des tons pastel, avec de longs rubans fantaisie. Des vitrines à thème et des tables organisées par couleur. De grands paniers d'osier remplis d'objets en lien avec la saison que les mères aiment acheter sur un coup de tête. Et les mots sont sortis de sa bouche avant qu'elle ne prenne le temps de réfléchir.

Je l'aide, s'est-elle entendue dire aux amis qui lui parlent de son travail, comme si elle le faisait gratuitement.

Je pense que ce serait bien pour toi, avait été toute la réaction d'Aiden quand elle était rentrée à la maison avec la nouvelle. Blair avait senti une vague de regrets l'envahir, comme si elle était résidente d'une maison de retraite et venait de s'inscrire au bingo hebdomadaire.

Whitney avait été plus encourageante, elle lui avait pressé les mains avec un entrain qui ne lui ressemblait pas. *Mais c'est génial ! Elle a de la chance d'avoir quelqu'un d'aussi expérimenté que toi.*

Devant l'école, la cloche sonne tandis que Blair serre Chloé dans ses bras, et elle est soulagée d'être arrivée à temps. Jusqu'à ce qu'elle aperçoive un groupe de mères de CE1 en train de discuter. L'une d'elles lève les yeux et croise le regard de Blair. Qui n'a d'autre choix que de s'approcher et d'articuler un bonjour joyeux.

Les autres mères ont des chaussures à talons. Leurs cheveux ont été soigneusement séchés. Elles portent des manteaux à la mode, adaptés à la saison. Une avocate, une psychiatre, une vice-présidente d'entreprise. L'une d'entre elles a perdu vingt kilos et travaille maintenant dans l'immobilier après dix ans hors du marché. Elle appelle ça sa renaissance de milieu de vie, assure qu'elle n'a jamais été aussi heureuse. Elles parlent du fait d'être dans la fleur de l'âge et d'« assumer leur quarantaine », leur conversation est comme une démonstration de force. Blair les observe, en s'imaginant vivre leurs vies.

Comment ça va ? lui demandent-elles systématiquement. « Ça. » Il n'y a rien de plus précis à lui demander.

Déposer les enfants le matin et assurer quelques heures de bénévolat occasionnel, c'est le maximum de ce qu'elles peuvent gérer, contrairement à Blair. Blair répond présente pour toutes les sorties scolaires, tous les déjeuners pizza, toutes les fêtes d'anniversaire, toutes les invitations, tous les concerts, toutes les foires aux livres. Toutes les putain de réunions de parents d'élèves.

Au départ, s'investir à ce point semblait une noble décision. Et le soin et l'attention nécessaires à un enfant lui avaient paru plus satisfaisants que d'écrire des slogans pour des barres de chocolat et des savonnettes. L'open space bourdonnant ne lui manquait pas autant qu'elle l'aurait cru. Elle ne regrettait pas d'être libérée d'une garde-robe nécessitant des cintres, tous ces vêtements décontractés avec une touche pro. Elle ne se rappelait pas s'être sentie comblée par l'exercice intellectuel du travail, bien qu'elle sache qu'elle l'avait été. Elle avait aimé le mélange de créativité et de marketing, trouver la phrase parfaite, le concept qui fait mouche. Elle s'était révélée exceptionnellement douée pour ça. Elle détenait cinq trophées de campagnes publicitaires avec son nom dessus. Parfois, elle avait eu la sensation d'être un génie – son patron avait employé ce mot, il avait bondi dans des sessions de brainstorming pour griffonner son idée au milieu d'un tableau blanc et l'avait entourée cinq fois tandis qu'elle essayait vainement de ne pas avoir l'air ravi.

Pourtant, après être devenue mère, cette carrière ne semblait plus pour elle. Seule Chloé méritait son temps, son énergie et sa concentration. Les premiers mois, elle était littéralement ivre de son bébé. Elle l'allaitait la nuit et gardait les yeux ouverts dans le noir en se demandant comment elle pourrait un jour se soucier de nouveau d'un putain de slogan. Elle était censée vouloir tout. Et tout avoir. Elle n'était pas censée laisser la maternité la détourner de son chemin. Puis soudain il n'y avait plus eu de place en elle pour autre chose que le bébé.

À l'époque, elle ne l'avait pas vu comme un sacrifice. Se dévouer à la maternité et à la domesticité qui l'accompagnait l'avait rendue heureuse, au départ. Et Chloé rend Blair heureuse. Incommensurablement heureuse. Ce sont toutes les autres choses autour de

Chloé, les changements que la maternité a produits sur Blair, sur sa valeur et son mariage, si lentement qu'ils étaient d'abord imperceptibles. Si elle avait eu autrefois la sensation que la maternité lui donnait davantage qu'elle n'avait jamais eu, à présent elle ne la voit que comme ce qui lui a retiré tout le reste. Elle ne parvient plus à réconcilier son amour pour sa fille et la sensation d'être prisonnière du privilège d'être sa mère.

Elle se déteste de ressentir ça. Elle n'en dirait jamais un mot à quiconque.

« On espère que tu pourras venir », lui dit une des femmes, en remontant son très beau sac sur son épaule. Elles étaient en train de parler d'un week-end entre mamans à la campagne, en juillet. Une location dans les Berkshires. Blair part rarement sans Aiden ou Chloé, mais lorsqu'elle le fait, l'angoisse du départ la dévore – et puis la liberté d'être loin d'eux est grisante. Les deux options la mettent mal à l'aise. Les femmes boiront trop de vin, elles jacasseront sur les enfants des autres, s'accorderont sur chaque détail des potins à la mode. À une époque Blair se sentait connectée. Désormais elle est en dehors de tout ce qui compte pour les autres. Elle rentrera à la maison en se trouvant encore plus nulle qu'en partant.

« Je sais, moi aussi. Mais on a quelque chose ce samedi-là, un anniversaire. Une prochaine fois. »

Elle est la première à quitter la conversation, elle

marmonne quelque chose de flou au sujet d'une livraison par coursier. Elle n'a pas l'énergie de jouer un rôle aujourd'hui, d'essayer de gagner leur respect. La mère au foyer d'une enfant unique, la martyre. Parfois, elle aimerait avoir eu d'autres d'enfants, pour justifier le peu de chose qui se passe dans sa vie.

Elle regarde son téléphone en rentrant chez elle. Pas de réponse de Whitney. Occupée, elle est occupée. À faire les choses que font les gens qui travaillent, la tête pleine de grandes et nobles solutions à de grands et nobles problèmes dans une stratosphère qui n'est plus du tout familière à Blair, elle ne fait même plus semblant.

Pourtant, Whitney met toujours un point d'honneur à répondre aux textos de Blair dans la conversation qu'elles entretiennent durant la semaine. Prendre des nouvelles, fixer rendez-vous pour le prochain verre ensemble. Blair n'a jamais aimé boire, mais elle sait que c'est son ticket d'entrée. Quand elles sont en tête à tête à la fin de la journée, à passer du temps ensemble au milieu des enfants, elle sent que Whitney abandonne enfin son mordant habituel. Elle la sent qui se déplie lentement. Elle semble plus concentrée sur les mots que Blair prononce que sur l'envie d'être ailleurs, et le bruit des enfants cesse de l'irriter. C'est le vin, évidemment que c'est le vin, même si Blair aime aussi croire que c'est dû à sa compagnie.

Alors que la présence de Whitney a l'effet inverse

sur Blair. Quand elle est avec elle, elle n'est pas détendue mais survoltée. L'idée que Whitney puisse se douter qu'elle représente la partie la plus excitante de la semaine de Blair est humiliante. Et pourtant, comme il n'y a pas grand-chose à raconter à Whitney, elle met en valeur des situations qui ne méritent pas de l'être. Elle le regrette après, chaque fois. Whitney ne se soucie pas de savoir qui a écrit quoi dans un mail qui a embrouillé le trésorier du conseil des parents, ni de ce que Blair a fait pour apaiser la situation avant que toute la levée de fonds ne soit annulée.

Ça n'a aucun intérêt.

Mais Whitney, gentiment, ne le lui fait pas sentir. Elle accorde à Blair la dignité de l'écouter parler pendant une heure d'une putain de vente de gâteaux qui rapporte moins de 200 dollars par an.

Pourtant, parfois, tandis qu'elle déblatère, elle sent que Whitney l'examine avec attention. Comme si elle cherchait un ingrédient qui lui échappe. Elle n'est pas sûre que ce soit vrai, peut-être que c'est simplement dans sa tête. Mais, par moments, elle a la sensation que Whitney voudrait savoir ce que ça fait de se soucier de ce genre de choses. De regarder son propre enfant et de ressentir ce que Blair ressent en regardant Chloé. Elle relève la tête. Elle a au moins ça pour elle.

4

Mara

Mara Alvaro croise ses chevilles et s'assied sur la chaise pliante de sa véranda. Quelque chose ne tourne pas rond ce jeudi matin. Personne n'a répondu quand la fille de Blair est venue frapper à la porte de la maison d'à côté, même pas la nounou qui est normalement là chaque foutu jour de la semaine.

Mais ces mères sont toutes occupées, elle le sait. Trop de choses sur le feu et en même temps rien, elles créent de l'urgence là où il n'y en a aucune, elles précipitent leurs vies. Elles ne savent pas se contenter de vivre. Elles ne prennent pas le temps de réfléchir à ce qui se trouve juste sous leurs yeux.

À quel point c'est précaire.

Et elle ne comprend pas non plus pourquoi Blair porte ces affreux leggings noirs tous les jours, ni Whitney ces tailleurs masculins, ces gros sacs moches et ces cheveux teints en jaune. Elles n'ont rien de féminin.

C'est honteux la façon dont les femmes de leur âge s'habillent de nos jours.

Elle se dit qu'elle devrait rentrer pour rincer les miettes de son assiette de petit déjeuner. Elle devrait aller se préparer pour la journée, bien que cette routine soit devenue moins laborieuse ces dernières années. Il y a neuf mois, elle a fini son dernier tube d'Avon, le rouge à lèvres Toasted Rose qu'elle a porté pendant des décennies, et pour la première fois elle ne l'a pas remplacé.

Quelle importance, aujourd'hui ? Elle a quatre-vingt-deux ans. Contrairement à ses voisins, il lui reste peu d'amis dans le quartier. Tout le monde est soit mort, soit à la maison de retraite, sauf quelques chanceux qui sont partis encombrer leurs enfants plus loin en banlieue. Autrefois, elle ne pouvait pas ouvrir la porte d'entrée pour prendre le journal sans que quelqu'un s'arrête papoter sous la véranda. Maintenant elle se fait manger toute crue par la nouveauté : les rénovations affreuses, les nouvelles voitures tape-à-l'œil qui se garent dans sa rue, les nouvelles familles et leur tapage, leurs affaires, leurs excès. Ils veulent la vie des grandes villes, ils veulent se sentir à la page, mais elle a une information pour eux – ils se dirigent tous dans la même putain de direction.

Chaque fois qu'une nouvelle famille s'est installée à côté de chez elle, Mara a fait son devoir de bonne voisine. Elle leur a apporté des *pasteis de nata* et s'est assurée qu'ils connaissaient le planning des éboueurs. Pendant des mois, elle a proposé de réceptionner leurs colis et de garder un œil sur leur maison quand ils étaient absents. Elle a prodigué des conseils pour leurs pivoines attaquées par les fourmis. En hiver, elle leur a offert de la *canja* maison. Elle n'a rien dit au sujet du troisième étage superflu qui empêche maintenant le soleil d'atteindre son petit potager, ni sur les deux années de pollution sonore qu'elle a endurées à cause de leur rénovation prétentieuse. Ni du bruit constant que font les enfants. Les braillements. Le claquement de cette stupide porte de derrière.

Ils ont tous été gentils au départ, en dépit de leurs différences évidentes. Ils semblaient assez curieux de savoir depuis combien de temps elle était là, et *Oh, vous avez dû voir tellement de changements dans le coin avec les années*, comme si c'était une chose merveilleuse. Ils ne se doutaient apparemment pas que le changement était précisément le problème. L'Église catholique portugaise de Saint Helen, au coin, est vide à chaque messe. Les vestiges d'une communauté bâtie avec soin par une génération entière de son peuple font maintenant figure de simples verrues dans *leur* quartier. Ils attendent de pouvoir se saisir des quelques propriétés restantes appartenant à de vieilles personnes comme elles. Ils salivent au moindre signe de faillite des derniers épiciers émigrés. Ils veulent tous avoir cette foutue franchise de cafés, celle avec une sirène sur le logo, accessible à pied.

Depuis ces premières marques de politesse, presque personne ne s'est enquis d'elle. Ni de sa vie. Ni de comment elle est arrivée là. Seuls leurs enfants pensent à lui faire un signe de la main. Et Rebecca. Un docteur faisant un bon travail, un travail digne. Naturellement jolie.

Donc non, Mara n'a pas besoin de se maquiller, ni aujourd'hui ni un autre jour. Au lieu de quoi, elle change de position dans son fauteuil, écoutant les grincements de la toile.

« Mara !

— C'est sur la table, Albert ! » crie-t-elle en retour. Comme toujours, voudrait-elle ajouter. Comme chaque fichu matin. À travers la fenêtre de la cuisine, elle entend une chaise qu'on tire sur le linoléum usé. Elle déteste le regarder manger sa saucisse matinale, courbé sur une assiette de nourriture trop riche et mauvaise pour lui, avec son problème au cœur et son taux de cholestérol.

Au lieu de quoi, elle s'assied dans l'air frais de ce matin de juin, en essayant de comprendre ce qui se passe.

C'est fou ce qu'on peut apprendre sur les gens quand on est plus ou moins invisible. Ce sont toujours les choses qu'ils essaient de cacher qui les trahissent.

5

Whitney

L'hôpital

Contrairement à ce que Rebecca a dit, les tubes ne la choquent pas. La perfusion, les fils, le scotch qui tire méchamment sur sa peau. Elle ne les remarque même pas. Il n'y a qu'un garçon. Son garçon. Son beau visage, ses joues qui sentent toujours l'air frais. Elle est soulagée de le voir là. Il est toujours de ce monde, il existe. Dans la chambre, elle a esquivé la main de Rebecca et rapidement saisi la sienne, et elle ne l'a pas lâchée, pas encore.

L'hôpital où elle lui a donné naissance il y a dix ans se trouve à cent cinquante kilomètres de là, dans un immeuble auquel elle n'a pas pensé depuis très longtemps. Est-ce que les murs étaient de cette couleur, de ce même vert maladif ? Et est-ce que les rideaux n'avaient pas ces mêmes rayures sucre d'orge ? Sa naissance est un souvenir qu'elle ne convoque pas souvent. Elle parcourt le chemin de sa mémoire avec une boule dans la gorge. Elle ne fait pas d'albums-souvenirs ni de bilans de croissance, elle ne conserve pas de dents minuscules encroûtées de sang séché. Elle ne participe pas aux discussions dans lesquelles on compare les histoires d'accouchements de chacune. Elle n'a pas le temps. Elle n'a pas de temps pour ce type de détails et de mesures qui semblent tellement compter pour les autres femmes.

Elle n'est pas ce genre de mère.

Pourtant il y a une chose dont elle se souvient clairement au sujet de la naissance de Xavier : il est sorti d'elle en trois poussées. Trois poussées ont suffi à les séparer l'un de l'autre pour le reste de leur vie. Cette idée lui semble absurde à présent, comme si elle devait être autorisée à le reprendre à l'intérieur d'elle avec la même somme d'efforts. Trois. Deux. Un. Il est à elle. Elle l'a fabriqué. Elle l'a fait grandir et elle l'a élevé. Elle est censée être capable de le protéger. Et elle veut qu'il retourne à l'intérieur d'elle. Elle pourrait tout recommencer, différemment. Repartir de zéro.

Elle trace son prénom dans les fins poils blonds qui couvrent son avant-bras. La peau de son coude ressemble à de la cire là où la dernière croûte cicatrise, en attendant qu'il l'arrache de nouveau. Il y a toujours un endroit de son corps qui saigne, il le remarque à peine lui-même, si bien que Whitney retrouve des taches de sang sur la table de la cuisine, le tapis de la salle de bains.

Elle fait courir son index sur son coude et sur les cuticules arrachées de son pouce droit. Le doigt est rouge, comme s'il l'avait sucé. Est-ce qu'il fait toujours ça la nuit ? Elle mettra de la crème sur ses mains après sa douche ce soir. Elle renverra Louisa chez elle tôt et elle prendra le relais cette fois. Elle fera tout elle-même, chaque soir à partir de maintenant, les histoires et le second verre d'eau et les questions sans fin, et elle apprendra à aimer ces moments.

C'est comme ça qu'elle voit les choses ce matin, comme si Xavier allait avoir de nouveau une chance de tomber à trottinette, de garder une habitude. Comme si elle allait avoir une autre chance de se montrer patiente et modérée.

Ça arrive, les accidents. C'est ce que lui diront les gens, même ceux qui ne pensent pas qu'elle mérite de la compassion. Mais c'est faux – un accident, c'est un verre de lait renversé. Un petit enfant aventureux qui se fend la lèvre.

Quelqu'un lui demande si elle en sait davantage sur le retour de son mari. Ils pensent qu'elle est incapable de répondre à des questions, de prendre des décisions en tant que responsable légale. Et peut-être qu'ils ont raison.

Jacob. Elle va regarder s'il a appelé. Son téléphone lui semble lourd dans sa main. Est-ce qu'il a toujours pesé le poids d'une brique ? Il y a un texto de Jacob. Il est sur la liste d'attente à Heathrow. Il viendra directement à l'hôpital dès qu'il aura atterri.

Il va voyager dans le passé.

Elle imagine Jacob attrapant leur fils qui tombe. Son poids, le cri étouffé au moment où son corps atterrit dans le berceau de ses bras.

Elle lui envoie un texto – Va d'abord voir Sebastian et Thea, vérifie que tout va bien avec Louisa. Il ne le fera pas, bien sûr. Il suppliera le taxi de conduire plus vite, de brûler les feux rouges. Mais elle n'est pas prête à le voir. Il lui suffira d'un regard pour tout comprendre. Elle en est sûre.

Elle ignore le déluge de textos et la petite bulle rouge qui indique 27 sur l'icône des mails. Le nombre passe à 28 pendant qu'elle la regarde. Elle a manqué six appels de ses collègues. Le monde se réveille, il est composé d'heures facturables. De réunions qui semblent importantes.

Son téléphone heurte le sol de la chambre d'hôpital. Elle le laisse là.

Rebecca réapparaît de l'autre côté du lit.

Elle ne lève pas les yeux.

Comment ce serait si je n'étais pas là ?

Il lui a posé la question il y a quelques mois, un après-midi dans la voiture. Ils allaient chez le dentiste pour un plombage et Jacob était censé l'emmener, jusqu'à ce qu'on lui propose un vernissage de dernière minute dans une galerie. Techniquement, Whitney avait son après-midi de libre.

Comment ce serait si tu n'étais pas là ? avait-elle répété, comme elle le fait quand elle ne veut pas réfléchir à une réponse. À la place, elle avait pensé à quelqu'un qu'elle avait oublié de rappeler avant de quitter le bureau. Elle s'était dit qu'elle lui téléphonerait de la salle d'attente pendant que Xavier serait dans le fauteuil du dentiste. Elle s'était demandé si elle avait sous la main les chiffres du budget que le client demanderait ; elle pourrait chercher dans ses mails une fois qu'elle serait garée. *Qu'est-ce que tu veux dire ? Est-ce que tu veux dire : où tu serais si tu n'étais pas sur terre ? Explique-toi un peu mieux, Xav.* Et puis, *Merde.*

Elle avait raté l'entrée du parking souterrain.

Maintenant elle est incapable de se rappeler ce qu'il a répondu, s'il a répondu quoi que ce soit.

Elle dessine le nom de Xavier sur son bras, encore une fois.

6

Rebecca

Elle scanne pour la troisième fois les mêmes résultats de laboratoire d'un patient. Elle n'aime pas se sentir distraite au travail, mais elle n'arrête pas de penser à Xavier. Et à la conversation de ce matin dans le couloir, quand Whitney lui a demandé pourquoi elle ne voulait pas d'enfant. Elle avait répondu ce qu'elle n'avait encore jamais dit à voix haute à quiconque : *Il n'y a rien au monde que je désire plus qu'un enfant*.

Les mots l'avaient fait se sentir vulnérable. Impossible de dissimuler le désespoir dans sa voix. Mais elle voulait que Whitney sache que si ça dépendait d'elle, elle serait mère, même si ça devait finir comme ça, dans un lit de soins intensifs. Et lui rappeler qu'à 2 h 08 ce jeudi matin, Whitney avait toujours un fils. Qu'il était vivant. Il était à elle. De la gêne perçait dans les yeux de Whitney avant qu'elle ne cille, lentement, et regarde les doubles portes au bout du couloir. Puis elle avait repris la main de Rebecca.

Normalement, au travail, Rebecca ne s'autorise pas à penser à la fragilité de la vie. Cette idée n'est pas utile à son statut ici. Il vaut mieux partir du principe que chaque enfant qui croisera son chemin vivra, et qu'elle est responsable seulement du prochain fragment de temps qui marquera le début de sa longue vie pleine de sens.

Mais si cet enfant ne vit pas, elle sera, à partir de ce moment, celle qui a changé la vie de la famille. Ses mots – *Je suis tellement désolée de devoir vous dire ça* – resteront gravés dans leur mémoire jusqu'à leur propre mort. Elle deviendra une partie de leur histoire brisée. C'est une conséquence du métier, et elle s'y est habituée. Elle peut la surmonter. Aujourd'hui, pourtant, c'est différent. Elle regarde l'heure sur son poignet – 9 h 18 – et se demande si c'est trop tôt pour appeler les soins intensifs et demander des nouvelles. Les travailleurs sociaux ne vont pas tarder à aller interroger Whitney, s'ils ne l'ont pas déjà fait. Et la police va revenir. Même l'infirmière sent qu'elle n'est pas concentrée.

« Pardon de vous reposer la question, mais avez-vous parlé aux parents ? Pour la suspicion de cardiomyopathie ? »

Rebecca acquiesce tout en parcourant rapidement les documents de sortie que l'infirmière place devant elle. « Un gosse très gentil. J'ai bipé l'astreinte aussi. Il leur faut un tire-lait, vous pouvez leur en trouver un ? Qu'est-ce que vous avez d'autre pour moi ? »

Elle frotte le sommet de son front sous sa calotte arc-en-ciel et puis elle tape le distributeur de désinfectant pour se nettoyer les mains. Elle a besoin de se réveiller. De s'extraire de là.

Elle se sent généralement bien dans le service d'urgence, elle aime le rythme, l'inconnu, la rotation permanente de cas. Au cours d'une garde, tout peut arriver, et elle se demande comment les gens qui font un autre boulot parviennent à se lever le matin pour affronter une monotonie certaine. Et pourtant, elle aussi trouve du réconfort dans ses journées. Son réconfort, c'est la nouveauté. De nouveaux enfants, de nouvelles familles, de nouveaux problèmes, qu'elle peut généralement résoudre. Les pas-si-malades rentrent à la maison, et les autres intègrent l'un ou l'autre service de l'hôpital, à l'étage, avec d'autres docteurs, en oncologie, neurologie, néphrologie, où ils atterrissent après avoir quitté l'enfilade de chambres étroites et protégées de rideaux dans laquelle elle exerce. Certains ne quitteront sans doute plus jamais l'hôpital. Quand elle le pressent, elle se surprend à faire l'inventaire des quelques objets de la maison qu'ils ont avec eux. Les bas de pyjama boulochés, les nounours auxquels ils s'agrippent. Symboles de la fin que les parents ramèneront, plus tard, sans l'enfant.

À moins de tomber par hasard sur un parent dans le parking ou dans la queue à la cafétéria, elle apprend rarement ce qu'il advient des enfants. Elle est devenue experte dans l'art de paraître absorbée par son téléphone quand elle traverse l'atrium ; elle n'est pas aussi reconnaissable sans sa calotte, quand ses cheveux noirs, raides, lui tombent sur les épaules. Elle se sent coupable de faire ça, pourtant c'est précisément ce qui la rend capable de pousser les doubles portes battantes du service d'urgence, prête à travailler.

Une infirmière la briefe sur l'enfant de deux ans qui attend dans la chambre 3. Fièvre récurrente, léthargie, perte d'appétit. Les parents de la petite fille sont assis de chaque côté de son lit à roulettes. Ils la regardent, concentrée sur l'iPad contre ses genoux. Quand Rebecca entre dans la pièce, ils se redressent. Elle sent le mélange de soulagement et de tension : le docteur est arrivé, mais quelque chose ne va pas. Rebecca examine le dossier de l'enfant sur l'écran de l'ordinateur, et c'est là, sous ses yeux : 19/05/2017. La date de naissance du patient. Elle s'attendait à ce que ça arrive un jour. Elle inspire brusquement et fait rouler le tabouret jusqu'à la petite fille.

« Lucy ? Je m'appelle Rebecca. Est-ce que je peux t'ausculter pendant que tu regardes ton émission ? Est-ce que c'est Daniel Tiger ? » Elle attrape la main de l'enfant et pince doucement la peau pour vérifier son hydratation, appuie sur la base de ses petits ongles. Elle retourne sa main et ausculte lentement sa paume douce et potelée. Elle glisse le stéthoscope dans le dos du pyjama de l'enfant pour écouter ses poumons. Elle pense à la chambre que Ben a peinte il y a deux ans. Aux jolis draps fleuris du berceau. Elle déplace le pavillon sur la poitrine de l'enfant pour écouter son cœur. Elle pense à la masse de cellules palpitantes que Ben et elle ont entendue à la toute première échographie. Les yeux de la petite fille la fixent elle plutôt que l'écran. Rebecca attrape l'ophtalmoscope sur le mur et se rapproche d'elle. Elle remarque le beurre de cacahuètes de son haleine tandis qu'elle examine sa rétine. Elle repose l'instrument. La petite fille observe des parties de son visage, son nez, peut-être le mascara sur ses cils. Rebecca palpe l'arrière de sa tête. Elle passe ses doigts dans les fines boucles brunes. Elle touche son minuscule lobe d'oreille. La douceur de sa joue chaude et rebondie. Son tout petit menton.

La mère s'éclaircit la gorge.

Rebecca se détourne. « J'aimerais faire des analyses sanguines, si vous êtes d'accord ? » Elle tape l'ordonnance. Nom. Date de naissance. Le curseur clignotant sur l'écran l'hypnotise. Elle viendrait juste de fêter ses deux ans, comme elle. Elle aurait été parfaite.

7

Blair

Aiden était littéralement apparu aux pieds de Blair. C'était l'année de leurs trente et un ans, une fête chez un ami commun dans un studio bondé. Elle s'apprêtait à partir. Et à marcher sur un morceau de verre provenant d'une bouteille cassée. Aiden avait tendu le bras pour l'arrêter tout en se jetant à genoux pour ramasser l'éclat, le soulever dans sa large paume comme une pantoufle de verre.

C'était un peu du cinéma, une démonstration trop théâtrale à son goût. Mais quand Aiden s'était relevé, elle avait vu le genre d'homme qui la remarquait rarement. Elle l'avait reconnu tout de suite. Le sourire en coin, la malice enfantine, son mètre quatre-vingt-dix. La façon dont tout le monde autour d'eux le regardait.

Elle en était venue à désirer plus que tout le moment où il la trouvait dans une pièce bondée, le plaisir de sentir son attention fondre sur elle, l'objet de son désir. Il parlait fort, de sa voix profonde et sonore. Elle s'était déjà sentie désirée par des hommes auparavant, mais pas comme avec lui. Au début, la nature sociable d'Aiden l'avait fait se sentir vulnérable, comme si quelqu'un lui avait arraché ses vêtements en public. Elle n'était pas habituée à autant d'yeux braqués dans sa direction quand elle était avec lui, à la place qu'il prenait, aux relations sociales qui lui venaient si naturellement. Il était magnétique. Il était indiscutablement beau. Il la touchait sans arrêt. Quand ils étaient en train de parler ensemble à d'autres personnes, il la tenait serrée sous son bras et lui caressait l'épaule avec son pouce. Elle aimait que ce geste attire l'attention. Elle attendait que tous s'en aperçoivent, que les yeux soient attirés par cette caresse.

Quand ils étaient tous les deux, il dévoilait sa douceur, et qu'elle soit la seule personne à avoir accès à cette partie de lui la faisait se sentir spéciale. Ses câlins doux et lents du dimanche matin. Le bruit qu'il faisait quand il embrassait sa joue, plusieurs fois d'affilée, comme si elle était délicieuse, comme s'il avait besoin que son amour pour elle soit associé à un son. Les bains qu'ils prenaient ensemble le soir, enlacés en gloussant, lui beaucoup trop grand pour la baignoire, ses cheveux mouillés lui tombant dans les yeux.

« Est-ce que je te rends heureuse ? Est-ce que c'est ce que tu veux ? » Il était toujours en train de vérifier, en train de s'assurer qu'il était à la hauteur de ce qu'elle attendait de lui. Elle n'avait jamais pensé qu'il pourrait un jour cesser de s'en inquiéter.

Quand elle avait appelé sa mère pour lui parler d'Aiden, lui dire qu'il avait un bon poste dans la vente, qu'il avait fait livrer des fleurs à son bureau pour son anniversaire, sa mère était restée silencieuse. Blair avait fixé les vingt-quatre roses couleur pêche dans le vase en plastique de la cuisine du boulot et avait attendu qu'elle parle.

« Allô ?

— Ça a l'air bien. »

Bien. C'était toujours la réponse de sa mère. Bien, les notes excellentes qu'elle avait au lycée. Bien, la bourse qu'elle avait obtenue pour son université de premier choix. Bien, le premier studio qu'elle avait loué en ville et qu'elle était tellement fière de pouvoir payer elle-même. Plus le temps passait et moins sa mère avait d'attentes, d'intérêts, mais Blair essayait de se rappeler que ce n'était pas sa faute. Rien ne pouvait provoquer une meilleure réaction chez sa mère. Son cadran était bloqué au point mort. Autant que Blair le sache, sa mère ne ressentait plus rien.

Quand Blair était plus jeune, sa mère était différente, vivante et drôle. Jusqu'à ce que Blair ait huit ans, elle travaillait trois jours par semaine comme secrétaire dans le cabinet d'assurances de son père. L'été, elle les emmenait elle et son petit frère dans les locaux où ils construisaient des cabanes sous les bureaux et tournaient sur les chaises jusqu'à ce qu'ils soient trop étourdis pour tenir debout. Blair aimait l'odeur du rouge à lèvres de sa mère qui lui rappelait celle de la peinture tempera de l'école. Elle aimait toucher ses longs colliers, entendre le cliquetis des perles. En rentrant, ils mettaient la radio à fond dans la voiture, et sur le siège arrière elle imitait le mouvement des épaules de sa mère devant elle.

Mais à un moment donné, sa mère avait paru diminuer, lentement, sans un bruit. Elle avait quitté son travail, et elle leur parlait moins souvent. Dans les bras de leur père, elle se raidissait.

Blair n'avait pas pris la mesure du fardeau que représentait l'engourdissement de sa mère avant de déménager à l'université et de découvrir à quel point elle respirait mieux là-bas. Elle avait trouvé des excuses pour ne pas rentrer à la maison quand ses amies le faisaient. Elle ne supportait pas la tension qui y régnait. À ce stade, ses parents ne se parlaient plus qu'à travers Blair, comme s'ils étaient incapables de prendre en compte le son de leurs voix respectives.

Aujourd'hui, assise derrière le comptoir d'Itsy Bitsy, Blair se demande si elle et Aiden sont vraiment si différents de ce qu'étaient ses parents. Si c'est ce qui les attend. Le malheur au menu de chaque dîner.

Elle fixe la girafe en peluche haute d'un mètre quatre-vingts qu'elles ont affichée à 249 dollars quand la porte carillonne pour la première fois de la matinée. Elle s'apprête à se forcer tant bien que mal à sourire, lorsqu'elle s'aperçoit que c'est Aiden qui vient d'entrer.

Il ne passe jamais la voir.

« Qu'est-ce que tu fais là ?

— Moi aussi, je suis content de te voir. Je sors d'un petit déjeuner de travail dans le quartier, j'ai pensé que je pourrais passer te faire coucou. »

Il flâne jusqu'à l'étagère de voitures de course en bois. Vu de dos, il lui rappelle le Aiden d'il y a dix ans, avec son épaisse cascade de cheveux. Ses larges épaules. Ils s'amusaient tellement ensemble. De longues balades en voiture et des cours de plongée à la piscine. Du play-back dans la voiture. Autrefois, ils adoraient ne faire qu'un. Où était passé ce sentiment ? Est-ce que c'était plus que la parentalité ? Avait-elle glissé trop loin de celle qu'elle avait été ?

Il soulève une petite voiture dans sa direction. « Ça se vend bien, ça ?

— Pas vraiment. »

Il a un petit rire.

« Tu es parti bosser tôt ce matin, dit-elle.

— Comme souvent, non ? »

Elle hausse les sourcils. Elle arrange la pile de courrier sur le bureau. Elle a l'habitude d'être sur les nerfs en sa présence. C'est comme ça que sont les choses entre eux maintenant. Mécaniques. Et émoussées. Ils ne parlent plus de rien. Leurs conversations sont un échange de logistique et d'information. « Tu as mangé au Egg and Bean ? »

Il acquiesce. « J'aurais dû t'apporter un café. Tu veux que j'aille t'en chercher un ? »

Elle secoue la tête, mais oui, elle veut un café. Son amabilité l'irrite. La facilité de ses journées l'irrite aussi. Elle se sentirait mieux, pense-t-elle, s'il travaillait plus dur pour eux. S'il travaillait aussi dur qu'elle dans son propre rôle – réfléchir, s'adapter, anticiper, agir, réfléchir encore. Elle voudrait qu'il ait le vertige la nuit en pensant à ce qu'il doit faire le lendemain pour que leur vie soit douce, pour qu'ils flottent.

Est-ce qu'Aiden a déjà remarqué ? Qu'ils semblent simplement flotter ? Est-ce qu'il voit qu'ils sont nourris et soignés et ont du shampooing dans leur douche, et du sel dans la salière, et des cadeaux le matin de leur anniversaire ? Que dès qu'ils commencent à être malades en voiture, les médicaments anti-nausées apparaissent comme par magie dans la paume de leur main ? C'est *elle* qui s'occupe de tout ça. C'est sa valeur invisible. Et ça vaut plus que les fichus seize dollars cinquante de l'heure que la paye Jane.

Aiden vend des systèmes informatiques de sécurité à des établissements financiers, et même si elle est capable de recracher cette phrase quand quelqu'un lui pose la question, elle a une idée très vague de ce que ça recouvre. Il est rémunéré principalement à la commission, ce qui signifie que certaines années il gagne vraiment beaucoup d'argent, et d'autres années une somme dont il ne peut pas se vanter.

Ils doivent donc faire attention. Il se plaint des factures de carte de crédit deux fois par mois, et quand il le fait, elle part au quart de tour. Elle dit des choses comme : *Tu veux qu'elle aille à l'école avec des trous dans son pantalon ? Est-ce que tu sais au moins combien coûte une miche de pain ? Combien as-tu dépensé pour ton déjeuner chic aujourd'hui au bureau ? Tu penses que j'avais* envie *de sortir 134,36 dollars pour faire réparer le lave-vaisselle ? Tu veux que je refuse toutes les invitations de fêtes d'anniversaire, dans ce cas ? Leur dire qu'on ne peut pas se permettre d'acheter un cadeau ?*

Pourquoi tu es toujours aussi en colère ? demande-t-il avec un calme exaspérant.

Il est en train de vérifier ses mails, maintenant. « Tu es venu passer du temps avec moi, ou avec ton téléphone ? » À la seconde où elle entend les mots sortir de sa bouche, elle se déteste.

Il s'excuse, pose le téléphone sur le comptoir. Elle sent que la bonne intention avec laquelle il est venu est en train de s'évaporer. L'invitation tacite d'Aiden à imiter sa bonne humeur, à se rapprocher, est aussi familière que la difficulté de Blair à l'accepter. Elle se demande à quel moment il cessera d'essayer.

« Le magasin est superbe. » Il regarde autour de lui, peut-être pour se soustraire à son regard. Peut-être qu'elle le rend nerveux. Le petit bout d'alu lui revient à l'esprit. Elle ne l'oublie jamais longtemps. Est-ce qu'Aiden se demande parfois s'il est assez prudent ? Ou quand elle le découvrira ?

« Je transmettrai à Jane. » Blair ne le fera pas. Si le magasin est aussi joli, c'est uniquement grâce à elle. Elle aimerait que le moment soit différent. Elle a laissé filer la chance de trouver du réconfort auprès de lui. La porte carillonne et une femme du même âge que Blair examine le magasin et se dirige vers les bibliothèques au fond. Blair s'éclaircit la gorge pour attirer l'attention d'Aiden, mais elle ne parvient pas à chasser les pensées qui l'obnubilaient ce matin. Son cœur bat la chamade.

« Je peux te demander quelque chose ? »

Il hoche la tête en regardant sa montre. Sa patience a totalement disparu.

« Tu es rentré à la maison hier ? »

Il a l'air étonné. Mais pas pris en défaut. Pendant une fraction de seconde, Blair ressent du soulagement.

« Bien sûr. J'ai dormi dans la chambre d'amis. Je ne voulais pas te réveiller. »

Elle se tourne face au mur et entreprend de remplir l'agrafeuse. Mettre des mots sur ce qui la dévore ne lui procure jamais la satisfaction espérée. Elle se sent toujours encore plus mal après.

Elle se demande s'il va quitter le magasin sans lui dire au revoir. Lorsqu'elle se retourne vers lui, il est en train de la regarder, les bras croisés. Son téléphone est de nouveau dans sa poche.

« Tu sais, Blair, parfois on dirait que tu veux que je te déçoive. Comme si tu espérais trouver une raison de me détester autant que tu me détestes. »

Blair lui fait signe de baisser le ton, et elle sent son visage s'empourprer. Elle peut lui dire que ce n'est pas vrai. Elle peut se défendre.

Pourtant il y a du vrai dans ce qu'il dit. Elle voudrait l'aimer davantage, mais quelque chose fait que c'est impossible. Et maintenant, elle contemple tous les matins un bout d'alu qui la force à faire face à sa propre faiblesse.

Elle aimerait lui dire qu'elle est désolée. Elle aimerait lui dire qu'elle a l'impression d'être invisible. Et insignifiante. Et qu'elle ne sait plus ce que ça fait de se sentir aimée, ni même si être aimée serait suffisant. Et qu'elle ne sait pas comment réparer tout ça, qu'elle tient bon du mieux qu'elle peut.

Quand il lui tourne le dos, il n'y a pas d'apaisement, juste une tristesse douloureuse. Il est face à la porte quand il dit : « Je serai à la maison à 18 heures pour le dîner, d'accord ? »

Est-ce que la fin ressemble à ça ? Est-ce qu'elle lui doit davantage à présent ? Pourquoi a-t-elle encore fait ça ? Un jour, elle ira peut-être trop loin. Et le choix de rester ou non dans ce mariage ne lui appartiendra plus.

À travers la vitrine, elle le regarde s'éloigner, les mains dans les poches, les yeux sur le trottoir. Parfois sa simple présence la fait se détester.

Quand Jane arrive vingt minutes plus tard, elle lui dit qu'elle ne se sent pas bien.

Et c'est vrai. Elle se sent très, très mal.

Elle est à mi-chemin de Harlow Street, elle aperçoit déjà la maison sans vie de Whitney en diagonale par rapport à la sienne, quand elle décide qu'elle a besoin de se remonter le moral. De faire ce qu'elle s'est promis d'arrêter. Mais c'est son seul vice. Et elle estime qu'elle en mérite au moins un.

Elle cherche les clés au fond de son sac.

8

Mara

Quelque chose dans la façon dont Blair s'immobilise au bout de l'allée des Loverly laisse penser à Mara qu'elle ne devrait pas être là. Mais ce n'est pas la première fois qu'elle la voit venir quand la maison est vide, et ouvrir avec sa propre clé.

Il est presque 11 h 30 et elle n'a vu personne dans cette maison depuis hier soir, quand la voiture de Whitney s'est garée après le travail, juste au moment où la pluie s'arrêtait. Elle n'a pas parlé à quelqu'un de la journée, et personne ne lui a adressé la parole, à part Albert qui s'est plaint de la température dans la maison, de l'odeur du frigo, du camion poubelle en retard de quinze minutes. À dire vrai c'était plutôt une sorte de fond sonore qu'elle captait uniquement quand elle passait à côté de lui. Elle a fait signe à Whitney quand elle est sortie de la voiture, essayant d'attirer son attention. Et même s'il n'y avait que six pas, peut-être sept, de son véhicule à la porte d'entrée, elle ne pouvait pas décoller les yeux de ce stupide téléphone.

Il y avait eu des bruits la nuit dernière, évidemment.

Ce qui n'a rien d'inhabituel quand on vit en ville.

Ça aurait pu être un rêve, quelque chose de son passé revenant la hanter.

Enfant, Mara avait été une rêveuse fertile. La nuit, elle galopait pour échapper au diable dans ses cauchemars. Ses sœurs se mettaient des boules de coton dans les oreilles pour ne pas être réveillées par Mara qui parlait dans son sommeil. Le matin, elle leur soufflait des histoires étranges comme si ce qui s'était passé dans ses rêves était réel, et elles couraient dire à leur mère qu'elle racontait encore des bobards. Et c'était généralement le cas. Lorsqu'elle avait grandi, les rêves avaient dépassé son imagination débordante.

À dix-sept ans, elle avait rêvé du bel Albert la nuit avant qu'ils ne se rencontrent pour la première fois. Il était venu chez ses parents avec son père, le réparateur de réfrigérateurs. Il était censé être en apprentissage, mais il avait passé l'heure entière appuyé contre le papier peint vert du couloir, à parler trop vite à Mara, qui était assise sur la troisième marche de l'escalier, les jambes poliment croisées. Elle voyait qu'il essayait de la charmer. C'était la première fois qu'elle ressentait le pouvoir de rendre quelqu'un nerveux. Elle avait remarqué qu'il tapotait le mur avec la jointure de son index pour ponctuer la fin de ses phrases, parfois une fois, parfois deux. Le jeune homme dans son rêve la nuit précédente avait fait la même chose. Tap. Tap, tap. Elle avait déjà vécu ce moment, avec lui.

Le lendemain du jour où elle était tombée enceinte, elle l'avait su dès qu'elle s'était levée. Ils venaient juste de commencer à prier pour que ce miracle se produise, mais elle avait rêvé toute la nuit du bébé flottant dans le bleu de sa matrice, ses muqueuses blanches, douces et vaporeuses comme une couverture de nuages bas.

Après le dîner, elle avait servi un verre à Albert et lui avait dit d'un ton dégagé qu'il ferait mieux d'appeler l'agent de voyages pour réserver leurs billets. Il avait sauté sur ses pieds et fait virevolter Mara dans la cuisine exiguë de leur appartement, renversant une pile d'assiettes en verre bleu d'un coup de talon. Il l'avait reposée, s'était agenouillé et avait pleuré dans son tablier humide d'eau de vaisselle, tandis qu'elle lui caressait les lobes d'oreilles.

Comme la plupart de leurs amis qui avaient de grands rêves, ils avaient toujours dit qu'ils quitteraient Lisbonne pour s'établir dans un endroit offrant davantage de possibilités. Mara insistait. Le Portugal n'avait rien d'autre que l'agriculture, ni économie moderne ni commerce, ni industrie prête à exploser. Tandis que la prospérité se répandait dans le monde, Lisbonne semblait rester à la traîne, coincée par un gouvernement réticent au changement. Quand il considérait la vie ennuyeuse de son père, Albert ne pouvait pas s'imaginer réparer de l'électroménager vieillissant jour après jour, il avait donc trouvé un boulot de vendeur d'équipement de pêche où il avait dépassé ses objectifs de l'année en trois mois. Mara savait qu'il pouvait gagner correctement sa vie comme vendeur quelque part en Amérique du Nord s'il apprenait l'anglais. L'été, ils épiaient tous les deux les touristes fortunés du reste du monde qui venaient envahir leurs plages. Ils étaient sûrs qu'il existait une autre voie.

Tout le monde avait conseillé à Albert de partir seul en Amérique, de trouver un travail et d'établir des liens avant de faire venir Mara, mais il ne serait jamais parti sans elle, et elle ne l'aurait jamais laissé faire. Ils émigreraient en famille. Il avait déjà économisé une grande partie de chacun de ses salaires, elle avait supprimé les dépenses superflues, et ils parlaient presque toutes les nuits de l'endroit où ils iraient, parcourant des livres et des cartes empruntés à la bibliothèque. La côte Ouest. Ou le Massachusetts. Ou Toronto. Ils apprenaient des phrases courantes en anglais, s'interrogeant l'un l'autre pendant des dîners tardifs et arrosés qui finissaient nus au lit. Ils étaient prêts.

« Qu'a dit le médecin ? Beaucoup de repos ? Un bébé. Un bébé. » Il s'était essuyé le visage avec son mouchoir, gloussant de leur incroyable chance.

« Je ne suis pas encore allée voir le médecin.

— Mais alors comment le sais-tu ?

— J'en ai rêvé hier.

— Mara ! » Il avait rejeté la tête en arrière, les mains sur les yeux. « Pour l'amour de Dieu, femme.

— Fais-moi simplement confiance, Albert. » Elle avait posé un baiser sur le dessus de sa tête.

Ils avaient opté pour un quartier hétéroclite d'une grande ville où ils avaient entendu dire que des Portugais s'installaient, que les loyers étaient bas, les maisons délabrées. Mais on racontait que les choses changeaient avec l'arrivée de nouvelles familles, les gens accueillaient leurs frères et sœurs et leur belle-famille, un restaurant et une poissonnerie venaient d'ouvrir sur la rue principale. Albert parlait maintenant assez bien l'anglais pour obtenir un poste de vendeur de machines à soda pour un distributeur américain, et ils lui avaient donné une voiture de fonction, une Ford rouge étincelante. Il avait demandé à Mara de le prendre en photo allongé sur le capot, avec leur nouvel appareil Kodak, et il avait envoyé le cliché à ses parents au pays. Il avait ouvert un compte en banque et ils avaient commencé à économiser pour leur première maison. Ils détestaient le froid, et leurs familles leur manquaient, mais il y avait un esprit de communauté qui bourgeonnait autour d'eux, des clubs paroissiaux, une boulangerie devant laquelle on faisait la queue le dimanche matin, des exemplaires du *Correio Português* atterrissant dans leur véranda. Mara adorait trouver des occasions de parler l'anglais, qu'elle avait été fière d'apprendre, bien qu'elle n'en ait que rarement besoin dans son nouvel environnement.

Tout se passait comme ils l'avaient espéré, comme ils l'avaient prévu, jusqu'à ce que Mara soit presque à terme et fasse son premier rêve marquant depuis le début de sa grossesse.

Elle avait immédiatement su que le bébé serait particulier. Différent.

Lorsqu'elle mit son fils au monde deux semaines plus tard, Albert arpentant le couloir, elle ferma les yeux et guetta le silence. Un silence assourdissant. Pourtant il cria. Avec vigueur et frénésie.

« Le voilà, un garçon parfait », tonna la voix du docteur par-dessus ses poumons hurlant.

Elle avait redressé la tête pour regarder son fils, mais il était déjà enveloppé dans les bras des infirmières. Elle avait besoin de le voir de ses propres yeux pour être sûre. Quelque temps plus tard, après qu'elle eut suffisamment insisté, on l'avait poussée en fauteuil dans le couloir jusqu'à la nursery, jusqu'à son berceau de verre. Elle avait déplié lentement la couverture. Elle avait posé ses mains sur sa poitrine rose et remercié Dieu. Elle sentait quelque chose de spécial à son sujet.

Albert amenait fièrement Marcus à l'église au coin de la rue, l'exhibant chaque dimanche comme si personne n'avait jamais vu un nouveau-né. Il tenait le combiné du téléphone contre l'oreille minuscule quand ses parents téléphonaient pour chanter. Marcus n'était jamais aussi heureux que lorsque Albert le tenait tête en bas et le faisait virevolter à travers la pièce. Il lui acheta un avion dans un magasin d'occasion et l'accrocha au plafond de sa chambre avec du fil de pêche.

« Ce sera un pilote, Mara. J'en mets ma main à couper. »

Les différentes étapes passèrent sans encombre, si bien que le docteur ne s'attarda pas sur les inquiétudes de Mara lors de la consultation des trois ans de Marcus. Il était de plus en plus silencieux avec tout le monde, sauf elle. Il redoutait les autres enfants au bac à sable. Il se couvrait les oreilles quand les camions de livraison passaient, quand une porte claquait. Il ne mangeait rien d'humide.

« Des particularités, madame Alvaro. C'est tout. Les enfants sont tous différents, certains sont simplement plus sensibles que d'autres. Exposez-le davantage, ça l'endurcira. » Le docteur lui avait ouvert la porte de la salle d'examen tout en parlant. « Et essayez d'être plus détendue quand vous êtes avec lui. Les enfants sentent quand leur mère est nerveuse. »

Comme si c'était sa faute.

C'était censé lui passer avec l'âge.

Un soir, après avoir embrassé Marcus dans son lit, elle avait trouvé le courage de demander à Albert s'il s'inquiétait parfois pour lui. Du fait que son fils ne parle pratiquement qu'à elle. De son anxiété. Son repli. Albert ne savait pas grand-chose au sujet des enfants, mais à l'église les autres gamins de l'âge de Marcus escaladaient les bancs du fond ensemble. Les parents devaient râler pour qu'ils se tiennent bien pendant la messe et leur dire de s'arrêter quand ils couraient sous les arches vers la route. Albert avait bien dû remarquer que leur fils se recroquevillait dans le giron de Mara, enfonçant le visage dans son cou chaque fois que quelqu'un lui adressait la parole.

Marcus n'allait jamais vers Albert.

Elle avait besoin d'argent pour l'emmener voir un spécialiste. En s'exprimant à voix haute, elle avait eu la nausée. Elle savait avant même qu'Albert ne réponde qu'elle venait de rendre ses inquiétudes trop officielles. Les preuves trop difficiles à réfuter. Il voulait que son fils soit un certain genre de garçon, un soleil illuminant la vie pour laquelle il avait travaillé si dur, et voilà qu'elle lui disait, avec des mots qu'elle ne pourrait plus ravaler : notre fils n'est pas cet enfant.

Albert avait quitté la pièce pour fumer une cigarette et arroser le petit jardin de derrière dans l'obscurité. Ils l'avaient aménagé ensemble au printemps, tandis que Marcus les observait en silence, indifférent à la terre, aux vers de terre, aux contenants en plastique des bulbes. Ils venaient juste d'acheter la maison de Harlow Street, un bungalow en brique couleur cannelle sur une étroite bande de terrain qu'Albert pouvait traverser en sept foulées. Il avait installé des auvents en aluminium à rayures jaune et crème sur la galerie de devant et les fenêtres. Il avait peint la clôture basse en fer forgé du jardin de devant d'un blanc éclatant et s'occupait du nouveau gazon avec soin. Ce soir-là, de leur chambre, elle l'avait observé dans le jardin, une main tenant le tuyau, l'autre se frottant les joues, ses épaules secouées de sanglots.

Elle emmenait Marcus partout où elle allait. Parfois il se cachait près des pédales de la voiture et refusait d'en sortir. D'autres fois, il se comportait bien jusqu'à ce qu'il y ait un certain bruit métallique, ou que le coiffeur se penche vers lui pour lui offrir une sucette. Il se raidissait, le regard fixe, comme un animal sauvage. Tout le monde disait qu'il était timide.

À cinq ans, il ne lui parlait plus qu'en chuchotant.

Elle en vint à désirer plus que tout la sensation de sa respiration chaude contre son oreille, le son de l'air passant à travers ses dents.

« Explique à maman, pourquoi tu ne parles à personne d'autre ? De quoi est-ce que tu as peur ?

— C'est comme si j'étais sur scène toute la journée. » Il s'accrochait à son dos, cramponné à ses épaules, jamais loin.

« Sur scène ? Qu'est-ce que tu veux dire ?

— Comme si tout le monde me regardait dans un théâtre. Mais je ne peux pas me souvenir de ce que je dois dire. » La respiration chaude de nouveau. « Ils vont se moquer de moi. »

Il l'impressionnait par son intelligence, il parlait couramment portugais et anglais, il réussissait des puzzles pour adultes et mémorisait le nom de chaque pays de la carte. Quand Albert n'était pas à la maison pour l'entendre, il lisait doucement à voix haute sur les genoux de Mara. Mais l'école était un défi. Il était souvent trop anxieux pour tenir la journée. Le mal de ventre et la diarrhée causaient trop d'incidents. Les enfants étaient cruels.

Elle avait décidé de lui faire cours à la maison elle-même.

Il était devenu plus proche d'elle que la plupart des enfants le sont de leur mère, bien que Mara n'ait aucun point de comparaison. Elle ne souffrait pas de n'avoir jamais un moment sans lui dans les jambes, elle ne le repoussait jamais, même quand elle était aux toilettes ou en train de prendre sa douche. Il vivait sur elle comme une couche de peau. Il ne souriait à personne d'autre qu'elle, mais elle savait qu'il était heureux. Il était heureux avec elle.

Le printemps des sept ans de Marcus, Albert restait tard au travail presque tous les soirs. Il rentrait à la maison longtemps après le coucher de Marcus et se réveillait bien avant lui. La plupart des week-ends, il était pris hors de la maison. Mara gardait un calendrier dans un tiroir de la cuisine, et elle marquait d'une croix les jours où Albert ne voyait pas du tout leur fils. Après avoir barré un mois entier de son encre noire furieuse, elle s'assura que leur fils était endormi, puis se dirigea vers le salon. Elle écrasa le bouton de la télévision et jeta le calendrier sur les genoux d'Albert.

« Quatre semaines. Ça fait quatre semaines que tu ne lui as pas accordé un regard. Il est le plus grand cadeau que la vie t'ait fait, et tu passes à côté de tout ce qui le concerne. »

Il regarda l'écran derrière elle. Il resta de marbre.

« Qu'est-ce qui a changé en toi, Albert ? Qu'est-ce qui te donne le droit d'être aussi malheureux ? »

Son immobilité la mettait en colère. Il ne pouvait pas tout ignorer aussi facilement. Leur fils magnifique. Leur mariage qui s'ankylosait. L'endroit périlleux vers lequel ils se dirigeaient. Elle n'avait pas d'échappatoire, pas d'argent, pas de famille, pas d'alternative. Il ne cillait pas. Elle se demanda où il allait tout ce temps, comment il pouvait juste disparaître de la pièce. Alors qu'elle ne se permettait jamais de faiblir, aucune minute éveillée de sa journée. Qu'elle n'était jamais absente. Pour eux, avec eux, en dépit d'eux.

« Tu n'es pas l'homme que je pensais que tu étais. »

À présent, Mara observe la maison des Loverly. « Qu'est-ce que tu fiches encore dehors ? » Albert a entrouvert la porte moustiquaire. Il a toujours sa robe de chambre bordeaux et l'odeur de gras imprègne le tissu-éponge.

« Rien. » Elle lui fait signe de s'éloigner, pour la laisser entrer. Elle est surprise de voir qu'il reste une saucisse dans son assiette. Il n'a même pas mangé son petit déjeuner.

« Pas faim aujourd'hui ?

— On dirait que non », répond-il en se dirigeant vers leur chambre.

Elle range le plan de travail, met son assiette dans l'évier, rince la poêle à frire. Il voudra encore du café, elle le sait, alors elle jette le filtre détrempé et le remplace. Ramasse le café dans le récipient en étain. Remplit d'eau le réservoir arrière. Elle guette le gargouillis ; la machine ne fonctionne pas toujours bien, elle doit avoir vingt ans, mais il ne la remplacera pas avant d'être certain que le foutu truc est mort. Elle essaie de se rappeler ce qu'elle avait prévu de faire ce matin. La lessive. Et ramasser les avions en papier dans les buissons du jardin, parce qu'on est jeudi.

Albert revient dans la cuisine, il est en train de boutonner sa chemise, ses doigts rappellent à Mara les saucisses qu'il vient de manger. Ses mains enflées peuvent à peine se contracter en un poing.

« Le café est en train de couler, dit-elle. Viens là, je vais le faire pour toi. »

Il ricane mais il la laisse fermer les deux derniers boutons en détournant les yeux. Ils ne se sont pas regardés en face depuis des décennies, pas vraiment – pas comme ils le faisaient autrefois. Elle se demande s'il voit trop de choses dans ses yeux cataractés, au blanc terni depuis longtemps. Ou peut-être qu'il voit trop peu. Est-ce que leur vie devrait leur paraître meilleure ? Est-ce que parfois ça le fait pleurer lui aussi ? Il lisse la mèche de cheveux au sommet de son crâne et racle les glaires de sa gorge. Il se frotte la poitrine. Il rentre sa chemise dans son pantalon et s'assied à la table de la cuisine.

« Il est où, le café ? »

Elle fait glisser sa tasse vide sur le plan de travail en direction de la machine, indique le lait sur la table, et descend au sous-sol.

9

Blair

En s'approchant de la porte d'entrée de chez Whitney, elle vérifie l'heure. Pas encore midi. Elle n'a toujours pas eu de nouvelles de Whitney aujourd'hui, mais elle sait que Sebastian et Thea participent tous les jeudis à une animation à la bibliothèque avec Louisa. Chaque mois, Louisa affiche le planning de la famille dans la cuisine, et Blair le prend discrètement en photo.

Les immenses fenêtres de la façade et la disposition type loft signifient que Blair, de son propre salon, peut habituellement voir à travers leur maison jusqu'au jardin. En tout cas jusqu'à midi, lorsque l'éclat éblouissant du soleil lui renvoie l'image de sa propre maison fatiguée.

Parfois, les week-ends, elle regarde Jacob préparer le petit déjeuner sur le large îlot de cuisine. Son pantalon de survêtement descend bas. Elle a observé

Whitney enrouler ses bras autour de ses épaules nues tandis qu'il lui glisse des fruits épluchés dans la bouche. Un jour, elle a passé sa main sur l'avant de son pantalon. Jacob a posé la spatule pendant qu'elle le caressait, à quelques centimètres des plaques brûlantes, tandis que les enfants regardaient la télévision dans la pièce d'à côté.

De son côté de Harlow Street, ce genre de choses n'arrive pas. La proximité de Blair avec Whitney la rend douloureusement consciente de cette différence. Elle et Aiden vivent dans une étroite maison pour primo-accédants qu'ils étaient censés rénover il y a cinq ans. Son mari ne sait pas où est rangé le gaufrier. Elle ne pense jamais à le caresser dans la cuisine. Elle ne pense jamais à le caresser tout court.

Elle n'envie pas *tout* de la vie de Whitney. Elle n'aimerait pas être accaparée par son travail et absente pour sa fille, constamment divisée et distraite. À chercher l'équilibre qui échappe à chaque femme. L'équilibre n'est même pas un concept que Whitney semble prendre en considération.

Et pourtant Blair l'envie. Elle voudrait se sentir comme Whitney, elle voudrait savoir ce que ça fait d'appartenir à cette catégorie de femmes. De connaître la satisfaction d'avoir fait les bons choix.

Le double de la clé lui a été donné pour les urgences. Mais il n'y a jamais d'urgence.

Elle pénètre dans la maison et tape les numéros du

code de sécurité. Elle ferme le verrou derrière elle et se tient dans l'entrée d'un blanc pur. Un énorme tableau abstrait se dresse au-dessus, pendu à des fils comme dans une galerie. Le chaos d'acryliques lui plaît autant que du vomi, bien qu'elle ait prétendu le contraire. Elle inspire. L'air a une fraîcheur artificielle dans cette maison, comme une voiture chez le concessionnaire, comme quelque chose de neuf qui n'a pas été déballé.

Elle retire ses chaussures et marche jusqu'à la cuisine immaculée, avec ses larges panneaux de marbre noir, ses placards sans poignée et ses tiroirs à fermeture silencieuse. Il n'y a pas une seule chose qui ne soit pas à sa place. Pas de gobelet pour enfants traînant sur le plan de travail. Aucune tache de graisse de beurre de cacahuètes sur aucune des surfaces. Louisa a déjà dû passer et nettoyer le bazar du petit déjeuner. Posé sur l'îlot, un cylindre en céramique diffuse un mélange de menthe poivrée et d'agrumes. En parallèle de son travail, Louisa vend des huiles essentielles. Whitney dit qu'elles lui donnent la migraine.

À côté du diffuseur, le courrier de la veille forme une pile nette. Blair farfouille dans les enveloppes. Il y a un relevé de carte de crédit qu'elle aimerait ouvrir. Parfois elle les rapporte chez elle, pariant sur le fait que personne ne les lit. Un relevé de la compagnie d'assurances. Et une invitation pour un événement qui vient d'un magasin dans lequel Blair doit se contenter de regarder.

Elle tire sur la poignée en inox du frigo encastré. Louisa fait les courses le mercredi soir. Sur les clayettes bien remplies, les aliments sont rangés par catégorie, taille de contenant, et date de péremption. Elle prend une pomme verte dans le bac à légumes et y croque trois bouchées acides. Elle la jette dans le compost et remarque qu'il est vide – pas de céréales ramollies, pas de queues de fraises. Comme si les enfants n'avaient rien mangé ce matin.

Elle inspecte le bureau intégré près de la penderie. C'est censé être un endroit où les enfants font leurs devoirs, mais elle n'a jamais vu Xavier s'asseoir là. Il y a un pot de crayons flambant neufs pour les jumeaux. Elle agite la souris de l'ordinateur, et l'écran vert laisse place à la page de connexion. Quelques semaines plus tôt, elle a regretté son conseil à la seconde où il est sorti de sa bouche.

Au fait, est-ce que tous vos écrans sont verrouillés ? Est-ce que vous avez activé le contrôle parental ? Ils arrivent à l'âge où ils sont capables de trouver n'importe quoi sur Internet.

Elle mentionne souvent des choses auxquelles Whitney n'aurait jamais pensé. Des mesures que seule une mère attentive prend. Whitney ne gâche pas son énergie à se demander ce qui pourrait mal tourner.

Elle est déçue de ne pas pouvoir consulter l'historique de navigation ni les messages personnels de Whitney. Elle aime voir ce que Whitney sépare du compte professionnel que gère son assistant. Elle a un jour déniché la confirmation d'un lifting mammaire dont elle ne lui avait pas parlé. Mais ce qu'elle préfère, c'est lire les échanges de Whitney avec ses autres amies. Ses messages sont superficiels et écrits à la va-vite. Ces femmes ne reçoivent pas un dixième du temps et de l'attention que Whitney accorde à Blair.

Elle vient ici depuis un petit peu plus d'une année, tous les deux mois. Chaque fois, en bas de l'escalier, éclairée par le puits de lumière au-dessus de sa tête, elle s'arrête pour se demander : Et si elle était découverte ? Si quelqu'un la voyait à travers une des nombreuses immenses fenêtres et en parlait à Whitney ? Plusieurs fois, Mara l'a suivie des yeux depuis l'autre côté de la rue.

Elle a une réserve de réponses toutes prêtes.

Terrible envie de faire pipi, enfermée hors de chez moi.

Je croyais que j'avais oublié mon téléphone dans ta cuisine hier.

J'aurais juré avoir entendu ton détecteur de fumée.

Des explications toutes parfaitement crédibles.

Elle ne monte pas toujours jusqu'au troisième étage où se trouvent les chambres de Xavier et de Sebastian. Il n'y a rien d'intéressant là-haut, et fouiner dans l'espace d'un enfant pèse plus lourdement sur sa conscience. Mais aujourd'hui, elle est particulièrement curieuse, compte tenu de ce qui s'est passé ce matin. Elle ouvre d'abord la porte de la chambre de Xavier. Elle reçoit immédiatement une bouffée d'air frais au visage, ce qui est étrange. La fenêtre est ouverte. Elle manque de mettre le pied dans quelque chose de foncé étalé partout sur le parquet. Du café, elle reconnaît l'odeur. L'éclaboussure couvre le dos de la porte et une partie du mur. La poignée de la tasse en céramique blanche est cassée sur le sol. Sa nervosité augmente en imaginant le genre de colère qui a pu faire valser le café de Whitney à travers la pièce. La couette et l'oreiller sont tire-bouchonnés sur le sol. Il y a des feuilles de papier partout, des crayons et des feutres éparpillés, un porte-monnaie vide. Plusieurs avions en papier sont pliés et empilés sur la table de chevet. Et puis une tache sombre attire son regard – un gribouillage noir sur le mur blanc. De la peinture. À moins que ça ne soit de l'encre. La chambre lui donne des frissons à présent. Comme si elle était témoin de quelque chose qu'elle ne devait pas voir.

D'ailleurs elle déteste ça chez son amie, son manque de patience avec ses enfants, même si elle sait que Whitney essaie de se retenir quand elle est avec elle. C'est tellement embarrassant, la voix cinglante avec laquelle elle s'adresse à eux, le fait d'être témoin de sa frustration. L'amertume qu'elle laisse derrière son sillage. Blair elle-même a le cœur qui s'emballe lorsque Xavier ou les jumeaux deviennent incontrôlables, comme tous les enfants, leur montée d'énergie, la cacophonie de voix, un cri et puis l'un accuse l'autre – et Whitney qui se lève, qui attrape un bras, tirant un enfant dans une autre pièce avec une force dont Blair ne ferait jamais usage. Elle n'aime pas l'idée que Chloé voie ça quand elle vient ici pour jouer ; elle est reconnaissante à Louisa de faire tampon en étant là la majeure partie du temps.

Et bien sûr, il y a ce qui s'est passé à la fête en septembre.

Elle se demande si elle devrait partir, compte tenu de la situation. Mais au lieu de ça, elle s'arrête au deuxième étage, dans la suite parentale de Whitney et Jacob. Elle fait coulisser la porte, et ressent le vertige de la transgression.

Ses doigts glissent sur la toile de ramie gris acier des murs. Les draps blancs sont bordés avec précision au bout du lit, mais le côté où dort Whitney est encore froissé. C'est inhabituel – elle a entendu Louisa dire qu'elle commençait toujours par les chambres. Elle lisse le bas de la couette et s'émerveille, comme toujours, devant son aspect soyeux. Elle inspecte la pièce. Tout est en ordre.

Dans le dressing, les vêtements sont pendus sur des cintres en bois espacés régulièrement. La garde-robe de Whitney est trop vaste pour déduire ce qu'elle porte aujourd'hui. Blair effleure les extrémités des vestes en laine et les ourlets des robes structurées. Les cachemires sont pliés et empilés, le blanc sur les étagères, aussi net que le dégradé d'un nuancier.

Le vêtement préféré de Blair a glissé du cintre et est froissé sur le sol. C'est un court peignoir en soie avec de la dentelle florale bleu marine, quelque chose qu'elle n'aurait jamais l'idée de posséder. Elle l'enfile sur sa chemise en coton et son legging et noue la ceinture.

Dans le miroir, le peignoir semble se moquer d'elle. Whitney n'a jamais été plus belle qu'à quarante ans, en dépit du fait qu'elle ait donné naissance aux jumeaux il y a seulement quatre ans. Elle porte des vêtements qui dévoilent son dos, ses longues jambes minces, sa peau douce et intacte. À côté d'elle, Blair a l'impression d'être une gamine. Elle a des taches de rousseur sans charme. Ses bras ressemblent à des brassards dégonflés. Quand elles sont ensemble, Blair peine à détacher les yeux de la perfection de son amie, surtout si Whitney ne regarde pas dans sa direction. Blair est devenue experte, elle la dévore du regard rapidement, avidement.

Elle replace le peignoir sur le cintre.

La garde-robe de Jacob est décontractée, monochrome, uniforme. Ses chemises s'alignent dans le plus petit côté du placard où elles cohabitent avec les sacs à main de Whitney. Blair frotte sa joue contre le coton lourd d'un col roulé noir de Jacob. Effleurer ses affaires à lui la rend plus mal à l'aise que de toucher celles de Whitney. Elle ne pense pas que son attirance pour lui soit déplacée, vu l'effet qu'il produit chez la plupart des femmes. Mais elle est surtout attirée par des choses que les autres ne remarqueraient pas tout de suite. La façon dont sa barbe souligne la ligne de sa mâchoire deux jours après qu'il s'est rasé. Sa fossette subtile, uniquement sur la joue gauche. Le fait qu'il soit réservé uniquement parce que c'est quelqu'un qui réfléchit.

Son sentiment de trahison monte d'un cran tandis qu'elle touche les affaires de Jacob, parce qu'elle trahit à la fois son mari et sa meilleure amie. Elle soulève un de ses caleçons blancs dans le tiroir et imagine son sexe se durcir, jusqu'à remplir la poche avachie en Lycra. La légère humidité qu'il laisserait sur le tissu. Ses yeux tombent sur le joli panier en osier destiné aux vêtements sales. Mais Louisa a déjà fait la lessive.

Elle ouvre le tiroir du haut du côté du placard de Whitney. Ses soutiens-gorges sont rangés et neufs. Les formes sont toujours intactes, les bandes élastiques tendues. Elle pose la main sur un des bonnets fermes, comme si elle touchait un sein de Whitney.

Dans le deuxième tiroir, chaque culotte est pliée en un carré minuscule et elles sont organisées comme dans une boîte de chocolats. Toutes en soie noire. Blair pense à celle qu'elle-même porte. Boulochée, jadis blanche.

Elle enfonce sa main au fond du troisième tiroir, derrière les écharpes dispendieuses et les collants. Elle en retire le sac à chaussures bleu et doux qui contient deux vibromasseurs. L'un est petit, rouge et dur et s'allume d'une seule pression, l'autre malléable avec différents niveaux de vitesse et de fréquence. L'un après l'autre, elle les porte à son nez. Parfois l'odeur de Whitney demeure sur le caoutchouc velouté. Parfois celle du savon au romarin de la chambre conjugale.

Elle fixe le plus gros des deux et imagine Whitney se cambrer tout en l'enfonçant entre ses jambes. Allongée sur le lit king-size, avec Jacob qui la regarde depuis la chaise de l'autre côté de la chambre. Elle sait qu'il adore faire ça. C'est Whitney qui le lui a raconté à la fin d'une deuxième bouteille de vin l'été dernier. Blair a aimé recueillir cette confession, sentir cette pensée l'émoustiller quand elle les voyait ensemble. Elle avait espéré davantage de la part de Whitney, encore plus de révélations désinhibées sur sa sexualité, mais ces derniers temps, le sujet semblait mettre un terme à leur conversation. Peut-être comme si Whitney savait qu'elle en avait trop dit, même si Blair est naturellement la plus prude des deux. Le sexe avec Aiden est une performance à laquelle elle ne peut presque plus se résoudre. Pourtant ici, dans la chambre de Whitney, l'excitation monte facilement. Elle fait glisser son pouce sur le caoutchouc soyeux du plus gros vibromasseur et puis les replace tous les deux dans le sac.

Ensuite, elle ouvre le tiroir dans lequel Whitney garde sa lingerie la plus osée. Elle soulève le body en dentelle bleu marine assorti au peignoir qu'elle a enfilé plus tôt. Elle remarque la fente dans le tissu au niveau du sexe. Elle glisse ses doigts dedans et imagine Jacob faisant la même chose, et elle se sent brûlante. Avant de pouvoir se retenir, elle se déshabille. Elle enfile le body et l'ajuste. La culotte échancrée est trop serrée, ses seins trop menus pour remplir les bonnets avec armature.

Elle s'allonge au bord du lit et cherche l'ouverture dans la dentelle. Elle ne peut pas se souvenir de la dernière fois qu'elle s'est sentie comme ça. Elle se caresse rarement. Mais à présent, elle pense à Jacob et Whitney avec elle dans la chambre. À Whitney regardant Jacob s'approcher de Blair. Ils l'ont invitée, ils lui ont demandé de faire ça pour eux. Elle est digne d'eux. Elle est désirable. Il la pénètre.

Quelques secondes plus tard, elle s'étire. Elle fixe le plafonnier en verre soufflé au-dessus d'elle. L'audace la quitte plus vite qu'elle n'est venue. Elle retire le body et le remet soigneusement en place dans le tiroir.

Après, tandis qu'elle se lave les mains dans la salle de bains, avec le marbre chaud sous ses pieds, le miroir lui rappelle ce que Jacob verrait vraiment. Elle se détourne de son reflet, les endorphines évaporées. Elle ne pourrait jamais laisser un autre homme mettre ses doigts là où les siens viennent d'aller. Ni son visage, dans ses cheveux rêches et ses plis lâches. Même l'intimité d'un baiser la dégoûte. Elle ne sait pas quand ce changement s'est produit.

Dans le placard sous le miroir, Blair passe en revue les produits pour la peau. Nettoyant régénérant. Hydratant réparateur. Crème revitalisante pour les yeux. Sérum relipidant. Argile rajeunissant. Baume corporel restructurant. Huile dynamisante pour le corps.

Elle attrape la plaque de pilules contraceptives. Une fois de plus, certaines capsules sont intactes. Il y a quelques semaines, elle a fait un lapsus et en a parlé à Whitney par erreur. Le sujet de la vasectomie était venu sur le tapis. Jacob affirmait qu'il ne le ferait jamais.

Mais ça ne t'inquiète pas quand tu oublies de prendre ta pilule ?

Whitney l'avait regardée bizarrement. Elle n'avait jamais dit à Blair qu'elle prenait la pilule.

Je la prends depuis tellement longtemps que je ne l'oublie jamais, c'était tout ce qu'elle avait dit.

Blair repose la boîte sur l'étagère.

Suppositoires pour mycose vaginale. Crème pour infection vaginale. Déodorant sans aluminium. Dentifrice pour émail sensible. Fil dentaire à la menthe. Crème anti-hémorroïdes. Soin capillaire apaisant.

Le cylindre transparent orange avec l'étiquette arrachée. Elle enlève le couvercle blanc et verse les cachets dans sa main pour les compter. Il n'en reste que six en tout. Il y en avait vingt-trois la dernière fois qu'elle est venue, il y a presque deux mois. Elle aime garder le compte de la fréquence à laquelle Whitney en a besoin, bien que celle-ci n'ait jamais dit à Blair qu'elle avait une ordonnance pour ça. Blair avait cherché les cachets en forme de pentagone sur Internet et avait découvert que c'était de l'Activan. Pour l'anxiété. L'insomnie. Les troubles du sommeil.

Elle baisse les yeux sur les carreaux de marbre sous ses pieds. Elle pense au café renversé partout sur le parquet de Xavier. Y a-t-il eu quelque chose de bizarre chez Whitney récemment ? Quelque chose qui lui aurait échappé ? Elle essaie de se rappeler les derniers moments qu'elles ont passés ensemble avec les enfants. Elles ne se sont pas vues aussi fréquemment que d'habitude, ces derniers temps, Whitney avait des dîners de travail et des soirées professionnelles.

Elle examine la coupelle dans laquelle Whitney garde les bijoux qu'elle porte le plus souvent, et elle est surprise de voir que ses bagues de mariage sont là, le diamant taille émeraude flanqué de baguettes et la solide alliance en or. Elle ne les retire presque jamais, même pas quand elle dort. Blair les enfile sur l'annulaire de sa main droite, mais sa phalange ne passe pas.

À la place, elle attrape un bracelet pavé de diamants. Elle l'enfile et admire son poignet dans différentes positions, comme au comptoir d'une bijouterie. Elle fait ça chaque fois. Un rituel qui n'évoque pas son admiration des bijoux, mais sa sensation d'être une femme différente. Une femme qui ose porter des choses chères. Qui peut s'offrir des choses chères. Quand elle replace le bracelet dans la coupelle, la délicatesse avec laquelle elle l'y a pris a disparu.

Elle se rhabille et prend son téléphone sur la table de chevet de Whitney. Elle remarque l'heure sur l'écran et s'aperçoit que Louisa sera bientôt à la maison.

Mais il y a un endroit où elle a oublié de regarder. Elle s'assied sur le lit et ouvre le tiroir de la table de nuit. Des boules Quiès. Un vaporisateur d'oreiller. Un pousse-cuticules. Les choses habituelles. Elle déplie une carte d'anniversaire des enfants fabriquée par Louisa. Xavier a signé son nom en attaché avec un cœur sur le *i*.

Elle repose la carte et glisse sa main tout au fond du tiroir au cas où elle aurait raté quelque chose. Elle sent un objet qui n'y était pas la dernière fois qu'elle a fouillé là-dedans. Elle l'attrape pour voir ce que c'est. Une petite pochette de satin rose, qui contient quelque chose. Quelque chose de froid et de métallique. Elle l'ouvre, fait glisser l'objet dans sa main.

Une clé. Elle retourne l'étiquette attachée à l'anneau d'argent et elle la reconnaît. Le porte-clés appartient au mari de Blair. Ses initiales sont imprimées dans le cuir. A.P.

10

Whitney

L'hôpital

Whitney essaye de calculer l'âge de Xavier en jours. Après avoir longuement additionné dans sa tête, assise à côté du lit d'hôpital, elle arrive au chiffre 3 680. Elle aime le répit qu'offrent les mathématiques. Elle se répète ce chiffre encore et encore, pour ne pas l'oublier : 3 680 jours. Combien de fois a-t-elle senti son poids sur elle, sur ses hanches, dans ses bras, sur son dos ? 3 680 jours. Combien de fois lui a-t-elle dit qu'elle l'aimait ? Ce chiffre semble crucial. Plutôt que des dates, on devrait graver sur les pierres tombales le nombre de jours vécus, pense-t-elle ; les dates ne signifient rien. Et puis elle repousse l'image du granit gris et humide de sa tête ; cette simple pensée est une trahison. Elle murmure le chiffre. Elle veut compter chaque jour. Pour sentir le poids de 3 680 jours dans sa bouche.

Un. Deux. Trois…

Deux jours après la naissance de Xavier, ils l'avaient ramené de l'hôpital, calé et emmitouflé dans le siège auto, en le manipulant avec autant de délicatesse que des explosifs. Jacob voulait que Whitney passe la journée au lit avec le bébé.

« Ça va, j'ai accouché, je n'ai pas été opérée à cœur ouvert. »

Mais il avait insisté. Il lui avait apporté du café, des toasts et un Advil et il avait ouvert grand la fenêtre pour qu'elle profite du soleil de cet après-midi de printemps naissant.

Il avait enveloppé le bébé dans une couverture, pas tant langé qu'empaqueté, et l'avait placé avec douceur à côté d'elle avant de revenir se glisser de l'autre côté du lit. Ils avaient regardé le bébé allongé entre eux comme un spécimen rare. Appuyés sur leurs coudes, ils l'observaient. Il avait bâillé, le plus minuscule bâillement imaginable, et leurs regards s'étaient croisés. Un bâillement ! Elle avait effleuré ses cheveux emmêlés, les bords repliés de ses oreilles. Jacob était parti chercher un verre d'eau. Quand il était revenu, elle était en larmes, elle ne savait pas pourquoi. Il avait pris sa tête dans ses mains et lui avait massé les tempes avec ses pouces. Il lui avait tendu un mouchoir et acquiescé, bien qu'elle n'ait rien dit. Tout avait changé, ils le savaient tous les deux.

Quand elle avait arrêté de pleurer, les larmes disparaissant aussi vite qu'elles étaient apparues, il était parti faire les courses pour le dîner. Elle s'était souvenue d'un mail de son patron auquel elle n'avait pas répondu avant son départ pour l'hôpital. Le bébé était arrivé avec deux semaines et demie d'avance et elle n'avait pas encore fini de gérer les derniers détails au bureau, même si on lui avait promis que personne n'empiéterait sur son poste. Chef de projet senior des ressources humaines. Encore huit à dix mois, et ils lui proposeraient de s'associer, c'était son plan. Et si ça ne fonctionnait pas, elle partirait.

Elle savait comment tout ça marchait, donc elle ne prendrait pas beaucoup de congés. Elle n'allait pas s'arrêter pendant des mois, à paniquer à l'idée de se faire prendre son poste. Elle serait plus sereine en restant dans la course, certaine qu'elle n'avait pas perdu de terrain. Elle garderait un œil sur les opérations à distance jusqu'à ce qu'elle soit prête à retourner au bureau, dans quelques semaines. Avec Jacob, ils avaient commencé à faire passer des entretiens à des nounous mais ils n'avaient pas encore trouvé la bonne personne. Ses amies déjà mères lui répétaient qu'elle n'était pas réaliste. *Oui, on croyait toutes qu'on retournerait vite travailler, nous aussi.*

Elle avait entendu ce refrain presque aussi souvent que *Quelle surprise, je ne pensais pas que tu voulais des enfants.*

Et pendant longtemps, elle avait imaginé ne pas en vouloir non plus. Puis un peu après son trentième anniversaire, on aurait dit que tout le monde autour d'elle attendait un bébé. Même les amies qui faisaient partie de la sororité anti-enfant. Chaque nouveau bébé était accueilli comme un véritable accomplissement, et ça l'avait surprise, qu'elles considèrent la maternité de cette façon. Leur soudaine posture de supériorité. Et à cette époque elle avait commencé à sentir l'aiguillon du désir d'enfant.

Ça, et le fait qu'elle ne voulait pas regretter de ne pas en avoir eu. Quand elle y avait réfléchi en ces termes, la décision avait été facile à prendre. Et Jacob, bien sûr, avait suivi.

Elle se dégagea des draps et sortit son téléphone de son sac d'hôpital. Elle trouva le chargeur et grimaça en s'accroupissant pour le brancher à côté du lit, en sentant un nouveau caillot de sang glisser dans la bande de coton épaisse entre ses jambes. Elle ne supportait pas de penser à ce qui était arrivé à son corps. Elle n'avait pas voulu savoir, ni toucher, ni sentir quoi que ce soit. L'infirmière lui avait demandé de tendre la main pour tâter la tête du bébé qui pointait, et elle s'était sentie mal à cette idée. *Sors-le de moi. Referme mes jambes.*

Elle fixa l'écran noir en attendant que le symbole de la batterie disparaisse et que la page d'accueil charge. *Allez.* La pointe d'anxiété familière. Le besoin de voir qui essayait de la contacter et pourquoi. L'écran s'alluma et elle retrouva le calme que lui procurait la sensation du téléphone dans sa main. Sa planche de salut. Les messages remplissaient l'écran, leur nombre s'accumulant dans l'icône de la boîte mail. Les alertes d'actualité, l'une après l'autre. La satisfaction que tout ça soit là, non lu, non consulté, le festin d'informations qui s'étendait devant elle.

Et puis soudain, elle se souvint du bébé.

Le bébé. Elle en avait un. Il était là, désormais hors d'elle. Elle se sentait mieux à ce sujet qu'elle ne l'aurait pensé. Tout semblait être comme il fallait.

Elle posa une main sur ses seins gonflés, durs comme des pierres, puis elle regarda de nouveau l'écran. Elle s'éloigna du bébé et tourna le visage vers la brise chaude venant de la fenêtre. Elle répondit au mail de son patron. À un autre mail. Elle fit défiler le déluge de textos. Elle envoya un message à son assistant pour faire le point. Elle parcourut rapidement les nouvelles puis envoya à son large groupe d'amis une photo prise à l'hôpital, sur laquelle on ne voyait pas tout de suite ses yeux injectés de sang et son visage bouffi.

Il est là ! Xavier Wesley James Loverly. 3 kilos pile. Bébé et Maman de retour à la maison au lit, en pleine forme, attendant leur première coupe de champagne.

Les réponses étaient arrivées en un feu soutenu, ding, ding, ding. Encore plus de mails. Encore plus de réponses. Encore plus de questions rebondissant sur ses réponses. Est-ce que cette fourchette de budget lui allait ? Est-ce qu'ils pouvaient lui envoyer la dernière version d'une propale ? Pouvait-elle jeter rapidement un œil à un mail qu'ils avaient ébauché pour un client ? Elle faisait attention à ne pas répondre plus brièvement que d'habitude. On avait besoin d'elle. Elle avait de l'autorité. Rien n'avait changé. Elle vérifia ses actions en Bourse. Twitter. Elle fit défiler d'autres gros titres et lut en diagonale un article sur la masculinité toxique. Elle répondit à quelques autres textos. Elle vérifia de nouveau ses mails.

« Je suis de retour. Comment il va ? »

La voix de Jacob en bas de l'escalier la surprit. Elle fixa les yeux sur le plafond avant de se tourner pour faire de nouveau face au bébé. Elle posa sa main à plat sur son petit ventre. Il était chaud et elle sentait son pouls. La tête de Jacob apparut à la porte. On aurait dit qu'il était resté en apnée depuis son départ.

« Tu l'as regardé pendant tout ce temps ?

— Oui. »

Elle avait menti sans même y penser. Elle n'aurait

pas dû se laisser distraire, pas par le travail, ni par rien d'autre. Il est là depuis à peine quelques heures, c'est un miracle, regarde-le ! Comment avait-elle pu le quitter des yeux ? Elle sourit et dit à voix haute : « Je ne peux pas le quitter des yeux. »

Jacob s'assit sur le côté du lit. Il retira ses lunettes et appuya l'épaisse monture noire contre ses lèvres. Il portait le même modèle de chemises tous les jours, il en possédait des dizaines, et elle tendit la main vers la manche de coton noir, pour l'attirer plus près d'elle. Il la rassurait. D'elle-même. Et de sa capacité à les décevoir.

« Dans le magasin, je n'arrêtais pas de me dire que nous ne revivrions jamais cette journée. Son deuxième jour sur terre. Regarde sa peau, comme elle est fine et rose. » Il souleva la main du bébé pour toucher ses ongles minces comme du papier. Elle ne se rappelait pas avoir déjà été témoin d'un tel niveau de bonheur chez quelqu'un, ça lui faisait mal ; elle aurait voulu se sentir comme Jacob, elle aussi. Elle était déjà en train de rater tant de choses avec cet écran allumé devant son visage.

Jacob sortit de la chambre et elle laissa tomber son téléphone sur le sol. Puis elle se pencha pour le faire glisser sous le sommier, hors de portée. Elle se retourna vers le bébé, au second jour de sa vie. Ses yeux s'entrouvrirent. Elle avait lu quelque part qu'une mère devait regarder son bébé avec un bonheur sincère, que c'était une nourriture aussi précieuse que du lait. Elle essaya de son mieux. Il fixait son visage ouvert. Il était à elle, ils appartenaient l'un à l'autre. Jusqu'à présent, elle n'avait jamais compris ce sentiment de propriété, cet égoïsme des parents. Mais il y avait maintenant un morceau d'elle, bien vivant, juste là.

À l'hôpital pour enfants, de la porte ouverte derrière elle, quelqu'un parle, et c'est comme la musique d'ambiance dans un supermarché. Un air familier, la reprise d'une chanson qu'elle connaît sûrement. Elle fait abstraction de ce qu'ils disent, comme si ces inquiétudes, ces tests, ces acronymes médicaux étaient destinés à une autre mère. Elle acquiesce, elle répond à leurs questions en quelques mots, les mots qui lui rendront les choses plus faciles. Qui les feront partir. Ce qu'elle veut, elle, c'est sentir de nouveau toutes les parties du corps de son enfant.

Elle utilise son doigt comme un pinceau et trace la forme de son sourcil, son nez, sa mâchoire maintenue ouverte par l'intubation, jusqu'à son cou enflé, l'arête de ses clavicules. Elle ne sent pas le scotch, les tubes, la minerve, le plastique. Elle encercle ses petites épaules, ses bras fins, tourne à nouveau autour de ses coudes. Elle s'arrête sur son avant-bras et le serre.

La pression lui semble familière, la sensation de ses os maigres, comme une branche qu'elle pourrait briser. Est-ce qu'elle l'attrapait souvent comme ça ? Est-ce qu'elle le serrait durement, en le tirant vers elle quand il n'écoutait pas, quand ils auraient dû être sortis depuis déjà cinq minutes ? Est-ce qu'elle resserrait son étreinte autour de ce bras quand il ne la regardait pas quand elle lui parlait, et tirait la langue à son petit frère ? Est-ce que la rage la saisissait si rapidement qu'elle lui tordait le bras juste assez pour qu'il proteste, mais pas une seconde de plus ?

Et maintenant, elle lui a fait quelque chose de bien pire.

Elle se redresse sur la barrière de son lit. Elle tire sur le drap qui couvre sa poitrine et le couvre de légers baisers, à travers les scotchs et les fils, jusqu'à son ventre, sur ses côtes où il aimait être chatouillé. Elle imagine que chaque pression de ses lèvres l'aide à se sentir mieux. Qu'elle chasse la peur et tout ce qui blesse. Et puis elle approche son avant-bras plein de taches de rousseur de sa joue, et elle respire sa peau de nouveau.

11

Blair

Le porte-clés d'Aiden. Elle le fixe dans sa main, en essayant de contenir sa panique grandissante. C'était un cadeau de ses parents, avec un portefeuille assorti. Il s'en était servi pendant des années, pour la clé de son bureau. Mais elle ne sait pas si c'est la même clé sur l'anneau qu'elle tient à présent. Ni pourquoi Whitney l'aurait en sa possession. Cachée au fond de son tiroir. Dans une pochette de satin rose.

Elle ne parvient pas à trouver une explication assez vite. Elle s'assied sur le sol, dos au lit. L'implication de ce que la clé pourrait signifier s'insinue en elle, inopportunément. C'est impossible. Incompréhensible.

Elle pense au papier en aluminium. À Whitney et à l'infinie liberté qu'elle s'accorde. La façon dont elle l'a évitée ces derniers temps. La façon dont elle la regarde parfois comme si elle l'épiait. Ou comme si elle s'essayait à la trahison. À la culpabilité.

Elle ne s'en rendra jamais compte. Elle ne se doute de rien. Blair entend parfaitement la façon dont ces mots sonneraient dans la bouche de son mari.

Elle a chaud, l'humiliation lui donne la nausée. Elle pense à Chloé.

Elle frictionne sa poitrine oppressée. Elle s'allonge sur le côté.

Elle ne veut rien voir derrière ses yeux fermés, elle veut disparaître dans le noir, mais maintenant les cuisses grandes ouvertes par les mains de son mari sont celles de Whitney. Elle imagine qu'une autre femme qu'elle brûlerait les feux rouges pour interrompre la réunion commerciale de son mari. Exigerait des réponses. Appellerait son amie encore et encore jusqu'à ce qu'elle finisse par décrocher. Jetterait des vêtements par terre. Ferait ses valises.

Mais Blair se sent diminuée. Et effrayée.

Elle s'accroche de toutes ses forces à une pensée : comment concevoir que Whitney fasse ça à Jacob ?

Elle sait que c'est pathétique qu'elle ne puisse pas dire la même chose de son propre mari.

Jusque-là, elle aurait pu vivre dans le déni, en gardant l'information cachée dans un coin de son cerveau, comme quelque chose que personne n'avait à savoir. Elle aurait pu fermer les yeux, si ça avait été qui que ce soit d'autre que Whitney.

La nausée est de retour, il faut qu'elle sorte de

cette maison au plus vite. Elle trébuche deux fois en descendant l'escalier.

Elle peut mettre un terme à tout ça dès ce soir, en s'invitant quand Whitney rentrera du travail. Elle proposera d'ouvrir une bouteille de blanc comme elles le font habituellement et, en servant les verres, elle lui demandera d'un air dégagé si elle n'aurait pas vu une clé qu'Aiden a perdue, qu'il pense avoir laissée tomber chez les Loverly, la dernière fois qu'ils sont venus. Whitney fournira l'explication rationnelle dont Blair a besoin, et elles passeront à autre chose.

Elle jettera l'emballage quand elle sera de retour à la maison.

Cette spirale d'anxiété lui fait du mal.

Elle doit la faire disparaître.

Elle ferme la porte des Loverly à clé derrière elle et quand elle se retourne, elle voit Ben qui l'observe depuis l'autre côté de la rue. Sa bouche se remplit de bile de nouveau. Ben avance vers elle tandis qu'elle court dans l'allée. Il lève très légèrement une main, comme si elle devait se préparer à ce qu'il s'apprêtait à faire. Elle s'arrête et déglutit sa salive brûlante.

« Ça va, Blair ? » Il ralentit et croise doucement les bras.

« Oui, ça va. Pourquoi ? » Elle protège ses yeux du soleil. Ben a l'air confus. Il se tourne vers la maison des Loverly et secoue la tête, comme s'il ne pouvait pas croire ce qu'il s'apprête à dire.

Le temps s'arrête. Le suspense de ce qu'il va lui annoncer est grisant, une fraction de seconde d'euphorie à l'idée que quelque chose de grave est arrivé, mais de ne pas encore savoir quoi exactement. Le scénario du pire. Accident de voiture. Anévrisme. Homicide. Des pensées saugrenues, mais de toute façon rien ne se révèle jamais conforme à ce qu'elle pensait. Pas la clé, pas la liaison. Pas la tasse de café projetée dans une chambre d'enfant. Elle s'accorde alors le plaisir d'imaginer Whitney traversant un bref moment de difficulté. Sa journée de travail interrompue. L'argent soudain moins significatif. La trajectoire de sa vie moins certaine. La vie simple de Blair ne semblant pas si mal après tout.

« Je suis désolée, Blair, tu… tu sors juste de chez eux, je pensais que tu savais. » Il marque une pause. « Quelque chose de terrible est arrivé. »

Elle s'arrête à mi-chemin dans son escalier. Elle s'appuie contre la balustrade. Ses yeux cherchent quelque chose sur quoi se concentrer. L'endroit du mur où on voit la trace du pinceau. Un sequin magenta échappé de la boîte de travaux manuels de Chloé qui est collé sur sa chaussette. Un fil, dépassant de la frange du tapis du couloir.

Aiden est resté silencieux un peu trop longtemps quand elle lui a téléphoné une minute plus tôt du trottoir pour lui dire pour Xavier. Elle ne voulait pas analyser sa réaction, le rythme de sa respiration, sa pause, mais elle l'a fait. Il a commencé par s'inquiéter de Whitney.

« Il faut que tu ailles à l'hôpital pour être avec elle, a-t-il dit. Jacob est en déplacement, non ? »

Elle n'a pas mentionné le fait que Jacob est en déplacement. Mais les deux hommes sont amis. Des amis occasionnels. Peut-être qu'il lui a dit, ou peut-être qu'il l'a vu quitter la maison pour aller à l'aéroport.

« J'ai besoin de réfléchir une seconde.

— Blair, il ne faut pas qu'elle reste seule. Tu dois y aller, il est déjà midi passé.

— Je vais y aller. Je veux juste… J'ai besoin de temps pour digérer l'information. Mon Dieu, comment on va annoncer ça à Chloé ? »

Mais Aiden n'a pas semblé inquiet à ce sujet. Il a semblé inquiet uniquement pour Whitney. À ce moment-là, Blair a failli lui parler de l'état de la chambre de Xavier. Du café renversé. Mais elle s'est arrêtée juste à temps. Elle ne pouvait pas lui dire qu'elle s'était introduite dans leur maison.

Elle veut que la clé disparaisse. Elle veut que la clé n'ait jamais existé.

Elle pourrait la jeter dans l'étang du parc. Ou une fontaine. Elle l'imagine coulant à pic, puis camouflée par des pièces porte-bonheur.

Elle brûle de honte en repensant à ce qu'elle a fait avant de fouiller le tiroir de la table de chevet.

Comment c'était de jouir sur le lit de Whitney. À quel point son fantasme était idiot, compte tenu de tout ce qu'elle sait maintenant.

Elle se relève en s'accrochant à la rambarde.

Elle ne peut pas se relâcher.

Ça va aller pour Xavier, il va s'en sortir.

C'est juste une clé, se dit-elle. Un bout de métal.

Juste le fruit de son esprit oisif et désœuvré.

12

Rebecca

Il est 12 h 30 quand l'infirmière en charge du chariot de café tend une tasse à Rebecca. Elle la remercie, puis reporte son attention sur l'écran d'ordinateur pour voir les résultats du labo. Comme elle passe d'un onglet à l'autre, ses yeux la picotent, mais elle est encore de garde jusqu'à ce soir. D'habitude, elle n'a pas à se retenir de poser sa tête sur le bureau si tôt dans la journée. Un troisième interne est arrivé ; il écoute le compte rendu d'une infirmière, et elle est soulagée qu'il soit là pour l'aider. Il faut qu'elle relève les paupières, qu'elle lutte contre la paralysie de l'épuisement, et qu'elle persuade son cerveau de passer à la vitesse supérieure. Tenir jusqu'à l'heure suivante, puis la suivante, jusqu'à ce qu'elle atteigne le rivage par-delà la fatigue. Elle boit un gobelet d'eau froide pour se réveiller et le remplit de nouveau au distributeur en regardant une mère qu'elle a reçue plus tôt ranger deux pochettes de lait maternel dans le frigo réservé aux patients.

Elle rappelle les soins intensifs pour avoir des nouvelles de Xavier. Aucune évolution. La mère parle toujours aussi peu, elle donne des réponses laconiques aux travailleurs sociaux, à l'officier de police – ils interrogeront le père à son arrivée. Rebecca montera à la fin de sa garde pour voir si elle peut se rendre utile auprès de Whitney. Dans l'immédiat il faut qu'elle sorte à l'air libre. Elle demande à l'infirmière de la biper en cas d'urgence.

Lorsqu'elle pousse la lourde porte d'entrée de l'hôpital avec sa hanche, quelqu'un la hèle. « Excusez-moi ? Excusez-moi ? » La voix est tendue. Rebecca se tourne et voit une femme en train de faire rebondir un nouveau-né sur son épaule, comme si elle s'efforçait de le garder éveillé. « Où sont les urgences ? »

Rebecca lui indique le chemin, mais la femme paraît désorientée. Rebecca demande si elle peut toucher le bébé et elle appose le dos de sa main sur son front, fait glisser un doigt sur la fontanelle. Il va bien, il est frais et hydraté. Elle pose une main sur l'épaule de la femme et s'assure qu'elle peut voir ses yeux. À présent, elle pleure comme le bébé qu'elle essaye de donner à Rebecca.

« Je l'ai fait tomber, je l'ai fait tomber en descendant l'escalier. Il a quelque chose, je le sais. » Des gens les regardent, d'autres ralentissent, d'autres font semblant de ne pas entendre. Rebecca prend le bébé dans ses bras, examine ses yeux, touche l'arrière de sa tête à la recherche d'une bosse. Elle cherche un infirmier volontaire et aperçoit un adolescent dans la blouse verte de l'hôpital qui distribue des brochures. Rebecca lui demande d'accompagner la femme au bureau des admissions. Et puis elle rend le bébé et pose sa main sur le bras de la femme.

« Je sais que vous avez peur, mais ça va bien se passer. On va s'occuper de vous. On va s'assurer qu'il va bien. »

Elle lui posera les questions difficiles plus tard. Qui était responsable du bébé quand c'est arrivé ? Que s'est-il passé juste après ? Combien de temps a-t-elle attendu avant de l'emmener ? Elle se concentrera sur les faits. Les plaies. Les œdèmes. Les fractures. Aucun parent n'a envie de se trouver aux urgences avec son enfant, pourtant c'est son devoir à elle de s'assurer qu'il n'y a pas d'incohérence, que l'enfant est en sécurité – et c'est tout. Elle se rappelle à l'ordre quand elle sent le vil tiraillement du jugement. Ce n'est pas son affaire.

Mais a-t-elle suffisamment questionné Whitney ? Autant qu'elle le fera avec cette femme ?

Elle note mentalement de suivre ça avec l'équipe de soins intensifs. Pour s'assurer que tout a été fait avec l'application appropriée. Une simple question de protocole.

L'air frais dans sa poitrine semble la purifier, et elle a la sensation rare de ne pas vouloir retourner directement travailler. Elle a besoin de faire quelque chose d'autre.

Parfois elle s'installe dans le service de réanimation quand c'est calme, ou dans la réserve à l'arrière du bloc opératoire au milieu de la nuit. Mais cet après-midi, elle prend l'ascenseur jusqu'aux couloirs obscurs du sous-sol, où sont conservées les machines en double dans les anciennes cliniques. Elle opte pour une pièce tout au bout du couloir.

Dès la porte refermée, elle laisse la peur l'envahir. La peur de ce qu'elle ne va peut-être pas trouver. Ou la peur que quelqu'un n'entre et ne la découvre. Mais il y a quelque chose d'excitant, aussi, et la perspective d'un soulagement, même fugace ; l'incertitude gagnera à la fin, comme toujours.

Elle s'allonge sur la table les yeux fermés tandis que la machine démarre. Elle baisse le haut de son pantalon médical et étale la gelée bleue froide sur son abdomen. Elle saisit le Doppler et tend la main pour orienter l'écran vers elle.

La masse de cellules a désormais une forme reconnaissable. Des pieds et des orteils. Une tête. Un cerveau. Un cerveau qui développera la fonction de l'aimer. Le fœtus remue sous la pression de la sonde tandis qu'à travers les grésillements elle guette le son qu'elle cherche. Et puis elle le trouve. Le bruit sourd des battements de cœur. Elle le laisse emplir la pièce, jusqu'à ce qu'il résonne comme une sirène distante et régulière.

Elle détourne ensuite le regard de l'écran. Elle n'aime pas se rappeler cette silhouette. C'est plus facile pour elle de traverser ses journées en considérant que ce qui est vivant à l'intérieur d'elle ne le sera bientôt plus. Une simple masse de matière qui va dégager d'un moment à l'autre. Il y a de la sécurité dans cet état constant de déception. Moins de menace pour elle.

Elle essuie la gelée sur son ventre et fourre le mouchoir en papier dans sa poche. Elle balance ses jambes et s'assied pour regarder son téléphone où se trouve un message de son mari. Elle a appelé plus tôt pour le prévenir pour Xavier. *Mon Dieu*, a-t-il répété en boucle. Il a demandé comment elle se sentait. Il lui a dit qu'il l'aimait. Ils essaient de remonter la pente. Ils essaient d'aller de l'avant. Il lui a reparlé du voyage en Oregon. Il veut l'emmener dans la Willamette Valley, faire le tour des caves à vins à vélo. Il sait que la journée a été dure, mais est-ce qu'elle a enfin posé ses jours de congé, pour la mi-automne ? Il a besoin de réserver les vols.

Le bébé est prévu pour octobre. Mais il n'est pas au courant.

Elle ouvre la galerie photo sur son téléphone. Elle trouve un album qu'elle a créé.

Ce sont des photographies de femmes qu'elle ne connaît pas. Des femmes qu'elle a reçues aux urgences ces dernières années. Celles dont elle ne pensait pas que les enfants allaient survivre. Au départ, elle les a photographiées sans s'autoriser à mettre des mots sur ce qu'elle faisait. Un clic rapide et silencieux de l'autre bout de la chambre alors qu'elle était censée être occupée à quelque chose, envoyer un message à un autre docteur ou vérifier une dose. Elle parcourt les photos. Certaines sont de profil, lèvres mordues, une main sur une tempe. Certaines sont déformées par le mouvement. Sur d'autres, les femmes la regardent en face. Elles sont toutes livides, fatiguées, recroquevillées. Aucune d'elles n'a conscience de ce que Rebecca est en train de faire.

C'est une violation de la vie privée pour laquelle elle pourrait être virée, et elle s'est promis de les effacer. Mais pour le moment, elle a besoin de ces visages, au cas où ce bébé l'abandonne comme les autres. Si son utérus ne peut pas le retenir – on lui a d'ailleurs dit que ce serait probablement le cas. Elle a besoin de ces visages pour lui rappeler qu'aussi intense que soit son désir, devenir mère est la chose la plus stupide qu'une femme puisse envisager. Qu'un tel amour lui fera inévitablement plus mal qu'elle ne peut l'imaginer. Qu'elle sera assommée, comme les mères sur les photos, comme Whitney, trois étages plus haut. Ou déchirée encore et encore pendant les longues années de maternité, ce chagrin sourd la suivant partout où elle ira.

Et pourtant elle le veut tellement. Elle a fini par en avoir un besoin désespéré et effrayant.

13

Whitney

MERCREDI

C'est le matin du jour qui s'achèvera au chevet de son fils aîné sur un lit d'hôpital. Dans la salle de réunion, Whitney se tient dos au mur, en essayant d'avoir l'air d'apprécier le brunch de baby shower organisé pour sa cadre supérieure la plus précieuse, qui lui a demandé six mois de congé maternité supplémentaires. Whitney a accepté parce qu'elle ne veut pas diriger son entreprise en entretenant la concurrence comme les hommes le font. Elle veut soutenir les femmes qu'elle emploie. Elle veut en être aimée. Pourtant, quand Lauren lui a posé la question pour le congé, elle a été déçue. Whitney pensait que Lauren lui ressemblait davantage.

Les invités se font passer de doux pyjamas de naissance et des couvertures légères à motifs. Il reste encore des cadeaux à ouvrir, des croissants à manger et des mimosas à boire, pour tout le monde sauf Lauren. Il y a quelques jeunes pères dans son équipe, mais Lauren sera la première mère, Whitney mise à part, ce qui signifie que les femmes présentes discutent passionnément de maternité avec une autorité de seconde main – une amie qui fait du cododo avec ses jumeaux, une sœur qui a accouché dans sa baignoire. Whitney n'aime pas que les bébés et les mariages soient les seules choses qu'on célèbre dans une vie de femme. Elle-même a refusé de laisser qui que ce soit lui organiser une baby shower. Quelqu'un fait circuler une carte sur laquelle ils sont tous censés écrire des vœux et des conseils, mais malgré ses trois enfants, Whitney n'en a aucun à donner. Rien que Lauren aura envie d'entendre. À la place, elle lui écrit qu'elle lui manquera.

Elle retourne discrètement à son bureau pour réfléchir à la présentation du lendemain matin. L'angle d'argumentation a été validé il y a cinq jours, et ils ont répété chaque mot, mis en scène de fausses questions-réponses, ils préparent cette réunion depuis trois mois. Elle aime cette étape du processus, la finalisation. Les petits détails essentiels. Travailler calmement son élocution, les bons mots, les moments d'emphase. En visualisant le succès qui l'attend au bout du chemin.

Le résultat de la réunion est crucial pour l'avenir

de l'entreprise de conseil en développement qu'elle a bâtie au cours des dernières années. Si elle remporte cet appel d'offres avec la banque, un énorme mandat de gestion du management pour une fusion mondiale, les revenus de l'entreprise vont plus que quadrupler. Ce qui leur donnera accès à de nouveaux marchés. Elle ouvrira des bureaux à Londres. Attirera des talents de la concurrence. Ça les placera en bonne position pour une acquisition d'une tout autre envergure, et Whitney aura l'influence nécessaire pour rester aux commandes. Elle atteindra de nouveaux sommets.

Elle désire cette victoire plus que tout ce qu'elle a voulu jusque-là dans sa vie.

Elle est en train de relire la proposition de budget pour la quatrième fois quand Lauren frappe à sa porte. « Whitney ! C'est trop généreux de ta part, comme toujours. Tu es la meilleure.

— Tu le mérites.

— Tu es sûre que tu ne veux pas que je vienne à la réunion demain ?

— N'y pense même pas. Tu es officiellement en congé. Offre-toi une pédicure ou quelque chose de ce genre, profite de la journée avant qu'il ne pleuve. »

Whitney ne sait pas ce que ça fait, que l'idée de lever le pied soit une source de joie. Mais elle sent le corps de Lauren se détendre quand elle la serre dans ses bras pour lui dire au revoir, elle devine son soulagement à l'idée de laisser le boulot derrière elle.

Le mari de Lauren gagne beaucoup d'argent dans l'immobilier commercial, plus que Whitney ne peut la payer, bien qu'elle touche le plus gros salaire de son équipe. Lauren ne reprendra peut-être pas le travail, Whitney s'en doute. Il y a une forte probabilité qu'après avoir expulsé le bébé, elle soit brusquement convaincue, comme la plupart des femmes, que *donner* est la chose la plus importante qu'elle puisse faire. Son lait. Son sommeil. Son estime d'elle-même. Plus elle donnera, plus elle sera applaudie. La dévotion maternelle. Regardez comme elle est merveilleuse avec ce bébé. C'est comme ça que ça commence.

Whitney sait que toutes les femmes ne partagent pas sa conviction que l'indépendance, dans tous ses aspects, est la forme de pouvoir la plus importante. Que le monde se compose de ceux qu'on envie et de ceux qui envient. Tôt dans sa vie, elle a pris la décision de ne jamais être le genre de personne qui se contente de perpétuer la sensation de pouvoir avec laquelle les plus enviables vivent – au lieu de quoi, elle serait l'un d'eux. Et chaque décision qu'elle prend vise à rester sur l'extrémité la plus haute de cette balance.

Si elle voulait avoir une vie différente de celle où elle a grandi, elle ne voyait pas d'autre option. L'injustice, son père n'avait que ce mot à la bouche – les lois étaient injustes, le gouvernement était injuste, le monde était injuste. Mais elle ne parvenait pas à comprendre pourquoi il ne faisait jamais rien contre ça.

Pourquoi il n'essayait pas d'améliorer la situation. Il travaillait pour la ville en contrat saisonnier, à tondre le gazon ou saler les routes, mais de temps en temps ses hanches douloureuses le contraignaient à se mettre en arrêt maladie.

N'insulte pas ton père, avait dit sa mère en la frappant sur le côté de la tête quand elle avait demandé pourquoi il ne prenait pas simplement un autre boulot, pourquoi ils n'avaient pas plus d'argent. Juste après, sa mère l'avait embrassée, et elle avait frotté l'endroit où elle venait de la taper. C'était son habitude de redoubler de tendresse après avoir été agressive, comme si l'un effaçait l'autre. *Nous sommes juste des gens ordinaires, Whitney, nous faisons de notre mieux. Un jour, tu comprendras.*

Depuis presque dix ans elle se lève tous les matins à 4 heures. Une heure inhabituelle. L'heure à laquelle son esprit tourbillonnant la réveille, et il n'y a rien à gagner à essayer vainement de se rendormir. Aucun intérêt à laisser son dialogue intérieur vagabonder, pour créer des problèmes là où il n'y en a pas. Être simplement occupée n'a aucune valeur – de nos jours tout le monde est occupé. C'est la concentration qui fait la valeur. La satisfaction du contrôle et la productivité d'un travail lucratif.

Le plus souvent, elle quitte la maison avant que Jacob et les enfants ne soient réveillés. Louisa arrive à 5 h 40 pour préparer les lunch box des petits et gérer la routine du matin. Whitney essaie de rentrer à temps pour leur dire bonne nuit, ou à l'heure du dîner si Jacob est en déplacement. Mais elle sait ce que Louisa et Jacob ne lui disent pas – que les choses se passent mieux quand elle n'est pas là.

Et elle ne se plie pas aux faux-semblants qui causent tant de culpabilité aux autres mères. Elle s'interdit de penser à ce qui se passe à la maison en son absence. Pour elle, la question est de savoir ce qu'elle aime, or elle préfère travailler que passer du temps oisif avec ses enfants. Elle ne trouve aucune satisfaction dans les moments avec eux. Elle ne se reconnaît pas dans le corps chaud et rassurant qui guide leur routine, qui dirige tout le monde, la responsable des formulaires scolaires, des vêtements supplémentaires et de l'étalement de crème solaire. L'assaut de demandes, les pleurnicheries, leur façon de changer constamment d'avis après qu'elle a fait ce qu'ils voulaient, donné ce qu'ils voulaient, acheté ce qu'ils voulaient.

Elle a besoin de plages de temps définies avec eux, pas de longues périodes. De petites fenêtres ordonnées.

Et puis il y a Xavier. Il ajoute à tout ça une tension qu'elle n'a jamais su gérer. La fréquence de son aîné rentre en collision avec la sienne. Par moments, son irritation est presque électrique, et elle n'aime pas ça chez elle. La facilité avec laquelle il menace le contrôle dont elle a tant besoin est perturbante. Elle ne sait pas d'où vient cette colère. Pourquoi elle est toujours là, blottie, à attendre.

C'est plus facile entre elle et les jumeaux. Son expérience avec eux n'a rien à voir avec son expérience en tant que mère de Xavier. Leur camaraderie innée, leur fixation mutuelle sur leurs visages heureux et joufflus, la façon dont ils semblent avoir davantage besoin l'un de l'autre que d'elle. Elle est la mère fuyante. La mère qui n'est pas Louisa. Parfois, elle a la sensation qu'ils acceptent ses limites d'une façon qui échappe à Xavier.

Elle aime ses trois enfants, bien sûr qu'elle les aime. Mais elle n'est pas toujours le mieux pour eux. Et ils ne sont pas toujours le mieux pour elle.

Jacob lui téléphone de Londres, interrompant de nouveau sa concentration sur la feuille de calcul. Il est 15 heures là-bas, mais ça ne compte pas pour lui parce qu'il ne s'adapte jamais à l'heure locale quand il voyage. Elle met le téléphone sur haut-parleur. Il a l'air stressé, une fois de plus. Cette année, il a beaucoup voyagé pour le travail, et ces déplacements outre-Atlantique l'angoissent. Il lui parle des œuvres qu'on lui a montrées cet après-midi, et elle écoute comme à son habitude, c'est-à-dire en faisant autre chose en même temps, en répondant aux messages qui ne nécessitent qu'une brève réponse, tout en lui prodiguant des conseils qu'il n'a pas demandés.

« Est-ce que je peux t'interrompre une seconde,

chéri ? Est-ce que tu as enfin abordé la question de l'exclusivité ? »

Il est marchand d'art. Mais il ne possède pas toutes les qualités d'un bon marchand d'art. Il est à Londres depuis quatre jours afin de dénicher des œuvres pour ses clients, des individus fortunés qui n'ont ni le temps, ni les compétences, ni l'envie de chercher leurs œuvres d'art eux-mêmes. Ils apprécient Jacob parce que c'est un intellectuel, le fils de deux professeurs de sciences humaines à Yale. À contrecœur, il se rendra dans leurs demeures cossues et boira leurs vins finement vieillis en leur enseignant tout ce qu'ils doivent savoir du monde de l'art contemporain, distillant son doctorat en quatre-vingt-dix minutes prodigues et bien structurées, en échange de *la* pièce qui pourrait les séduire au cours des cinq prochaines années.

Mais dans le commerce de l'art, l'argent ne dépend pas du fait de connaître la valeur et les modes, ni d'être capable de réciter chaque transaction record des maisons de ventes aux enchères à New York, comme il peut le faire. L'argent dépend du volume de ventes et des commissions sur celles-ci, or Jacob est mal à l'aise à l'idée d'exploiter l'une ou l'autre de ces mesures, en dépit du coaching aimant et bénévole de Whitney.

Il le sait. Il ne s'en soucie pas. Ils savent pertinemment tous les deux qu'il satisfait surtout son besoin à elle d'interférer. Aussi exaspérant que ce soit aux yeux de Whitney, il ne partage pas son appétit pour la réussite, l'argent et le statut. Il n'a pas travaillé et investi depuis l'âge de quinze ans, comme elle, il n'a pas le MBA qu'elle a obtenu en étudiant la nuit et les week-ends tout en excellant dans un poste exécutif, et pourtant, c'est lui qui côtoie de plus près la vraie richesse. Elle envie l'aisance avec laquelle il se meut dans cette strate de la société, la façon dont il a été élevé pour un monde dans lequel il ne veut pas faire grand-chose. Il a le privilège de n'avoir rien à prouver. Dans le même genre de milieu, elle jouerait un rôle. Et avec plus de gêne qu'elle ne l'avouera jamais.

« Tu sais ce que j'en pense, Jacob. Dans ton domaine, tu ne peux pas sous-vendre et sur-délivrer, c'est trop pointilleux. Ça se joue sur la hype, pas vrai ? Il faut que tu attaques fort dès la présentation, sinon tu ne vas pas retenir son attention. »

Mais elle ne se sent pas menacée par la culture de Jacob, parce qu'il n'y a pas de pouvoir dans le fait de tenir salon autour d'un verre de vin. Le pouvoir, c'est son salaire à elle. Sa sécurité financière. Son épais portefeuille d'investissement et son entreprise en pleine expansion avec un chiffre d'affaires à huit chiffres. C'est son ambition à elle qui a offert à leur famille la vie qu'ils ont, qui permet à Jacob de se balader dans une foire internationale pendant quatre jours et de revenir avec rien d'autre que de l'inspiration. Elle leur a offert les trois enfants, la maison sur une double parcelle, les vacances plusieurs fois par an, la nounou à disposition, les œuvres d'art convoitées qu'il a choisies pour leurs propres murs. Grâce à elle, leur vie n'a rien d'ordinaire. Et pourtant. Elle aimerait qu'il y contribue davantage. Qu'il la soulage d'une partie de la pression, pour une fois.

Elle sait que la plupart des gens font un bond en arrière à l'idée des femmes qui, comme elle, recherchent la richesse aussi férocement que les hommes le font tout le temps. Même s'ils ne l'admettent pas. C'est rebutant chez une femme de vouloir plus d'argent que ce que la société pense qu'elle vaut.

« Je te conseillerais d'obtenir d'abord que Pearse s'engage sur les 30 pour cent. Il faut que tu sois ferme. Beaucoup plus ferme », lui dit-elle.

Son assistante, Grace, vient d'entrer dans son bureau, et elle articule silencieusement quelque chose tout en posant des exemplaires reliés de la présentation sur son bureau. Elle colle une note à côté.

« Il faut que j'y aille, mais appelle-moi demain, d'accord ? Si tu veux parler de quoi que ce soit ? Le pitch devrait être fini à midi. »

Le pitch, dit-il, bien sûr, il n'a pas oublié. Il a hâte de savoir comme ça s'est passé. Il sait qu'elle va assurer.

Mais parfois elle se demande s'il est aussi heureux de son succès qu'il le prétend. S'il a déjà espéré, dans un moment de faiblesse, qu'elle échoue, juste une fois. Il y a parfois une tension dans sa voix, même s'il prononce les bons mots.

Essaye de finir à une heure décente ce soir, lui dit-il.

Elle ne répond rien.

Peut-être que je n'aurais pas dû partir, reprend-il.

Elle se raidit, tourne le dos à la porte ouverte du bureau.

« Pourquoi tu dis ça ? Qu'est-ce que tu veux dire ? »

Il reste silencieux.

Il ne sait pas. Il se sent loin. Les enfants lui manquent, il est fatigué. Peu importe.

Elle n'aime pas quand il est comme ça, mollasson et anxieux. Elle regarde le post-it de Grace. C'est le nom et le numéro de téléphone du professeur de Xavier. Elle n'en parle pas à Jacob. Elle plie le papier et le glisse dans sa poche de chemisier. Elle ne veut pas que ça traîne dans son champ de vision.

Elle lui dit de ne pas être idiot. Que tout va bien. Les enfants iront bien.

Elle attend qu'il réponde qu'il sait qu'elle a raison. Mais il reste silencieux. Et puis il marmonne quelque chose au sujet d'un taxi, il doit filer. Elle lui dit qu'elle l'aime. Il ne répond rien, et elle entend une porte de voiture qui se referme, et il est parti.

Quand elle raccroche, il y a un message sur l'écran de son iPhone.

Hey ☺ Toujours partante pour ce soir ? 23 heures ?

Elle se rassied dans son fauteuil et défait le bouton doré de son blazer blanc crème. Elle essaie de comprendre l'inquiétude de Jacob. Elle n'aime pas la sensation que ça lui donne. Elle tapote le téléphone sur son menton. Elle prend une profonde respiration avant de répondre, et puis elle efface la conversation.

14

Rebecca

Elle vient juste d'entrer dans la cage d'escalier quand le code bleu résonne au-dessus de sa tête. Troisième étage. Chambre 3103. Elle n'est pas dans l'équipe d'urgence, donc elle continue à regarder ses mails tout en montant lentement les étages, en faisant attention à ne pas trébucher, quand soudain elle intègre l'information – troisième étage.

Chambre 3103.

Elle essaie de se rappeler le numéro de chambre de Xavier, c'est 31, 31-quelque chose, 3108, 3111 ? Elle balance les bras en montant les marches quatre à quatre, encore un étage jusqu'au troisième. Chambre 3103, c'est trop familier, ça doit être lui. Elle coupe presque la route au chariot de secours dans le couloir, mais elle bondit en arrière pour le laisser passer, avant de suivre le cortège régulier de l'équipe jusqu'au corridor à droite de l'infirmerie. Le couloir de Xavier.

Non, non, non. Elle fait le vœu qu'ils s'arrêtent, sa chambre se trouve environ aux trois quarts de ce couloir, mais ils courent déjà trop vite, ils sont presque à sa porte et elle voit qu'elle est ouverte. Elle imagine Whitney dans le coin de la pièce, s'entendant dire de partir, de sortir pendant qu'ils tentent de faire repartir le cœur. Deux docteurs la dépassent au pas de course, un coude heurte sa hanche, et elle s'arrête.

C'est la chambre voisine.

Elle se plie en deux, mains sur les genoux. Sa gorge est serrée. Elle s'arme de courage. Elle ferait mieux de filer si elle n'est pas utile. Elle reviendra prendre des nouvelles de Xavier plus tard.

Elle n'est pas elle-même.

Il lui faut quelques heures de sommeil, avant qu'elle ne fasse une erreur préjudiciable.

Elle roule généralement à contre-courant du trafic quand elle fait l'aller-retour jusqu'à Hospital Row dans le centre. Sa vie suit une direction différente de celle de la plupart des gens, c'est l'impression qu'elle a eue toute sa vie. Elle aime regarder les voitures s'accumuler sur la file opposée. Elle aime rentrer à la maison se coucher quand la journée des autres est déjà bien entamée. Elle n'est pas obligée d'assurer ces longues gardes aussi souvent, mais c'est une façon de se tenir à distance des routines. Comme ça, elle n'a pas à passer sa propre porte d'entrée à l'heure pour un dîner calme avec Ben, qui l'attend seul assis sur un banc tapissé de tissu lavable antitache. Le genre pour les familles avec des petits aux doigts poisseux.

À l'hôpital, les enfants sont différents. Ils ont besoin d'elle, et elle peut, généralement, les soigner. Et cesser d'être nécessaire une fois sortie du bâtiment est devenu pour elle le plus difficile.

La façon dont Ben a besoin d'elle a changé au cours des dernières années. C'est peut-être simplement l'évolution naturelle du mariage, l'amour qui fond lentement pour devenir quelque chose de moins voluptueux. Mais elle a la sensation d'avoir perdu de la valeur à ses yeux depuis que les fausses couches ont révélé autre chose que de la malchance. Depuis qu'ils ont appris qu'ils souffraient d'une défaillance mécanique définitive. Qu'elle, la machine, était cassée.

Son esprit est taillé pour les statistiques, les probabilités, les conséquences qui peuvent être prévues par des traitements. Sauf que cette façon de penser ne fonctionne pas pour la biologie reproductrice. Ce ne sont pas des lignes droites. Avec Ben, ils ne sont pas dans la catégorie désespérée, mais les chances ne semblent plus en leur faveur. Fausse couche récurrente. Trois ans. Sperme modèle. Ovules de trente-sept ans. Un utérus inhospitalier avec un tissu endométrial qui n'est pas luxuriant. *Il est un peu plat*, voilà ce qu'on lui a dit. *On préférerait qu'il soit plus moelleux.* Son corps ne réagissait pas comme il aurait dû. Leur champ lexical est celui de l'échec.

Le problème n'est pas de ceux qui peuvent être résolus. *Nous ne savons pas* est la réponse à la plupart des questions qu'elle pose, comme si ce vaste trou noir de connaissance médicale était acceptable. Tout ce qu'on leur a proposé en guise de traitement, c'est une absence totale de traitement. Ils peuvent continuer à essayer, s'ils le souhaitent, si la déception est quelque chose qu'ils peuvent supporter. Lors de leur dernière consultation, après que le docteur a quitté la pièce, l'infirmière, une jeune femme dont les ovaires grouillaient probablement de bons œufs collants, dont l'utérus, imaginait-elle, était mûr comme un fruit tropical, avait dit le mot qu'elle voulait le moins entendre : miracle. Qu'ils voyaient des miracles tous les jours.

Mais Rebecca est une scientifique. Elle n'a jamais cru que l'espoir soit un pouvoir influent. Elle n'a jamais cru aux miracles.

Durant sa première année d'internat en pédiatrie, un médecin de garde lui a dit que la meilleure chose qu'elle pouvait faire pour les parents à l'hôpital, c'était de garder l'espace entre leurs attentes et la réalité aussi mince que possible. En d'autres termes, que la sensation d'espoir, cette chose que tout le monde recherche, n'était pas nécessairement une bonne chose. Ça l'avait frappée comme une évidence. Pendant treize ans, on l'a entraînée à ne se fier qu'aux preuves. À prendre des décisions fondées sur sa connaissance du fonctionnement du corps humain. Seulement pour son propre corps, à cet instant précis, elle ne sait presque rien.

Elle se gare dans la rue devant sa maison de quatre chambres, trois salles de bains et une entrée munie de crochets jaunes éclatants à une hauteur adaptée à des bras d'enfant. Ils ont versé l'acompte au constructeur trois mois et demi après son premier test de grossesse positif. Ils avaient le privilège de la certitude, à l'époque.

À l'intérieur, Ben est vraisemblablement en train de lui préparer un sandwich pour le déjeuner, un café frais. Il a pris un congé de l'école cette année, une décision qui a surpris tout le monde, y compris Rebecca. Il a toujours adoré enseigner. Il adorait ses élèves ; il travaillait depuis des années à l'école primaire située à dix minutes, une des raisons pour lesquelles ils avaient acheté une maison dans ce quartier. Et ils aimaient le fait que ce soit un quartier mixte, économiquement et ethniquement, même si l'école était envahie par un petit groupe de parents privilégiés qui faisaient de l'ingérence.

Mais il en était venu à vouloir faire une pause dans la routine, cesser d'enseigner le même programme chaque année. Un de ses amis dirigeait une start-up, une application de cours à domicile destinée aux parents, et il cherchait un éducateur pour du consulting à plein temps. Ils remboursaient encore l'emprunt de Rebecca pour ses études de médecine, et ce boulot était deux fois mieux payé que son poste d'enseignant. Ben était excité à l'idée d'essayer quelque chose de nouveau. Il avait donc pris le contrat de huit mois, principalement en télétravail. Et il avait accepté d'entraîner une équipe de softball pour l'école primaire à quelques pâtés de maisons, une faveur qu'il faisait à un collègue. Le changement semblait le soulager.

Elle se demande s'il a quitté son poste parce que c'était trop douloureux d'être avec des enfants toute la journée. Si le rappel de ce qu'ils ne pourraient sans doute jamais avoir était devenu trop pesant pour lui.

C'était Ben qui avait toujours voulu des enfants.

Elle l'avait rencontré au cours d'un rendez-vous organisé à la dernière minute par un collègue qui estimait qu'elle devrait sortir davantage, mettre un beau jean et des talons pour une fois. Sa dernière relation remontait à presque un an, aussi brève que toutes les autres qu'elle avait eues – son ex travaillait dans le plastique pour l'argent et lui cachait qu'il vapotait. Elle avait été réticente au départ, mais quand son collègue lui avait dit que Ben était instituteur, un mec vraiment bien, elle s'était dit qu'il n'y avait rien à craindre d'un dîner tardif. Elle avait été surprise quand Ben s'était levé de table pour lui tendre la main. Il était grand et tonique, comme elle, et avait l'air plus honnête encore que sur la photo que son ami lui avait montrée, torse nu sur le ponton d'un lac.

Il lui avait plu immédiatement. Elle était charmée par la façon dont il appuyait une jointure sur sa lèvre supérieure quand il riait. Il évoquait ses élèves de cinquième avec une fierté parentale. Mais il avait surtout tenu à la faire parler d'elle. Les choses qu'elle aimait et celles qu'elle n'aimait pas, les endroits où elle était allée et ceux où elle voulait aller. Sa pratique de la course à pied. Son travail. Ses recherches. Son enfance, fille unique d'une mère célibataire en difficulté qui avait fait tout ce qui était en son pouvoir pour que sa fille réussisse.

Et quand la table avait été débarrassée, quand ils avaient déjà ri si fort que les gens à côté d'eux s'étaient retournés avec agacement, quand plusieurs minutes s'étaient écoulées à se fixer sans rien dire, il avait fait signe au serveur pour un dernier verre. Et puis il lui avait demandé : *Est-ce que tu veux des enfants ?*

C'était seulement quand elle avait porté son verre à sa bouche qu'elle avait remarqué qu'il était vide. Elle l'avait reposé, consciente des secondes qui défilaient à toute allure.

Oui. Je pense. Et puis, pour se rassurer elle-même, elle avait réessayé : *Oui. Je veux des enfants.*

Il avait baissé les yeux, de nouveau il avait appuyé sa jointure sur sa bouche en souriant. C'était la réponse qu'il espérait. Tout se passait entre eux exactement comme il le voulait, elle le voyait bien.

Elle avait trente-trois ans. Elle s'était toujours sentie sûre de ce qu'elle voulait et de ce qu'elle ne voulait pas, mais la maternité lui semblait un sujet pour les autres. Pas pour elle. Rien ne l'excitait dans cette idée. Pendant des années, ça avait été une source de discorde entre sa mère et elle – sa mère voulait à tout prix être grand-mère. Que Rebecca connaisse l'amour maternel qu'elle-même avait connu. Pourtant même si Rebecca se sentait redevable envers sa mère et ne pouvait pas accepter l'idée de la décevoir, elle n'avait jamais envisagé sa vie avec un enfant.

Elle avait toutefois aimé l'euphorie qu'elle avait ressentie en rentrant à son appartement ce soir-là, après avoir dit ces mots à voix haute à Ben. Quelque chose avait commencé à bouger. Quelque chose qui semblait plus grand qu'elle. Peut-être, se disait-elle, l'instinct maternel était en elle depuis le début, et elle n'avait pas voulu l'écouter. Elle avait beaucoup d'ambition, et la science l'absorbait. Les connaissances infinies qu'elle cherchait à assimiler, les heures de travail extraordinaires qu'elle devait effectuer. Elle ne pouvait pas savoir ce qui se cachait dessous depuis si longtemps.

Elle avait pensé à sa mère, seule. Aux années qui passaient, et à la façon dont Ben l'avait embrassée en sortant du restaurant, comme si s'embrasser n'était pas vraiment le sujet. Le sujet, c'étaient les perspectives, et parfois l'amour commence comme ça. Elle l'avait appelé une fois chez elle pour lui dire qu'elle était bien rentrée, et ils avaient parlé encore deux heures au téléphone.

Ils s'étaient mariés un an et demi plus tard, une petite cérémonie familiale dans la ferme où Ben avait grandi avec ses deux frères et sa sœur. La mère de Rebecca l'avait menée de la véranda fraîchement peinte en blanc à l'autel fait de bottes de foin empilées et de seaux en acier remplis de centaines de tournesols. Après la cérémonie, on avait beaucoup parlé des bébés qui rejoindraient un jour les neuf autres enfants de la famille. Rebecca avait regardé les nièces et les neveux de Ben se poursuivre dans l'herbe haute dans la lumière rose du soleil de septembre en début de soirée, et s'était retournée pour voir sa mère les observer, elle aussi. Sa mère n'avait pas été capable de tout lui donner, mais elle l'avait amenée jusque-là, jusqu'à ce moment. Accomplie, respectée, en sécurité. Une vie que sa mère n'avait jamais pu avoir elle-même.

Ben était alors venu dans la véranda, il s'était rapproché de sa nouvelle belle-mère. Il avait mis son bras solide autour des épaules qui avaient porté un poids plus lourd qu'aucun d'eux ne pouvait le concevoir et il avait chuchoté quelque chose qui l'avait fait rire. Ils avaient reposé le regard sur les enfants dans l'herbe.

Ben avait lancé un clin d'œil à Rebecca et elle avait souri, les joues douloureuses d'avoir souri toute la journée. S'il le lui avait demandé, elle aurait jeté ses chaussures en satin et couru avec lui dans les champs, laissé sa robe se maculer de terre, elle aurait filé en direction du soleil déclinant.

Quelque part entre les premiers temps et aujourd'hui, le désintérêt de Rebecca pour les enfants a laissé place à une obsession qu'elle ne parvient même pas à formuler. Elle s'est méfiée de la maternité, jusqu'à ce qu'elle ne s'en méfie plus. Elle n'a pas voulu d'enfant, jusqu'à ce que ça devienne ce qu'elle désire le plus au monde.

Et pourtant la plupart du temps, elle s'en veut d'être otage de l'attente. Le désespoir semble sa plus grande faiblesse. Elle n'arrive pas y échapper, en dépit de sa capacité supérieure à se discipliner. À contrôler toutes ses autres pensées.

Quand elle passe la porte, elle voit son ordinateur portable ouvert sur la table de la salle à manger, ses écouteurs posés à côté. Il l'appelle de la cuisine.

Il l'attire à lui et frotte son pouce sur la trace rouge sur son front où sa calotte est trop serrée. C'est un geste de parent essuyant du ketchup au coin d'une bouche. L'énergie de leur mariage s'est métamorphosée. Il s'inquiète de son manque de sommeil, de sa douleur à la plante des pieds, du fait qu'elle mange suffisamment au travail. Il fait glisser l'assiette à travers la table et s'assied, il attend qu'elle prenne place elle aussi. Menton dans la main, coude sur la table, il la regarde.

« Comment va-t-il ?

— Eh bien, ça se joue heure par heure, mais il ne semble pas aller mieux pour l'instant. Plus il reste dans le coma, moins il a de chances de se remettre. Ils m'enverront un message à la moindre nouvelle.

— Mon Dieu. » Il secoue la tête. Il a du mal à imaginer.

« Je sais. Je ne pouvais pas croire que c'était lui, ce matin. Je veux dire, ce genre de choses arrive tous les jours, mais à une famille qu'on connaît, de l'autre côté de la rue… C'est juste… C'est juste horrible.

— Attends, je te sers un verre d'eau. »

Elle le regarde se déplacer dans la cuisine. Ses manifestations d'inquiétude, ses tentatives constantes de la soutenir. Comme s'il se convainquait que s'occuper d'elle, plutôt que de leur bébé, lui suffira. Comme s'il essayait d'étouffer l'amertume qui pourrait bien gagner à la fin.

Elle sait qu'il veut l'aimer. Mais l'amour peut changer. L'amour est fondé sur une certaine conception qu'on a de l'autre, et elle ne correspond plus tout à fait à cette idée.

« Pourquoi tu ne vas pas courir ? » dit-il. Avant,

elle courait tout le temps. Des kilomètres après une longue garde, pour se débarrasser de tout ce qui persistait, le doute sur la façon dont elle avait géré un cas, l'inquiétude tenace d'avoir renvoyé à la maison un enfant qu'elle aurait dû garder en observation.

Peut-être, répond-elle. Elle porte le verre d'eau à ses lèvres. Il se tourne pour essuyer ses mains sur le torchon. Un peu plus longtemps que nécessaire.

Et puis il revient à la charge pour les jours de congé, pour l'Oregon. Elle promet de s'en occuper.

Il demande pourquoi elle ne boit pas son café.

Elle baisse les yeux sur son mug intact. Elle lui dit qu'elle en a trop bu à l'hôpital.

Elle est devenue capable de lui mentir si facilement. Comme si les mots n'étaient pas vraiment les siens. Comme si la malhonnêteté ne comptait pas, parce que ça appartiendra à l'Avant. Et que tout sera mieux dans l'Après. Elle ne se soucie que de l'Après.

Elle monte à l'étage pour dormir et s'assure que son alarme est activée. Il lui reste à peine trois heures avant de devoir y retourner, à moins que l'interne ait besoin d'elle plus tôt. Dans leur chambre, elle retire le pantalon qui la serre à la taille. Et puis elle tend l'oreille pour vérifier qu'elle entend toujours les pas de Ben au rez-de-chaussée. Elle soulève son tee-shirt et observe son ventre dans le miroir fixé au dos de la porte. Elle n'a jamais tenu jusqu'à cent vingt-neuf jours. Encore quelques semaines, ou peut-être juste une, et sa silhouette sera trop difficile à cacher.

Il ne supporte plus le fardeau de ce mince espoir. Mais elle, elle ne peut pas vivre sans.

15

Whitney

L'hôpital

Elle glisse l'extrémité de l'index droit de Xavier entre ses dents et mordille l'ongle jusqu'à en détacher une fine bande. Elle garde l'ongle entre sa langue et son palais. Elle touche la peau rose exposée sur le bout de son doigt et se demande ce qu'il peut sentir à présent. Son contact ? Sa présence ? Est-ce qu'il l'a entendue dire à quel point elle est désolée ?

Tout ce qu'il est à dix ans lui semble tellement familier. Une partie d'elle. Mais ils se rapprochent du moment où tout ça commence à changer. Depuis le jour où elle l'a mis au monde, il s'éloigne d'elle, et bientôt elle le sentira, physiquement, dans la façon dont il ne cherchera plus de réconfort dans son affection. Bientôt il l'aimera moins qu'autrefois. Et puis peu de temps après, elle lui paraîtra inutile. Il sera plus gêné en sa présence qu'en son absence. Et puis, il ne pensera pas beaucoup à elle, il ne pensera pas beaucoup de bien d'elle non plus. Ils ne se toucheront que pour un rapide bonjour, un au revoir cordial, quand elle posera ses mains sur les épaules rondes et solides d'un homme.

Est-ce que ce n'est pas comme ça que ça se passe, avec les fils ?

S'il survit. S'il ne se rappelle pas ce qui est arrivé.

Elle glisse un doigt sous ses yeux, comme pour essuyer des larmes. Elle pose sa main sur le ventilateur qui lui couvre la bouche. Elle imagine que c'est elle qui remplit ses poumons d'air, qu'elle est la seule à pouvoir le sauver.

Son rire lui vient alors à l'esprit. Elle voit ses pommettes se soulever, sa mâchoire s'étirer, mais elle ne parvient pas à retrouver le son. Quelle intonation ? Comment est-ce possible qu'elle ne puisse pas se souvenir de sa façon de rire ? Est-ce que Jacob y arriverait ? Ou Louisa ?

Est-ce que ça lui arrive de rire quand il est avec elle ?

Elle ne se rappelle pas avoir beaucoup ri enfant. Le seul rire dont elle se souvient provenait de l'autre côté du mur qui les séparait de la télévision du voisin. De temps en temps, son père tapait sur la paroi pour que le gars baisse le volume, et sa mère se plaignait que ce soit encore pire que le bruit de la télévision.

Son père rétorquait que si ça ne lui plaisait pas, elle pouvait partir, même si tout le monde savait qu'elle ne ferait jamais une chose pareille.

Pourtant, Whitney savait que sa mère conservait un ticket de car aller simple dans la poche intérieure de son manteau. Valable tous les jours de la semaine, sans date d'expiration, trajet direct jusqu'au terminus national à trois heures de route. Elle se souvient parfaitement de cette conversation récurrente entre ses parents, et elle se souvient aussi de ce que sa prévisibilité avait de rassurant, la façon dont son père revenait s'affaler dans son fauteuil, grimaçant de douleur à cause de la hanche qui lui avait pris sa joie de vivre. Comment il coinçait sa mère contre le mur en crachant ses mots. Il chantonnait un couplet ou deux de Johnny Cash pour se calmer, pas plus. Mais elle n'a aucun souvenir de l'un d'entre eux en train de rire.

Et donc, peut-être qu'il n'y a pas assez de rires chez les Loverly, en tout cas quand Whitney est à la maison. Quand elle est là, il y a beaucoup de temps passé au téléphone, beaucoup d'*Il faut*, et beaucoup de larmes quand le comportement des enfants ne correspond pas à ses attentes. Il n'y a pas tellement de place pour la spontanéité. Il n'y a pas tellement de temps.

Elle essaie de se rappeler la dernière fois où elle a joué avec lui, aux Lego, à un jeu de société ou aux échecs, ou à un de ces trucs tournoyants qu'il collectionne et dont elle n'a même pas retenu le nom.

Elle n'aime pas vraiment jouer. En fait, elle déteste ça. Jouer n'est pas productif. Elle déteste les caisses en plastique pleines de jouets, et elle déteste s'asseoir par terre. Elle déteste imiter le bruit d'une voiture ou faire semblant d'être un lion. Elle déteste la banalité. Elle déteste s'efforcer d'avoir l'air légère, joyeuse ou surprise quand elle ne l'est pas. Elle déteste feindre de l'intérêt pour des choses qui ne sont pas réelles.

Tu joues avec moi ? Quand est-ce que tu peux jouer avec moi ? Est-ce qu'on pourra jouer après le dîner ? Est-ce que tu peux construire quelque chose avec moi ? Elle doit fermer les yeux et se préparer aux pleurnicheries, à l'agitation, quand elle leur répond : *Je suis désolée, mais ce n'est pas possible maintenant. J'ai d'autres choses à faire.*

Est-ce qu'elle a toujours quelque chose à faire, ou est-ce qu'elle trouve toujours quelque chose d'autre à faire ? Elle pense à l'agenda sur son téléphone, ce calendrier coloré plein à craquer qui régit sa vie. Il n'y a pas de couleur assignée à Xavier ni aux jumeaux. Il n'y a pas de couleur assignée au jeu.

Est-ce qu'ils se sont déjà allongés ensemble au soleil pour regarder les nuages ? Est-ce qu'ils ont inventé des histoires ensemble, des chansons idiotes, des mots qui n'existent pas ? Est-ce qu'ils ont connu la joie unique qu'ils étaient censés partager ?

Elle n'est pas ce genre de mère.

Une mère comme Blair. Qui a pris des décisions différentes des siennes.

Elle reprend la main de Xavier et approche de nouveau ses ongles de ses lèvres. Un jour, elle l'a menacé froidement de lui frotter un oignon sur les doigts tous les matins s'il continuait à les ronger, comme sa mère le lui avait dit à elle. Il ne lui a pas sorti ses excuses habituelles. Il a demandé si elle pouvait arrêter d'en parler. Il a dit que ronger ses ongles était parfois la seule chose qui lui permettait de se sentir mieux.

Mieux à quel sujet ? Mais il n'avait pas de réponse. Elle l'a laissé tranquille. Elle sait ce que c'est de faire quelque chose qu'on ne devrait pas faire, parce que ça nous procure ce dont on a le plus besoin. Une sensation de soulagement. Une sensation de contrôle.

Un médecin se trouve dans la pièce à présent. Elle est incapable de l'écouter, incapable de faire semblant de comprendre ce qu'il lui explique. Elle voudrait qu'il se taise, se couvrir les oreilles. *Pars, pars, pars.* Elle sent l'odeur de l'alcool. Et puis celle du latex. Elle serre la main inanimée de Xavier parce que ça lui fait du bien de sentir qu'il est toujours là, qu'il y a de la chair, des muscles et des os. Qu'il n'existe pas seulement dans sa mémoire.

La mémoire. Le docteur dit ce mot au moment où elle y pense. La mémoire de Xavier. Le trauma. Il y a un genre de scan. Un œdème. Elle entend les mots « plaque » et « crâne » et « apport sanguin ». Un enchevêtrement de nombres avec des décimales.

Elle ouvre les yeux et elle le voit. Elle a déjà entendu d'autres mères dire qu'elles surprennent souvent un aperçu du futur visage d'adulte de leurs enfants, quand une expression fugace fait voyager leur imagination dans le temps. Ça lui arrive parfois avec les jumeaux. Mais Whitney ne pense jamais à Xavier de cette façon-là. Avec lui, elle n'arrive pas à voir au-delà de la journée, de l'heure, du garçon qu'il est à l'instant T. Dépendant, exigeant, difficile. Toujours à la pousser dans ses retranchements.

16

SEPTEMBRE
Le jardin des Loverly

Le goût âpre dans sa gorge est familier, mais elle ne peut pas déglutir – cette fois c'est de la honte, amère et épaisse. Whitney se relève du sol de la chambre et fixe Xavier qui lui rend son regard. Puis ils tournent tous les deux la tête vers la fenêtre ouverte sur la fête. Elle croise les bras sur sa poitrine comme pour se protéger, comme si quelqu'un avait arraché ses vêtements et l'avait laissée nue. Son visage est brûlant, et elle fait défiler dans sa tête les options à sa disposition.

Elle peut dire qu'il s'apprêtait à ingérer quelque chose de toxique.

Elle peut s'enfermer dans sa chambre pour le reste de l'après-midi.

Elle peut faire semblant d'être malade.

Elle sait pourtant qu'elle doit affronter un jardin entier de personnes qui viennent juste de découvrir la partie la plus monstrueuse d'elle-même. Ils ont ouvert grand les yeux et senti leurs propres cœurs battre à tout rompre face à sa démonstration de rage. Quand ils la verront, ils devineront son humiliation brûlante. Pourquoi a-t-elle fait ça ? Pourquoi est-ce qu'elle s'en prend si violemment à son fils ? Ce sont des biscuits, juste des biscuits. Ce n'est qu'un petit garçon.

C'est l'alcool, pourra-t-elle arguer. Le verre de trop. Ils ont tous un verre à la main.

Mais ça ne suffira pas à justifier ce qu'elle a fait.

Sa fureur laisse place aux remords. Elle pose ses paumes sur les joues poisseuses de Xavier. Elle se sent nauséeuse en redescendant de l'ivresse familière de la colère.

« Je suis tellement désolée. Je ne voulais pas crier. Tu peux rester dans ta chambre si tu veux. »

Ce qu'elle sous-entend surtout c'est, ne redescend pas. Ne rends pas les choses pires qu'elles ne le sont déjà.

Elle ferme la porte derrière elle.

Ses jambes sont faibles tandis qu'elle descend vers la cuisine. Autant en finir avec ça. Tu peux le faire, tu peux le faire. Elle va chercher Blair ; Blair fera semblant que ce n'est pas arrivé. Blair fera bonne figure comme si Whitney n'avait aucune raison de se sentir mal. Elle voit Jacob accourir vers elle, rouge de confusion, et elle sourit, elle fait de son mieux. Elle touche son bras, elle sent qu'il est tendu. Elle dit que tout va bien, qu'ils en parleront plus tard, et elle continue d'avancer vers le jardin, sa longue robe de soie flottant derrière elle avec une élégance qu'elle a trahie.

Dehors, elle sent les regards se détourner, les invités l'éviter. Les conversations ont progressivement repris, mais elles restent sur la retenue. La honte que Whitney ressent est colossale. Elle se tient devant les arcs-en-ciel que la fille de Blair a dessinés sur le patio, et elle ne parvient pas à faire un pas. Elle sait qu'elle doit se mettre à parler à quelqu'un, mais elle ne trouve pas Blair. Elle a besoin de Blair. Blair peut arranger ça. Elle se tourne vers trois mamans de l'école qui s'efforcent de sourire. Elle fait la grimace.

« Je suis vraiment désolée pour tout ce raffut. Xavi a de graves problèmes ces derniers temps. Des problèmes de santé mentale. Je ne peux pas en parler maintenant, mais nous sommes inquiets. » Elle marque une pause. Il faut qu'elle leur en donne davantage. « Il voit un spécialiste du comportement. »

C'est faux, mais cela peut justifier la violence de sa colère. Lui donner l'air nécessaire, même, si elles envisagent le pire. Elles penseront qu'il avait un objet dangereux dans les mains, avec lequel il risquait de se blesser. Elles comprendront l'explosion de rage, la redéfiniront comme de l'inquiétude, et elles ressentiront de l'empathie. S'il vous plaît, ayez de l'empathie pour moi.

Et on dirait que ça marche, elles se mettent toutes à parler en même temps. Bien sûr. On comprend. Ne t'excuse pas.

Il y a une pause qui semble durer plusieurs minutes. Et puis : « On était en train de discuter des projets de la ville pour le nouvel espace de jeux, et est-ce que tu penses… »

Blair la regarde maintenant, et Whitney jette juste un œil vers elle, comme si elle sentait qu'elle la fixait. Blair a entendu le mensonge sur Xavier. Elle reste accroupie près des enfants pour cacher sa gêne, et ses genoux lui font mal, mais elle ne veut pas se redresser. Elle lisse la queue-de-cheval de sa fille, promène ses doigts le long du bras de Sebastian pour le faire rire. Elle pense à monter à l'étage pour aller voir Xavier, le réconforter, seulement Whitney n'apprécierait pas. Finalement, elle se relève, et elle interrompt poliment le groupe de femmes en proposant d'aider à ramasser les assiettes et les gobelets en papier. Est-ce que Whitney peut lui dire où elle range ses sacs-poubelle ?

Whitney est reconnaissante de ce répit que Blair lui offre délibérément. Car Blair sait parfaitement où se trouvent les sacs sous l'évier. Elle se penche pour attraper Thea et l'embrasse gaiement, trois, cinq, sept fois. Elle la fait tournoyer et elle rit. Elle espère que tout le monde les regarde. Elle recommence. Thea demande où est Zav, le surnom que les jumeaux donnent à Xavier. Il va bien, Zav est en haut, il va bien, dit Whitney avant de la reposer. À voix plus basse, elle demande à Blair si elle et Aiden peuvent rester après le départ des autres invités. Elle sait qu'Aiden boira avec elle, qu'il détendra l'ambiance. Elle craint que Blair n'ait été choquée par ce qui s'est passé, mais Blair répond bien sûr. Bien sûr, ils seront ravis de rester, et ainsi elles font comme si l'incident était sans conséquence.

Mais les autres femmes jaseront, comme si elles n'avaient jamais crié sur leurs enfants elles-mêmes.

Je veux dire, évidemment, ça nous est arrivé à toutes de perdre patience un jour ou l'autre, mais ce pauvre garçon.

Elles reparleront entre elles, à quel point c'était horrible, et complètement inattendu. Elles utiliseront même le mot « effrayant ». Parce que Whitney est le genre de mères auxquelles les autres femmes essaient de trouver une faille.

Whitney en a conscience. Elle parvient habituellement à faire abstraction du jugement que les autres portent sur ses priorités, puisque ce jugement est teinté de jalousie. Mais cet après-midi, sur sa pelouse magnifique, elle a elle-même contribué à atténuer ce sentiment de jalousie qu'elle provoque chez les autres, et l'idée d'avoir perdu l'autorité l'humilie chaque fois qu'elle y pense.

Blair lit cette prise de conscience sur le visage de Whitney. Elle n'a encore jamais observé Whitney dans une telle position de faiblesse, et ça la met physiquement mal à l'aise. Les autres mères de l'école reculent centimètre par centimètre, elles parlent de réunir leurs enfants. Elles consultent l'heure sur leur téléphone. Blair veut rendre les choses plus faciles pour elle, pour elles deux, alors elle se met à louer le talent du magicien. Quel bon moment tout le monde a passé. Comme les plateaux de fromage sont jolis. Elle ferme les yeux sur les transgressions maternelles de son amie avec une facilité déconcertante. Elle est enjouée, dithyrambique, et elle pourrait même boire un autre verre.

Mais Whitney est en train de passer les invités en revue, pour établir la liste de tous ceux qui l'ont entendue péter les plombs. Les visages qui la scruteront pendant les prochaines semaines, ou quel que soit le temps nécessaire à ce que la honte se dissipe. Elle hoche la tête tandis que Blair parle, elle regarde derrière elle, vers Aiden à l'autre bout du jardin, en compagnie d'une femme qui rit à ce qu'il est en train de dire, quoi que ce soit. Elle observe la clôture, la silhouette de Mara à travers les lattes, et puis elle lève les yeux vers la chambre de son fils, la fenêtre grande ouverte, où elle pense l'avoir vu regarder à l'instant.

Elle sursaute au contact de la main de Jacob sur son épaule.

Quelque chose dans la façon dont Whitney a tressailli quand son mari l'a touchée rend Blair nerveuse, et puis elle entend la voix enjôleuse d'Aiden derrière elle. Ses joues se mettent à brûler tandis qu'elle essaie d'analyser son intonation. De l'autre côté de la clôture, la porte de Mara claque un peu trop fermement, comme si elle en avait assez entendu. Whitney et Blair échangent un regard. Après la fête, elles repenseront à ces quelques secondes tendues, sans qu'aucune d'elles ne comprenne pourquoi. Pas avant de nombreux mois, un mercredi soir de juin, quand tout commencera à imploser.

Deux heures plus tard, la foule du jardin s'est éclaircie, la plupart des petits enfants ont été ramenés de force pour être couchés, et la robe de Whitney a glissé si bas que Blair peut voir le creux entre ses seins. À un moment, elle a enlevé son soutien-gorge et ses tétons pointent sous la soie. Elle est pieds nus maintenant, ses sandales à lanières jetées sur le gazon. Blair ajuste sa chemise de simple coton. Elle est neuve, le blanc est encore éclatant. Elle arrange le revers du short plissé vert olive qu'elle a acheté avec la chemise. Il lui fait désormais l'impression de quelque chose que porterait sa mère. La bonne tequila a été ouverte, et bien qu'elle n'aime pas la boire pure, c'est Jacob qui lui a tendu le verre, alors elle l'a pris.

Aiden et Jacob s'approchent, et Whitney propose à Aiden de s'asseoir sur une chaise de jardin, de rester et de s'amuser, et puis elle demande à Jacob de monter le volume de la musique. Quand il revient, ils entrechoquent leurs verres bordés de sel et les hommes parlent, encore une fois, d'à quel point l'été a été pluvieux, du niveau de l'eau dans les Grands Lacs, et alors Whitney, indifférente au sujet, tire Blair par la main pour danser.

Blair dit non, elle est raide et réticente, et la fête l'a épuisée, et il y a encore trop de monde. L'idée de danser la fait encore plus rougir que la tequila. Elle a horreur de ça et Whitney le sait pertinemment. Elle déteste se sentir si incompétente et idiote. Elle déteste passer pour une rabat-joie quand elle refuse de se joindre aux autres. La rougeur s'étend de sa poitrine à son cou.

Mais c'est impossible de dire non à Whitney. La musique ressemble à ce qui passerait dans un club sur une plage de Miami. Blair observe la façon dont Whitney bouge et essaie de ne pas trop penser à son propre corps. Et ça commence à marcher. Elle a une rare sensation de liberté, une sensation inhabituelle de plaisir. Elle est soulagée qu'il lui reste de l'alcool, elle boit une autre gorgée. Elle lève les mains au-dessus d'elle comme les autres semblent le faire, elle ondule librement, et elle balance la tête d'un côté puis de l'autre. Sa vue se brouille. Elle peut encore se surprendre. Elle peut encore se sentir vivante.

Jacob se met alors debout, et l'espace d'un instant elle pense qu'il va danser avec elles, et elle se met à sautiller gauchement, elle commence à perdre le rythme. Mais il se contente d'effleurer les hanches de Whitney avant de les dépasser toutes les deux pour aller dans la cuisine. Blair saisit les mains de Whitney et imite ses mouvements. Elle sent sa confiance revenir. Elle tourne la tête vers l'endroit où est assis Aiden, en train d'observer, les jambes croisées, une main posée sur une cheville. Ça va lui plaire, de voir sa femme coincée qui s'amuse pour une fois. Il va voir qu'elle peut se lâcher. Elle peut être cool. Peut-être que ça l'excitera un peu. Elle fait une moue sexy. Elle se dit qu'ils pourraient faire l'amour, cette nuit. Elle pourrait prendre l'initiative pour une fois. Glisser sa main sous son caleçon pendant qu'il se brosse les dents. Elle se sent mouiller et, de nouveau, elle se surprend. Elle lève les yeux pour croiser les siens.

Mais son mari ne la regarde pas. Il a un regard vitreux qu'elle reconnaît. Une faim. Ses yeux sont rivés au corps de Whitney, à ses seins, au dos nu de sa robe. Le bout de sa langue glisse lentement sur sa lèvre inférieure. Blair s'immobilise. La tequila est comme du feu dans sa poitrine. Elle n'est pas là du tout – elle n'est jamais là.

17

Rebecca

Elle est réveillée de sa sieste par le bruit de la télévision en bas dans le salon. Il lui faut quelques secondes pour se rappeler que c'est seulement le milieu d'après-midi, qu'elle est toujours d'astreinte. L'image de Xavier dans la chambre de trauma lui revient. Ben est en train de regarder le match de baseball de la veille, il applaudit et crie, oubliant dans l'excitation du jeu qu'elle est censée dormir à l'étage.

« Allez. Allez ! OUI. »

Il porte sa casquette des Yankees à l'envers. Il boit une bière light. Elle va se glisser à côté de lui sur le canapé et poser sa tête sur ses genoux, vingt minutes de sommeil supplémentaires avant de retourner à l'hôpital pour les dernières heures de sa garde.

Mais d'abord, elle ramasse l'iPad sur le sol à côté d'elle et clique sur le lien du forum qu'elle a sauvegardé dans ses marque-pages. Elle ne s'est pas encore autorisée à le faire, pas pendant cette grossesse. Elle trouve la page du mois auquel son bébé est prévu, octobre, octobre beau et frais, et elle commence à faire défiler les messages. Les selfies en soutien-gorge et culotte qui traquent chaque changement de silhouette, les questions concernant la couleur, l'odeur et la texture des sécrétions, tout la fascine, l'embarrasse et l'excite, comme chaque fois qu'elle a consulté ce site. Elle s'interdit de reprendre l'habitude d'y passer des heures, mais elle s'accorde cinq minutes, juste aujourd'hui.

En descendant l'escalier, après, elle entend Ben applaudir de nouveau. Il sursaute quand elle lui touche le cou de derrière le canapé.

« Tu es réveillée. Est-ce que c'est trop fort ? Encore une manche et puis je me remets au travail, j'ai quelques coups de fil plus tard dans l'après-midi. »

Il tend les bras vers elle pour l'attraper. Elle pense à comment ce serait de déposer un nouveau-né dans ces bras, un bébé biberonné et prêt à s'endormir. Elle s'assied à côté de lui, pose sa tête sur ses genoux, dans la lumière de l'écran lumineux. Il glisse une main sur ses côtes, au-dessus de sa hanche, et elle se raidit – il pourrait la toucher, il pourrait sentir son ventre gonflé en l'attirant vers lui. Mais il la touche si rarement là maintenant, compte tenu de tout ce qui est arrivé.

« Il faut qu'on arrête d'essayer d'avoir un bébé », avait-il dit. C'était il y a cinq mois et demi, ils étaient assis au pied de leur lit. Il lui tenait les mains et jouait avec les bagues sur son doigt, les bagues qu'il lui avait données. Sa voix paraissait épuisée. Il ne voulait pas penser comme ça. Elle avait secoué la tête non – non, ils n'allaient pas avoir cette conversation maintenant. Non, ils n'auraient jamais cette conversation.

« Tu es sérieux ?

— Je ne pense pas que je puisse continuer à faire ça.

— Faire quoi ? C'est ce que tu veux, Ben ! Tu veux qu'on ait un bébé. »

Ils étaient censés vouloir les mêmes choses. Le même avenir, la même maison, la même famille. Elle avait pris sa main et l'avait posée sur sa bouche, pour être sûre qu'il sentait qu'elle était juste là à côté de lui, les lèvres de la femme qu'il aimait. Il fixait ses orteils. C'était impossible qu'il pense ce qu'il venait de dire.

« C'est trop dur. Pour nous deux. » Sa voix était plate au début. « Il faut qu'on accepte que ça ne va pas marcher pour nous. On ne peut pas continuer à concevoir des bébés et les perdre comme ça. Vouloir et échouer, encore et encore et encore. Et pour combien de temps ? Quand est-ce que ça va s'arrêter, à quel numéro ? Six ? Dix ? Quinze ? Il faut qu'un de nous prenne cette décision, sinon on va se détruire. Tu ne sens pas que ça a déjà commencé ?

— Tu as juste peur, Ben. Tu abandonnes parce que tu as peur. Et si on attendait un peu cette fois ? On peut sauter ce mois et tu te sentiras mieux après une pause. »

Elle avait besoin qu'il entende le désespoir dans sa voix. Il était resté silencieux beaucoup trop longtemps, et puis il avait secoué lentement la tête.

« Alors tu… tu laisses tomber ? Pas de bébé ? Juste comme ça ? »

Il avait dit qu'il était désolé, qu'il l'aimait. Qu'il avait besoin qu'elle comprenne. Il s'était tu pendant qu'elle le laissait la serrer dans ses bras. Mais elle le haïssait.

Une autre femme qu'elle aurait peut-être ressenti du soulagement. Ou aurait martelé sa poitrine à coups de poing. Elle aurait hurlé que ce n'était pas à lui de décider. Elle l'aurait convaincu qu'ils ne devaient pas perdre espoir. Elle aurait récité les histoires des forums de discussion, les témoignages de femmes qui avaient essayé pendant des années et des années et des années, à qui on avait dit que c'était impossible, et puis c'était arrivé. De la magie, c'était un peu comme de la magie, et si elle parvenait à voir les choses comme ça, pourquoi pas lui ? Le mot – miracle – est partout autour d'elle, il flotte dans les couloirs de l'hôpital et est murmuré à la Clinique de fertilité, et tout le monde dit que ça arrive tous les jours, alors, où est son miracle à elle ?

Elle pourrait le supplier. Ça semble la seule option qui lui reste.

Mais Rebecca se demandait s'il avait voulu dire autre chose quand il avait dit : *Ça ne va pas marcher pour nous.* Nous. Ce qu'il pensait vraiment, c'est que ça n'allait pas marcher à cause d'elle. Il fallait qu'il accepte qu'il avait choisi de faire sa vie avec une marchandise endommagée. Les nièces et les neveux pour lesquels il traversait le pays quatre fois par an, la chambre d'enfant qu'il avait déjà peinte dans une couleur appelée Calamine. Il voulait un enfant plus profondément qu'elle au départ. Et maintenant, il abandonnait ? Maintenant, garder espoir était trop difficile ? Maintenant que son obsession et sa tristesse l'avaient usée elle jusqu'à la trame ? Ça aurait dû la mettre en colère, mais ça lui faisait seulement peur. *Garde-moi*, pensait-elle. *Ne me jette pas.* Elle avait honte de ces pensées lâches, pourtant elles existaient.

Ils étaient si loin de frères et sœurs se poursuivant dans le champ de la ferme de ses parents. Si loin de remplir leur entrée avec des cirés et des bottes boueuses.

Alors elle avait accepté, avec des mots qu'elle parvenait à peine à laisser sortir. Ils arrêteraient d'essayer. Ce qu'il disait semblait raisonnable, et la partie rationnelle de son cerveau à laquelle elle faisait confiance en toute autre situation pouvait comprendre ça. Mais elle tremblait dans ses bras.

La défaite n'était pas un répit, c'était insoutenable. Elle pleurait silencieusement dans son oreiller chaque fois qu'elle était seule dans la chambre. Quand sa mère téléphonait, elle pouvait à peine répondre. Elle traversait pesamment ses gardes à l'hôpital en se sentant encore plus stérile qu'avant, bien que techniquement rien n'ait changé. Elle s'était davantage cramponnée à l'espoir qu'elle n'en avait eu conscience au départ.

Dans les jours qui avaient suivi, Ben avait été particulièrement tendre avec elle. Doux et dévoué. Ensuite, pendant quelque temps, il avait semblé trouver une forme de légèreté. Du soulagement, probablement. Jusqu'à ce que les semaines avancent et que le vide redevienne palpable. Mais Rebecca n'avait jamais rien ressenti qui puisse s'apparenter à du soulagement. Elle s'était vue chercher à s'éloigner de lui quand il était près d'elle, quitter la pièce, mettre ses écouteurs même quand elle n'écoutait rien. Elle s'était remise à courir pour avoir une raison de sortir de la maison, mais chaque foulée sur le trottoir était comme un coup et lui rappelait le corps brisé qu'elle habitait.

Trois semaines plus tard, après qu'elle avait senti la douleur sourde de son ovaire libérant un œuf comme il le faisait tous les vingt-neuf jours exactement – avec une complaisance presque cruelle – elle n'avait pas pu s'en empêcher. Elle avait caressé Ben sous la couverture, sur le canapé, tandis que le générique défilait sur l'écran de télévision. Elle avait fait semblant de le désirer de nouveau. Lui, et pas son sperme, pour la première fois depuis longtemps. Ils n'avaient pas eu de rapports sexuels depuis qu'il lui avait dit qu'il ne voulait plus essayer d'avoir un bébé.

« Je n'ovule pas », lui avait-elle chuchoté pour le rassurer. Et puis, d'une voix plus douce, plus convaincante : « Je veux juste toi. J'ai besoin de toi. »

Elle avait serré les hanches de Ben étroitement contre elle pendant qu'il jouissait.

La veille du jour où elle avait fait le test de grossesse pour confirmer ce qu'elle savait déjà, elle lui avait posé la question une dernière fois, dans une tentative désespérée de rattraper ce qu'elle avait fait.

« Est-ce que tu es toujours du même avis ? Concernant le fait d'essayer ? »

Il l'avait attirée contre lui, avait posé son menton sur son épaule. Elle avait senti sa poitrine s'affaisser, se vider de tout son air avant qu'il se mette à parler.

« Je ne peux pas revivre ça, Rebecca. Je suis en train de faire le deuil de cet avenir. J'avance. Et il faut que tu avances aussi. »

Il y a une percée, un autre home run, et elle est secouée quand Ben claque des mains, parle aux joueurs comme s'il était debout sur la ligne des bases. Il se redresse, enroule une mèche de ses cheveux autour de son index. Il se penche pour lui embrasser la tête et accélérer pendant la publicité.

Elle lui dira cette nuit. Demain, elle sera à cinq jours de plus que la première fois. Elle n'a jamais eu à avouer un mensonge avant. Et peut-être que c'est plus qu'un mensonge. Le dénouement peut en faire une trahison impardonnable, impensable.

Elle, le Dr Rebecca Parry, s'est désolidarisée de la femme irrationnelle qui cache sa grossesse à son mari depuis quatre mois. Qui ne lui a pas dit, parce que c'était un mensonge qui n'aurait probablement bientôt plus aucune importance. Mais maintenant, cette autre femme, celle qui allait certainement perdre son bébé, qui cachait quelque chose qui ne faisait que la taille d'un pois, puis d'une baie, un grain de raisin, une prune, a enfin retrouvé espoir, et ses mensonges ne sont pas insignifiants du tout. Ce sont des missiles. *Il faut que je te dise quelque chose. Mais il faut que tu m'écoutes. Ça pourrait être la fois qui marche. On pourrait avoir tout ce qu'on désire.*

Un coup réussi. Il lui serre le bras, il siffle sa bière. Et puis il se rassied en silence. Sur la table, son ordinateur est fermé. Le soleil est passé derrière la maison maintenant, et la pièce est ombragée et fraîche. Quand Rebecca rentre l'après-midi, elle le trouve de plus en plus souvent là, endormi sur le canapé.

Elle sait qu'il ne surmontera pas une autre perte.

Mais elle n'est pas sûre qu'ils survivent sans un bébé.

Peut-être que c'est son tour de voir arriver un miracle. Peut-être qu'elle les a sauvés.

Son téléphone s'allume sur la table, un nouveau message de ses collègues des soins intensifs.

L'état de Xavier empire. La mère refuse toujours de parler. Peux-tu faire quelque chose ?

18

Blair

Elle arpente la cuisine, en essayant de trouver quelque chose à apporter à l'hôpital pour Whitney. Depuis que Rebecca l'a appelée pour savoir si elle pouvait venir, il y a vingt minutes, elle se sent paralysée. Elle regarde la maison des Loverly de l'autre côté de la rue, mais elle ne peut pas y retourner pour prendre les affaires de Whitney, pas maintenant. À la place, elle va à l'étage et emballe son seul pull en cachemire, un cadeau de Whitney qui lui a toujours semblé trop joli pour être porté. Un tube de dentifrice de voyage. Un chargeur de téléphone.

Elle place chaque objet dans le sac avec la même pensée : on lui a menti. On l'a prise pour une idiote. Mais Whitney a besoin d'elle, à présent. Blair essaie une nouvelle fois de l'appeler, bien que Whitney n'ait pas décroché de toute la journée.

Xavier. Ça semble irréel qu'il soit dans le coma.

Elle s'assied sur son lit en serrant le sac de sport contre elle, des élancements lui parcourent la poitrine. Elle veut voir Chloé. Elle veut courir jusqu'à l'école, l'arracher à sa salle de classe et la protéger de tout. Elle s'inquiète, elle s'inquiète constamment, et voilà pourquoi. De mauvaises choses *arrivent*. Quand Blair tend un bras devant un enfant dans la voiture, crie de faire attention dans la rue, se demande si le poulet au barbecue est trop rosé, Whitney agite les mains comme si elle apaisait un orchestre. *Arrête de t'inquiéter autant*. Comme si l'inquiétude de Blair était une faute et non l'état naturel de la maternité. Une émotion superflue qui n'avait aucune raison d'être.

À l'hôpital, Whitney ne sera pas obnubilée par des pensées catastrophes, elle aura les choses en main. Elle exigera des médecins qu'ils sauvent son fils et elle n'acceptera aucune autre option. Whitney est forte, elle garde le contrôle, elle obtient exactement ce qu'elle veut, quel qu'en soit le prix.

Cette dernière pensée la perturbe. Ses doigts tremblent en remontant la fermeture éclair du sac.

Il faut qu'elle fasse la part des choses. Elle doit se rendre à l'hôpital comme Rebecca le lui a demandé.

Quand elle quitte la maison, Mara la hèle de sa véranda.

« Je suis vraiment désolée, Mara. Il faut que j'y aille, je suis en retard », répond Blair sans s'arrêter, en tournant à peine la tête vers la voiture garée dans la rue.

Whitney et Aiden en train de baiser ensemble. La trahison était presque inconcevable. Presque.

Arrête de penser à ça, se dit-elle en faisant démarrer la voiture. Ce n'est pas le moment. Elle n'aurait pas dû fouiner, pour commencer.

Elle n'aurait jamais dû voir la tasse de café renversée dans la chambre de Xavier.

Ni cette ordonnance, toutes ces pilules disparues.

La fête de septembre n'est pas la seule fois où elle a entendu Whitney perdre patience avec Xavier. Une dispute a pu arriver. Un faux pas. L'imprudence de la rage.

L'impulsion de mentir quand beaucoup de choses sont en jeu.

Mais, bien sûr, les accidents existent.

Quelques semaines plus tôt, Blair était allée dans le jardin des Loverly chercher Chloé pour le dîner. Whitney venait juste de rentrer du bureau. Elles étaient restées debout à parler, Whitney tenant ses chaussures à talons à la main. Blair aimait ces occasions de s'arrimer au rythme de la journée de Whitney.

Blair avait posé des questions sur les vacances que Whitney et Jacob prévoyaient dans un endroit des Caraïbes dont Blair n'avait jamais entendu parler, bien que Whitney fasse allusion à l'île comme si tout le monde y passait sa vie. Blair aurait voulu avoir plus de détails – combien ça coûtait, quel genre de chambre ils avaient choisi. Est-ce qu'ils allaient voyager en classe affaires. Elle s'efforçait pourtant de réprimer sa curiosité. Elle n'aimait pas souligner les disparités entre elles.

Elle tendait l'oreille vers Chloé, qui était à l'intérieur, en train de jouer à l'étage avec Xavier. Ils sautaient sur le lit dans sa chambre en criant, leurs éclats de rire cascadant jusqu'au jardin.

Le lit était juste sous la fenêtre.

Blair voulait interrompre Whitney, lui dire de garder en tête son idée juste une minute le temps qu'elle puisse crier à Chloé de faire attention à la fenêtre ouverte, mais, à ce moment-là, Chloé s'était penchée par la fenêtre et avait appelé en direction du jardin : « Maman ! Viens voir notre numéro de gymnastique !

— Elle arrive presque à faire un salto ! Elle est incroyable ! » La tête et les épaules de Xavi étaient apparues derrière elle.

« RENTRE À L'INTÉRIEUR ! FAIS ATTENTION ! »

La seconde d'après, elle avait déjà honte de la panique dans sa voix, du mouvement hystérique de son bras.

Plusieurs fois auparavant, elle avait souligné auprès de Whitney le risque que représentait un lit situé sous une fenêtre du troisième étage, sans même un garde-fou. Est-ce que Whitney ne s'en rendait pas compte ? Elle avait dit qu'elle s'en occuperait, qu'elle mettrait un verrou, même si Blair ne l'avait jamais vue se charger de quoi que ce soit de ce genre. Dans sa maison, les choses se faisaient comme par magie. Elle n'avait qu'à claquer des doigts. Jacob trouvait toujours des solutions, là où Aiden ne voyait même pas les problèmes. Il n'y avait pas de listes, pas d'après-midi de courses assurant le bon fonctionnement de la maisonnée. Whitney était une cheffe d'orchestre ; Blair, une exécutante dévouée.

Whitney avait à peine levé les yeux vers la fenêtre. « Ferme la fenêtre, Xavi ! » Mais sa voix paraissait indifférente. Avec Blair, elle avait été condescendante. « Ne t'inquiète pas. Il sait être prudent. »

Et puis elle avait baissé les yeux vers son téléphone qui sonnait dans ses mains. Un mail qu'elle attendait. Blair avait observé le visage de Whitney, concentrée sur l'écran. Parfois, on aurait dit que les enfants n'existaient pas pour elle. Jusqu'à ce qu'ils l'irritent assez pour qu'elle leur crie dessus.

Elle serre les mâchoires. Ce n'est pas le bon moment pour interroger Whitney sur la clé. Pourtant, compte tenu des circonstances, il serait peut-être sensé de se demander comment un petit garçon tombe d'une fenêtre du troisième étage au milieu de la nuit.

19

Whitney

L'hôpital

Une voix derrière elle dit qu'ils ont de bonnes nouvelles : quelqu'un est enfin en route pour la rejoindre, dans dix minutes.

Elle entend le nom de Blair. Et rien de tout ça n'est réjouissant.

Leur première année à Harlow Street, elles n'avaient pas vraiment fait connaissance, au-delà d'un bonjour pressé et banal quand elles se trouvaient dehors au même moment. Elles avaient emménagé à un mois d'intervalle, les Loverly dans leur belle maison neuve dont la construction avait duré dix-huit mois, et les Parks dans la maison à rénover semi-mitoyenne juste en face. Xavier et Chloé étaient encore trop jeunes à l'époque pour nouer une vraie amitié.

Quand les jumeaux avaient deux semaines, Jacob avait attrapé une horrible grippe et avait été cloué au lit pendant trois jours, à peine capable de garder ce qu'il buvait. Louisa ne pouvait pas venir les aider ; elle vivait avec sa grand-mère à l'époque, qui était de santé fragile, et elle n'allait pas prendre le risque de rapporter des microbes à la maison. Jusque-là, Whitney s'en était sortie, elle se remettait de sa césarienne et travaillait de son lit, souvent avec un jumeau au sein. Elle avait prévu d'allaiter pendant six semaines. Elle n'avait aucune envie de refaire comme avec Xavier, qui avait tété la nuit beaucoup trop longtemps. Elle voulait retourner bosser. Elle voulait s'éloigner des enfants qui se multipliaient. Elle avait été partagée sur le fait d'avoir un autre enfant, mais Jacob l'avait convaincue qu'un frère ou une sœur, un seul, serait une bonne chose pour Xavier, et qu'ils pourraient se permettre davantage d'aide cette fois.

À la seconde où le docteur lui avait annoncé des jumeaux, elle avait essayé de rester à distance du bouleversement que ça annonçait ; ils lui semblaient plutôt un concept que deux enfants supplémentaires. Et après, elle avait ressenti un étrange soulagement : avec eux, elle pourrait être une mère naturellement divisée, légitimement incapable de se concentrer sur l'un ou l'autre, comme ce qu'on avait attendu d'elle avec Xavier.

Après deux nuits sans sommeil, un jour, en milieu

de matinée, Whitney avait compris que quelque chose n'allait pas du tout : elle ne pouvait pas donner le sein aux jumeaux sans qu'ils aient tous les trois horriblement mal. Ses seins étaient engorgés. Deux robinets lancinants et dégoulinants. Les jumeaux avaient hurlé pendant des heures, et Sebastian était légèrement fiévreux. Jacob avait emmené Xavier à l'école et était remonté immédiatement pour dormir, son côté du lit trempé de sueur.

Elle avait appelé Louisa pour la supplier de venir, mais était tombée sur son répondeur.

La fatigue lui faisait mal au visage, sa mâchoire était douloureuse. Trois enfants, c'était trop. Elle voulait en abandonner un. Elle voulait laisser la poussette à la limite la plus lointaine de la ville, là où le béton rejoignait le lac, sombre et profond. Elle pouvait à peine marcher sans grimacer, sa cicatrice était encore suintante malgré les soins, mais l'air extérieur était la seule chose qui semblait calmer les enfants plus de quarante secondes. Elle le savait parce qu'elle avait compté. Elle s'était débrouillée pour installer les jumeaux dans la poussette double, et ensemble ils avaient rapidement remonté et descendu la même portion du quartier, d'un panneau stop à l'autre, sa cicatrice devenant brûlante. Elle grimaçait quand sa chemise frottait sur ses tétons, aussi sensibles que des nerfs fraîchement exposés.

Elle avait essayé de chasser l'atrocité du moment en

imaginant comment ce serait de pouvoir dormir. De se réveiller le matin et de penser uniquement à elle. D'être libérée. Elle pouvait quitter les enfants. Mais ils existeraient toujours. Ils la hanteraient tels des fantômes. Le fardeau qu'ils représentaient ne disparaîtrait jamais, peu importe à quelle distance elle s'enfuirait, peu importe combien de semaines ou d'années elle attendrait avant de revenir, si elle revenait un jour.

Elle aurait pu vomir juste là sur le trottoir. S'essuyer la bouche avec sa manche et s'allonger sur la route pour fermer les yeux, laisser un chien lécher la souillure.

Elle n'avait pas remarqué la femme qui vivait de l'autre côté de la rue marchant vers elle jusqu'à ce qu'elle entende son nom, deux fois, trois fois.

« Je suis désolée, est-ce que je fais erreur sur votre prénom ? »

Whitney ne se rappelait pas s'être présentée auparavant. La petite fille tenait la main de la femme et restait timidement derrière elle.

« Est-ce que leur boucan vous dérange ? dit Whitney. Je suis désolée. »

La femme rit. « Pas du tout. Je me rappelle comment c'est. Chloé, est-ce qu'ils ne sont pas adorables ? Elle avait hâte de les rencontrer. » Elle prit sa fille sur sa hanche et Whitney baissa la couverture de Thea pour qu'elles puissent jeter un œil à son visage hurlant.

« Ah. » La femme regarda plus attentivement. « Le blanc sur sa langue. Ils ont du muguet buccal ? »

Muguet buccal ? pensa Whitney. *Qu'est-ce que c'est que ça ? Est-ce qu'elle n'a plus de cerveau ?*

« Vous savez ce que c'est ? dit Blair. Ma fille en a eu. Il vous faut une ordonnance pour un antifongique. »

Toutes les trois, elles regardaient le visage des bébés devenir de plus en plus rouge. Whitney était incapable de s'imaginer monter dans sa voiture pour les emmener chez le médecin maintenant. Elle ne s'imaginait même pas avoir la force de marcher jusqu'à sa propre porte.

« Je m'appelle Blair, au fait. Je peux ? » Blair reposa sa petite fille et prit le lange dans le panier sous la poussette pour le draper sur son épaule. Elle souleva Thea et la posa doucement dessus. « Voilà, voilà, mon petit cœur. Parfois ça se passe mieux quand ils ne peuvent pas sentir maman. Tu vois, Chloé ? Les bébés aiment qu'on les fasse rebondir un peu, comme ça. »

Whitney n'était pas une pleureuse. Mais elle leva une main devant son visage et il ne lui restait pas une once d'énergie pour arrêter les larmes. Elle se détestait de céder si rapidement au désespoir. Elle était incompétente. Elle était inutile. Elle aurait dû s'en sortir mieux, c'était sa deuxième fois, elle avait trente-six ans, elle était performante, incroyablement privilégiée, une femme qui n'avait qu'à claquer des doigts pour avoir de l'aide. Son problème, ce n'était pas qu'elle ne savait pas quoi faire. C'était qu'elle ne voulait pas le faire. Elle ne voulait plus de ses enfants.

« Vous savez quoi ? » dit Blair doucement. « On n'a rien de prévu ce matin. On serait contentes de vous donner un coup de main, si ça vous va. »

Blair avait endormi Thea et insisté pour marcher avec les bébés une heure le temps que Whitney rentre chez elle se reposer un peu. Ça pouvait sembler insensé de confier ses nouveau-nés à une inconnue, de lui mettre une boîte de lait en poudre et deux biberons propres dans les bras et de partir. Elle savait que Jacob n'aimerait pas ça, mais cette femme était une mère, et elle vivait de l'autre côté de la rue, et elle semblait parfaitement gentille. Whitney n'avait pas la force de s'inquiéter. Elle se fichait de savoir si cette femme expédiait les enfants sur la Lune. Elle en avait assez. Elle s'était allongée sur le canapé du salon en gardant sa veste et ses chaussures de sport. Elle avait dormi quatre heures d'une traite, jusqu'à ce qu'elle entende la voix de Jacob demander où étaient les jumeaux.

Le lendemain, elle s'était sentie gênée. Elle n'arrivait pas à y croire. Elle avait fait livrer un bouquet de fleurs à 200 dollars à Blair. Cette dernière était venue dans l'après-midi la remercier et voir comment elle se sentait. Le lendemain matin, le docteur avait confirmé que c'était du muguet buccal ; Blair lui avait donné des conseils pour appliquer toute la dose de médicament sur les langues insaisissables des bébés. Whitney l'avait regardée les examiner, son intérêt sincère, la douceur dans son regard. Elle avait quelque chose de calme, de détendu, avec sa frange coupée sans ménagement, sa veste kaki, ses tennis en toile blanche. Elle parlait avec tellement de patience à sa petite fille, elle lui posait des questions parfaitement articulées, accroupie à son niveau, attendant attentivement sa réponse. Rien n'était rhétorique ni pressé. Whitney s'était dit qu'elle devrait essayer de faire ça avec Xavier. Elle pourrait s'arrêter, et écouter, essayer de vraiment s'intéresser. Comme cette nouvelle amie.

Contrairement aux autres femmes, Whitney n'avait jamais eu d'amies mamans. Avec Xavier, elle n'avait pas eu le temps. Quand elle partait à des déjeuners de travail et remarquait un groupe de mères à la table à côté, appréciant leur vin et leurs salades tandis que leurs bébés, de la taille de Xavier, dormaient dans des cosys à leurs pieds, elle avait un pincement au cœur à l'idée de ces connexions sociales qu'elle manquait.

Et maintenant il y avait Blair, qui semblait rechercher la compagnie de Whitney. Il y avait quelque chose d'attirant dans le fait d'être voisines, c'était simple et entier. Blair était simple et entière. Juste là, de l'autre côté de la rue, elle lui rappelait ce que la maternité pouvait être. L'idée de devenir amie avec elle excitait Whitney.

« Est-ce que je peux venir t'aider demain ? Ça ne me dérange pas du tout. Je n'ai rien de prévu. »

Mais Jacob commençait à se sentir mieux, et Louisa allait revenir. « Pourquoi pas plutôt pour un verre de vin ? Ta fille pourrait jouer avec mon fils après l'école ?

— Avec plaisir. » Blair lui prit Sebastian des bras et s'agenouilla pour que Chloé le laisse attraper son doigt. « Quelle gentille maman tu as, petit chanceux », avait-elle dit.

Whitney avait souri, puis elle s'était éloignée.

Personne n'était chanceux dans cette histoire.

20

Blair

Blair se tient seule dans l'atrium de l'hôpital, deux cafés latte à la main, en attendant Rebecca, qui lui a envoyé un texto pour lui dire qu'elle la retrouverait vers cette heure. Elle est nerveuse à l'idée de voir Whitney. Il va falloir qu'elle soit réconfortante et rassurante. Pour le bien-être de Xavier, il faudra qu'elle fasse abstraction de ce qu'elle a appris. Ils vont avoir besoin de son aide, tous les deux.

Rebecca débarque en se frottant vivement les mains. Dans sa veste d'un blanc éclatant, avec les badges autour de son cou, elle dégage une impression d'autorité. Hors de Harlow Street, elle semble une étrangère. Blair pose les cafés et elles se serrent dans les bras.

« J'aurais dû t'en apporter un aussi, je n'y ai pas pensé.

— Non, non, tout va bien. » Rebecca met sa main sur l'épaule de Blair. « Je suis tellement désolée. Je sais à quel point vos deux familles sont proches. Les choses n'ont pas l'air de s'arranger. On vient de me dire qu'ils s'inquiètent de sa pression sanguine maintenant. Toujours aucun signe de réactivité.

— Est-ce que tu en sais plus sur ce qui s'est passé ?

— Pas encore, à part qu'il est tombé entre 20 heures, quand il s'est couché, et minuit, quand Whitney l'a trouvé.

— Mon Dieu, c'est impensable, un accident comme ça. À la maison », dit Blair en secouant la tête. Elle se demande si c'est le mot qu'ils utilisent tous – accident. Elle regarde Rebecca pour voir sa réaction, mais elle se contente de hocher la tête. Et elle se met en marche pour que Blair la suive. Dans l'ascenseur et sur le chemin des soins intensifs, elle reste silencieuse, les yeux rivés sur son téléphone. Et puis, sans lever le regard : « Blair, je sais que vous êtes des amies proches, alors est-ce que je peux te demander – est-ce que Whitney allait bien ces derniers temps ? Je veux dire, d'un point de vue général. Rien qui t'aurait inquiétée, ou paru hors de l'ordinaire ? »

Blair secoue la tête, elle fixe les panneaux lumineux au-dessus d'elles. Une liaison – une liaison avec son mari serait un sujet d'inquiétude. « Rien ne me vient à l'esprit. » Elle secoue de nouveau la tête. « Pourquoi ?

— Elle est complètement à côté de la plaque. Elle ne parle à personne. » Rebecca lui jette un regard avant de faire glisser son badge pour ouvrir les doubles portes. « Mais ça peut arriver, face à ce genre de choc. Je pense que ta présence ici va aider. »

Elle parle à voix basse au docteur du bureau des admissions et inscrit Blair. Blair serre les gobelets trop fort, de la mousse déborde des couvercles et coule sur ses mains. Elle s'est convaincue plus tôt que Xavier irait bien, que cette situation de crise était temporaire, alors qu'à présent tout semble précaire. Elle observe le couloir de portes fermées tandis que Rebecca fixe un pass visiteur en bas de son sweat-shirt. Rien de tout ça ne lui semble réel. Le fait qu'elles se trouvent à l'étage des soins intensifs de l'hôpital pour enfants. Que Xavier soit dans une de ces chambres. Elle s'assied sur une rangée de chaises couleur cannelle et attend.

Au cours de leurs années ensemble dans Harlow Street, elle a dû passer des centaines d'heures avec les Loverly et leurs enfants. Le temps oisif qui remplit la vie de famille, les allers-retours quotidiens qui les rendent témoins du rythme de la semaine de l'autre. Ce que l'autre famille commande pour les soirées pizzas, la sonnerie du téléphone de chacun, comment fonctionne le loquet de la clôture du côté. Les pyjamas préférés des enfants. C'est ce qui rend son amitié avec Whitney si particulière – cette familiarité du quotidien, le réconfort d'être mutuellement témoins de leurs vies domestiques.

C'est pour ça que c'est pire que tout – Whitney et Aiden. Ses yeux se remplissent de larmes.

Elle allume son téléphone et fait défiler des photos de Xavier et Chloé ensemble. Le goûter qu'ils ont organisé tous les deux pour l'anniversaire des jumeaux, leurs bouches tachées de jus de raisin. La dernière fois que Xavier était venu chez eux, il avait apporté son jeu d'échecs. Ce n'était pas la première fois que Blair se faisait la réflexion que l'éclat qu'il avait eu plus jeune s'estompait. Il est devenu tellement maussade, avait-elle pensé en le regardant installer le plateau d'échecs.

« Est-ce que tu aimes faire ça avec moi ? »

Le scepticisme dans sa voix l'avait désolée. « Oh, Xavi, bien sûr que oui ! Je m'amuse beaucoup quand tu es mon professeur. »

Il avait pris un moment pour peser la véracité de ses paroles, souriant seulement après l'avoir vue sourire. À ce moment-là, Blair s'était demandé comment il se voyait. Comment on le faisait se sentir chez lui. Il avait soigneusement installé les pièces qui restaient. Lentement. Cherchant à faire durer le temps avec elle.

Son téléphone carillonne trois fois dans sa main.

Comment elle va ?

Des nouvelles de X ?

Toi, ça va ?

Blair fixe le premier texto d'Aiden et son ventre se noue de nouveau. Elle a besoin de s'occuper avec des tâches utiles pour rester concentrée.

Elle va regarder le statut du vol de Jacob.

Elle va proposer de téléphoner à qui que ce soit qu'il faudrait avertir.

Elle va demander à une infirmière d'installer un matelas pour que Whitney puisse dormir un peu.

Elle va retourner chez elle chercher une couverture douce et un oreiller en plumes ; elle aurait dû y penser avant.

« Merci encore d'être venue », dit Rebecca en la faisant sursauter.

« Bien sûr, c'est le moins que je puisse faire. Ben a dit que c'est toi qui as aidé Xavi quand l'ambulance l'a amené. »

Rebecca croise les bras. « Oui. C'était un choc de le voir.

— Je suis sûre que c'est dur pour Ben aussi. Il était proche de Xavi ces derniers temps », dit Blair. Rebecca semble confuse. « Toutes ces heures à se faire des passes dans le jardin, je veux dire.

— Oui, c'est vrai. » Mais Rebecca semble ne pas y avoir pensé. « Viens. Je t'emmène. »

Les cheveux à l'arrière du crâne de Whitney sont emmêlés, à cause de la pluie de la veille. C'est la première chose que remarque Blair. Il lui faut un moment pour détourner le regard de son amie et regarder l'enfant sur le lit.

Comparée à la masse d'équipement médical qui l'entoure, sa tête paraît petite et fragile. Il ressemble à une expérience de laboratoire. Son visage est enflé et grisâtre, et ses paupières sont luisantes, ses lèvres couvertes de vaseline. Un bandage brun s'étire sur l'arête de son nez et par-dessus une masse de tubes clairs. L'air est vicié et aseptisé, et bien que la pièce soit sombre, il est éclairé par la lueur douce d'un plafonnier. Un bip régulier. Des mouchetures de liquide dans son tube. La pièce est calme et chaotique à la fois, avec les douzaines de prises électriques, les boîtes de gants sur les murs, les affiches de mises en garde, et les sacs de liquide pendus à son lit, sur des potences. Il y a un chariot de fournitures, des pailles et des seringues marquées d'étiquettes, des récipients d'eau stérile, des lingettes, des pinces. Des lignes rouge et orange brillantes rampent sur le moniteur comme la circulation la nuit.

Whitney ne bouge pas. Sa main est posée sur celle de son fils. Ses longues jambes sont croisées, ses pieds dans des mules. Ses orteils sont violacés. Blair sait qu'elle déteste avoir froid. Elle aurait dû apporter des chaussettes. Derrière elle, elle entend Rebecca quitter la pièce.

« Whit », appelle doucement Blair. Mais Whitney

ne bouge pas. Elle ne semble pas l'entendre. « Whit », elle répète.

Elle lui touche le dos. Whitney tremble, ou peut-être qu'elle frissonne. Blair drape le pull qu'elle a apporté autour d'elle. Elle dispose les manches joliment, comme Whitney le ferait. Elle pose ses mains sur ses épaules et se baisse pour que leurs visages soient face à face. Whitney n'a pas d'odeur, elle est comme desséchée.

Quand elle recule pour observer le visage de Whitney, elle voit que ses lèvres sont rouges et gercées. Du baume à lèvres, note Blair. Du baume à lèvres et des chaussettes chaudes. C'est ce qu'elle apportera demain. Du baume à lèvres, des chaussettes, son oreiller. De la crème. La bonne crème pour le visage qui est dans le placard de sa salle de bains, celle qui sent les roses du jardin.

Blair jette un regard par terre. Le téléphone de Whitney a été rejeté sous sa chaise, face cachée. Elle pense aux textos non lus de la matinée, demandant où est Xavier. À tous les mails du travail. Tous les gens essayant de la contacter.

Ce n'est pas la femme qu'elle s'attendait à trouver là, prenant les choses en main, réclamant des avis complémentaires, arpentant Google sur son téléphone pour vérifier tout ce que lui disent les médecins. Elle a l'air vide.

Le corps de Xavier laisse échapper un gargouillis et

Blair inspire bruyamment malgré elle. Whitney reste impassible. Blair ne l'a jamais vue si silencieuse ni si immobile. Elle est toujours en mouvement, toujours en train de faire quelque chose, de parler à quelqu'un, ou de penser à une nouvelle idée.

Elle se demande si elle s'est mise à prier. À supplier un pouvoir supérieur de sauver son fils. Blair n'est pas religieuse, mais c'est ce qu'elle ferait si Chloé était dans ce lit. La douleur que doit ressentir Whitney. De nouveau, elle pose sa main sur son épaule.

Whitney tressaille. Elle se penche en avant sur sa chaise, loin de Blair. Blair retient sa respiration tandis que Whitney secoue la tête.

« Je sais, Whit. Je suis désolée que ce soit arrivé. Je ne peux pas y croire. » Ses mots sont tendus. Elle ne veut pas pleurer de nouveau.

Mais Whitney secoue encore la tête. « Non… non, tu ne peux pas rester ici. »

Blair est abasourdie. Elle observe la pièce autour d'elle.

« Tu veux… que je parte ? »

Whitney se couvre le visage des mains, comme pour se protéger de tout ce qui n'est pas son fils. Et puis elle acquiesce. Elle renifle à travers les mucosités dans sa gorge et expire régulièrement par la bouche. Elle ne veut pas que Blair soit là. Elle ne daigne même pas la regarder.

« Très bien », la voix de Blair tremble. Elle refuse

d'obéir. Elle refuse d'accepter ce que ça signifie. « Mais s'il y a quoi que ce soit que je puisse faire…

— Blair, s'il te plaît. Pars. »

Blair se retourne face à la porte. Elles sont meilleures amies, des amies loyales. Des rumeurs affreuses vont bientôt circuler, et tout le monde va rapidement tirer ses propres conclusions sur ce qui est arrivé à Xavier. Est-ce que Whitney n'a pas besoin d'elle ? Sur qui d'autre peut-elle compter ?

Et pourtant. Dans un moment comme celui-là, ça semblerait logique que Whitney ait du mal à regarder Blair dans les yeux si elle baise son mari. Si la présence de Blair lui rappelle l'horrible personne qu'elle est. Indigne du miracle qu'elle appelle de ses vœux.

Rebecca l'appelle du couloir en la voyant partir, mais Blair accélère pour s'éloigner, elle court jusqu'aux ascenseurs. Elle fait semblant de ne pas entendre. Faire semblant, c'est ce qu'elle fait le mieux.

21

Whitney

Mercredi

Elle est au bureau, sur l'autre ligne téléphonique, quand la maîtresse de Xavier l'appelle de nouveau sur son portable. Et encore. L'urgence la met mal à l'aise. Elle met son client en attente et décroche hâtivement.

« Rien de grave, Whitney, rassurez-vous. Mais Xavier ne passe pas une bonne semaine. »

Whitney se lève ; elle arpente son bureau tandis que le bruit de la pluie commence à résonner contre sa fenêtre du dixième étage. Pas une bonne semaine. À quoi ça ressemble, une bonne semaine ? On est seulement mercredi. Il y a eu un contrôle de maths la veille. Il a révisé avec Louisa. Quand elle est rentrée hier soir, il allait bien, il était comme d'habitude – fatigué par sa journée, grognon. Il n'a rien dit de préoccupant. Louisa n'a rien mentionné.

« Il intervient de moins en moins en classe, il est très en retrait. Et il y a eu un incident à la récréation ce matin, des enfants se sont moqués de lui. Le genre de choses que nous ne tolérons pas, je peux vous l'assurer. »

Whitney lui demande quels enfants. Elle a chaud maintenant, son ventre est noué. Elle décolle sa veste de ses aisselles. Mais la maîtresse ne peut pas donner de noms. En revanche, elle assure à Whitney qu'elle a parlé aux enfants concernés. Que les choses ont été réglées.

« Cependant, avec les vacances d'été qui arrivent dans quelques semaines, je voulais vous suggérer d'essayer de renforcer les liens de Xavier avec les enfants de son âge. Trouvez-lui un copain ou deux pour jouer quelques après-midi avec lui cet été. Pour un début solide en sixième, socialement. Je peux vous envoyer quelques noms de parents… »

Mais non. Whitney ne veut pas les noms des parents. Elle ne veut pas des critiques finement voilées de la maîtresse. Elle comprend parfaitement ce que la femme est en train de lui dire : votre fils n'a pas d'amis. C'est un loser. Il ne reste plus beaucoup de temps pour rectifier le tir. Est-ce qu'elle s'imagine que Whitney ne le sait pas ? Est-ce qu'elle pense que Whitney n'est pas capable de détecter ça chez son fils ? C'est son enfant. Elle est sa mère.

Sa gorge se serre. Elle ne veut pas paraître émotive.

Cette école publique merdique, elle savait qu'elle n'était pas assez bonne. Jacob avait pourtant insisté pour y inscrire Xavier. Cette école n'a à répondre de rien. Xavier mérite mieux que ça. En septembre, elle lui trouvera une école privée, avec des enfants plus gentils. Elle passera des coups de téléphone à la première heure demain après-midi, et ils feront jouer tous les pistons dont ils disposent, et elle donnera tout ce qu'il faudra. Les résultats scolaires de Xavier ne sont pas assez bons pour qu'il soit accepté, mais elle trouvera une solution, d'une manière ou d'une autre.

Elle remercie la maîtresse. Elle lui dit à quel point elle est reconnaissante qu'elle l'ait appelée. Elle a envie de prendre sa voiture et d'aller immédiatement le chercher, de l'éloigner de ces foutus gamins. Elle imagine les filles à la cantine en train de se moquer de lui pendant qu'il mange son déjeuner la bouche ouverte – il lui a déjà raconté ça, que parfois elles le montrent du doigt et chuchotent, et qu'il ne sait pas pourquoi. Elle lui a répété un millier de fois de fermer la bouche pendant qu'il mâche. Ça lui brise le cœur de savoir qu'on se moque de lui comme ça. Qu'on lui donne l'impression d'être répugnant.

Quelques noms de parents. Elle repense au barbecue de septembre. Le peu de nouvelles qu'elle a eu des autres mamans de CM2 depuis. Les groupes de discussions cancanières dont elle a été exclue. À quel point ça la blesse. Pendant un certain temps, elle a attendu une invitation, ou que l'une d'elles lui fasse signe. Mais il n'y a eu que le silence.

Et puis elle pense à ce que Jacob lui a dit au téléphone plus tôt dans la journée. Qu'il n'aurait pas dû aller à Londres. Comme si elle n'était pas à la hauteur. Il ne formule pas souvent de jugement à son égard, mais elle le sent. Dans son silence glacial lorsqu'elle perd patience avec les enfants, dans sa façon de les attirer à lui, de serrer ses bras autour de leur tête tandis qu'il l'ignore, elle, comme s'il souhaitait qu'elle ne soit pas là.

Comme s'il pensait qu'on ne peut pas lui faire confiance.

Elle devrait annuler ses plans pour ce soir, par sécurité.

Elle frappe son téléphone sur le bureau.

Sur le seuil de la porte, Grace lève deux doigts, pour lui indiquer qu'il lui reste deux minutes avant sa dernière réunion de l'après-midi. Whitney rassemble l'agenda, son carnet, son téléphone. L'écran s'est fissuré, la fêlure coupe une photo qu'elle a prise l'année dernière de Jacob et des enfants à la plage. Leurs maillots de bain rayés assortis. Les boucles salées de leurs cheveux. Elle laisse le téléphone sur son bureau. Elle ne pensera pas davantage à sa famille pour l'instant.

22
Mara

Mara est devenue cxperte en lecture sur les lèvres. C'est un talent qu'on développe quand on est seul. Mais Ben lui tournait le dos en parlant à Blair dans l'allée plus tôt aujourd'hui, lorsqu'elle est sortie de la maison des Loverly. Et Blair se couvrait la bouche avec la main. Manifestement, elle était choquée. Il se passe quelque chose à côté, et ça confirme le pressentiment qu'elle a eu toute la matinée. Elle est contrariée d'avoir raté le départ de la voiture de Rebecca pendant qu'elle préparait une collation à Albert – c'était sa chance d'en savoir plus.

Elle devrait sortir une heure pour penser à autre chose, sinon la curiosité va la dévorer toute la journée. Ramasser quelques pommes de terre pour le dîner et se dégourdir les jambes. Le truc, c'est que si elle sort, elle risque de rater encore quelque chose, et ce n'est pas comme si quelqu'un allait venir plus tard lui raconter ce qui se passe. Elle ferait mieux de rester là. Elle va aller finir la lessive au sous-sol et puis elle reviendra s'asseoir dans la véranda, juste à temps pour tous les regarder rentrer chez eux.

Tout en pliant le linge, elle pense à l'époque où elle se sentait reliée à sa maison d'une façon différente. À l'époque où elle était attachée à la famille qui y vivait et qui avait besoin d'elle. Pendant des années, elle avait servi d'arbitre sur un ring de boxe où s'opposaient deux adversaires aux forces inégales. Un seul d'entre eux savait se battre, même si les coups n'étaient jamais physiques. Pourtant, d'une certaine façon, c'était encore pire. Beaucoup plus difficile de protéger son fils des mots d'Albert. De la façon dont il le faisait se sentir. Mais elle essayait.

Aujourd'hui, elle ne parvient plus à se rappeler comment c'était d'être étranglée par cette responsabilité. Par cette obligation sans fin. Elle se touche le cou, en se rappelant combien elle avait parfois du mal à respirer. À quel point sa poitrine lui faisait mal. Elle tire sur la peau lâche qui ne semble pas pouvoir lui appartenir.

À l'époque aussi, elle s'asseyait dans la véranda quand c'était trop. Au milieu de la nuit, pendant qu'ils dormaient, elle s'emmitouflait dans sa robe de chambre et allumait une cigarette d'Albert. Quelque chose dans la première bouffée lui accordait une sorte de permission. Elle pouvait enfin libérer la part la plus hideuse d'elle-même, celle qu'elle ne parvenait pas à affronter quand l'haleine douce de son fils chatouillait son oreille, quand elle sentait la crème au coin de ses lèvres. Elle ne mentait pas quand elle parlait aux autres de la chance qu'elle avait d'avoir eu ce fils. De la façon dont il l'illuminait, la faisait se sentir complète.

Mais il y avait une autre vérité, aussi, qui brûlait comme un feu enfoui, pendant toutes ces années, et cette vérité, elle ne l'évoquait jamais à voix haute. Qu'elle était en colère. Qu'elle avait du ressentiment. D'avoir eu un fils qui avait à ce point besoin d'elle. De devoir être le genre de mère qu'il avait besoin qu'elle soit. Y repenser lui serre la gorge. Elle se rappelle l'épuisement de porter ça tous les jours, qui grignotait la résilience essentielle à sa survie, alors qu'elle donnait, qu'elle aimait, en guettant désespérément sa voix comme le vent sifflant à travers les arbres.

C'était à cette époque qu'elle avait arrêté de regarder Albert dans les yeux. Elle était terrifiée à l'idée de ce qu'il pourrait lire en elle. Contrairement à lui, elle n'avait pas le luxe de pouvoir se changer en pierre.

L'amour qu'elle avait ressenti pour Marcus pouvait la mettre à genoux. Et c'était le cas, certaines nuits, sur les planches de pin verni de la véranda. Certaines nuits, l'amour, la colère et l'injustice lui faisaient si mal qu'elle aurait juré que quelqu'un était en train de l'étrangler. Elle essayait de sentir ces mains. Elle ne s'autorisait jamais le soulagement des larmes.

À présent, elle remonte lentement l'escalier du sous-sol avec le panier de linge sur sa hanche douloureuse. Elle le hisse sur le plan de travail de la cuisine à côté de l'escalier, et remarque que la verseuse n'est plus sur le socle de la cafetière. Pourtant elle sent une forte odeur de café. Elle se retourne. Albert est étendu sur le sol, son pantalon trempe dans une flaque brune.

Elle s'accroupit et lui prend le visage dans ses mains. Il respire, mais ses yeux ne semblent pas la voir. Elle le gifle, incertaine de ce qu'il convient de faire. La partie supérieure de son corps semble tendue. Elle regarde autour d'elle pour trouver quelque chose, pour faire quelque chose, mais elle ne sait pas quoi. Elle se précipite vers le téléphone dans la pièce adjacente.

« Une ambulance, pour mon mari. Il est sur le sol de la cuisine, il ne parle pas. »

Elle comprend à peine ce que l'opérateur lui dit, quelque chose au sujet de rester avec lui, de vérifier sa respiration, mais la panique la submerge, et elle ne parvient pas à saisir quoi faire après. Elle pose le téléphone sur la console et retourne près d'Albert.

« Albert ? Est-ce que tu m'entends ? Une ambulance va venir. Je ne sais pas quoi faire d'autre. »

Elle mouille un torchon et tamponne la sueur sur

son front. Elle s'agenouille à côté de lui, malgré la douleur dans ses genoux arthritiques, et soulève sa tête pour la poser sur ses genoux. Elle entend une voix dans le combiné dans l'autre pièce, mais le son est trop faible pour comprendre. Elle essaie de savoir si des minutes ou seulement des secondes se sont écoulées depuis qu'elle a appelé les urgences, quand elle commencera à entendre les sirènes, est-ce que la porte de devant est déverrouillée ? Est-ce qu'ils arriveront à porter un brancard dans l'escalier et à passer la porte avec ? Est-ce que la porte est assez large ? Est-ce qu'ils le porteront eux-mêmes ?

Les paupières d'Albert sont presque fermées maintenant. Elle pose sa main sur sa bouche, puis son doigt sous son nez et elle n'est pas sûre de sentir quelque chose. Elle n'est pas sûre.

Son esprit rebondit de la friture dans le combiné du téléphone au poids de sa tête sur ses genoux puis à l'odeur du café. Elle ne préparera plus jamais de café. Elle ferme les yeux et ne les ouvre plus avant d'entendre les sirènes. Elle fixe la porte et attend que quelque chose se passe. Il y a un coup sur la porte avant qu'elle ne s'ouvre et que le sol retentisse sous leurs pas, leurs grandes bottes noires avançant vers elle. Elle tombe en arrière, loin d'Albert, et rampe comme une limace vers le coin de la cuisine. Elle ne sait pas comment répondre à leurs questions. Ils découpent la chemise d'Albert et placent des palettes sur sa peau. Elle se dit qu'elle déchirera la chemise en plusieurs chiffons pour le ménage, comme elle le fait avec tous leurs vêtements usés. Elle pense aux carrés de flanelle humides qui absorberont le café renversé après leur départ.

Ils restent penchés sur lui pendant ce qui semble des heures. Puis des minutes. Elle ne comprend pas le calme qui règne dans la cuisine, si peu d'agitation. Tout est presque superficiel. Ils s'asseyent. Un des ambulanciers demande s'il y a quelqu'un d'autre à la maison. Elle secoue la tête. Il n'y a personne.

« Est-ce qu'il y a quelqu'un qui pourrait vous aider ? Un enfant, ou ?…

— Non, dit Mara. Pas de famille.

— Un voisin peut-être ? »

Elle secoue la tête.

Ils se rapprochent pour qu'elle ne puisse pas les entendre parler. L'un d'eux semble essayer de convaincre l'autre de ce qu'ils vont faire ensuite, il fait des gestes en direction de Mara sur le sol, il regarde la cuisine. Elle est brusquement embarrassée, comme s'ils pouvaient renifler l'odeur de sa solitude. Comme s'ils pouvaient voir la misère de leur vie ensemble sur le plan de travail taché, la table avec seulement deux chaises, la porte de frigo nue. Pas de photos. Pas d'aimants. L'autre sort de la maison, en parlant dans la radio sur sa poitrine. Le premier ambulancier s'agenouille là où Mara est affalée contre les placards de la cuisine.

« Il n'y a plus rien à faire. Je suis désolé. » Il porte toujours ses gants bleus. Il s'essuie le front avec son avant-bras. Mara acquiesce. Il l'aide à s'asseoir sur une chaise de cuisine. « Nous pouvons appeler le médecin légiste, et après il faudra que vous vous organisiez avec les pompes funèbres que vous souhaitez. Il faudra qu'ils viennent chercher votre mari. Ça peut prendre un peu de temps. Sans doute toute la journée. » Il observe de nouveau la cuisine, tout le désordre sur le sol. « Ou alors, nous pouvons l'emmener à l'hôpital, sans doute au Cedars Sinai. Ils gèreront les choses là-bas. Nous ne sommes pas vraiment censés faire un transfert dans cette situation… mais ça vous aiderait. »

Le médecin légiste. Albert, humide, taché, qui se refroidit sur le sol de la cuisine. Elle se demande s'ils vont le couvrir avec quelque chose s'ils le laissent là. S'il va revenir à la vie. S'il va commencer à avoir une odeur. Si tout ça est vraiment arrivé.

Elle dit que l'hôpital lui semble la meilleure option.

Il lui demande si elle veut venir, si elle veut réunir ses affaires d'abord.

« Je pense que je vais rester. »

L'autre ambulancier est maintenant de retour avec la civière, qui passe sans problème leur porte, et ils fixent des lanières et actionnent des leviers. Elle ne regarde pas quand ils l'emportent. Elle s'assied à la table de la cuisine, et elle s'attend à entendre de nouveau les sirènes mais ils ne les allument pas cette fois. Albert était ici. Il était vivant. Il y a à peine trente-cinq, quarante minutes. Le réfrigérateur ronronne toujours. La fenêtre de la cuisine est ouverte et l'écho de la ville flotte à l'intérieur. Albert est parti, et elle est la seule témoin du début à la fin, et tout semble inimaginablement banal.

Rien à voir avec le jour où elle a perdu son fils.

23

Rebecca

Elle se tient sur le seuil de la chambre de Xavier et observe Whitney avec son fils, et se demande pourquoi Blair est partie de façon aussi précipitée. Leo, un infirmier qui travaille normalement avec elle aux urgences, s'occupe de l'unité de soins intensifs cette semaine. Il a presque fini sa journée. Il se tient à côté d'elle, frottant lentement du gel désinfectant dans ses mains. Elle aime bien Leo. Il avait remarqué quand elle était enceinte la première fois, quand elle avait commencé à laisser refroidir les cafés qu'il lui apportait sans y toucher.

Quand elle était retournée au travail deux jours après la première fausse couche, avec des coussinets dans son soutien-gorge pour absorber l'écoulement fuitant de ses tétons, il l'avait accueillie au début comme il le faisait depuis des semaines : *Comment vous allez, toi et le bébé ?* Elle n'avait pu que secouer la tête en regardant ses doigts taper son mot de passe pour se connecter. Non, s'il te plaît ne me pose pas cette question. Non, le bébé n'est plus là.

Elle avait essayé d'empêcher son front de se plisser. Elle pensait qu'elle s'en sortirait. Il avait compris immédiatement. Il avait posé doucement une main entre ses omoplates et il avait fait en sorte que ce soit la dernière fois qu'elle ait à annoncer ce qui s'était passé à qui que ce soit. Personne ne lui en avait parlé. Il avait eu la meilleure des intentions.

Ses collègues avaient probablement remarqué qu'elle était enceinte les fois suivantes, mais personne n'avait rien dit, et donc comment aurait-elle pu ? *Comment se passe ma journée ? Bien. Mais hier j'étais enceinte, et maintenant je ne le suis plus. Et toi ?* La règle de silence des trois premiers mois interdit de mettre des mots pour ce genre de deuil. Ses grossesses n'étaient pas censées compter, en tout cas pas au point de mettre tout le monde mal à l'aise autour d'elle.

À présent, devant la porte de Xavier, Leo lui apprend qu'il a entendu dire que l'avion de Jacob devrait bientôt atterrir.

« Est-ce qu'ils pensent qu'il peut avoir sauté ? »

Il baisse la voix sur le dernier mot. Sauté. Tombé. Perdu l'équilibre. Rebecca n'est pas sûre de ce qu'ils envisagent. Elle ne fait plus partie de son équipe de soin, donc elle est tenue à distance, et elle tient à ne pas en savoir plus. Oui, il a dix ans, et des accidents terribles arrivent aux enfants plus souvent qu'on ne voudrait le croire. Mais il arrive aussi que les parents mentent. Ils se protègent parce qu'ils pensent qu'ils ont appris la leçon et qu'ils ne recommenceront plus.

Les hurlements, les cris qu'elle a entendus de la maison. Et le fait que Jacob n'était pas là la nuit dernière. Elle se demande si la police dans le hall des urgences aurait accepté de revenir plus tard si la mère blanche qui se tient la tête dans les mains avait eu une autre apparence. Si elle n'avait pas été auréolée de tant de privilèges. Et pourtant c'est elle, Rebecca, qui a levé un doigt discret en direction de l'infirmier, et montré un visage avenant aux officiers pour qu'ils se contentent de hocher la tête et s'éloignent dans le couloir. Qu'ils décident que oui, ça peut attendre, ça va.

« Je pense que c'était juste un accident, répond-elle à Leo. Un petit garçon qui ne trouvait pas le sommeil. Testant les limites de la gravité. » Et c'était probablement ça. Elle n'a pas de raison factuelle de spéculer sur autre chose.

En retournant vers les urgences, elle téléphone à Ben. Aucune amélioration, lui dit-elle. L'équipe ne lui a rien dit de positif. Whitney ne parle toujours pas. Comme si elle faisait déjà son deuil. Elle voit ce genre de situation depuis plus d'une décennie, et elle a toujours du mal à comprendre comment les parents font.

« Ben ? Tu es là ? » Elle se demande si elle a perdu le réseau. Il n'a rien répondu.

« Oui. Oui, je suis là. »

Elle aussi, elle pense à leur absence d'enfant. Elle y pense tout le temps. Elle ne lui a jamais demandé : *Est-ce que ça te vient à l'esprit tous les jours ? Est-ce que tu tournes la tête quand tu passes à côté des balançoires au parc ? Est-ce que tu entends l'écho de mes pleurs monter du sol de la douche quand que tu attends l'eau chaude tous les matins ?*

Il lui dit qu'il l'aime.

Elle dit qu'elle doit y aller.

24

Blair

La voix d'Aiden clame le prénom de Chloé depuis la porte d'entrée, mais elle a déjà bondi de sa chaise quand elles ont entendu la poignée tourner. Blair met l'assiette d'Aiden à réchauffer, en essayant de ne pas être irritée par le fait que la sauce sera pâteuse, maintenant. Il y a des choses plus importantes qu'un dîner gâché. Elle a vérifié son téléphone toutes les cinq minutes, attendant anxieusement des nouvelles de Xavier. Ou un texto de Whitney avec des excuses – ou une explication de la façon dont elle l'a repoussée, une explication différente de celle qui absorbe chaque pensée de Blair.

La clé est à l'étage, dans son tiroir, et c'est comme si elle en sentait le poids au-dessus d'elle.

Pour le bien de la soirée avec Chloé, elle doit tout mettre de côté pendant les heures à venir. Elle est devenue experte pour dissimuler cette contradiction interne, agir machinalement tout en pensant pis que pendre d'Aiden. Elle espère une remise des compteurs à zéro après sa visite au magasin ce matin. D'habitude, il passe facilement à autre chose.

Mais à présent, il la regarde à peine dans les yeux. Il se concentre uniquement sur Chloé. Ils se sont accordés sur le fait de ne pas lui dire où était Xavier aujourd'hui, pas avant demain matin, dans l'espoir d'avoir plus d'informations d'ici là. Il mitraille Chloé de questions sur sa journée. Ils aiment cette énergie entre eux. *Et puis… et puis…* Chloé veut toujours lui en dire davantage. Il aime être le réceptacle de son exubérance sans fin. Il aime les rôles faciles.

Chloé commence à tousser, et Aiden recule sa chaise.

« Je vais te chercher un peu d'eau. Papa s'en occupe », dit-il.

Blair se tient juste à côté de l'évier. Elle le sent bouger autour d'elle, le gobelet en plastique qui change de main, le geste vers le robinet. Il ne laisse pas l'eau couler jusqu'à ce que l'eau soit froide, comme l'aime Chloé.

En mars dernier, ils sont allés au Mexique. Ils n'avaient pas pu avoir trois sièges côte à côte dans l'avion, donc Blair s'était assise avec Chloé dans la rangée derrière Aiden.

Elle l'avait occupée pendant deux heures avec des jeux de cartes et des parties de I Spy. Trente minutes avant l'atterrissage, Chloé avait demandé si elle pouvait s'asseoir à côté d'Aiden. Ils avaient échangé de places et Blair avait enfin pu fermer les yeux. Un peu plus tard, elle avait été réveillée par la voix joyeuse d'Aiden derrière elle : « Et voilà, mon cœur. Papa s'occupe de toi, pas vrai ? »

Blair avait pensé à l'hôtesse de l'air mettant la petite pizza au micro-ondes. L'apportant jusqu'à leur siège, passant la carte d'Aiden dans la machine à sa place. Elle avait eu envie de se retourner et de glisser sa tête entre les sièges. *Non. Tu ne t'occupes de rien du tout. Tu as fait la sieste et joué au poker sur ton téléphone et tu n'as préparé aucune valise à part ton propre bagage à main. Tu ne t'occupes pas d'elle. C'est moi ! C'est moi qui fais tout. Tu as juste commandé une putain de pizza sur un menu d'avion !*

Et pourtant elle avait juste fixé son reflet sur l'écran digital éteint en face d'elle. Ça ne sert à rien de s'énerver. Ils avaient six jours de vacances devant eux. Une fois, elle avait entendu un thérapeute dans un podcast dire qu'un bon partenaire était quelqu'un qui apaisait notre système nerveux. Depuis, elle n'avait pas arrêté d'y penser – à la façon dont sa simple présence lui coupait le souffle.

À présent, Chloé boit son eau tiède à la table de la cuisine. Blair pose l'assiette d'Aiden sur le set de table devant lui.

« Maman. Tu ne dis pas bonjour à papa ? » Le ton de Chloé n'est pas comme d'habitude.

Blair a l'impression de se faire réprimander. Pendant des années, elle a supporté de voir sa propre mère jeter violemment des assiettes de poulet froid devant son père. Elle a ressenti cette tension tous les soirs.

« Bien sûr ! » Elle sourit. Elle se penche pour embrasser Aiden sur ses lèvres serrées. « Comment s'est passée ta journée, chéri ?

— Très bien. » Il ne la regarde pas. À la place, il rapproche sa chaise de la table et sourit à Chloé dont les yeux ne quittent pas Blair. Puis, tous deux reprennent leur conversation. Blair débarrasse le plan de travail en les écoutant.

Elle ne veut pas d'une vie dans laquelle elle ne les entendrait plus parler ensemble. Quand Aiden est à la maison, Chloé rit différemment. Elle chante davantage. Elle est plus drôle.

Elle s'imagine ce que pourrait être leur avenir. Le sac qu'elle préparerait pour Chloé. Le coup frappé à sa porte quand il viendrait la chercher. Être contrainte de voir ses nouveaux vêtements, sa nouvelle coupe de cheveux. Devoir faire face au bonheur qu'il aurait trouvé sans elle, debout dans l'encadrure de la porte d'entrée de son appartement lugubre. Avec le verrou à pêne dormant que les femmes utilisent quand elles savent qu'il n'y a personne pour les protéger. La routine écrasante de la solitude chronique, le silence assourdissant des heures et des heures passées seule contre son gré. Les vêtements de sa fille portant une odeur différente quand elle reviendrait de chez lui. Les réponses prudentes de Chloé à ses questions curieuses. Ce que les gens penseraient d'elle. À quel point elle se sentirait diminuée.

Elle n'est pas sûre qu'elle serait moins en colère qu'elle l'est à présent.

Ils l'appellent. Ils veulent lui raconter une blague qu'ils viennent d'inventer. Et puis Chloé demande une glace avec des vermicelles.

Blair passe la cuillère à glace sous l'eau chaude et les écoute négocier combien de tours du pendu ils feront avant l'heure du coucher. La vapeur embue la fenêtre au-dessus de l'évier. Elle entasse la glace dans le cône. Elle la saupoudre de vermicelles arc-en-ciel.

La bouche de son mari au-dessus du téton de Whitney. Le désir dévorant qu'il ressentirait à la vue du pli foncé de son anus en la prenant par-derrière. Ne pas vouloir se séparer quand ils doivent rentrer chez eux. Ressentir plus de pitié que de culpabilité quand ils voient Blair, avec ses jeans déformés. Ses seins pendants sous sa chemise. Son ignorance.

Elle tend le cône à Chloé et en prépare un autre pour Aiden.

En rangeant la boîte dans le congélateur, elle

remarque le téléphone d'Aiden sur le plan de travail. Elle leur tourne le dos.

Son cœur bat à toute vitesse chaque fois qu'elle tape son mot de passe. Rien de tout ça ne lui semble bien. Ce mélange de peur et d'anticipation. Elle ne veut pas découvrir quelque chose qu'elle ne pourrait pas oublier. Elle ne veut pas que ce soit la dernière seconde de leur vie d'avant. Pourtant c'est terrifiant et addictif et elle ne peut pas s'en empêcher.

Elle fait défiler rapidement, cherchant le prénom de Whitney dans ses messages envoyés puis dans ses mails, dans son application de messagerie et enfin dans ses appels récents. Il l'aura appelée ou textotée pour vérifier qu'elle va bien. Mais il n'y a rien d'autre que des conversations inoffensives avec ses amis.

Elle repose le téléphone sur le plan de travail et décolle sa chemise de ses aisselles moites. Le soulagement est un anesthésiant, pour l'instant.

Chloé l'appelle. Il faut que Blair vienne avec eux. Il faut qu'elle joue une partie.

De nouveau, elle essaye. Elle se tient derrière Aiden et pose ses mains sur ses épaules. Il l'attire plus bas de façon que sa tête soit à côté de la sienne. Il frotte son visage contre le sien et elle sent la griffure de sa barbe naissante contre sa joue, les vestiges de son after-shave. Il lève son cône jusqu'à sa bouche, en guise d'offrande. Elle sent que Chloé les regarde. Presque suspicieusement. Blair lèche la glace.

Est-ce que Chloé perçoit son monde se fendiller sous ses pieds ? Est-ce qu'elle se réveillera un jour et ne se sentira plus autant en sécurité qu'au cours des sept dernières années ? Elle pense à son cœur intact, impressionnable. Blair ne peut pas lui infliger ça. Elle est prête à tout. Elle lui doit davantage, et elle en payera le prix, quel qu'il soit.

Deux émotions peuvent coïncider : la colère, et la consolation. Le désespoir, et tout cet amour. Blair embrasse furtivement Aiden au coin des lèvres. Une fois, puis deux. Elle voit la satisfaction sur le visage de sa fille, et puis elle repose les yeux sur le pendu.

25

Rebecca

Il est seulement 19 heures mais elle doit trouver un endroit où s'allonger. Après à peine quelques heures debout, elle sent la tension dans son dos. Désormais, chaque petite douleur la rend nerveuse. *Allez-vous-en, allez-vous-en.* Elle dit à l'interne qui travaille avec elle qu'elle reviendra dans vingt minutes, et elle trouve une chambre d'astreinte où elle peut se reposer.

Parfois, quand Rebecca ferme les yeux, elle la voit. La première. La semaine où elle l'a perdue, elle faisait la taille d'une grenade, d'après l'application, mais elle avait semblé plus grande dans ses mains. Ils les mesurent in utero du sommet du crâne jusqu'aux fesses, comme si les jambes rachitiques du bébé, entièrement formées avec chaque os, avec dix minuscules orteils, ne comptaient pas encore. Elle pense à la serviette pour les mains, tachée par le maquillage qu'elle avait enlevé de son visage quelques heures plus tôt,

dans laquelle elle l'avait enveloppée, à la fin d'une garde de dix-neuf heures. À comment ça avait été de sentir le bébé sortir d'elle. La sensation physique de la bosse qui l'avait traversée. Elle ne peut pas l'oublier.

Ils n'avaient pas choisi de prénom. Et lorsqu'elle l'avait vue, rien n'avait semblé adapté. C'est difficile de choisir un nom qu'on aime en sachant qu'on ne pourra jamais le prononcer.

Elle ne veut pas se laisser aller à penser à ça maintenant, pas au milieu d'une garde.

Mais c'est le truc avec la fausse couche. Ce n'est pas un événement avec un début et une fin. La fausse couche se poursuit encore et encore, elle traque la femme à travers ses journées et ses rêves, et la femme connaît quelques rares secondes de bonheur quand elle oublie, quand son cerveau peut encore sentir le bonheur d'avoir ce bébé, jusqu'à ce qu'elle se souvienne que le bébé ne lui appartient plus, depuis des jours ou même des semaines. Il y aura du sang qui imbibe ses draps et une odeur qu'elle ne reconnaîtra pas. Il y aura des rendez-vous médicaux où ils la sédatent, s'assurent qu'elle a tout expulsé, parce que si ce n'est pas le cas, ce qui reste de cette vie peut la tuer, elle. Elle se verra comme un récipient qui ne sait qu'expulser, qui ne trouvera plus jamais de plaisir dans le fait d'être pénétré.

La première fois, après que c'était arrivé, Rebecca s'était allongée sur son lit et elle n'avait ressenti qu'une

colère incandescente. Trahie par ce qu'elle avait pensé lui appartenir pendant presque dix-huit semaines. Elle n'avait pas su à quel point elle désirait le bébé jusqu'à ce qu'elle ne puisse pas l'avoir. Mais il n'y avait personne à qui le crier au visage, personne qu'elle puisse tenter de convaincre de lui rendre son dû. Et quand la colère avait laissé place à la tristesse, elle avait pensé uniquement à sa mère. À quel point ce serait insupportablement difficile de devoir lui dire que le bébé était parti.

Ben avait été écrasé de douleur, mais ensuite il était redevenu optimiste. Manque de chance, il avait dit la première fois, de façon presque détendue. On va réessayer. Comme un mulligan dans une de ses parties de golf.

Le deuxième fœtus avait atterri dans la cuvette des toilettes dans une masse de tissus. Elle était en train de rêver des membres du bébé débordant hors d'elle dans le couloir obscur d'une unité de naissance, quand les contractions l'avaient réveillée. Dans les heures qui avaient suivi, les crampes avaient augmenté tandis qu'elle s'accroupissait en chemise de nuit dans la douche, jusqu'à ce qu'elle sente que le moment était venu.

Après, elle s'était allongée, trempée, sur le carrelage froid, jusqu'à ce que Ben vienne la chercher dans la salle de bains et la ramène au lit. Elle lui avait demandé de ne pas tirer la chasse d'eau et il avait secoué la tête, non, il ne le ferait pas.

Une fois qu'il s'était endormi, Rebecca était allée repêcher le fœtus de l'eau rose des toilettes. On aurait dit un poisson rouge dans sa paume. Elle l'avait touché avec son doigt, ce début de vie visqueux. Elle l'avait mis dans un sac en plastique et l'avait glissé sous le lavabo sur une pile de rouleaux de papier toilette, et elle avait attendu le matin sans pouvoir dormir. Elle travaillait de jour cette semaine-là. Elle avait pris une douche et elle s'était habillée, et tandis que le soleil se levait, elle avait porté le sac jusqu'au jardin clairsemé de leur nouvelle maison, le jardin qu'ils auraient dû encombrer de tricycles et de jeux de bac à sable. Elle avait creusé un trou aussi profond qu'elle avait pu à côté de la clôture en pin, dans l'odeur de forêt que dégageait le bois encore blond et frais, et elle y avait placé le sac en plastique avec le fœtus à l'intérieur. Elle l'avait couvert de terre bien tassée, et puis elle avait conduit jusqu'au travail, ses mains encore sales posées sur le volant de la Prius. À son arrivée, elle les avait frottées dans l'évier en acier d'une salle d'opération vide.

Le troisième bébé l'avait abandonnée dans les toilettes pendant une garde animée, au même stade de grossesse que le second. Ça avait été rapide, comme aller à la selle, comme si son corps commençait à s'habituer à se débarrasser de toute vie qui n'était pas la sienne propre. La veille, elle avait eu des pertes de sang, mais les crampes étaient si légères qu'elle s'était convaincue que c'était seulement son dos fatigué, un muscle tendu. Pendant deux heures, peut-être trois, elle avait pu continuer à croire que c'était tout ce que signifiait cette douleur.

Elle avait placé la masse enveloppée de papier toilette dans un sac à échantillons de la réserve, et l'avait glissée dans la poche de sa blouse blanche. Elle était retournée à l'infirmerie pour demander où on avait besoin d'elle. Chambre 11. Elle avait ouvert le rideau mais n'était pas parvenue à sourire.

« Alors, dites-moi, avait-elle dit en plaçant une extrémité du stéthoscope dans son oreille. Quand a commencé la fièvre ? »

Au matin, sur le chemin du retour, elle s'était arrêtée à la Clinique de fertilité et en avait attendu l'ouverture sur le parking. Ils avaient testé le fœtus. Les résultats n'avaient montré aucune anomalie génétique. La vie avait une chance, simplement pas à l'intérieur d'elle. À la maison, elle était allée droit dans le jardin et avait fixé l'endroit où elle avait enterré la première.

Ben l'avait regardée rentrer par la porte de derrière et lui avait demandé ce qu'elle faisait là. Elle n'avait pas répondu. Elle était allée jusqu'au frigo et elle avait sorti une miche de pain et attrapé le premier ustensile qu'elle avait trouvé. Tout en essayant d'étaler du beurre d'amandes avec une fourchette, elle calculait les dates dans sa tête pour savoir quand elle pourrait retomber enceinte. Elle ovulait de nouveau dans quinze jours, c'était techniquement possible, elle se testerait chaque jour avec le kit d'ovulation. Les jours séparant les fausses couches des moments où elle pouvait essayer de nouveau étaient longs et vides. Ils n'avaient aucun sens pour elle.

Ben lui avait redemandé ce qu'elle était allée faire dehors. Elle s'était contentée de secouer la tête. Et puis elle l'avait secouée encore. Elle voulait se débarrasser des jalons qu'elle s'était laissée aller à noter sur le calendrier, une fois de plus, comme une idiote : fin septembre, quand le bébé arriverait, et l'air serait parfaitement frais pour pousser une poussette. Décembre, quand ils passeraient les vacances à la ferme, marchant dans les champs enneigés avec les autres enfants, le bébé lové dans un porte-bébé contre leur poitrine. Février, quand elle entamerait un retour progressif au travail, trois jours par semaine, peut-être quatre. Juillet, quand ils partiraient pour leurs premières vacances en famille sur la côte avec sa mère. Longues siestes sous le parasol avec grand-mère. Pieds potelés dans les vagues.

Ben l'avait éloignée du plan de travail et lui avait pris la fourchette des mains.

« C'est le bébé ? »

Elle n'était jamais parvenue à répondre, pourtant il avait su. Il avait pleuré silencieusement dans son cou, mais elle ne pouvait pas pleurer avec lui. Elle ne parvenait à convoquer aucune émotion.

La quatrième fois qu'elle était tombée enceinte, Ben avait simplement hoché la tête quand elle lui avait montré le test positif. Plus rien ne semblait un joyeux miracle. Chaque jour paraissait périlleux, vécu sur le fil du rasoir. Elle suppliait le temps d'avancer plus vite.

Il restait douze jours avant d'atteindre les dix-huit semaines, quand elle avait vu la trace sur le papier toilette. On lui avait programmé une dilatation et un curetage presque une semaine plus tard, le plus tôt qu'ils avaient pu, et pendant ces cinq jours, ses seins étaient douloureux et la fatigue de la grossesse la clouait au sol. Son corps semblait comme confus, ou peut-être qu'il ne parvenait pas à se convaincre de se laisser faire.

Elle voulait que ça sorte d'elle. C'était la seule chose à laquelle elle pouvait penser, jour après jour. Elle attendait avec impatience l'aiguille de l'intraveineuse sur le dos de sa main, l'état merveilleusement inconscient de la salle d'opération. La fente d'yeux impossibles à distinguer entre la calotte et le masque, des outils en acier froid, des lumières aveuglantes, l'odeur mordante de l'iode. Le récurage de chaque cellule non viable. Le soulagement de ne pas avoir à voir, cette fois, ce qu'elle avait fait pousser dans son corps.

« Tu as l'air tellement calme », lui avait dit Ben doucement, en s'agitant dans sa chaise de la salle d'attente avant l'opération. Il voulait dire qu'elle ne pleurait pas, comme elle l'aurait dû. Comme le faisait la femme deux rangs devant eux. « Tu es docteur, j'imagine que tu es habituée à tout ça. »

Mais non. C'était parce qu'elle avait fait l'expérience de la déception tellement de fois qu'elle y était maintenant préparée. Elle avait déjà vécu le moment qu'ils traversaient.

Elle avait seulement hoché la tête. Oui. Mon cœur froid et clinique est habitué à ça.

Elle ne voulait pas en parler, elle voulait seulement hurler. Mais il n'y avait nulle part où aller, aucun vide qui puisse contenir ce genre de colère.

Ben avait été tellement silencieux les jours suivant chacune des pertes. Il ne lui avait jamais demandé ce qui était arrivé aux bébés qui l'avaient abandonnée. Et donc il n'avait pas à tenir les comptes dans sa tête comme elle le faisait : un dans leur propre jardin, deux dans des poubelles médicales, et un dans le tiroir du bas de sa commode, dans un petit sac en plastique du crématorium.

Les fœtus étaient perdus. Mais elle avait aussi perdu ce qu'elle avait ressenti quand ils grandissaient en elle. Être une mère. Se sentir une personne nouvelle. Elle aimait cette femme – c'était celle qu'elle voulait être.

était justement en train de penser à elle. Chloé est derrière sa mère ; elle est venue voir Xavier.

« Rentre et trouve-le, Chloé, ils sont en train de courir partout avec Louisa. » Whitney ne va jamais dans la maison de Blair. Mais aujourd'hui, elle regarde de l'autre côté de la rue en pensant au chaos derrière sa propre porte et elle demande : « Ça te va si on va chez toi cette fois ? »

Elles ouvrent une bouteille d'une cave locale dont Whitney n'a jamais entendu parler, et le vin n'est pas frais, mais c'est le seul alcool que Blair a dans la maison. Whitney observe la pièce à vivre sans parvenir à se rappeler quand elle est venue la dernière fois. La maison de Blair a quelque chose de désuet et de réconfortant. Le canapé déhoussable et le fauteuil assorti. La télévision sur un vieux banc de bois que Blair a blanchi à la chaux elle-même. Le coton léger des rideaux, qui rappelle des draps d'enfants, si fin qu'on peut voir au travers.

Elle s'approche des étagères que Blair a stylisées en organisant les livres par couleur, un arrangement soigneux de photographies dans des cadres or et rose, de minuscules succulentes en pot. Elle saisit une photo de Chloé, Aiden et Blair, qui date probablement de l'été dernier. Blair et Chloé ont les mêmes taches de rousseur, le même air mignon. Leurs têtes se touchent, et leurs cheveux tombent de telle façon qu'elle ne peut pas dire où finissent ceux de Blair et où commencent ceux de Chloé. Aiden est derrière elles sur la photo, hâlé, souriant. Il paraît dix ou quinze ans plus jeune. Il a vraiment quelque chose. Elle ne peut pas s'empêcher de penser qu'il n'a pas l'air à sa place. Pas l'air d'être vraiment là, avec elles, au moment de la photo.

« J'ai mis des glaçons. » Blair est à côté d'elle et lui tend un verre, en regardant la même photo un peu trop longtemps pour un simple coup d'œil. Elle ne dit rien. Elle se retourne vers la pièce, s'excuse pour le désordre pourtant inexistant. Whitney lui assure que tout est parfait. Elle attrape une autre photo, cette fois de la mère et du père de Blair, et elle essaye de retrouver ses traits dans leurs nez, le contour de leurs visages, la façon dont ils se tiennent, chacun la main sur l'encolure d'un cheval qui fixe droit l'appareil.

« Tu ne parles pas beaucoup de ta mère, dit Whitney. Comment elle est ?

— Ma mère ? Voyons voir. » Elle lève les yeux vers l'endroit où le mur rejoint le plafond, comme si elle n'avait jamais eu à penser à ça avant. « Elle est très simple. Elle aime coudre. Elle regarde beaucoup de séries télé. »

Whitney ne peut s'empêcher de rire. « C'est tout ? Oh mon Dieu, j'espère que mes enfants auront plus de choses à dire sur moi quand le jour viendra. Quel genre de femme c'est ? Qu'est-ce qui la motive ? »

Blair se couvre le visage d'une main en riant elle

26

SEPTEMBRE
Le jardin des Loverly

Les yeux perçants d'Aiden passent des seins de Whitney en train de danser au seau de glace que Jacob pose sur la table. Blair est blessée. Elle se déplace lentement tandis que l'air s'échappe de son corps. Elle chaloupe en arrière jusqu'au canapé du patio et s'éclaircit la gorge. Elle déteste ça chez lui, le fait qu'il regarde toujours les femmes séduisantes comme il la regardait autrefois elle, probablement en les imaginant nues. C'est grossier. Elle tend le cou pour chercher du regard Chloé et Xavier, afin de gagner du temps et de permettre à l'humiliation de se dissiper de son visage. Les larmes lui montent aux yeux.

Aiden semble sentir son changement d'humeur. Il lui fait signe – viens ici, viens t'asseoir sur mes genoux.

Comme s'ils étaient adolescents. Comme s'ils étaient amoureux. Comme si c'était Blair qu'il voulait baiser. Eh bien, va te faire foutre. Elle voudrait le dire à voix haute. Mais Jacob et Whitney la regardent tous les deux maintenant aussi, et donc elle va vers Aiden. Elle passe un bras raide autour de son cou et pense à combien elle le déteste. Elle espère qu'elle ne va pas éclater en sanglots.

Et puis une femme que Blair a remarquée plus tôt, grande et souple, avec des lunettes de soleil ridiculement grandes et un short qui ressemble à une culotte s'approche pour interroger Whitney et Jacob au sujet du traiteur. Aiden a semblé avoir remarqué la présence de la femme quand elle est entrée dans le jardin plus tôt, comme un chien reniflant quelque chose dans l'air – menton levé, tête tournée légèrement sur la gauche, attention détournée. Est-ce que tout le monde discerne la soif sur son visage comme elle peut la voir chaque fois ?

Mais Blair se sentait comme ça, concernant son mariage. En alerte. Elle s'était entraînée à détecter le danger partout où elle regardait. *Tu surréagis*, lui disait-il. *Tu es folle*.

Je ne suis pas ton père.

Whitney transpire et elle en fait trop avec la femme, qui est la compagne d'un ami d'université de Jacob. Ils ne vivent pas dans le coin, et ça dérange Blair, cette infiltration à un barbecue de quartier, le fait qu'ils soient restés si tard. Elle soupçonne le couple de s'être invité. La femme est jeune et ivre, elle parle fort, et son maquillage est trop nacré, il y a peut-être même des paillettes. C'est le genre de maquillage qui plairait à Chloé, à une petite fille. Blair ressent un sentiment de supériorité sur la femme. Elle semble mettre Jacob mal à l'aise aussi – il s'est détourné d'elle – et Blair aime cette complicité avec Jacob, ce hérissement contre la même mauvaise ambiance qu'elle ne supporte pas.

Blair écoute la conversation mais ça ne suffit pas à la distraire de la rage qu'elle ressent pour l'homme sur les genoux duquel elle est assise. Sa gorge brûle. Ses yeux brûlent. Elle a envie de frapper Aiden au visage, ses joues fraîchement rasées et tamponnées d'after-shave ; elle a envie de lui foutre des coups de pied dans le scrotum encore et encore.

Sa main se tend vers son dos, et elle s'écarte de lui.

« Non. »

Il ne lui demande pas ce qui ne va pas.

De nouveau, elle cherche Chloé du regard. Elle est à côté de la clôture maintenant, avec Xavier qui est finalement sorti de sa chambre. Ils parlent avec Mara, qui glisse des violettes à travers les lattes de bois pour que Chloé les mette dans ses cheveux. En temps normal, Blair les interromprait, s'imposerait dans la conversation, étalerait son omniscience au sujet des enfants. Mais elle se retient.

Elle pense à ce que Rebecca leur a dit à elle et

Whitney deux heures plus tôt, juste avant de quitter la fête. En désignant le jardin de Mara, elle s'était rapprochée et avait baissé la voix.

« Elle ne vient pas ? » avait demandé Rebecca.

« C'est trop pour elle de notre côté de la clôture, avec les enfants et le bruit. Et la bonne ambiance », avait dit Whitney. Blair avait gloussé. « Combien de temps il reste avant qu'elle ne vende, à ton avis ? »

Mais Rebecca avait seulement fait une grimace et avait détourné son regard, et puis elle avait fini son verre d'eau. Blair l'avait vue épier les groupes de mères plus tôt, tandis que les serveurs continuaient à les resservir en vin, toujours plus de vin.

« Je ne sais pas exactement ce que vous savez de Mara. Mais elle et Albert avaient un fils. Ils l'ont élevé dans cette maison. Il est mort assez jeune, d'après ce que j'ai compris. » Rebecca s'était interrompue, et puis elle avait repris : « Il était encore adolescent. »

Blair avait regardé Whitney. Elles n'en avaient jamais rien su. Whitney était restée silencieuse, mais Blair avait remarqué le changement dans ses yeux tandis qu'elle observait le jardin de Mara. « Tu sais comment c'est arrivé ? »

Rebecca avait secoué la tête. « Elle ne l'a jamais dit.

— Mon Dieu, avait soufflé Blair. Et ils n'ont jamais voulu retourner au Portugal ?

— Je lui ai demandé si elle partirait un jour. Ils sont les seuls de leur famille à avoir émigré ici, avait poursuivi Rebecca. Ils pourraient vivre confortablement là-bas grâce à la vente de cette maison. Je pense que le souvenir de leur fils est trop lié à l'endroit. Ça doit être difficile de laisser ça derrière soi. »

Whitney, qui avait une réponse pour tout, qui avait couru dans tous les sens tout l'après-midi, avait seulement levé une main jusqu'à sa clavicule. Blair avait touché son épaule.

« Ça donne une image d'elle un peu différente, non ? » avait dit Rebecca. Blair s'était demandé si c'était du jugement qu'elle percevait dans la voix de Rebecca – bien sûr qu'elles avaient de l'empathie pour Mara, même si elles ne s'asseyaient pas pour bavarder avec elle dans sa véranda comme Rebecca. Elle et Whitney sont des mères, avait pensé Blair. Rebecca ne peut pas comprendre comme nous.

Mara s'est éloignée de la clôture maintenant. Chloé est assise sur l'herbe, nouant les tiges des fleurs pour faire une couronne. Blair se lève des genoux d'Aiden et la regarde, en se demandant si elle aurait dû aller à la clôture dire bonjour. Au minimum.

« Hé, tout va bien ? » Whitney lui met un verre dans les mains, mais Blair ne peut plus boire davantage. Elle le videra dans le lavabo pour que Whitney ne s'en aperçoive pas. Elle trouvera la télécommande des enceintes extérieures et baissera le volume de cette satanée musique ; les jumeaux devraient être couchés.

Elle aimerait que Whitney porte un soutien-gorge. Elle déteste le fait de se sentir si loin de chez elle alors qu'elle se trouve à dix-sept pas de sa propre porte d'entrée. Elle veut qu'Aiden sorte de ce jardin. Elle veut qu'il répare le drain dans la buanderie et qu'il nettoie le barbecue et puis qu'il s'asseye avec Chloé pour finir ses devoirs du week-end. Elle veut voir de nouveau quelque chose de sain en lui. Quelque chose qui puisse la calmer.

Blair n'a pas répondu à la question de Whitney, qui ne semble pas le remarquer. Blair se retourne pour chercher la femme, la petite amie aux joues scintillantes, et savourer une sensation de dominance à laquelle elle se sent autorisée sur ce gazon – mais elle s'arrête sur Jacob et Aiden, et eux aussi sont en train d'observer la femme. Ils la regardent passer ses doigts sous l'ourlet de son petit short, tirer le jean de la fente entre ses fesses rondes et fermes. Son doigt s'attarde là, dans son short, une seconde de trop, un centimètre trop loin pour ne pas le remarquer. Aiden se tourne légèrement en changeant de position, si bien que Blair ne peut plus lire sur ses lèvres, mais Jacob sourit largement au commentaire douteux qu'il vient apparemment de faire.

Blair détourne les yeux. Quelque chose à cet instant lui dit, calmement, rationnellement : ce mariage est proche de la fin. Et puis elle pense à comment ce serait si Aiden était mort. Le soulagement qu'elle ressentirait s'il était vraiment parti, plutôt que s'il l'avait quittée.

27

Mara

Les ambulanciers ont laissé sa porte d'entrée ouverte, et de la véranda elle entend le téléphone qui continue de sonner dans le salon. La lumière du jour s'est ternie, le soleil se couche. Le téléphone a sonné toute la journée. Elle suppose que c'est l'hôpital, ou la morgue. Ils veulent qu'elle prenne des décisions, et il faut probablement qu'elle paye quelque chose. Elle pense au portefeuille d'Albert, à la banque, à ce qu'il faudra faire après. Ils voudront qu'elle vienne récupérer ses vêtements mouillés de café. Sa montre. Combien de temps peut-elle attendre ? Que font-ils quand il n'y a personne à appeler ?

Elle est là depuis des heures, à essayer de décider ce que ça lui fait, la solitude. Elle ne remarque Ben que lorsqu'il se trouve juste devant elle.

« Comment allez-vous ? demande-t-il, mais il n'attend pas sa réponse. Vous vous demandez probablement ce qui se passe. » *Avec le corps de mon mari ?* pense-t-elle. *Avec son âme ? Est-ce que je crois encore aux portes nacrées du paradis ?* Mais, non, il parle de ce qui s'est passé à côté. Le petit garçon. Il dit qu'il y a eu un accident la nuit dernière. Il évoque Rebecca qui est au travail, le père qui va rentrer en avion de Londres et quelque chose d'autre à propos d'une opération du cerveau. Il ne sait pas qu'Albert est mort. Que l'ambulance l'a emporté aujourd'hui. Cette minuscule fraction de temps peut être effacée en un simple coup de gomme. Mara se contente de hocher la tête. Elle pense à sa cuisine qui lui a paru si petite avec le brancard dedans, comme une maison de poupée. Et après Ben a l'air de s'éloigner en flottant, loin de sa véranda jusqu'à sa propre maison. Elle ne peut pas se souvenir de ce qu'elle lui a dit.

Ce pauvre enfant.

Et puis elle se rappelle qu'elle a oublié de regarder s'il y avait des avions en papier dans le jardin, même s'ils sont sans doute humides à cause du sol gorgé de la pluie d'hier soir. Il faut qu'elle pense à vérifier. C'est important pour elle.

Elle observe ses mains. Elles tremblent.

Elle voudrait être en bas, au sous-sol. Dans l'ancienne chambre de Marcus.

Elle tire sur le fil de la lampe de chevet. Marcus la laissait toujours allumée la nuit, même si elle lui disait de l'éteindre pour la facture d'électricité. Elle aimait redescendre une fois qu'il s'était endormi, pour contempler son visage. Il lui arrive de dormir là, quand elle ne trouve pas le sommeil et qu'elle pense à lui. Elle s'imagine ce que ça ferait de voir son visage de soixante ans à côté d'elle.

Elle avait installé cette chambre au sous-sol pour Marcus quand il avait eu treize ans. Elle espérait qu'établir une certaine distance physique entre Albert et lui dans la maison l'aiderait à se sentir moins anxieux. Albert n'était jamais allé voir la pièce. Il se contentait de marcher d'un pas lourd au-dessus, ses pas comme un roulement de tambour qui donnait des palpitations à son fils en train de lire des bandes dessinées sous les couvertures. Les maquettes d'avion sont toujours sur la commode, la peinture bleu ciel sur les murs. Elle n'a jamais vidé les tiroirs. Dans le placard, une boîte contient ses objets préférés, quelques babioles, une balle en élastiques, un livre des Hardy Boys. *Le Grand Mystère de l'aéroport*. Pendant des années, la boîte a aussi contenu un moulage d'avion, mais c'est la seule chose qu'elle a donnée.

Enfant, il aimait les avions et demandait tous les jours à Mara quand il pourrait lui aussi monter dans un avion. Pour ses dix ans, Mara avait décrété qu'ils iraient au Portugal, même si le prix était absurdement élevé. Elle y avait pensé pendant des années, mais quitte à dépenser autant d'argent, elle voulait être sûre qu'il soit assez grand pour s'en souvenir. Elle avait décidé d'imposer le voyage à Albert plutôt que de lui demander son avis. Leurs parents se faisaient vieux, et sa mère avait un cancer incurable, donc elle savait qu'il accepterait à contrecœur.

Un matin, elle avait laissé la facture de l'agence de voyages sur la table de la cuisine, à côté de son assiette de jambon glacé, avec le numéro où appeler l'agent le matin pour le règlement. Il avait plié la facture, l'avait mise dans sa poche arrière et avait dit qu'il s'en occupait.

Mara avait rempli une valise entière de cadeaux pour leurs familles. Elle avait commandé une belle veste de sport pour Albert chez le tailleur du quartier, car il voudrait être élégant devant sa famille. Pourtant il n'avait même pas daigné l'essayer. Elle sentait sa résistance face au voyage, et elle savait que ça n'avait rien à voir avec le prix du vol. C'était pourtant simple de décrire la différence de leur fils aux autres gens : il est exactement comme n'importe quel autre enfant de son âge, sauf qu'il ne parle à personne d'autre que sa mère. Il est anxieux. Il n'avait pas de problème, rien à réparer, ni soigner, ni cacher.

Elle avait entendu Albert utiliser le mot « lent » un jour où il discutait à voix basse avec sa sœur aînée au téléphone. Elle n'avait pas compris s'il était arrivé à ce mot tout seul ou si quelqu'un d'autre le lui avait mis dans la bouche. Dans tous les cas, ce n'était pas du tout le bon. Ce mot-là pouvait décrire la circulation à l'heure de pointe, mais pas son fils sensible et attentif. Personne n'entendait les choses qu'il lui chuchotait, si bien que personne ne savait rien de lui. Ils n'avaient pas la moindre idée.

Mais Mara ne se souciait plus de ce qu'Albert pensait de Marcus. Ni de ce que quiconque pensait de lui. Elle avait hâte de l'emmener dans un avion. Il n'avait jamais attendu quelque chose avec autant d'excitation, et elle aimait voir s'animer cette part de lui.

Le samedi matin du vol, elle s'était levée tôt pour se laver les cheveux et mettre des bigoudis. Elle avait enveloppé un petit cadeau qu'elle avait acheté à son fils pour le voyage : son propre moulage d'avion avec American Airlines écrit sur le côté. Il allait l'adorer. Elle l'avait posé à côté de son bol de céréales et elle s'était habillée pendant qu'Albert dormait. À presque 9 heures, elle avait secoué l'épaule d'Albert et lui avait dit qu'il était temps de se lever et de se raser ; que leur taxi serait là dans une demi-heure, qu'il n'avait même pas encore fait ses bagages, qu'elle allait réveiller leur fils pour le petit déjeuner. Il s'était retourné et lui avait dit de fermer les rideaux.

« Mais on doit être à l'aéroport à… »

Dès que ces mots étaient sortis de sa bouche, elle avait compris qu'ils ne prendraient pas l'avion. Elle n'était même pas sûre qu'il ait les billets. Il avait changé d'avis. Il ne pouvait pas affronter le voyage.

Quand il s'était levé une heure plus tard, elle l'attendait en buvant son café à la table de la cuisine. Dans la pièce adjacente, leur fils boudait en jouant avec son avion. Il avait pleuré quand elle lui avait dit que le voyage était annulé, il avait demandé s'il y avait un problème avec les moteurs, parce qu'il ne pouvait pas imaginer d'autre raison de ne plus prendre l'avion.

« C'est toi qui les appelles, Albert, elle avait sifflé. C'est toi qui leur dis pourquoi on ne vient plus. »

Il ne lui avait même pas menti. Il ne lui avait même pas accordé la décence d'une excuse.

Plus tard ce soir-là, quand il était rentré à la maison, il avait trébuché en passant la porte d'entrée et son coude s'était enfoncé droit dans la moustiquaire. Elle n'avait pas demandé où il était allé. C'était la première fois qu'elle le voyait ivre à ce point. Marcus était dans le salon en train de faire un puzzle par terre. Elle s'était levée pour aller jusqu'à lui, et l'amener dans sa chambre dont elle pourrait fermer la porte. Elle avait un pressentiment. Mais Albert l'avait retenue d'un bras, il l'avait dépassée.

Il avait marmonné des mots cruels au visage de leur fils, en écrasant son nez rouge et furieux contre la joue douce de Marcus, crachant ses postillons nauséabonds dans son cou délicat. Des mots qu'elle ne voulait plus jamais entendre de sa vie. Des mots dont elle n'avait d'autre choix que de se convaincre qu'ils n'avaient jamais été prononcés.

Elle l'avait porté jusqu'à sa chambre et l'avait serré

aussi fort qu'elle le pouvait pour l'empêcher de trembler. Albert les avait suivis, sa silhouette s'encastrant dans l'embrasure de la porte. Elle avait couvert les oreilles de son fils et supplié son mari de partir.

« Regardez-vous, on dirait deux petites filles, à vous chuchoter des trucs à l'oreille toute la journée. C'est toi qui l'as rendu comme ça, Mara. Tu l'as foutu en l'air. »

Le lendemain matin, son fils avait refusé de lui parler. Elle avait posé son oreille sur sa bouche, lui avait frotté le dos, l'avait cajolé pour qu'il lui dise ce qu'il voulait pour son petit déjeuner. « Il est parti pour la journée, on est que tous les deux. Dis à maman, est-ce que ça va ? »

Elle savait pourtant que ça n'allait pas, que ça n'allait plus. Elle n'avait jamais voulu envisager que ce jour puisse arriver. Elle avait su, alors, qu'elle l'avait entendu parler pour la dernière fois. À présent, il se contentait de secouer la tête. Il ne lui avait plus jamais murmuré de mots doux.

28

Whitney

MERCREDI

Elle a appelé Jacob trois fois en rentrant en voiture du travail, pendant que la pluie se calmait. Elle sait qu'il est toujours réveillé, mais il ne répond pas. Elle se gare dans l'allée. Sa main s'apprête à ouvrir la porte de la voiture quand, dans le rétroviseur, elle voit Blair en train de jeter un sac dans la poubelle à côté de sa maison. Mais elle ne lève pas les yeux, elle ne remarque pas les feux arrière rougeoyants de la voiture de Whitney.

Ce soir, elle est soulagée que Blair ne l'ait pas vue avant de se retourner vers sa maison. Elle a trop de choses en tête. Le nouvel argumentaire commercial demain matin. Les problèmes de Xavier à l'école. Blair a laissé la porte d'entrée ouverte, elle doit être allée chercher le sac des déchets recyclables dans la cuisine. Whitney attend.

Habituellement, Blair représente un répit bienvenu. Blair est ancrée dans la réalité. Elle est comme du lait chaud. Elle aide Whitney à penser comme une mère. Même si par moments, la fréquenter rend Whitney indiciblement envieuse. La façon dont Blair est avec elle. À quel point Chloé est aimable, leur amour au diapason. Xavier lui semble parfois un cadeau offert par quelqu'un qui devrait mieux la connaître ; quelque chose qui lui est destiné mais qui ne lui ressemble pas du tout. Et certaines fois elle a la douloureuse impression d'être incomprise.

Dans l'allée, elle coupe le moteur et regarde la maison de Blair dans le rétroviseur intérieur, en attendant qu'elle en finisse avec ses sacs-poubelle et rentre dans sa maison. Elle repense à la conversation qu'elles ont eue la semaine dernière. Au sujet d'Aiden et du fait qu'ils se voient peu ces derniers temps. Blair a tendance à utiliser le sujet de son mariage comme un appât, à faire comme si elle voulait en parler – mais pas vraiment. C'est un exercice futile. Whitney s'y plie généralement, si bien que Blair ne suspecte rien.

Elle sait que Blair énonce des semi-vérités, qu'elle éprouve les limites de l'inconfort qu'il y a à partager ses problèmes conjugaux, avant de battre inévitablement en retraite. Ça semble la satisfaire, d'être presque franche avec Whitney sans avoir quelque chose à regretter. Elle veut qu'elles soient confidentes. Mais sans vraiment que Whitney la *voie*.

La porte d'entrée s'ouvre en grand et Blair est de retour avec les déchets recyclables. Elle soulève le couvercle et pousse les sacs pour libérer de l'espace. Whitney fait attention à ne pas bouger pour ne pas déclencher la lumière détectrice de mouvement.

Depuis quatre ans qu'elles se connaissent, Blair a changé. Elles sont devenues proches très vite, plus proches que Whitney ne l'avait été d'aucune amie depuis l'université, plus proches que le cercle de femmes élégantes avec lesquelles elle a des liens professionnels. Et elle n'a plus de contact avec les mamans de l'école, pas depuis septembre. Mais au cours de ces quatre années, elle a senti Blair se dérober. Elle voit la façon dont elle observe sa maison luxueuse, la façon dont elle épie avidement ses échanges avec Jacob. Et si Whitney est honnête avec elle-même, elle ne veut pas perdre la dynamique de pouvoir entre elles. Dans leur amitié, comme presque partout dans sa vie, elle a le dessus. Même si elle n'est pas fière d'avoir besoin de ça, c'est un fait.

Une autre amie qu'elle encouragerait sans doute Blair à se confier. *Tu es sûre qu'il n'y a rien qui te tracasse ? Tout va bien avec Aiden ?* Une amie différente poserait une main sur le genou de Blair, et insisterait : elle peut tout lui dire. Elle préciserait que tout le monde – toutes les femmes de leur âge – connaissent des moments où elles comprennent qu'elles ne supportent plus ce qu'elles ont voulu jusque-là, alors que maintenant il est trop tard. Qu'elles l'admettent ou non.

Mais Whitney n'a pas la place pour ce genre de contraintes dans l'équilibre tendu de sa vie.

Et il y a d'autres sujets périlleux.

Des sujets que Whitney elle-même a complexifiés.

Elle remue sur son siège. Elle rappelle Jacob. Boîte vocale. Elle lui envoie un texto. Elle veut qu'il sache qu'elle est rentrée à la maison. Pour conclure sur une meilleure note. Le rassurer.

Blair appuie encore sur le couvercle de la poubelle. La porte d'entrée se ferme derrière elle, et Whitney est en sécurité.

Dans le hall, elle accroche son trench au portemanteau et tend l'oreille pour savoir où sont Louisa et les enfants. Ils sont en retard pour le coucher, surtout les jumeaux. Elle veut du silence, de l'espace pour penser. Elle veut des enfants fatigués en pyjamas. Mais à peine quelques secondes plus tard, ils font cercle autour d'elle, il y a des mains sur sa jambe, des paumes pleines de pâte à modeler sur son visage et des informations au sujet d'un genou blessé qui a l'air en parfait état. Louisa rappelle les enfants, qui refusent de l'écouter ce soir, ils veulent que Whitney se rende, qu'elle dise des choses comme, *Waouh, c'est super !* et *Tu es tellement courageux !* et *Oui, ça ressemble exactement à un tétradactyle !*. Mais elle pense à l'impression que ça lui ferait, une maison vide. Elle pense à sa réunion du lendemain. À ses plans pour ce soir. Elle devrait annuler. Elle devrait.

Xavier vient dans la cuisine, ses chaussettes glissant à moitié de ses pieds traînants.

« Ces chaussettes sont sales. Enlève-les, s'il te plaît. »

Il l'ignore. Elle se penche pour les retirer mais il ne lève pas les pieds, et quand elle attrape sa cheville, il pousse un bruit d'animal, un geignement, comme s'il était blessé. Elle lui arrache les chaussettes d'un coup sec. Il y a un trou dans un des orteils et elle les jette à la poubelle.

« Qu'est-ce que tu fais ? Ce sont mes chaussettes ! »

Sa poitrine se contracte. « Comment ça s'est passé à l'école ?

— Tu sais que ton téléphone est cassé ? »

Elle le lui prend des mains, et voit que le dernier message qu'elle a envoyé à Jacob est marqué comme lu. Mais il n'a pas répondu. Il n'a pas appelé. Elle retourne son portable sur le plan de travail. Elle retire la cellophane de l'assiette que Louisa lui a mise de côté. Les jumeaux sont dans son champ de vision, sur le tapis blanc de la pièce à vivre, où ils ne sont pas censés se trouver avec de la pâte à modeler bleue dans les mains.

« Est-ce que quelque chose s'est passé aujourd'hui à l'école dont tu voudrais parler ? »

Il reprend son téléphone, enfonce son ongle dans

la fêlure. « On peut jouer aux échecs avant de se coucher ? »

Elle se demande où est passée Louisa. « Pas ce soir, désolée.

— S'il te plaît ?

— Xavier. Il est tard.

— Quand est-ce que papa revient ? Il me manque.

— Pas avant deux jours.

— Très bien, alors je vais demander à Lou de jouer aux échecs avec moi.

— J'ai dit qu'il était tard. Tu dois te préparer pour aller te coucher.

— Mais c'est elle qui a dit qu'elle voulait jouer aux échecs avec moi.

— Xavier.

— Elle a dit qu'elle voulait vraiment, vraiment.

— Elle dit ça pour être polie.

— Non.

— *Si.*

— Au moins, elle est gentille avec moi, elle.

— Moi aussi. Mais il est tard.

— Non, pas toi. Tu n'es pas gentille avec moi ». Sa voix se brise. Elle lève les yeux et voit qu'il essaie de ne pas pleurer. « Tu ne m'aimes pas beaucoup. »

Elle aurait préféré qu'il hurle, sans réfléchir, qu'il la détestait. Elle aurait préféré qu'il pique une crise comme quand il avait trois ans. Mais ce qui lui fait mal au ventre, c'est la douceur sur son visage quand il prononce les mots – *Tu ne m'aimes pas beaucoup.* Elle pense à la conversation téléphonique qu'elle a eue avec sa maîtresse. À comment la façon dont on traite un enfant l'influence durablement.

« Xavi, chéri, viens là. » Elle pose une main derrière sa tête pour l'attirer vers sa poitrine.

Puis elle sent ses paumes à lui sur son ventre, il la pousse. Il la repousse loin de lui et elle se cogne contre la poignée du frigo. Et il se retourne et balaie la surface de l'îlot de cuisine avec son bras. Le compotier en verre bascule au sol et les oranges s'éparpillent en roulant comme des billes. Il donne un coup de pied dans une banane et la chair déborde de la fente dans la peau. Il l'écrase avec son pied nu et une goutte visqueuse gicle sur le bas du pantalon de Whitney.

Elle tend la main pour attraper Xavier, avec un instinct aussi combustible que de l'essence. Il se dégage. « Viens ici TOUT DE SUITE ! » Elle se précipite pour agripper son bras, mais il est trop rapide pour elle, et maintenant il est de l'autre côté de l'îlot. Elle sent la colère monter en elle. « Je te PRÉVIENS ! »

Mais Sebastian est à ses pieds, elle sent qu'il a peur à sa façon de pleurer, et il s'enroule autour de la jambe éclaboussée de banane. Elle l'attrape et le serre fort contre son cœur qui bat à tout rompre. Elle lui caresse les cheveux. Elle l'embrasse.

« J'aime pas quand tu cries sur Zav », il chouine

dans son oreille, et son haleine humide agresse Whitney. « Papa a dit de ne plus crier. »

Xavier la fixe et quitte la cuisine en appelant Louisa. Qui aura tout entendu de la pièce à côté, et qui pensera que Whitney vient juste de rentrer, qu'elle n'a pas passé des heures avec eux, qu'elle n'a pas gagné le droit de se sentir étouffée par leur simple présence. Thea appelle Whitney en criant du sol où elle est étendue à présent. Le ressentiment se resserre derrière ses omoplates, il se déplace et s'enroule autour de son cou. Elle ne peut pas rester avec les enfants. Elle ne peut pas faire ça ce soir. Elle repose son fils au sol, mais il s'accroche à elle, chaque membre, chaque doigt comme un crochet. Il hurle quand elle le détache d'elle. Thea l'appelle de nouveau tandis qu'elle s'éloigne. Elle va jusqu'à sa chambre avec son ordinateur, loin d'eux tous.

29

Blair

Aiden passe la tête dans la chambre de Chloé pendant que Blair est en train de lire l'histoire du soir.

« Je sors un peu, d'accord ? »

Elle repose les yeux sur la page. Elle sent tout son corps se tendre, en alerte, comme si la présence de son mari dans la pièce représentait une menace.

« Où est-ce que tu vas, papa ?

— Je sors juste voir des gars du travail, mon cœur. C'était le dernier jour de mon pote Lin aujourd'hui. »

Chloé se love de nouveau au creux du bras de Blair. Elle attend qu'elle reprenne sa lecture, mais Blair ne peut pas. Comment peut-il sortir un soir comme aujourd'hui, alors que l'enfant de leurs amis est en soins intensifs ? Elle pense à la douche qu'il vient de prendre, à l'after-shave dont elle sent les effluves. Peut-être qu'il ne va pas du tout voir des amis. Elle se demande si Jacob est enfin arrivé à l'hôpital. Ou si Whitney est seule là-bas, à attendre qu'Aiden la rejoigne.

Elle a l'impression d'être folle. Ou est-ce que ce sont les murmures qui lui parlent ? Elle s'imagine repenser à ce moment en ayant honte d'avoir été idiote.

Il reste sur le seuil de la chambre de Chloé. Il attend qu'elle lui dise, *Amuse-toi bien. Tu ne rentres pas trop tard, hein ?* Mais elle ne peut prononcer que les mots qui sont devant elle sur la page, jusqu'à ce qu'il l'interrompe :

« Ça va aller ? Je suis désolé, le moment est mal choisi compte tenu de… » Il désigne Chloé du menton. « Appelle-moi si tu as la moindre nouvelle, d'accord ? »

Elle fixe le livre dans ses mains.

Lorsqu'elles ont entendu la porte d'entrée se fermer, Chloé lève les yeux vers elle. « Tu es fâchée contre papa ?

— Fâchée ? Bien sûr que non. Pourquoi ?

— Tu es toujours fâchée contre papa. Tu ne l'aimes plus. »

Blair feint la surprise, bouche bée. « Chloé ! Ce n'est pas vrai du tout, et tu le sais. J'aime papa très fort. C'est ma personne préférée, après toi. »

Chloé se détourne d'elle et regarde de nouveau la page. « D'accord. Si tu le dis.

— Mon bébé. Tout va parfaitement bien. S'il te plaît, ne t'inquiète pas. »

Elle voit pourtant le scepticisme sur le petit visage de Chloé. Elle sait. Et Blair vient juste de lui dire qu'elle se trompe. Qu'elle ne doit pas suivre son intuition, pas quand celle-ci pointe vers quelque chose d'inconfortable. Non, ma chérie, enfin, nous faisons semblant. C'est à ça que ressemble une vie de femme.

Blair déglutit et retrouve sa ligne sur la page.

Ces choix qu'elle a faits – ce mariage, cette fille, cette vie –, elle les a faits exactement comme tout le monde. Avec espoir. En croyant qu'elle était une femme différente de sa mère. Qu'elle serait heureuse.

Quand Blair avait onze ans, elle était allée chez ses grands-parents avec son père un samedi pendant l'été. Sa mère n'avait pas voulu venir avec eux, mais Blair ne s'en était pas souciée : elle aimait quand son père et elle allaient quelque part juste tous les deux. Quand ils avaient quitté la maison, sa mère était dans la cuisine, en train de nettoyer la gazinière. Blair l'avait vue s'essuyer les yeux sur sa manche, ses mains dans des gants en caoutchouc jaunes qui étaient censés sentir le citron. Les traces noires sur sa chemise devaient provenir du charbon solidifié sous les brûleurs. Ou peut-être qu'elle pleurait. Blair était passée rapidement à côté d'elle et lui avait crié au revoir de la porte d'entrée.

Pas loin du petit pavillon de ses grands-parents, sur le chemin du retour, son père avait arrêté le break devant un immeuble de trois étages seulement avec des briques couleur moutarde. Une femme avait crié à travers une petite fenêtre carrée qu'elle descendait dans une minute. Son père avait laissé le contact et avait dit à Blair de ne toucher à rien. La femme avait ouvert la porte de l'immeuble, et il avait disparu.

En l'attendant, Blair s'était rongé tous les ongles. Elle avait détaché sa ceinture et s'était allongée sur le siège arrière en vinyle brûlant et avait imaginé qu'elle était nue dans la cabine d'un voilier. Avec Ian Mackenzie de l'école, qui semblait avoir la capacité surhumaine de voir à travers elle. Elle avait pressé sa main entre ses jambes et s'était pincée à travers ses sous-vêtements.

Toute la voiture avait remué quand son père s'était rassis. Il avait pris l'allume-cigare et soufflé la fumée dans son reflet sur le rétroviseur intérieur.

« Viens t'asseoir devant si tu veux. »

Il ne la laissait jamais s'asseoir devant. Il avait sur lui l'odeur de la laque de sa tatie, mais il ne sortait pas de l'appartement de sa tatie.

Une demi-heure plus tard, elle avait eu envie de faire pipi, mais elle n'avait pas osé lui demander de s'arrêter. Lorsqu'ils avaient quitté le parking de l'appartement, il n'avait rien dit, mais après :

« Ta mère, c'est une bonne personne. Tu sais ça, n'est-ce pas ? » Sa voix était différente. Elle devait regarder bouger ses lèvres pour être sûre que c'était bien lui qui parlait. « Elle supporte beaucoup de choses. Davantage qu'elle ne le devrait. »

Il avait reniflé. Alors elle avait reniflé, elle aussi, pour faire comme si ce n'était pas si grave. Comme si les gens reniflaient tout le temps. Comme si elle n'avait pas remarqué qu'il pleurait.

Elle avait chaud, trop chaud, et elle avait baissé sa vitre. Elle voulait être à la maison avec sa mère. La bonne personne. Elle voulait être en train de manger un sandwich au fromage grillé à la table de la cuisine, pendant que sa mère préparait un ragoût en écoutant une retransmission des *Feux de l'amour* beugler de la pièce adjacente. Ou s'allonger sur le tapis de la chambre d'amis et regarder le pied droit de sa mère actionner la pédale de la machine à coudre sous la table.

Mais quand ils étaient arrivés, être à côté de sa mère n'était pas ce qu'elle espérait. Elle n'avait pas envie d'être gentille avec elle. Elle ne voulait pas sentir l'odeur de la laque de cette autre femme.

« Pourquoi tu n'es pas venue aujourd'hui ? Chez grand-mère ? » avait-elle demandé.

Sa mère avait poussé un soupir. Elle avait claqué la porte du four. « Oh, je ne sais pas. »

Elle s'était retournée. Elle avait posé les maniques sur le plan de travail stratifié et elle était restée comme ça jusqu'à ce qu'elles entendent la chasse d'eau du couloir d'en haut. Le père de Blair était entré dans la cuisine en remettant sa ceinture. Il avait posé sa bouche sur le cou de sa mère et lui avait tenu les épaules fermement. Ma petite chouquette, appelait-il toujours sa mère, alors qu'elle détestait ça. Elle détestait toutes les choses trop sucrées. Il avait dit que le dîner sentait bon. Il avait dit qu'il avait faim. Blair avait vu sa mère se raidir. Elle l'avait vue détourner la tête, loin de lui, et fermer lentement les yeux.

La bonne personne.

30

Whitney

L'hôpital

Dans son rêve, un Jacob plus jeune essaie d'arrêter l'alarme anti-incendie. Il est debout sur une chaise vacillante qui tient sur un seul pied, dans la cuisine de leur première maison, comme un numéro de cirque, tripotant les boutons au-dessus de sa tête pour arrêter le bruit avant que le bébé ne se réveille trop tôt de sa sieste. Whitney le presse de se dépêcher. Elle a encore tant à faire. Tant à finir avant que le bébé ne s'allonge de nouveau sur elle, à la téter, l'éprouver. Elle secoue la chaise sur laquelle il se tient. Elle sent une odeur de dentifrice.

Et puis elle se réveille.

Elle ouvre les yeux dans la chaise d'hôpital et elle voit qu'il n'y a pas de lumière autour du store devant elle. C'est sans doute le soir. Une infirmière est en train de laver la bouche de Xavier avec une éponge vert menthe, et une autre change l'ampoule de médicament sur sa machine à intraveineuse qui bipe. Ou les machines. Il pourrait y en avoir trois, ou dix, ou cinquante. Elle ne les regarde pas. Elle fait comme si l'infirmière n'était pas là et étudie de nouveau la main de Xavier. Sa peau est chaude des fluides qui parcourent ses veines. Un pansement brun par-dessus l'aiguille, dont l'odeur lui rappelle ceux qu'on lui donnait à l'école quand elle était enfant, sa peau qui restait collante des semaines durant.

Il avait vu juste mercredi soir, avant qu'il ne jette le compotier à travers la cuisine. Parfois, elle ne l'avait pas aimé. Parfois elle avait souhaité qu'il soit un autre genre d'enfant. C'était difficile à dire, ce qu'elle aurait voulu changer chez lui, et à quel moment elle avait commencé à ressentir ça. Mais il l'avait su.

Sur la chaise en face d'elle, se trouve un manteau qui n'était pas là plus tôt.

Elle s'aperçoit que c'est celui de son mari. Il est là.

Elle pose sa tête entre ses jambes. Quelqu'un place un haricot en plastique sous son visage et elle crache de la bile pendant quelques minutes avant de se redresser. Rien ne sort. On lui apporte un chiffon humide qui empeste l'antiseptique pour s'essuyer le menton.

Elle sent Jacob entrer dans la pièce et elle ferme les yeux tandis qu'il lui touche la nuque. Elle l'a déçu, pense-t-elle. Elle a toujours su que ça arriverait.

« Tu es réveillée. »

Mais elle est tellement fatiguée. Elle lève la tête, et en entendant sa voix familière, elle a pour la première fois l'impression qu'elle va réussir à survivre à tout ça. Pourtant cette sensation disparaît aussi vite qu'elle est apparue. Elle attend qu'il la réprimande. Qu'il lui écrase quelque chose sur la tête, comme elle le mérite. Qu'il lui frappe le crâne. Pour que ça explose, du sang gouttant sur son front, entre ses yeux, une rivière sur l'arête de son nez. Elle veut qu'il soit violent avec elle, juste une fois. Pour sentir ce que ça fait.

Elle le supplie en silence.

Mais bien sûr, il ne lui fera jamais de mal. Il l'adore. Il a besoin d'elle. Il serre précautionneusement ses bras autour d'elle, comme si c'était elle qui était fragile et au bord de la mort, et non leur fils. Et peut-être que c'est vrai, au fond. Sur sa nuque, son souffle est chaud et sent le café, et il mouille le cou de Whitney de morve et de larmes, et elle perçoit sa poitrine trembler contre son dos. Elle lève une main pour lui toucher les cheveux et respire l'odeur de l'air stagnant de l'avion sur sa chemise.

Quand Jacob arrête de pleurer, il marche lentement jusqu'à l'autre chaise et s'assied face à elle. Son alliance tinte contre le bord du lit quand il tend une main pour attraper celle de Xavier, et le bruit la déstabilise – elle regarde son propre doigt, nu là où les diamants qu'il lui a offerts treize ans plus tôt devraient refléter les lumières des machines sur la peau pâle du garçon.

Elle dort toujours avec ses bagues. Mais mercredi soir, elle les avait enlevées.

Elle n'a pas eu le temps de penser à une chose aussi évidente avant de partir pour l'hôpital voir si son fils était vivant.

Elle se demande si son mari va s'en apercevoir. S'il pense à la fenêtre de la chambre. S'il a cru ne serait-ce qu'une fraction de seconde qu'il s'était passé quelque chose d'aussi innocent que la rencontre d'un panneau de verre non verrouillé et d'un garçon agité qui ne trouve pas le sommeil, la malchance totale d'un accident improbable.

Il lui a demandé de cesser de crier autant. Il lui a déjà dit : *Whitney, est-ce que tu t'entends ? Est-ce que tu sais comment c'est pour les enfants ?* Mais il est plus prévenant avec elle qu'il ne le devrait, comme s'il était le seul à voir à quel point elle est délicate. À quel point c'est facile de la pousser juste un peu trop loin.

Et maintenant, son mari, que va-t-il lui demander, de quoi va-t-il l'accuser, mais à ce moment précis il se met à parler : « Je suis désolé. » Sa tête pend, menton enfoncé dans sa poitrine comme s'il voulait lui aussi disparaître à l'intérieur de lui-même. « Je n'arrête pas de penser que si j'avais été là… »

S'il avait été là, rien ne serait arrivé. Xavier aurait été en sécurité. Ce n'est pas exactement ce qu'il veut dire. Pourtant c'est un fait, c'était elle qui était là, et pas lui. Et leur fils est maintenant en train de dépérir dans un lit d'hôpital. Quelques heures seulement le séparent de la fin, pas des mois, pas des décennies.

Elle pense à ce que Xavier a écrit sur le mur.

Elle pense à ce qui s'est passé avant que son fils ne tombe de la fenêtre.

C'est à ce moment-là que les haut-le-cœur la reprennent.

31

Rebecca

Elle n'est pas elle-même avec les quelques derniers patients qu'elle voit. Son énergie est faible. Tout semble bizarre.

« Je suis désolée, pouvez-vous me redire quel traitement elle prend ? »

« Pouvez-vous me redonner son historique médical ? »

Ce qui la travaille, c'est Xavier, c'est Whitney, c'est Blair qui est partie tellement énervée, mais c'est surtout la conversation qu'elle aura avec Ben quand elle rentrera à la maison. Elle pourrait attendre, repousser encore de quelques jours. Elle sait pourtant qu'une tragédie peut changer la perspective de quelqu'un sur les choses. Peut-être qu'au beau milieu de cette crise, il trouvera la force de lui pardonner. Elle a dépassé la dix-huitième semaine. Plus que six et le bébé sera assez viable pour qu'un médecin se batte pour le sauver. Il y a enfin une raison d'avoir de l'espoir. Et même de la gratitude. Nos voisins, lui rappellera-t-elle, sont en train de prier pour que leur enfant vive.

Elle achète une paire de chaussons dans le magasin de cadeaux avant qu'il ne ferme pour la nuit. Le Dr Menlo, qui supervise le cas de Xavier, est en train de quitter sa chambre quand elle arrive pour les donner à Whitney. Le docteur explique à Rebecca qu'elle s'inquiète de la profondeur du coma. Que les dommages au cerveau sont sans doute plus graves qu'ils ne l'ont pensé au départ. Les chances de rétablissement s'amenuisent d'heure en heure, sans aucun signe positif. Ils attendront jusqu'au lendemain pour voir si les choses s'améliorent, après quoi ils devront probablement passer à la chirurgie.

Rebecca frappe à la porte de la chambre. Elle serre Jacob dans ses bras.

« Je suis désolée, je suis tellement, tellement désolée », dit-elle.

Jacob a la tête qui tourne. Il a une autre question à poser au Dr Menlo. Il demande à Rebecca de rester avec Whitney pendant qu'il part la chercher.

Whitney n'a pas bougé de la chaise dans laquelle elle était assise ce matin. Rebecca pose les chaussons sur le sol à côté de ses pieds et s'assied dans le fauteuil de l'autre côté de Xavier. Elle pense à ce dont le docteur avait parlé quand elle était interne, l'espace entre les attentes et la réalité. Cet espace s'amenuise de plus en plus quand tout ce qu'un parent peut faire, c'est attendre. Bientôt, il n'y aura plus du tout d'espace pour l'espoir.

L'intraveineuse retentit, il n'y a plus d'antibiotique. Rebecca fait taire la machine et sent de nouveau des palpitations dans son abdomen. « Je suis enceinte. »

Elle ne veut pas dire ça à une mère qui est en train de perdre son enfant, mais les mots sortent avant qu'elle ne puisse les arrêter. L'aveu est un troc de vulnérabilités. Elle a été témoin de choses tellement intimes dans cette chambre.

« Je suis allée faire des analyses sanguines l'autre jour, et l'infirmière qui remplissait mon dossier m'a demandé combien de fois j'avais été enceinte. J'ai levé toute une main. Cinq doigts. Cinq. » Rebecca s'interrompt. Elle se penche en avant, les yeux sur Xavier. « Et puis elle m'a demandé combien d'enfants j'avais. Je l'ai vue inscrire le zéro dans la case et j'ai pensé, waouh. C'est juste là, comme un score final. Cinq-zéro. »

Elle regarde Whitney pétrir les phalanges de son fils comme si c'était de la glaise.

« Les gens aiment dire qu'il y a plein de façons d'être mère. Comme si c'était une consolation pour les femmes comme moi. » Rebecca se lève. Elle touche le pied de Xavier sous la couverture. « Tu m'as posé la question tout à l'heure, pourquoi je n'avais pas eu de bébé. Je voulais juste que tu saches. »

Elle entend Whitney prendre une longue inspiration régulière, et puis : « Rebecca ? » Whitney s'interrompt et finit par lever le visage. « Je suis désolée. »

C'est la seule fois en trois ans que quelqu'un dit ça, et seulement ça – je suis désolée. Sans conseil, sans platitudes, et elle ne s'attendait pas à ce que la simplicité de cette reconnaissance la bouleverse à ce point. Elle s'éclaircit la gorge et désigne Xavier. « J'espère que les choses vont s'arranger cette nuit. Je téléphone demain pour avoir des nouvelles. »

Jacob revient dans la chambre et fait signe à Rebecca de le suivre dehors. Il lui demande si elle veut bien l'accompagner à la cafétéria acheter quelque chose pour que Whitney mange enfin.

En descendant les marches, Rebecca lui répète ce que le Dr Menlo lui a déjà dit, et rien de plus. Jacob semble comprendre ce dont il est question, mais il veut l'entendre de sa bouche à elle. Il la fait répéter, comme s'il ne retenait rien. Il touche la monture de ses lunettes, il réfléchit, il l'interroge sur les probabilités de résultats dont les réponses la mettent mal à l'aise. Il commande un bagel pour Whitney et un café pour lui, et ils s'asseyent sur un banc dans l'atrium.

« Xavier a le sommeil léger. Il se réveille parfois. On l'a trouvé en train de faire du somnambulisme un soir, quand il avait cinq ou six ans. »

Il essaie de rationaliser l'irrationnel. Rebecca contemple le hall qui commence à se vider, les employés qui partent retrouver leurs familles. Des parents en chaussons, sans appétit, errent dans la cafétéria où ils passent en revue les différentes options avant de remonter les mains vides.

« Ils m'ont posé des questions dès que je suis arrivé, dit-il, hébété. À propos de Xavier. Et de comment s'ouvre la fenêtre. » Il mime le geste avec sa main, comme s'il la déverrouillait, essayant de se souvenir. « Il y avait une femme des services sociaux aussi. Elle a dit que c'était simplement le protocole. Qu'elle avait besoin de s'assurer qu'il n'y avait pas de raison de s'inquiéter de la sécurité de Xavier dans notre maison. » Son doigt tapote le couvercle en plastique du café. « Le simple fait d'insinuer ça, au sujet de ma femme. Ça me rend malade. Bien sûr qu'il était en sécurité avec elle. Avec nous.

— Bien sûr », répète Rebecca. Peut-être qu'il pense simplement à la fenêtre, à sa hauteur par rapport au sol, au verrou qu'ils n'ont jamais installé.

« Alors quoi, maintenant, on va être fichés pour toujours ? C'est comme ça que ça marche ? Enfin ses blessures doivent montrer qu'il a simplement perdu l'équilibre et qu'il est tombé, peut-être que c'était glissant à cause de la pluie d'hier. On peut voir l'impact sur son crâne et mesurer la hauteur et tout ça, non ? Les docteurs devraient être capables de déterminer ce genre de choses, c'est une question de physique. Ils n'ont pas de raison de remettre en question quoi que ce soit. C'est ce que je leur ai dit. On est une bonne famille, des gens bien. »

Rebecca acquiesce. Elle se demande s'il a imaginé le scénario dans lequel Xavier se réveille et se rappelle ce qui est arrivé. Avec un choc à la tête et une privation d'oxygène, il peut y avoir des problèmes de mémoire à court terme – mais ça peut revenir. Jacob fixe le sol. Sa bouche s'ouvre, comme s'il voulait dire autre chose. Elle devrait le mettre en confiance pour tenter de le faire parler : *Jacob, s'il y a quoi que ce soit que tu veuilles me dire au sujet de ce qui a pu arriver, je suis là pour toi.* Elle déglutit, elle s'éclaircit la gorge. Mais il soulève le sac brun avec apathie.

« Je pense que je devrais retourner dans la chambre. Essayer de lui faire avaler ça. Elle ne veut toujours pas quitter son chevet, elle refuse. Je ne sais même pas si elle est allée aux toilettes depuis qu'elle est là. »

Ils se déplacent au milieu des visiteurs et Jacob est silencieux. Elle appuie sur le bouton de l'ascenseur pour lui. « Comment vont les jumeaux ?

— Je leur ai dit qu'on emmenait Xavier en voyage quelques jours. Louisa va les garder dans son appartement jusqu'au week-end. Je me suis demandé si la police allait venir à la maison, j'avais cette vision de ruban de signalisation… » Jacob s'interrompt. Il se détourne de Rebecca, regarde dans l'autre direction. « Je continue de me torturer, de répéter ce que je dirai si nous devons leur annoncer que Zav est parti, si les choses…

— Essaye de te concentrer sur le moment présent, lui dit-elle en touchant son bras. S'il y a quoi que ce soit que Ben et moi puissions faire pour vous aider, n'hésite pas. »

En le regardant monter dans l'ascenseur de verre, elle est mal à l'aise. Son hypothèse d'une scène de crime. Mais il est en état de choc, il n'a pas les idées claires. Et elle non plus. Elle veut rentrer à la maison. Voir Ben. Il lui a envoyé un texto pendant qu'elle était avec Whitney. Il voulait savoir s'il y avait des nouvelles. Elle l'appelle en retournant vers les urgences pour récupérer ses affaires.

« L'œdème est important. Ils ne feront pas grand-chose ce soir. C'est un jeu de patience maintenant, enfin je ne sais pas…

— Mon Dieu. »

Elle fait glisser son badge. « Jacob est arrivé. Il a pris un vol de Heathrow plus tôt dans la journée.

— Et Whitney ?

— Elle refuse de parler et de manger. Elle ne quitte pas Xavier. Après tout, elle l'a trouvé inconscient dans le jardin. Elle est traumatisée. »

Elle sera bientôt à la maison, précise-t-elle. Elle pense à ce qu'a dit Blair plus tôt dans la journée, au sujet de Ben qui entraîne Xavier au lancer. Il évite la moindre référence à des enfants devant elle, parce qu'il ne veut pas lui rappeler combien il aurait aimé avoir un fils à lui avec lequel passer du temps. Tout ce à quoi il a renoncé en étant marié avec elle.

Il faut qu'elle le lui dise ce soir.

Tandis qu'elle passe les doubles portes, en saluant l'infirmière au bureau des admissions et en déclippant son bipeur pour effacer les messages, elle pense de nouveau à l'abattement de Whitney. Ça la travaille. Et puis, comme une claque, elle saisit : une vitre de verre fraîchement brisée, les millions de petites échardes encore en vol. C'est tellement familier pour elle, cet endroit où se trouve Whitney, où l'on tient désespérément bon avant que n'arrive l'inévitable.

32

Rebecca

Elle lève sa tête du volant et Ben est là, dans la lumière jaune du lampadaire, qui la regarde à travers la vitre de la voiture, toujours poussiéreuse à cause du parking souterrain de l'hôpital. Il sourit. Elle est de retour à la maison, et elle ne travaille pas avant quarante-huit heures, et il ignore ce qu'elle s'apprête à lui dire. Il ouvre la portière et l'attire dans ses bras.

« Ça va ? »

Elle hoche la tête. Dans la cuisine, elle voit qu'il lui a préparé un dîner tardif, mais elle n'a pas faim. À la place, elle fait couler une douche et laisse l'eau devenir chaude avant de se glisser dessous. Elle est à peine mouillée quand elle l'entend frapper à la porte, elle sent la vapeur dans l'air happée par la porte ouverte. La silhouette floue de Ben se déplace derrière la vitre brumeuse.

« Je peux te rejoindre là-dedans ?

— J'en ai seulement pour une minute. » Elle tourne le dos à la glace.

« Tu dois être épuisée. »

L'adrénaline l'envahit. Elle ne peut pas le laisser voir ses tétons, l'évidence que trahit sa silhouette.

« J'ai parlé à Mara de ce qui était arrivé. Elle a passé toute la journée dans la véranda.

— Tu lui as demandé si elle avait entendu quelque chose la nuit dernière ?

— Elle avait l'air choquée. Elle ne savait rien », dit-il. Elle regarde sa silhouette se rapprocher de la douche. Elle se détourne.

« Quelles sont ses chances de s'en sortir, à ton avis ?

— Eh bien, il faut qu'on observe des progrès rapidement, ou bien selon les probabilités il ne récupérera jamais totalement. » Elle ne cherche pas à adoucir la vérité avec des platitudes comme le ferait quelqu'un d'autre. Mais tout peut arriver. Mais les enfants sont résilients. Mais en pédiatrie nous voyons des miracles. « Apparemment, ils ont été interrogés par les autorités.

— La police ?

— Juste la routine. Ils veulent surtout savoir si l'enfant meurt. Parce que si c'est le cas, ils doivent traiter le dossier différemment… » Elle se rince les cheveux en lui tournant toujours le dos. Elle baisse les yeux sur son corps, en se demandant ce qu'il dirait s'il la voyait juste à ce moment. Si elle sortait de la douche, si elle lui prenait la main pour la poser sur son ventre chaud et humide, et la gardait là. S'il parviendrait à dissimuler le désir qu'il a toujours, elle le sait, même s'il le tait à cause d'elle. « Blair a dit quelque chose aujourd'hui à propos de toi et Xavier en train de faire des passes.

— Une fois ou deux, ouais. »

Elle éteint l'eau. Blair donnait l'impression que c'était quelque chose de régulier, et la plupart des gens sont comme ça, ils parlent en idées plutôt qu'en faits. Il lui faut une serviette dans laquelle s'envelopper. Mais il s'attend à ce qu'elle sorte de la douche comme d'habitude, qu'elle s'essuie pendant qu'ils discutent, en se mettant de la crème. Qu'elle sèche ses cheveux dans la serviette.

Elle tend une main. L'autre s'agrippe à la porte de la douche, la tient fermement. Elle se demande s'il va la taquiner… *Pourquoi es-tu si timide aujourd'hui ?* Elle continue à parler. Les entraînements de lancer. « Est-ce que tu pensais que ça me ferait de la peine, que tu passes du temps comme ça avec un petit garçon ? »

Il reste silencieux. Et puis :

« Il voulait passer les sélections pour l'équipe de softball, je lui ai donné quelques conseils. Finalement, il ne s'est jamais présenté, je pense qu'il savait qu'il n'était pas prêt. Je me suis senti mal, mais ça aurait été encore pire de le décourager. Bref. » Il soupire. « C'était rien. »

Au fond de sa penderie, elle garde un petit gant de baseball. Un jour, elle était allée dans le magasin où travaille Blair, quelques minutes avant la fermeture, pour acheter un cadeau de naissance pour une infirmière. Elle avait les bras pleins de choses pratiques, des chaussons et des couvertures d'emmaillotement, quand elle avait vu un panier de petits gants, chacun avec une balle cousue au centre. Elle avait fait le test de grossesse la veille. Jusque-là, elle n'avait pas réfléchi à comment l'annoncer à Ben. Blair l'avait enveloppé soigneusement dans du papier de soie avec le reste des cadeaux, mais quand Rebecca était rentrée à la maison, elle l'avait sorti du sac et l'avait posé sur l'oreiller de Ben. Plus tard, elle l'avait laissé aller se coucher le premier. Il avait pris le gant et l'avait regardée.

Vraiment ? Il l'avait attirée à lui et ils avaient ri comme plus jamais depuis. C'était il y a seulement trois ans, mais quand elle y repense, elle les voit comme des adolescents. Vivant d'amour et d'eau fraîche.

Quand elle sort de la douche, il a déjà quitté la salle de bains.

33

Rebecca

Elle se retourne dans les draps pendant une heure avant de sortir discrètement du lit, en faisant attention à ne pas réveiller Ben. Il est 3 heures du matin. La maison est trop chaude. Au rez-de-chaussée, elle tourne le cadran du thermostat et se verse un verre d'eau dans le noir. Elle pense à Xavier. Elle attrape la veste de Ben sur la patère et glisse ses pieds dans ses chaussures de course.

La voiture de Jacob est dans l'allée. Elle s'enveloppe dans le manteau et traverse rapidement la rue jusqu'à la propriété des Loverly, les lacets de Ben traînant par terre. Elle soulève le loquet de la grille et grimace au bruit du métal. La porte est plus lourde qu'elle ne pensait, et elle tend la main pour la retenir avant qu'elle ne claque.

Elle avance lentement le long de la maison jusqu'au jardin.

Elle ne sait pas exactement pourquoi elle est venue, pourquoi elle s'introduit ainsi sur la propriété d'autrui. Ça semble plus intrusif qu'elle ne s'y attendait. La lune est masquée par des nuages ce soir, et ses yeux fouillent la pelouse obscure. Elle allume la lampe de son téléphone pour examiner le sol, comme si elle pouvait trouver une empreinte du corps de Xavier dans les brins d'herbe. Des traces légères courent comme des pistes là où elle se tient, les roues, peut-être, d'un brancard d'ambulance. Il y a un ballon de foot contre la grille. Un mini pylône de chantier orange. Un avion en papier humide sur le gazon. Et sur le patio en béton, juste devant la porte de derrière, un verre sans pied renversé sur le côté.

Elle le ramasse et le porte à son nez, certaine de ce qu'elle va y sentir.

Elle recule de quelques pas et lève les yeux vers le troisième étage, vers la fenêtre de la chambre. Elle maintient son angle de vision et bouge légèrement sur la droite, pour se tenir là où elle pense que Xavier aurait atterri. La hauteur est stupéfiante de là où elle se trouve.

Est-ce qu'un enfant de dix ans a la moindre idée de ce à quoi son corps peut survivre ? Est-ce qu'il a la capacité de comprendre de quoi son corps est capable ou non ? Est-ce que qui que ce soit en est capable ? Comment le corps humain peut-il à la fois créer une autre vie, régénérer des dizaines de millions de cellules en quelques secondes, et pourtant être si dangereusement fragile ? Comment a-t-elle pu passer des décennies à traverser sa journée, à faire son travail, sans laisser cette contradiction la torturer, comme c'est le cas maintenant ?

Elle baisse le menton, fixe les portes en verre qui mènent à la cuisine obscure. Elle voit son propre reflet silencieux, ses mains serrées sur sa poitrine, sa veste ondulant doucement. Elle baisse les yeux vers la vie qui grandit à l'intérieur d'elle. Elle a l'impression que quelque chose la rattache à Whitney. Peut-être quelque chose de maternel. Qu'est-ce qui l'a attirée ici ?

Elle entend des voix dans la rue et puis une porte de voiture qui se ferme avant que le véhicule ne démarre. Elle quitte le jardin, capuche sur la tête, tête baissée. Elle voit la porte d'entrée de Blair se fermer et une lumière s'allumer. Dans l'espace entre les rideaux, elle observe Aiden se déplacer dans le salon. Il regarde son téléphone en tapant avec ses pouces. Il retire sa chemise et se laisse tomber sur le canapé.

Dans sa propre maison, à l'étage, elle sent que Ben est réveillé quand elle entre dans la chambre. Elle se glisse entre les draps, se rapproche de lui.

« J'ai entendu la porte d'entrée, dit-il.

— Je suis allée de l'autre côté de la rue, dans leur jardin. Pour voir l'endroit où il est tombé. »

Elle s'attend à ce qu'il demande pourquoi, mais il reste silencieux.

« Je pense qu'il a peut-être essayé de se faire du mal. Peut-être pour prouver quelque chose. Ou peut-être qu'il ne voulait plus vivre. Je ne pense pas que c'était un accident. » Dès qu'elle s'entend parler, elle s'assied. Une intuition. Elle glisse sa main sur son ventre sous la couverture. « Je n'ai pas de preuve, aucune piste, et tu sais que ce n'est pas mon genre. Mais quand je suis dans la chambre avec elle et Xavier, je sens cette… tristesse profonde en elle, comme s'il y avait quelque chose qu'elle ne parvenait pas à dire. Plus qu'un sentiment de culpabilité, ou de regret. » Elle se frotte le front et se sent épuisée maintenant. « Je ne sais pas si ce que je dis a le moindre sens. »

Il se retourne sur le dos, et elle aussi. Elle trouve sa main et lui embrasse les doigts. Il vient sur elle et enfonce sa bouche dans son cou, il la goûte, il suce sa peau fraîche. Il est déjà dur contre elle. Ils ne se sont pas désirés comme ça depuis longtemps, pas dans les années de calendriers, de tests et de sang.

Ce soir, quelque chose est différent. Elle le laisse la prendre, son corps caché dans le noir. Elle commence à sortir de ses pensées, mais soudain elle se rappelle l'herbe où Xavier a dû tomber. Le tremblement de la main de Whitney dans la sienne. Son utérus endommagé. Ses mensonges. Les cent vingt-neuf jours que marquera demain. La sensation de sang entre ses jambes. Il est à l'intérieur d'elle à présent, il la remplit. Elle pense aux instruments avec lesquels ils la sondent à la clinique, la façon dont ils les enfoncent profondément en elle. La douleur qui lui fait arquer le dos sur la table d'examen, les gémissements qu'elle doit étouffer. Elle sent de l'humidité maintenant, une vraie humidité, et sa panique est de retour. Mais les mains de Ben bloquent ses épaules et elle entend l'air siffler à travers ses dents serrées. Elle retient son souffle chaque fois qu'il entre en elle, tellement plus fort qu'il ne l'a jamais fait. Comme s'il était en colère. La seule chose à laquelle elle parvient à penser, c'est à son pénis enduit de son sang, aux draps déjà imbibés de sang sous eux. À ce que ça lui fera de voir ça.

Elle pose ses mains sur son torse et le repousse. Il glisse hors d'elle.

« Ça va ? » Il essaie de reprendre son souffle.

Elle tressaille tandis que la sueur de Ben goutte sur son visage.

Sa main tâte la viscosité à l'intérieur de ses cuisses, et dans le noir elle porte ses doigts à son nez, à la recherche de l'odeur métallique familière. Elle le sent se rallonger à côté d'elle.

Elle va bien. Tout va bien. Il n'y a pas de sang. Elle roule vers lui, et ils trouvent chacun la main de l'autre et la serrent fort. Elle a voyagé en esprit, mais lui aussi.

Tout va bien se passer pour eux, il faut qu'elle y croie.

Il se tourne sur le côté, elle rapproche son corps du sien. Elle veut sentir la chaleur de son dos contre son ventre qui grossit, pour avoir foi en ce qu'ils sont en train de devenir.

34
Whitney

Sept mois plus tôt

Whitney est assise à son bureau et parcourt le bulletin scolaire de Xavier. Louisa l'a trouvé dans son cartable et lui en a envoyé une photo par texto.

En dessous de la moyenne. En dessous de la moyenne. En dessous de la moyenne. Toutes les lignes ou presque. A besoin d'une aide active pour finir l'exercice. A besoin de rappels quotidiens. Ne remplit pas les attentes. Et peut-être le pire : Manque de motivation. Ne tire pas fierté de son travail.

Rien de tout ça n'est une surprise. Ils ont déjà embauché un tuteur. Ils ont accepté de le laisser rejoindre le club d'échecs senior avec les élèves plus âgés, une occasion de développer sa confiance en lui. Il excelle en maths, en raisonnement abstrait, en reconnaissance de modèles. Il est en difficulté dans tous les autres domaines.

Elle le sait. Pourtant voir ce constat écrit noir sur blanc lui donne la nausée. Il faut qu'elle soit plus dure avec lui, malgré ce qu'en pense Jacob. Il le défend toujours. Il craint qu'elle ne rabaisse trop Xavier, qu'elle parle de lui de façon trop critique. Et peut-être qu'il a raison, et peut-être qu'elle exagère ses lacunes parce que ça l'aide à gérer ses propres attentes à son sujet. Mais enfin. Regardez ce bulletin. Cette preuve. Elle sent la fenêtre se refermer sur le temps qu'il lui reste pour modeler Xavier comme l'enfant qu'elle veut qu'il soit, au lieu de l'enfant qu'il est.

Elle s'apprête à partir quand Grace se glisse dans son bureau et lui demande si elle a vu le mail. Elle ne l'a pas vu, mais d'après la voix basse de Grace et la façon dont elle agrippe l'encadrure de la porte, elle devine que le mail ne va pas la réjouir.

Et elle a raison. Elle est en copie cachée et le message est court et formel. Sa cliente a été virée de la compagnie de télécom. Et si la cliente est virée, c'est l'entreprise de Whitney qui va dégager ensuite. Une proposition de stratégie RH à un demi-million de dollars était sur le bureau de cette cliente qui a dit à Whitney qu'elle la signerait avant la fin de l'année. Whitney avait su tout de suite que ce délai inhabituel cachait quelque chose. Elle a besoin de cette cliente qui depuis quatre ans s'est distinguée comme la plus

prestigieuse de son portefeuille, justifiant à elle seule le salaire d'une équipe de gestion de compte talentueuse.

Elle fixe le mail et se demande qui d'autre elle peut appeler dans l'entreprise, avec qui elle a d'assez bonnes relations. Qui prendra probablement la suite. Peut-être qu'il reste une chance, si elle arrive à prendre le dessus. Elle pourrait demander un rendez-vous et rappeler tout ce qu'ils ont fait pour eux, présenter un projet amendé, et réduire leur tarif. Elle regarde dans ses mails pour retrouver son dernier échange avec un directeur qu'elle a rencontré à un dîner caritatif, un homme repoussant à la bouche humide dont le nom ne lui revient pas, quand la cliente elle-même envoie un autre mail, seulement à elle cette fois.

Elle est tellement désolée. Elle aurait souhaité que ça se termine différemment pour l'entreprise de Whitney, mais on lui a dit qu'ils mettraient fin à tous les contrats de consultants. Le service des acquisitions la contactera. Déjeunons ensemble après les vacances, propose-t-elle.

Va. Te. Faire. Foutre. C'est tout ce que pense Whitney, et elle le dit à l'écran. Elle sait qu'elle devrait être mieux disposée et répondre en exprimant toute sa sympathie, dire que des choses meilleures et plus grandes l'attendent, et merci pour les centaines de milliers de dollars encaissés. Pourtant, à cet instant précis, elle laisse la colère prendre le dessus.

Ces frustrations – l'enfant catastrophique à l'école,

la perte de sa cliente la plus lucrative – sont les excuses qu'elle brandira plus tard, durant le bref moment où elle en ressentira le besoin.

Elle envoie la photo du bulletin scolaire à Jacob, qui est à Manhattan pour la nuit, une ouverture de galerie. Elle n'ajoute aucun commentaire.

Quand elle se gare dans l'allée, elle voit les enfants à travers les hautes fenêtres de la façade de sa maison. Les jumeaux sont en train de poursuivre Xavier à travers le salon, en marchant sur sa table en verre hors de prix, et Thea a quelque chose de foncé dans la main, peut-être un brownie au chocolat. Elle se demande si Louisa a baissé les bras. Elle devrait pousser la porte, et lui dire de rentrer chez elle plus tôt pour une fois. Mais une sensation inconfortable remonte le long de sa colonne vertébrale jusque dans son cou, et c'est l'anticipation de ceci : *Maman, viens en bas ! J'ai faim ! Sebastian m'a tapé ! Il faut m'essuyer ! Zav ne veut pas partager !*

Elle ne peut faire ça. Elle va plutôt s'asseoir dans l'allée et regarder son téléphone. Elle gare la voiture, et c'est là qu'elle aperçoit une silhouette dans son rétroviseur – Blair. Blair, qui a la capacité de lui faire oublier le travail. Blair, qui pense que son fils difficile et en échec scolaire est spécial. Blair, qui sera sûrement partante pour un ou deux verres de vin. Whitney s'anime comme si elle avait appuyé sur un bouton. Elle sort de la voiture et dit à Blair qu'elle

aussi. « Oh, elle est juste un peu… Je ne sais pas. Vide. » Le rire s'est éteint. Elle boit une gorgée.

« Comment ça ?

— À un moment, quand j'avais huit ou neuf ans, je dirais, quelque chose a changé en elle. Avant ça, elle était plus légère. Plus heureuse. On jouait à se chatouiller et ce genre de trucs. Mais au bout d'un moment mon père et elle ont fini par arrêter de se parler et les choses étaient juste… tendues. » Elle détourne le regard de Whitney. « Je pense que mon père avait sans doute quelqu'un… » Elle s'arrête, secoue la tête. « Je ne sais pas. Peut-être pas. » Elle s'éclaircit la gorge et se redresse. Whitney attend, mais Blair semble crispée. Elle n'en dira pas plus.

« Je crois que ma mère a pensé à nous quitter quand on était jeunes. Quitter mon père, sans aucun doute, mais aussi nous quitter nous, les enfants », dit Whitney, en faisant courir son doigt sur le bord de son verre de vin. Elle n'a jamais confié ça à personne auparavant.

« Je suis désolée.

— Non, c'est… Parfois j'aurais préféré qu'elle soit partie, pour être honnête.

— Mais Whit, ça aurait été traumatisant. Ça aurait changé toute ta vie.

— Et ça aurait changé la sienne. Au lieu de ça, aujourd'hui, à soixante-dix ans, elle arrive à peine à fonctionner. Elle a l'air d'avoir vingt ans de plus. Tu sais qu'elle vit toujours dans l'appartement lugubre dans lequel on a grandi ? Elle n'en partira pas. Elle attend probablement que mon père meure…

— Oui, mais regarde qui tu es devenue. Et la vie que tu as maintenant, comparée à là où tu as grandi… Je sais qu'elle n'avait pas beaucoup, mais elle t'a donné quelque chose en tenant bon, en restant, non ? La stabilité est essentielle pour structurer un enfant au mieux. »

Whitney secoue la tête. Elle ne veut pas raconter à Blair comment son père parlait de sa mère. Elle s'est parfois demandé si sa mère ne préférait pas quand il était en arrêt maladie, parce que au moins il ne pouvait plus la suivre partout, sa bouche sifflant dans son oreille. Il tenait à peine debout.

« Non, elle se sentait piégée, elle faisait les choses machinalement, dit Whitney. Je l'ai toujours su. Elle a gardé ce ticket de bus caché dans sa poche pendant des années, comme si un jour elle allait simplement sortir faire les courses et marcher droit jusqu'à la gare routière.

— Je ne comprendrai jamais qu'on puisse vouloir quitter sa famille comme ça.

— Tout le monde n'est pas prêt aux sacrifices qu'exige la maternité, si ? Ça change tellement notre place dans le monde. C'est une décision irréversible qui bouscule tant de choses, même à l'intérieur de soi. Ma mère nous aimait, je le sais. Je le sentais.

Mais je pense qu'elle rêvait de qui elle aurait pu être, sans nous qui l'alourdissions comme une brique. Ce n'est pas facile pour tout le monde, être mère. Même quand on a cru que c'était ce qu'on voulait. »

Blair hausse les sourcils et parcourt la pièce du regard. « Je peux comprendre. Pourtant on devient mère en sachant que c'est une chose altruiste, pas vrai ? On fait passer les enfants en priorité, même quand c'est difficile. On essaie de prendre les bonnes décisions, quoi qu'il arrive. Et puis ils deviennent des gens heureux et pleins de vie qui s'en sortent bien dans le monde. Au final, c'est tout ce qui compte. C'est tout ce que je veux. »

Tu plaisantes ? pense Whitney. *On va vraiment avoir cette conversation ?* Comme si désirer quoi que ce soit de plus pour soi-même était excessif. Comme si elle devait remplir un quota d'altruisme, et que, ensuite seulement, après avoir accommodé et satisfait tout le monde, elle pourrait prétendre à autre chose.

« Bien sûr, toutes les mères veulent que leurs enfants soient heureux. Je veux juste dire que c'est presque impossible pour une femme de ne pas se perdre dans le processus. C'est un genre de… mort volontaire, d'une certaine façon. »

Blair ne dit rien. Et après, le silence semble trop lourd.

« Bon, en tout cas, putain, ce n'est pas pour les âmes sensibles, hein ? » Whitney avale une gorgée de façon exagérée, cherchant à dissiper la tension. Blair s'efforce de rire avec elle mais sa voix est rauque et manque de sincérité ; elle attrape la bouteille pour les resservir. Whitney sait qu'elle va changer de conversation. Elle parlera de leurs projets pour Noël, de la fondue avec les enfants, des chaussons assortis qu'elle a commandés pour tout le monde.

Mais Blair reste silencieuse. Elle replie ses jambes sous elle.

« Comment était le bulletin de Chloé ? » Whitney sait qu'elle a envie qu'on lui pose la question.

« Tout va bien », dit Blair, mais elle minore. Chloé excelle en tout. « Et Xavi ?

— Pas si bien. Enfin, on a pris un tuteur cette année et... Je ne sais pas.

— Le soutien scolaire va prendre du temps, mais ça va marcher. Avec le bon accompagnement, il y arrivera. Et avec de la patience. Il est tellement capable. C'est un si bon petit gars. »

Comme si elle était experte. Comme s'il fallait convaincre Whitney du potentiel de son propre fils. Comme si Blair pouvait faire pour elle ce qu'elle ne parvient pas à faire.

Whitney veut partir. Elle sent l'effet du vin, elle a faim, et elle veut consulter son téléphone qu'elle a laissé dans son sac. « Bon, en parlant de ça, je devrais aller libérer Louisa. Je te renvoie Chloé.

— Oui, Aiden va arriver d'une minute à l'autre. »

Elles se serrent dans les bras, et quand Whitney se dégage, elle garde la main de Blair dans la sienne.

« Tout va bien ?

— Bien sûr », répond Blair après une hésitation.

Et Whitney se demande si elle ne devrait pas rester. Elle pourrait lui dire qu'elle la comprend mieux qu'elle ne le pense. Qu'elle aimerait que Blair possède sa propre version du ticket de bus de sa mère, caché dans une poche quelque part. Une possibilité. Pourtant Blair n'aurait jamais acheté de ticket de bus. Elle n'y aurait même pas pensé.

Il y a de la liberté dans la vérité, pense-t-elle sur le seuil de la porte, en regardant Blair rincer leurs verres encore et encore dans l'évier. Et il y a de la souffrance dans le mensonge.

Whitney quitte la maison ses talons à la main, et le trottoir est froid à travers ses collants. Elle entend une porte de voiture se fermer derrière elle.

« Je t'ai déjà entendue dire à ton fils de ne pas sortir sans ses chaussures. »

Elle se retourne. Il sourit.

Même engourdie par l'alcool, elle le reconnaît. Le moment où tout peut arriver. Vaciller vers quelque chose de déshonorant, mais pas encore compromettant. Des mots, simplement des mots échangés. Quelques secondes. Rien dont elle puisse se sentir coupable. Rien qu'une mère ne devrait pas faire.

« On n'a jamais bu ce verre ensemble, finalement, si ? On devrait le faire, n'importe quand, tu sais. »

Le regard jeté à sa maison à elle. À la sienne.

Ça aurait pu être juste ça, une chose que quelqu'un lance, sans jamais donner suite. Une proposition, une possibilité, comme le ticket de bus dans le manteau de sa mère.

35

Blair

VENDREDI

Il est 6 h 45 le lendemain de l'accident de Xavier, mais ce n'est pas à lui que Blair pense en premier en se réveillant. Elle claque les portes des placards et remue la vaisselle dans l'évier. C'est un moment de trêve. Elle bouillonne depuis une heure. Chloé lève les yeux du jeu de mots mêlés qu'elle fait à la table de la cuisine en finissant son petit déjeuner. Blair referme plus doucement la porte de placard suivante.

Chloé l'appelle dans le salon, où il est encore sur le canapé.

« Papa ? Maman veut que tu te lèves maintenant. »

Il va lentement dans la cuisine et se sert un verre d'eau.

« Bonjour, mes chéries. » Il ébouriffe les cheveux

de Chloé et désigne un mot sur la feuille. « Colère. C-O-L-È-R-E.

— Où ça ? » Chloé regarde de plus près et il lance un sourire taquin à Blair, mais elle se détourne. Il vient derrière elle et pose une main sur son épaule. Il cherche à l'amadouer. Elle sent l'alcool tandis qu'il se sert un café.

Lorsqu'elle a fini par s'endormir à 2 heures du matin, il n'était toujours pas rentré. Elle lui avait envoyé sept textos. *Où es-tu ? Il est tard.* La voiture de Jacob est rentrée à 23 heures, ce qui signifiait que Whitney devait être seule à l'hôpital. Elle s'est perdue en conjectures. Elle a enfoncé sa tête dans l'oreiller et supplié son cerveau d'arrêter de ruminer.

Elle n'y arrive plus.

« À l'étage. » C'est tout ce qu'elle peut lui dire.

Elle s'assied au bout de leur lit et l'attend. Il s'imagine qu'elle va endosser son rôle d'épouse irrationnelle, qu'elle va cracher la colère qu'elle ne réserve qu'à lui. Elle pense à ce qu'elle peut dire. Jusqu'où aller. Tout ce qu'elle a, c'est un bout d'alu et une clé. Et des heures et des heures à imaginer le pire. C'est tout.

Il n'y a pas de plan. Aucune idée de ce qu'elle va répondre s'il dit oui. *C'est une clé que je lui ai donnée, une clé de mon bureau, où nous baisons. C'est l'emballage de la capote que j'ai utilisée. Je ne* peux pas continuer à te mentir. Est-ce que c'est fini entre nous ?

Il s'allonge sur le lit à côté d'elle et pose sa main en bas de son dos.

« Tu veux une excuse, et je t'en dois une. Je suis désolé d'être rentré aussi tard.

— Où étais-tu ?

— J'aurais dû appeler. On est allés chez Lin après le pub et il a sorti les jetons de poker. Je n'ai pas fait attention à l'heure. » Il la caresse doucement.

« Tu n'as répondu à aucun de mes textos.

— Mon téléphone n'était pas sorti, je ne les ai pas vus avant de partir. Je suis désolé. »

Elle regarde ses mains, qui sont maintenant croisées sur son torse comme s'il s'apprêtait à faire une petite sieste. Elle pense à la personne que ces mains ont touchée. À combien c'est facile de mentir.

Elle descend dans le salon pour ramasser le pantalon qu'il a laissé par terre. Elle fouille chaque poche. Ses cartes de crédit, ses clés de voiture, son téléphone. Il n'y a pas de ticket du pub. Elle entre son mot de passe dans son téléphone et passe ses textos en revue. Il n'y a rien de la nuit précédente. Même pas ses propres messages affolés. Il les a effacés.

Il n'a jamais effacé ses messages auparavant. Leur fil de discussion est comme un appendice de leur mariage. Une trace de leurs journées. Elle est toujours là, en haut de son écran. La première chose qu'il voit.

Il a l'air endormi quand elle revient dans la chambre.

« Pourquoi as-tu effacé tous mes messages ?

— Qu'est-ce que tu fais ?

— Réponds-moi.

— Je ne sais pas. Je l'ai fait, c'est tout.

— Pour que quelqu'un d'autre ne les voie pas ?

— Ils n'étaient pas très sympas. Le dernier me disait d'aller me faire foutre. Tu penses que j'avais envie de les garder ? »

Elle va jusqu'à la penderie et sort la clé. Elle la dépose dans la paume de sa main et la rapproche du visage d'Aiden.

« C'est ma clé. Où tu l'as trouvée ? »

Il tend la main pour la prendre, mais elle referme son poing. Elle distingue dans sa voix une patience qui la surprend, un effort manifeste pour rester calme. Elle se met à nouveau en garde. Elle ne pourra pas revenir en arrière. Elle pense à Chloé en bas en train de faire ses mots mêlés. Elle peut l'emmener à l'école, et ensuite trier le linge en piles par couleurs. Sortir le bœuf haché du congélateur et le mettre à décongeler pour le dîner. La journée peut continuer, intacte.

« C'est Whitney qui l'avait, dit-elle à la place.

— Whitney ? Pourquoi ? » Il est appuyé sur son coude maintenant. Il frotte sa barbe naissante. Le blanc de ses yeux est rose.

« À toi de me le dire. »

À ce moment-là, il se met à rire. Il se rallonge en arrière. Il a tourné son inquiétude en ridicule. Elle est condamnée à se sentir idiote.

« Peut-être qu'elle l'a trouvée au club de sport ? Je pensais que je l'avais perdue là-bas. Je ne sais pas, c'est toi le détective. Demande-lui. »

Le cœur de Blair bat à tout rompre tandis qu'il essaie de détendre l'atmosphère. « Elle ne va plus à ce club de sport. Pourquoi est-ce qu'elle ne te l'aurait pas rendue si elle l'avait trouvée ?

— Je ne sais pas où tu veux en venir, Blair. Peut-être parce qu'elle a oublié ? C'est la clé de la porte arrière de mon bureau. Mais elle ne sert plus à rien de toute façon, ils ont dû changer la serrure parce que je l'avais perdue. »

Il quitte la chambre et elle l'entend faire couler la douche.

Elle le suit. Elle veut partir en courant de la maison et le laisser là avec Chloé, avec la vaisselle du petit déjeuner, avec le frigo vide, les piles de linge, l'ennui, la routine. Avec le nœud dans son estomac qui lui pèse depuis des semaines, depuis qu'elle a trouvé le bout d'emballage de préservatif. Elle veut qu'il sente ce que ça fait de se noyer dans tout ça. Lui retirer la facilité avec laquelle il traverse sa vie, le calme qu'il trouve si facilement. Elle veut arracher le rideau de douche de ses fragiles crochets en plastique, tourner le robinet jusqu'à ce que l'eau soit bouillante, elle veut plonger ses doigts dans ses poils pubiens et les arracher.

Elle tire le rideau en plastique. « Est-ce que tu as une liaison ? »

Tout son corps tremble, dans l'attente. L'attente.

36

Rebecca

Le matin, elle est réveillée par la sensation du matelas qui bouge à côté d'elle. Elle est en congé les deux prochains jours. Elle attend dans le lit jusqu'à ce qu'elle sente l'odeur du café que prépare Ben. En bas, debout à côté du plan de travail, elle resserre la ceinture de sa robe de chambre et elle le regarde sortir les courses du frigo pour préparer le petit déjeuner. Elle se demande s'il pense à la nuit dernière, au moment où elle l'a repoussé. Est-ce qu'il a senti qu'elle protégeait quelque chose ? Est-ce qu'il s'est posé la question ?

« Ben. »

Il lève la tête et lui sourit. Il lui demande comment elle veut ses œufs.

« Je suis enceinte. »

Ses yeux ne quittent pas le carton qu'il vient d'ouvrir.

Chaque seconde de son silence donne l'impression qu'il recule de plus en plus loin d'elle. Mais il est immobile. Elle aimerait qu'il casse un œuf. Le carton tout entier. Qu'il lui dise qu'elle est folle. Tout plutôt que ce silence.

« Plus de dix-huit semaines. Cinq jours de plus que la fois où nous sommes allés le plus loin. »

Il observe une tache sur le sol de leur cuisine. Elle veut lui dire qu'elle a peur, elle aussi. Que parfois elle se sent comme un monstre qui jette des fœtus contre le mur pour voir lequel tient, mais voilà – cette fois ça marche. Elle veut lui dire qu'elle est désolée, mais qu'elle a fait ce qu'elle devait faire.

« Tu as dit que tu connaissais ton cycle, qu'on n'avait pas besoin de préservatif. » Il pose le bout de ses doigts au bord du plan de travail. « Ce n'était pas…

— J'ai besoin que tu le veuilles autant que moi.

— Ce n'est pas la question. » Sa dureté la surprend. « La question, c'est à quoi on est capables de survivre. Et tu refuses d'accepter ça. Tu paries sur un miracle. Tu n'es… Tu n'es plus toi-même.

— Il y a une chance. Il y a de l'espoir. »

La fêlure dans sa voix quand elle prononce le mot « espoir » la fait se sentir plus vulnérable qu'elle ne l'a été avec lui depuis longtemps. Pire que les heures ensemble dans des salles d'attente et les nuits sur le carrelage froid et le sang qu'il a aussi nettoyé sur elle. Elle est fatiguée d'être toujours résiliente. D'être rationnelle, comme un médecin est censé l'être. Elle emmerde les statistiques auxquelles elle appartient. Elle emmerde les chances de résultats. Oui, c'est de la science, c'est de la biologie, c'est une question de cellules. Soit son corps est capable physiquement de porter la vie, soit ce n'est pas le cas. Pourtant elle est aussi une femme qui rêve de sentir le poids d'un nouveau-né gigotant sur sa poitrine nue. Elle veut savoir ce que ça fait d'être consumée d'amour. De se reconnaître un jour dans les gestes de son enfant et de rester sidérée à l'idée que cette exquise créature lui appartient. Cette chance lui est due, peu importe ce qui est rationnel ou sain ou probable.

Il expire longuement et régulièrement, et elle ne veut plus être dans la même pièce que lui, pas s'il ne peut pas lever la tête et dire ce qu'elle a besoin d'entendre. Elle attend.

Puis elle se retourne, monte lentement l'escalier jusqu'à la chambre qu'il a peinte trois ans plus tôt, soigneusement, avec amour, en essayant d'imaginer qui serait leur enfant. Elle lui manque, ce premier bébé qu'elle a tenu dans ses bras, même si elle ignore qui elle était. Elle ne connaît pas la voix de sa fille ou ce que ça fait d'être vue par elle. Ou aimée par elle. Elle est indéfinie. Elle est éthérée. La chambre est vide, elle attend, et Rebecca s'allonge au milieu du parquet pour regarder la lumière du matin changer la couleur des murs.

37

Blair

Aiden n'ouvre pas les yeux. Il lève le visage vers le faible débit de leur vieille pomme de douche. Elle l'a excédé ce matin. Maintenant il la méprise. Il ne se fatiguera même pas à nier ses accusations.

« Est-ce que tu m'as entendue…

— Oui, je t'ai entendue ! Et évidemment la réponse est non. Bordel de Dieu, le simple fait que tu te poses la question est insultant. » Il tire le rideau de la douche. Elle fixe les mouchetures de moisissure qu'elle n'est pas parvenue à faire partir du joint. Elle attend qu'il lance – *Ne projette pas sur moi tes problèmes avec ton père. Je ne ferai pas ce qu'il a fait.* Mais il ne le dit pas.

Elle va jusqu'à la chambre de Chloé. Elle lisse et borde sa couverture, ramasse sa chemise de nuit sur le sol. Sa poitrine est douloureuse, son visage en feu. Elle est fatiguée de tout, chaque sensation, chaque pensée. Fatiguée de qui elle est devenue. Elle entend l'eau s'arrêter, les pieds humides d'Aiden sur les carreaux propres du sol de la salle de bains. Elle veut qu'il vienne la chercher. Qu'il lui tende un bras au creux duquel elle puisse se glisser. Qu'il nie de nouveau et qu'il fasse tout ce qu'il peut pour qu'elle se sente mieux.

Elle pense à la façon dont ses mains tremblaient quand ils se sont tenus devant l'autel. Elle se rappelle cueillir des myrtilles au bout du chemin de ses parents quand Chloé avait trois ans, les taches violettes qui étaient restées sur leurs doigts pendant des jours. Elle pense à l'humidité qui emplit le deuxième étage quand il prend sa douche la porte ouverte, ce qui fait boucler leurs cheveux à tous. À l'odeur de sa peau incrustée dans leurs oreillers, même après qu'elle a changé les taies. Au café qu'il préparait pour elle tous les matins, avec du sucre en plus, trop de lait. Ce sont les moments ordinaires d'une vie stable ensemble, la vie qui semblait autrefois suffisante.

Elle ne parvient pas à décider ce que cela signifie de l'avoir enfin confronté. C'est comme d'avoir libéré un méchant rôdeur d'une cage, mais même si la menace ne se débat plus dans ses mains, elle est toujours vivante quelque part. Elle reviendra.

Elle a besoin que tout soit expliqué. Irréfutablement. Seulement elle ne peut pas poser la question à Whitney maintenant.

« Pourquoi est-ce que tu pleures ? »

Blair n'a pas entendu les pas. Elle se détourne de la porte pour que Chloé ne voie pas son visage. « Retourne en bas, aboie-t-elle.

— J'étais juste…

— Chloé, j'ai besoin d'une minute seule ! Vas-y, s'il te plaît. »

Mais Chloé ne part pas. Elle enroule ses bras autour de la taille de Blair et elle la serre. Blair pense à la première fois où elle a trouvé sa mère petite. Triste. Faible.

« Pourquoi tu pleures, maman ?

— Je ne pleure pas, ça va, tout va bien. Allons finir tes mots mêlés avant de partir à l'école. » Blair essuie son visage et sourit. Elle jette un coussin en forme d'arc-en-ciel sur le lit et tapote les fesses de Chloé. Elle repousse ses cheveux en arrière, les attache avec un élastique et dit, aussi fort qu'elle le peut : « C'est bon ? Allons-y. »

Mais alors qu'elle descend l'escalier en courant, elle sent Chloé s'arrêter en haut des marches, et la regarder.

Aiden entre dans la cuisine au moment où Blair aide leur fille à trouver le mot HANOUKKA. Elle évite son regard tandis qu'elle rince la cuillère qu'il a utilisée plus tôt, qu'elle referme le lait qu'il a laissé ouvert, essuie les gouttes dont il a négligemment éclaboussé le plan de travail.

À table, elle attire Chloé sur ses genoux. Il faut qu'ils lui disent pour Xavier avant qu'elle n'aille à l'école et que la rumeur ne commence à se répandre. Elle appuie sa main sur le petit buste de Chloé pour sentir son cœur battre et dans le creux de son cou elle respire l'odeur de la transpiration de la veille au parc. Elle se rappelle tenir sa tête soyeuse dans la paume de sa main, le poids d'un pamplemousse, et le réconfort et la promesse que porte une vie de nouveau-né. Et puis Chloé se dégage.

Dieu merci ce n'était pas elle.

« Vous pouvez me dire ce qui se passe ? Avec Xavi ? »

Aiden s'assied et lui caresse la joue. « Xavi a eu un accident, dit-il. Une mauvaise chute de la fenêtre de sa chambre mercredi soir. Il va rester à l'hôpital le temps d'aller mieux.

— Oh. » Chloé est silencieuse. Elle regarde Blair. « Mais comment il est tombé ?

— On ne sait pas exactement. Il était tard, personne n'a vu ce qui est arrivé.

— Oh », répète-t-elle. Elle rentre le menton et fixe ses genoux. Blair la serre fort. Elle ne voulait pas lui dire. Elle ne voulait pas qu'elle s'inquiète.

« Est-ce qu'il va s'en sortir, quand les docteurs l'auront réparé ?

— Bien sûr que oui, chérie. Tout va bien se passer, d'accord ? » Blair lui embrasse la tête sous le regard d'Aiden. Blair lui renvoie un regard lui intimant de ne rien dire de plus.

« Est-ce que c'est pour ça que tu pleurais en haut ? »

Blair ne regarde pas Aiden. Elle acquiesce.

« Est-ce qu'on peut lui envoyer une carte ? Et lui donner le vieil avion qu'il a laissé ici ? C'est son préféré, alors il va vouloir jouer avec à l'hôpital.

— Tu es une bonne amie, Chloé. » Blair l'embrasse. « Pourquoi tu ne t'habilles pas rapidement ? Ensuite, on ira en choisir une à la supérette avant l'école. On a le temps, si on part maintenant. »

Aiden soupire bruyamment quand elle quitte la pièce. Blair se lève pour arpenter la cuisine.

« Tu en sais plus ce matin ? demande-t-il, avec une aisance qui semble étrange à Blair après ce à quoi elle vient de le confronter.

— Non. »

Elle ne lui a pas parlé de la réaction de Whitney à l'hôpital la veille. Elle a seulement dit qu'elle encaissait aussi bien qu'on pouvait s'y attendre. Qu'elle lui avait apporté quelque chose à manger. Il feuillette le journal mais n'en détache pas une rubrique comme il le ferait habituellement. Il le repousse sur la table et boit son café. Blair s'appuie sur le plan de travail et le regarde. Pleine de questions.

Il se rapproche et embrasse Blair sur la tête, il met

ses bras autour de son cou. Il garde ses lèvres là un moment. Oublions ce truc insensé plus tôt, lui dit-il. Il peut toujours sembler faire ça, pardonner.

Pourtant ce matin ça semble différent. Elle le regarde bouger autour d'elle, elle étudie le mouvement accéléré de sa poitrine. Il lui ressert du café, puis il se ressert aussi. Le silence est dense. Il se gratte la mâchoire, sa mâchoire qu'elle pourrait dessiner les yeux fermés. Il se frotte le cou, le cou auquel elle s'est pendue si souvent. Certaines parties de son corps semblent presque être des parties d'elle, et même si elle ne retrouve plus le désir qu'elle éprouvait autrefois pour lui, même si la plupart du temps elle ne l'apprécie même pas, elle a un sentiment de propriété à son égard. C'est sa mâchoire à elle. Son cou. Son mari sifflotant.

Ils sont sans doute juste dans le ventre mou et ambivalent du mariage.

Il monte à l'étage se préparer pour le travail. En attendant Chloé, elle parcourt des yeux la cuisine, la table que personne n'a débarrassée, les coussins qui sont écrasés sur le canapé à l'endroit où Aiden a dormi.

Elle pense à une nuit au début de leur relation. Ils étaient sortis dîner après le travail. À cette époque ils avaient encore des sujets de conversation, des histoires, des préférences et des endroits où ils voulaient aller ensemble. Elle se rappelle penser en l'écoutant qu'elle ne se rappelait plus ce que ça faisait de se sentir seule. Elle avait cessé de jalouser ses amies trentenaires qu'elle avait vues une à une se replier dans le cocon de leurs propres relations, celles qui avaient vraiment un avenir. Elle avait enfin trouvé son propre avenir, elle aussi. Elle n'avait plus à redouter de ne jamais obtenir les choses qu'elle désirait si ardemment : un enfant. Une belle maison. Une belle vie. Sa carrière était déjà établie, et elle n'avait pas à abandonner ça. Elle avait grandi dans les années 1990, Girl Power, le droit des femmes à tout avoir, à être tout. Et elle était déterminée à l'être, contrairement à sa mère.

Quand le serveur avait débarrassé leurs assiettes, Aiden avait cherché son genou sous la table. Elle avait pensé à l'épilation douloureuse à la cire qu'elle avait endurée la veille. Au sexe qu'ils feraient cette nuit. Elle avait choisi un plat léger pour le dîner. Elle s'était penchée pour prendre sa main, et ils s'étaient effleuré le bout des doigts, les jointures. Il lui avait demandé ce qu'elle avait envie de faire le lendemain.

« Oh, je ne sais pas. Quelques courses. Peut-être aller au yoga et puis m'avancer un peu niveau boulot.

— Pourquoi on ne regarderait pas des endroits, il avait dit.

— Des endroits ?

— Une maison. Ensemble. »

Il avait ri de son plaisir, de sa surprise. Il avait levé son verre dans sa direction, et elle avait tendu le sien pour trinquer. Elle avait eu la sensation d'avoir gagné quelque chose. Lui ? Une vie qui ressemblait aux vies heureuses ? Elle avait compris le champagne qu'il avait commandé. Elle s'était sentie euphorique. Et amoureuse. Et puis soulagée. Ensuite elle avait tracé des lignes dans la mousse au chocolat sur la table entre eux.

Elle avait énuméré les quartiers qu'ils pouvaient se permettre en additionnant leurs deux salaires. Le nombre de chambres. Il acquiesçait tandis qu'elle parlait, et quand elle levait les yeux, il semblait agréablement concentré sur quelque chose situé derrière elle. Elle avait léché le chocolat sur le manche de la fourchette et l'avait tenue devant elle, examinant les dents, son visage à lui flou à l'arrière-plan. Elle ne voulait pas se retourner pour voir ce qu'il regardait. Mais elle l'avait fait. La femme avait l'air amusée, elle parlait à son amie derrière sa main, et puis elle avait jeté de nouveau un œil à Aiden. Elle avait croisé le regard de Blair à la place. Blair s'était retournée vers Aiden. Il s'était éclairci la gorge. Il avait fini le dessert et lui avait dit : « Demain, donc. J'ai une visite pour nous à 10 heures. »

À ce moment-là, elle avait compris quelque chose à son sujet qu'elle ne voulait pas admettre. Mais les gens prennent certains risques quand ils veulent suffisamment quelque chose. Ils apprennent à ignorer certaines réalités. C'était juste un regard. Elle l'aimait.

C'était lui, en tout cas c'était lui qu'elle avait choisi. Elle avait déjà décidé de faire sa vie avec lui. Elle était déjà allée trop loin pour reculer.

38

Blair

Dehors, elle voit Mara debout dans sa véranda en robe de chambre. Chloé lui fait signe en passant à trottinette à côté d'elle, mais Blair se demande pourquoi Mara n'est pas encore habillée, c'est inhabituel. Elle dit à Chloé de l'attendre, et elle traverse la rue à petites foulées, se glisse à travers la grille rouillée.

« Est-ce qu'Albert et vous avez entendu ce qui est arrivé aux Loverly ? Mercredi soir ? » Elle a le soleil du matin dans les yeux et s'abrite le visage pour voir Mara.

« Oui », dit Mara. Blair attend qu'elle parle davantage, comme elle le fait toujours. Elle suit les yeux de Mara, qui s'orientent vers l'allée des Loverly. La voiture de Jacob est là, mais les rideaux sont tirés, la maison semble toujours sans vie. Mara serre les lèvres.

« D'accord, alors… » Blair recule de quelques pas, et pour une fois, Mara ne fait rien pour poursuivre la conversation. « On vous tiendra au courant s'il y a la moindre nouvelle. »

Elle marche vite pour rattraper Chloé qui, sur sa trottinette, est déjà partie de l'autre côté de Harlow Street, en direction de la supérette. C'est une de ces journées de printemps qui fait se sentir léger et plein d'optimisme, mais elle a comme du ciment dans l'estomac. C'est Xavier. Et aussi la clé au sujet de laquelle elle ne peut pas interroger Whitney. Quelque chose dans la façon dont Aiden a lâché prise un peu trop rapidement ce matin.

Elle n'est convaincue de rien.

Elles s'arrêtent au feu rouge. La question sort de sa bouche avant qu'elle ne puisse la retenir :

« Chloé, j'ai besoin de te demander quelque chose. Est-ce que tu as déjà vu Whitney se fâcher contre Xavi quand je n'étais pas là ? Je veux dire, se fâcher vraiment beaucoup, beaucoup ? »

Ces mots sonnent comme une trahison. Sa meilleure amie. Un choix sur lequel elle ne pourra pas revenir. Malgré la culpabilité qui la submerge, unc partie d'elle espère entendre quelque chose d'accablant au sujet de Whitney. Une information que Blair sera obligée de répéter à qui de droit.

Elle fixe le trottoir pendant que Chloé réfléchit.

« Je ne sais pas.

— Tu ne sais pas, ou tu ne veux pas me le dire ? »

Chloé tape le talon en caoutchouc de sa basket sur

le trottoir. Elle réfléchit encore. « Je ne l'ai jamais vraiment vue en colère. Sauf à la fête dans leur jardin. Et la fois où on a déposé les cookies. »

Elles étaient venues la veille de Noël, avec une boîte de cookies tout juste sortis du four. Chloé voulait les laisser sur la table de l'entrée pour faire une surprise, elle avait écrit un mot de la part des lutins du Père Noël et l'avait scotché au couvercle. Elle avait fait un pas prudent à l'intérieur puis elle s'était retournée vers Blair les yeux grands ouverts. Blair aussi avait entendu. Un enfant qui pleurait quelque part, le rugissement de la voix de Whitney. Et des bruits, des coups. Et une gifle. Et des pleurs.

Blair avait tiré Chloé à l'extérieur, fermé la porte sans un bruit, et déposé les cookies sur le paillasson. Elle avait ressenti la même peur dérangeante qu'au barbecue, la sensation d'être témoin de quelque chose de beaucoup trop personnel. Elle aurait voulu désentendre ce qu'elle avait entendu. À la maison, elle s'était assise sur le canapé et avait attiré Chloé à elle. Elle lui avait rappelé que parfois les adultes perdent patience. *Mais tu ne fais pas ça, toi,* avait dit Chloé. *Tu ne fais jamais peur*. Blair avait dit quelque chose sur le fait que tout le monde avait ses mauvais jours. Et puis elle s'en était convaincue elle aussi.

À présent, les yeux de Chloé restaient rivés au trottoir. Blair sait qu'elle ne dit pas la vérité. Elle connaît intimement sa fille, chaque expression, chaque manie, et elle voit qu'elle cache quelque chose. Qu'elle s'efforce de faire ce qu'elle pense qu'une bonne fille doit faire.

À la supérette, elle laisse Chloé parcourir les rangées de cartes de vœux de rétablissement. Elle scrute l'étagère des préservatifs au fond derrière le comptoir de la pharmacie. Il y a beaucoup plus de choix que dans son souvenir. Plus de sérums, de textures et de lubrifiant pétillant, un mot dont elle n'a plus l'usage. Elle imagine quelqu'un déroulant la capote sur la queue d'Aiden.

Elle extrait le coin d'emballage de sa poche. Une à une, elle ouvre les boîtes de la marque qu'Aiden achetait. Elle cherche la même teinte de vert, la même bordure dentelée, mais elle ne trouve cette matière irisée qu'en prune. Elle sort un chapelet de préservatifs de la boîte et tient le violet à côté de l'emballage déchiré. Ils ont exactement le même poids, la même texture. Le coin dans ses mains est de la même dimension.

Elle pourrait consulter le site Internet de la marque pour passer en revue leur gamme de produits. Elle pourrait demander à quelqu'un qui travaille là s'ils ont d'autres modèles en réserve. Et après ? Elle en sera toujours au même point que depuis des mois. À chercher davantage de preuves, puis davantage d'excuses.

Elle retrouve Chloé, qui a du mal à choisir entre trois cartes. Elle veut partir sans en acheter aucune. La nouvelle au sujet de Xavier fait son chemin dans sa tête. Blair s'accroupit à sa hauteur et pose ses mains sur ses joues.

« Hé, chérie, ça va ? Dis-moi comment tu te sens. »

Le visage de Chloé se chiffonne et Blair sait que les larmes ne vont pas tarder. « Je veux rentrer à la maison. Je ne veux pas aller à l'école aujourd'hui.

— Je suis vraiment désolée que tu sois bouleversée. Je comprends, vraiment. C'est complètement normal que tu te sentes comme ça, c'est ton meilleur ami. Tu veux juste qu'il aille mieux, hein ? »

Chloé pleure le visage enfoncé dans sa poitrine et elle essaie d'étouffer le bruit. Blair ferme les yeux. Ils n'auraient pas dû lui en parler si tôt, alors qu'il y a encore tant d'incertitude.

« C'est bien ça le problème. Ce n'est plus mon meilleur ami. » Elle s'écarte de Blair et essaie de reprendre sa respiration entre ses sanglots. « Je lui ai dit des choses méchantes mercredi, à la récréation du matin. Des choses vraiment, vraiment méchantes, qui l'ont fait pleurer devant tout le monde. Et après Hayden Ross lui a jeté une barre de céréales au visage. J'aurais dû l'aider. Mais je ne l'ai pas fait, j'ai juste ri et après tout le monde a ri aussi, et il est allé se cacher dans les toilettes. Je voulais lui demander pardon hier sur la route de l'école, et maintenant c'est impossible.

— Oh, Chloé. Viens par là. »

Elle attire la tête de Chloé sur sa poitrine et elle comprend peu à peu. Mercredi. La nuit de l'accident.

Xavier adore Chloé. C'est sa seule véritable amie, alors que pour Chloé, il n'est qu'un parmi d'autres. Ça a dû le dévaster.

Ce n'est pourtant pas le moment de la réprimander. Au lieu de ça, elle l'apaise, et puis elle murmure dans son oreille : « Ne t'inquiète pas de ça maintenant, d'accord ? » Elle l'embrasse. Elle essuie les larmes de Chloé et lui prend la main. « Viens, allons payer et filons à l'école.

— Tu lui apporteras la carte et son avion ? Et tu lui diras que je suis désolée d'avoir dit que tout le monde s'en ficherait s'il mourait, et qu'il devrait juste disparaître ? »

Tout le monde s'en ficherait s'il mourait. Disparaître. Dans l'esprit de Blair, les mots se plient, puis se plient encore et encore, jusqu'à ce qu'ils soient aussi petits que possible. Elle regarde devant elle le présentoir de papier cadeau et les étoiles en bolduc, et elle ne voit qu'une chose. Xavier, seul, se penchant à la fenêtre de sa chambre. S'en fichant de mourir, lui aussi.

39

Whitney

L'hôpital

Son téléphone apparaît soudain devant elle, tenu par Jacob. Il est de retour dans la chambre, il sent le dentifrice. Il porte des vêtements différents. Ça doit être le matin. Il est en train de dire quelque chose à propos des textos de son assistante, qui a envoyé trois messages à Whitney, mais l'écran est verrouillé. Il ne peut pas les lui lire. Est-ce qu'elle veut regarder ? La réunion, il y avait cette grosse réunion ce matin. Il peut leur expliquer ce qui est arrivé à Xavier, et qu'elle ne sera pas joignable pendant quelques jours. Whitney ne répond pas, elle ne veut pas penser au travail. Jacob attend. Il n'est pas sûr de ce qu'elle veut. Et puis il prend la décision pour elle. Il dit qu'il va sortir de la pièce pour appeler Grace, il en a juste pour une minute.

À ce moment-là, elle lui arrache le téléphone. Elle aspire de toutes ses forces l'air vicié de la chambre d'hôpital, mais ses poumons ne se remplissent pas comme ils en ont besoin. Elle agrippe le téléphone aussi fort qu'elle le peut, et elle veut à tout prix que Jacob recule, qu'il quitte la pièce. Parce que Grace n'envoie jamais de textos, seulement des mails.

Quelqu'un d'autre dans son téléphone est enregistré sous le nom de Grace.

Elle demande à Jacob de descendre lui chercher un sandwich. Elle lui dit qu'elle commence à avoir faim. Sa voix est trop tendue ; il ne répond rien pendant un moment. Et puis il cherche son portefeuille des yeux, dit qu'il est content qu'elle ait retrouvé l'appétit, mais elle sait qu'il ne la croit pas.

Après son départ, elle déverrouille l'écran et lit les trois textos.

Je suis désolé. Pour tout.

J'ai besoin de te revoir.

Je pense qu'elle ne va pas tarder à découvrir la vérité.

40

Rebecca

Elle est toujours seule sur le sol de la chambre de bébé vide. Elle ressent une douleur qu'elle ne parvient pas à reconnaître au départ, et soudain l'évidence la bouleverse. Elle veut voir sa mère.

À l'autre bout de la ligne, la voix de sa mère est pleine d'espoir quand Rebecca demande si elle peut passer plus tard dans la matinée. Elle a évité sa mère le plus possible. Sa présence rappelle à Rebecca ce qu'elle-même ne connaîtra peut-être jamais. Généralement, elles parlent d'autres sujets, la politique, son travail, le syndic de copropriété que sa mère vient de rejoindre, mais elle sait qu'elles pensent toutes les deux à sa fertilité.

Avant de partir, elle extrait un des agendas de poche rangés dans le tiroir de sa table de chevet. Il est fin et usé, presque aussi vieux qu'elle – un cadeau de la banque dans laquelle sa mère lui a ouvert son premier compte épargne. Dans les cases du calendrier, chaque jour, sa mère avait noté de son écriture serrée les choses qu'elles avaient faites ensemble. *Visité la section gratuite du muséum. Travaillé sur les sons de « A » à « M ». Pratiqué l'addition sur notre nouvelle table de calcul ($2 chez Goodwill !). Visite de l'école maternelle.* Au fil des années, les cases de chaque nouvel agenda avaient commencé à ressembler à un scénario destiné à une autre famille – pas la pauvre mère célibataire et sa fille pugnace. *Troisième examen de piano, validé ! Concours de débat national. Dépôt de demande de bourse. Installation en première année à Columbia. ELLE A RÉUSSI !*

Dix-huit petits agendas, des milliers de cases, l'obsession de garder une trace de tout ce que Rebecca avait fait. Après l'obtention de son diplôme de médecine, sa mère les lui avait donnés dans un carton, et elle en gardait quelques-uns dans sa table de chevet. Rebecca les conservait précieusement pour ce qu'ils étaient : des preuves d'amour, les traces des efforts de sa mère pour lui offrir une vie qu'elle-même n'avait jamais eue. Les cases griffonnées étaient aussi la quantification de tout ce que Rebecca avait reçu dans sa vie.

Et maintenant elle allait peut-être enfin donner un petit-enfant à sa mère.

L'idée lui était venue dans la douche. Elle lui tendrait le dernier agenda et lui désignerait la case qu'elle avait ajoutée – la date de son terme.

Pendant les heures qu'elle passerait dans sa cuisine, sa mère arrangerait tout.

Elle s'arrête acheter des pivoines au marché puis traverse la ville en voiture jusqu'à l'autoroute. Son téléphone est sur le siège passager à côté du journal, et elle le regarde toutes les minutes pour voir si Ben lui a envoyé un texto. Elle l'imagine à la maison quand elle rentrera cet après-midi, assis à la table de la cuisine, prêt à parler. Prêt à lui pardonner. Il reprendra espoir au fur et à mesure que le bébé grandira en elle. Tout ça deviendra un moment dont ils pourront à peine se souvenir plus tard. Tout aura changé.

Elle allume la radio et commence enfin à se détendre.

Quarante minutes plus tard, elle prend la sortie en direction de l'endroit où vit sa mère. Elle remue sur son siège en ralentissant aux premiers feux. Elle a chaud dans son jean, et elle se dit qu'elle aurait dû mettre une robe, elle transpire malgré l'air conditionné. Elle baisse la vitre et se penche dans l'air frais du printemps. Elle pense qu'elle pourrait s'arrêter pour leur acheter des cafés. Elle remue de nouveau au feu suivant, et cette fois elle sent plus distinctement quelque chose de chaud et d'humide dans sa culotte. Elle tire sur son jean pour détacher le tissu de son entrejambe. L'hypothèse la plus évidente la rend nerveuse. Mais elle est en permanence au bord de la panique, elle s'attend toujours à être écrasée de nouveau. Elle reporte ses pensées sur la route, sur le feu vert. Elle effleure les pétales doux des pivoines à côté d'elle.

Elle se gare devant le Starbucks et prend son porte-monnaie dans son sac. Le frémissement de panique revient et la met en colère contre elle-même. Elle lève ses fesses du siège, plonge ses doigts dans sa culotte, et puis cherche du regard l'écoulement clair qui va l'apaiser.

Sa tête se met à tourner.

Ses doigts sont écarlates et poisseux.

41

Whitney

L'hôpital

La nuit de mercredi repasse en boucle dans sa tête. Encore et encore. La honte rampe comme un ver dans sa gorge et lui donne envie de vomir. La simple idée de ce qu'elle a fait.

Lorsque Louisa était partie le soir, Whitney s'était préparé un café pour rester éveillée. Elle avait prévu d'envoyer un texto pour annuler. À la place, elle allait se préparer pour la réunion du lendemain. Mais elle était allée dans la chambre de Xavier pour voir comment il allait.

Elle l'avait vu tressaillir, et ensuite ses paupières étaient trop mobiles pour qu'il soit en train de dormir. Alors elle avait prononcé son prénom. Elle l'avait répété sur un ton plus ferme. Elle voulait qu'il s'excuse de s'être énervé de cette façon dans la cuisine.

Pour conclure la journée sur une note plus positive. Elle voulait le serrer dans ses bras.

Il s'était tourné sur le dos, s'était appuyé sur ses coudes et avait acclimaté ses yeux à la lumière du couloir. Et puis il avait regardé en direction du mur au bout de son lit, sous les posters de voitures de course vintage. On aurait dit qu'il traçait quelque chose avec ses yeux.

Elle s'était tournée pour voir.

Son inscription sur le mur était large, soigneuse, et nette, l'encre épaisse comme du goudron.

Le marqueur noir était sur le sol.

À présent, elle se soulève pour le regarder dans la lueur des moniteurs, sa bouche ouverte, sa peau grise et sans vie. Pas un tressaillement. Pas un battement de cils. *Comment ce serait si je n'étais pas là ?* lui avait-il demandé quelques mois plus tôt dans la voiture.

Et maintenant, il n'est pas là. La poitrine de Whitney se serre de nouveau, elle doit enfoncer ses mains dans sa poitrine pour soulager la tension. Elle est si vide. Chacune de ses pensées semble enlisée dans la boue.

Elle se demande ce que sera sa première pensée s'il ouvre les yeux et la voit là, penchée au-dessus de lui, remuant les lèvres. Ce dont il se souviendra. *Je suis là*, dira-t-elle, *j'ai été là tout le temps, je ne t'ai jamais, jamais quitté.*

Elle l'imagine détourner le visage d'elle. Réclamer son père, le chercher des yeux.

Il n'y a pas assez d'air. Elle manque d'oxygène. Jacob va revenir avec le sandwich à tout moment. Jacob, à qui elle a menti, et qui la quittera. Qui ne la laissera sans doute plus jamais voir ses enfants. Elle les perdra tous. Elle imagine ce que Xavier lui dira, s'il vit, s'il peut parler, s'il peut mettre des mots sur ce qu'il pense. S'il en a la capacité.

Ils en ont tous parlé autour d'elle – ses fonctions, ses capacités mentales s'il se réveille –, ils ont dit des choses qu'elle refuse d'entendre sur la pression qui est en train de pulvériser son cerveau. Il ne sera peut-être plus le même Xavier, il n'aura sans doute pas une vie facile, et c'est à cause d'elle. Elle n'a jamais été une mère suffisamment bonne pour lui, et elle ne sera pas assez bonne maintenant, au moment où il aura le plus besoin d'elle. Elle n'est pas capable. Elle le décevra encore.

Elle pose sa main sur sa bouche, sur l'intersection de tubes. Ses doigts tremblent en courant le long de la ligne principale, jusqu'à la partie souple, pliée en accordéon, qui est rattachée au ventilateur qui le maintient en vie. Elle jette un regard à la porte. Il n'y a personne.

Quelque chose prend le dessus, une pensée qui lui promet enfin le soulagement, et elle veut chasser cette émotion, elle ne parvient pas à l'éloigner, elle est désespérée. Elle s'exhorte. Fais-le. Personne ne le saura. C'est la meilleure chose à faire. Elle l'a foutu en l'air. Elle l'a foutu en l'air bien avant mercredi soir.

Elle ferme les yeux et elle pince le tube.

Elle lui coupe l'air.

42

Rebecca

Elle est tellement désespérée qu'elle laisse son esprit croire ce qu'il a besoin de croire. Le sang pourrait venir d'ailleurs. Son placenta. Une déchirure dans sa paroi. Ce pourrait être un simple spotting occasionnel, et après le saignement s'arrêtera. En continuant de conduire, elle garde sa main à l'extérieur de la fenêtre, elle ne veut toucher à rien. Ses yeux vont de la route à ses doigts.

Elle a déjà fait cette recherche encore et encore sur les forums de grossesse. D'autres femmes ont eu des saignements et tout s'est bien passé. Elle s'accroche à cette idée en accélérant sur l'autoroute pour rentrer chez elle. Si les flics l'arrêtent, elle leur dira d'aller se faire foutre. Elle leur montrera ses doigts pleins de sang. Elle ne s'est jamais sentie si téméraire. Elle conduit plus vite.

Elle ne sent pas la panique avant de tourner sur

Harlow Street, quand l'illusion disparaît d'un coup. Elle gare la voiture en vitesse et martèle le volant à coups de poing. De nouveau, elle met les doigts dans ses sous-vêtements et elle découvre encore plus de sang.

Les contractions n'ont pas encore commencé, mais elle sait qu'elle sentira bientôt la première.

Elle ne peut penser à rien d'autre qu'au bébé mauve et translucide qui va devoir sortir d'elle. La tête et le corps seront proportionnés à ce stade. Il y aura un cordon ombilical. Des prémices de sourcils et de cils. Elle ne veut pas le tenir dans ses mains, être sur le sol de sa salle de bains encore une fois.

Mais elle a le choix entre la salle de bains ou les urgences. Où on ne considère pas les situations comme la sienne comme une priorité. Ils la laisseront se tordre de douleur et saigner dans la salle d'attente jusqu'à ce qu'un espace se libère, et puis un interne sans aucune expérience en matière de fausse couche lui posera des questions trop lentement au sujet de son historique médical familial, est-ce qu'elle a eu tel et tel vaccin. Et après, si elle a de la chance, s'il y a de la place, on la traînera dans l'unité de naissance, où elle devra supporter la vision des ventres énormes dans des chemises de nuit turquoise, arpentant les couloirs et gardant l'équilibre en prenant de longues respirations bruyantes. Là, on lui donnera sans doute un lit, et de la porte d'à côté elle entendra le cri de pure joie d'une femme rencontrant son nouveau-né hurlant, tandis qu'elle-même restera étendue dans sa chambre vide, à écouter.

« Ça va ? »

La voix de Mara semble lointaine à travers la fenêtre de la voiture. Rebecca essaie de sortir du siège conducteur mais elle ne parvient pas se mettre debout. Mara pose sa main sur son dos, guide sa tête entre ses jambes.

« Respire profondément. Tout va bien. »

Rebecca sent sa propre odeur, le mélange de transpiration et de sang. Une tache sombre apparaît maintenant à travers son jean.

« Ton bébé ? » demande Mara. Elle pince les lèvres, attendant la confirmation de Rebecca. C'est la façon dont Mara le dit – *ton bébé*. La validation de ce qui est en elle.

Rebecca ferme fort les yeux en acquiesçant. Mara l'aide à se lever, à monter les marches jusqu'à sa porte. Rebecca comprend que sa voisine est toujours en chemise de nuit.

« Ton mari n'est pas à la maison », dit Mara. Le mot « mari » a quelque chose d'acide dans sa bouche. Elle jette un regard derrière Rebecca, de l'entrée à la cuisine à l'arrière de la maison. Elle dégage une appréhension qui met Rebecca mal à l'aise.

« Ça va aller, Mara, tu peux me laisser. Ce n'est pas la première fois que ça m'arrive.

— Je sais, ma pauvre petite. »

Mara prend le menton de Rebecca entre son pouce et ses doigts, et cette marque de tendresse donne envie à Rebecca de s'effondrer. Ses yeux se ferment et les larmes coulent. Elle laisse Mara dehors et monte lentement jusqu'à la salle de bains. Et puis elle s'assied sur les toilettes, regarde à travers ses jambes et observe le mince filet rouge faire des volutes dans l'eau comme de la fumée.

43

Whitney

L'hôpital

Elle retient son souffle et gémit, elle pense, *non, non*, mais elle est en train de le faire, elle attend que la sonnerie se déclenche, que quelqu'un entre et retire sa main du tube à air. Que quelqu'un sauve Xavier de sa propre mère.

Elle commence à compter. Les chiffres sont lents. Ils se mélangent les uns aux autres dans son esprit.

C'est la seule option. Elle devine le soulagement juste à sa portée, elle se dépêche de l'atteindre, elle y est presque.

« Est-ce que tout va bien ? »

Whitney halète et lâche le tube. Elle fixe sa main.

L'infirmière tire sur le fil du plafonnier et va rapidement de l'autre côté du lit, et Whitney secoue la tête en essayant de trouver ses mots. « J'ai cru que quelque chose n'allait pas, j'essayais de le réparer.

— Tout va bien », dit l'infirmière. Elle vérifie les tubes, les fixations, elle regarde le moniteur et ajuste la pince sur le doigt de Xavier. Whitney a la tête qui tourne, et elle se demande s'ils vont l'emmener, s'ils vont l'arrêter. Elle devrait être arrêtée. Son fils n'est pas en sécurité avec elle, il ne l'a jamais été.

Elle tremble si violemment qu'elle est certaine que l'infirmière va tout comprendre.

« Il va bien ? demande Whitney.

— Hmm ?

— Il va bien ? »

L'infirmière hoche la tête, elle a un doigt posé sur l'écran de la machine à intraveineuse, elle marmonne quelque chose, répète un chiffre, consulte le tableau, vérifie le chiffre une nouvelle fois. Elle examine le bras où se trouve l'intraveineuse. Et puis elle part.

C'est alors que Jacob s'éclaircit la gorge. *Oh mon Dieu*, pense Whitney.

Il est sur la chaise au fond de la chambre.

Elle ne l'a pas entendu entrer. Quand est-il entré ? Qu'a-t-il vu ?

Elle se tient immobile contre la rambarde du lit de Xavier et fixe le sol. Il l'aurait arrêtée, pense-t-elle. Il ne l'aurait pas laissée faire.

Mais parfois elle a l'impression qu'il la teste. Pour vérifier jusqu'où elle pourrait vraiment aller, avant qu'il n'arrive pour surveiller, pour sauver, pour lui rappeler une nouvelle fois qui elle doit être.

« Tu devrais sortir d'ici un moment, dit-il. Tu as besoin de dormir. Et de voir les jumeaux, vous leur manquez, toi et Zav. Je vais rester. »

Whitney secoue la tête et garde les yeux rivés sur son fils. Elle ne le quittera pas. Il ne peut pas l'obliger à partir. Elle s'agrippe au bord du lit. Elle ne laissera personne la déplacer.

Quelques minutes plus tard, elle entend le bruissement du jean de Jacob quand il décroise les jambes pour se lever. Il ne dit pas un mot en quittant la chambre. Il ne lui a rien rapporté à manger.

Est-ce qu'elle vient vraiment d'agir comme ça ? Elle observe sa main. Peut-être qu'elle ne l'a pas fait. Peut-être qu'elle est tellement fatiguée qu'elle a eu une hallucination. Elle ne sait pas qui était cette femme.

Elle pense aux textos, aux questions répétées des autorités, au fait qu'elle est sur le point de tout perdre.

Elle tâtonne à la recherche de la manette et abaisse la rambarde du lit. Elle déplace le corps de Xavier de quelques centimètres à peine. D'abord ses hanches, lentement son torse, et puis elle soulève doucement sa tête. Elle monte ensuite sur le lit et s'allonge à côté de lui. Elle lui fait face, et glisse un bras en travers de sa poitrine, sous l'autoroute de tubes et de fils, et elle colle sa joue tremblante contre la sienne. Elle se moque de savoir si c'est autorisé. Elle se moque de savoir si ça viole un protocole de sécurité. Elle restera allongée là avec son fils sur son lit jusqu'à ce que quelqu'un emmène l'un d'eux.

Elle s'imagine assise avec lui par terre dans sa chambre, tandis qu'il lui raconte tout ce qu'il sait au sujet des échecs. Elle croise les jambes en tailleur comme lui, et elle lui pose des questions. Elle prend des notes, pour qu'il se sente important. Elle dessine un signe sur un morceau de papier imprimé qui dit NE PAS DÉRANGER ! LEÇON D'EXPERT EN COURS ! et le scotche sur sa porte. Ils passent une heure comme ça, tous les deux, par terre, et pour la première fois, elle accorde de l'attention à chaque infime détail. Ses yeux qui s'élargissent quand il réfléchit. Les gestes qu'il a adoptés de son professeur, la manière dont il hoche la tête et la complimente comme le ferait un adulte. Les nouveaux mots qu'il emploie. La façon dont il repousse soigneusement ses cheveux de ses yeux, comme un rideau.

Et puis elle se rappelle une sensation particulière, le fragment d'une journée banale. Xavier avait cinq mois. Elle était fatiguée. Elle était allongée sur le sol de sa chambre, sur un épais tapis en laine, fixant la sphère brillante de verre trouble au centre du plafond, tandis qu'une pompe aspirait son lait dans un sac en mince plastique qui serait scellé, daté et stocké dans le congélateur. L'odeur de la vaseline lui collait à la peau. Elle était bercée par le rythme du moteur battant dans sa main. La lampe au-dessus d'elle lui avait soudain paru être la lune. La pièce autour semblait contenir tout son univers, et ce n'était pas assez. Rien de tout ça n'était assez, pas même le bébé qu'elle aimait, dans la chambre à côté d'elle, en train d'être doucement endormi par son père. C'était là qu'elle y avait pensé pour la première fois – je voudrai toujours plus.

Elle entend le bruit des machines. Il est toujours vivant. Elle ne l'a pas tué. Elle ne serait jamais allée jusqu'au bout. Dans cet état de veille brumeux, elle est soulagée de ne rien sentir l'espace d'une seconde, avant que le souvenir de ce qu'elle a fait ne remonte à la surface. Elle veut retourner à l'inconscience du sommeil, mais la voix de Jacob la retient. D'autres voix aussi. Elle sent une forte odeur de café et entrouvre un œil pour voir s'il y a du soleil derrière le volet, si elle a dormi toute la journée ou quinze minutes, pourtant il n'y a aucun indice d'un rythme journalier dans cette chambre.

« C'est positif, oui, mais habituellement ça évolue lentement. »

« On va suspendre l'opération pour le moment. »

« C'est un moment critique. »

Jacob leur promet qu'il va la réveiller maintenant, il les remercie d'avoir fait abstraction des règles pour cette fois. Elle perçoit l'infirmière derrière elle qui farfouille avec les changements d'ampoules, le cliquetis des tubes qui s'ouvrent et se ferment. Elle sent l'odeur du ruban adhésif poisseux, l'effluve de mains désinfectées passant au-dessus de sa tête.

Elle remarque le souffle de Jacob dans son oreille. Il y a du nouveau. Jacob lui dit que Xavier a essayé d'ouvrir les yeux pendant qu'elle était endormie avec lui sur le lit. Qu'il a dû sentir qu'elle était là. Elle pose ses lèvres sur le visage de Xavier, elle l'embrasse encore et encore, jusqu'à ce que son mari la tire par les épaules, l'éloigne de son fils.

44
Whitney

Neuf ans plus tôt

Ce qu'elle préfère, c'est le moment où ils la pénètrent. Elle aime cette soumission. Je te possède, tu es en moi, tu as rendu les armes. C'est animal, elle le sait. Dents de prédatrice plantées dans un cou.

Dans l'ascenseur de l'hôtel, en montant, elle se demande comment atteindre ce moment le plus vite possible, peut-être qu'elle peut lui dire de s'asseoir au bout du lit et de la regarder retirer ses sous-vêtements, ôtant ainsi la nécessité de ses doigts rugueux sur sa peau. Rien dans cet échange ne l'intéresse, bien qu'ils pensent le contraire, ils pensent que c'est comme ça qu'ils gagnent accès à ce qui suit. Mais ce qui l'excite, elle, c'est la simple possibilité – le fait de se donner à elle-même la permission.

Elle est en voyage d'affaires à Paris. C'est sa dernière nuit sur place.

Son alliance et sa bague de fiançailles sont dans le coffre de l'hôtel.

Elle pose son téléphone retourné sur la table de chevet, en mode silencieux.

Elle réserve certains sous-vêtements pour ces occasions, de façon à ne pas mélanger les plaisirs.

L'odeur des olives du bar dans leur haleine, les serviettes en papier dans les poches de leurs vestes de costume. Les chaussettes, les baleines de col qui ont parfois été oubliées, jetées dans la corbeille à papier après leur départ, avant qu'elle ne se lave le visage, apaise son rougissement, qu'elle se brosse les dents une fois puis deux, et se rince avec un bain de bouche au menthol. Parti, tout est parti, elle peut se laisser croire que c'est aussi facile que ça.

Sauf que cette fois, on frappe à sa porte à 7 heures du matin, tandis qu'elle est en train de fixer l'embout de la pompe sur son téton. Ses seins sont sur le point d'exploser.

Elle n'a dormi que quatre heures.

Son mari. Son mari inattendu. Il a pris le vol de nuit pour Paris, une surprise, le genre de surprise qui demande des semaines d'organisation et d'arrangements secrets pour la garde des enfants. Dans ses mains, deux expressos à emporter.

Quand il pose sa paume sur le lit, l'entrejambe de Whitney est encore gonflé et humide. Il pensera que c'est à cause de lui. Ça, et la chaleur dans son visage, les battements de son cœur quand il pose sa tête sur sa poitrine.

Ils commandent le petit déjeuner dans la chambre et parlent de leur enfant unique. Un enfant qui ne lui a pas manqué avant qu'elle ne voie son mari debout dans le couloir de sa chambre d'hôtel. Ils regardent des vidéos de cet enfant, nus, en s'effleurant mutuellement les pieds. Son premier saut dans le petit bain de la piscine de leur copropriété, sa grimace en goûtant sa première cuillerée de compote de pomme. Des choses qui comptent davantage qu'aucun parent ne l'imagine.

Ses yeux suivent Jacob à travers la pièce, et à présent qu'ils ne sont plus en train de se toucher, elle s'accorde quelques secondes pour ressentir la terreur. Et si son vol n'avait pas été un vol de nuit. Et s'il avait atterri hier soir à la place. Il appelle pour que quelqu'un vienne chercher le plateau du petit déjeuner. Il feuillette le présentoir de magazines d'hôtel sur le bureau où se trouve son téléphone.

« Qu'est-ce que c'est que ça ? »

Il y a un mot. Sur un de ces blocs de papier qu'on voit toujours dans les hôtels.

Personne n'a jamais laissé de mot. Elle n'a pas pensé à vérifier. « Montre ? »

Elle fait de son mieux pour avoir l'air surprise. Amusée, même. Elle s'assied, elle se redresse tandis que la structure de son corps se désintègre. Elle a l'impression de flotter au-dessus d'eux. De regarder d'ailleurs.

Il ne la regarde pas. Il arrache le papier du petit bloc rectangulaire et l'envoie dans sa direction. Le papier semble flotter au ralenti jusqu'à la bosse que forment ses pieds sous la couverture.

Son nom n'est pas écrit. Le mot aurait pu être laissé à n'importe qui.

Tu étais incroyable.
Est-ce qu'on peut rester en contact ?

Le numéro de téléphone de l'homme, son nom.

« On dirait que le dernier client a passé du bon temps, ricane-t-elle. Mais merde. Ça pourrait causer du tort à quelqu'un. Je veux dire, sérieusement ! À croire que la femme de ménage l'a laissé là exprès pour faire une blague.

— Peut-être. » Il prend un magazine de la chaîne d'hôtels, puis le repose immédiatement.

Il doit être en train d'envisager l'hypothèse. Il ramasse son jean au sol et le secoue, tire la ceinture des passants. Il est silencieux. Il ne défait pas ses bagages. Il aime généralement tout ranger.

Elle sent combien ils sont proches de l'implosion. Il faut qu'elle dise quelque chose.

« J'ai mon après-midi de libre, juste un rendez-vous à 11 heures et ensuite un déjeuner de travail.

— Bien.

— On pourrait se balader, boire un verre en terrasse quelque part et observer les Parisiens.

— Bien sûr. »

Il regarde son téléphone. Quelqu'un frappe à la porte pour récupérer le plateau-repas. Whitney va prendre une douche. Dans la cabine, elle s'agenouille, pose ses coudes sur ses genoux.

Quand elle sort de la salle de bains enveloppée dans une serviette, le mot est sur la table de chevet à côté de son téléphone.

C'est seulement à ce moment qu'elle envisage le fait que son mari pourrait appeler le numéro.

Il faut qu'elle s'en débarrasse rapidement.

Puis elle comprend. Jacob a placé le mot là pour une raison. Prouve-moi que je me trompe, lui demande le morceau de papier.

Elle s'assied sur le lit à côté de lui. Il est en train de lire quelque chose sur son téléphone, un bras replié derrière la tête.

« Pourquoi tu as mis ce mot là ? demande-t-elle. Ça me fout la trouille. Ça me donne l'impression qu'une prostituée est venue ici avant nous. »

Elle fait une grimace, sourit, feint la légèreté. Elle

froisse le papier, le jette dans la poubelle sous le bureau. Il n'y a qu'une seule voie à suivre, et ça a toujours été comme ça. Elle ouvre la porte de la penderie et soupire.

« Des manches courtes ? Comment est la météo aujourd'hui, tu as une idée ? »

Il lève les yeux vers elle, mais il ne lui répond pas.

45
Whitney

L'hôpital

L'infirmière lui demande si elle veut participer à la toilette.

Elle sent une lingette humide contre le bout de ses doigts, et puis sa main est plongée dans un bassin d'eau chaude. Il y a un savon Ivory. Elle devrait savoir quoi faire. Elle est sa mère.

Mais elle est ailleurs.

Ses doigts, à l'intérieur d'elle. Elle les sent, la façon dont il l'a caressée, et elle ne peut pas chasser ce souvenir de son esprit, pas même lorsqu'elle regarde l'infirmière retirer soigneusement la blouse d'hôpital du corps de son fils.

Son souffle chaud dans son oreille. Elle lui murmure exactement quoi dire, et il le dit. Elle essaie de ne pas éprouver la même chose que quand ça arrive.

L'infirmière lui demande de faire mousser le savon sur le tissu-éponge.

Elle a acheté à Jacob des billets d'avion pour se rendre à des foires artistiques, des expositions, des endroits où il aurait besoin d'être plusieurs jours d'affilée. Elle a présenté ça comme une faveur. Il l'a prise dans ses bras en lui disant qu'elle était la meilleure épouse du monde. Qu'il était touché par ce geste. Avant de partir à l'aéroport, il la serre plus longuement que d'ordinaire.

L'infirmière lève le bras de son fils et lui fait signe de se rapprocher. Elle essore la lingette.

Quand ils en ont fini, elle nettoie toujours avec une boîte de mouchoirs qu'elle garde dans l'abri de jardin, les mêmes qu'ils utilisent pour essuyer le nez des enfants. Elle ne parvient pas toujours à tout enlever, et elle sait qu'il y a parfois encore du sperme sur le sol, sur les bords de l'étagère, quand le matin Louisa et les enfants vont dans l'abri chercher leurs camions, leurs cordes à sauter, l'embout de l'arroseur automatique.

L'infirmière lui tient la main maintenant, elle lui montre comment faire disparaître l'odeur sous ses bras, en trois mouvements doux.

Elle pense à lui quand Jacob la fait jouir dans leur lit, quand Jacob prononce son prénom, lui dit combien elle est belle. Quand il lui répète qu'il l'aime. Et elle l'aime, elle aussi, elle l'aime tant que ce qu'elle leur a fait à tous la tuera probablement.

Sa main est de nouveau plongée dans l'eau chaude, et l'infirmière relève la blouse au-dessus de la taille de son fils maintenant, elle lui dit de faire plus de mousse.

L'élancement dans sa poitrine revient. Elle pourrait vomir dans la bassine. Elle n'arrive pas à se tourner pour voir le visage de son fils, alors elle donne le linge humide à l'infirmière et elle entend l'eau goutter sur le sol. L'infirmière lui assure que tout va bien, mais elle se trompe.

Il y en a eu d'autres, bien avant celui-là, peu de temps après la naissance de Xavier. D'autres doigts dans son corps, d'autres murmures à son oreille. Des événements isolés qu'elle peut oublier savamment, comme les traits de leurs visages, et la palette de couleurs de leurs chambres d'hôtel haut de gamme. Effacé, tout ça. Elle n'a jamais donné son nom de famille, non parce qu'elle avait peur qu'ils ne la cherchent, mais parce que son nom est celui de Jacob, et qu'elle était incapable de le prononcer à voix haute.

Ça n'a jamais rien eu à voir avec Jacob, même à l'époque.

C'est plutôt son besoin de se sentir vivre en dehors de lui, loin d'eux tous. Loin des responsabilités, des attentes qu'elle a amoncelées sur ses épaules depuis des décennies. Loin des trois enfants qu'elle n'est pas douée pour élever. Qu'elle ne pourra que décevoir, malgré tout son argent et ses efforts.

Tout ça semble surmontable, et même acceptable, si elle dispose de cette unique petite liberté.

Bien sûr, ce n'est pas du tout une liberté.

L'infirmière s'adresse à elle, elle lui parle de la résilience miraculeuse des enfants, de leurs jeunes corps rebelles. De l'espoir qu'elle doit garder en tant que mère. Il a battu des paupières quand elle s'est allongée avec lui, il est susceptible de recommencer s'il sent sa présence calme et aimante. Il pourrait même ouvrir les yeux. Whitney veut lui enfoncer la lingette dans la bouche, elle veut être seule avec son fils sans le bruit d'une autre voix. Mais la main de l'infirmière est maintenant sur son épaule.

Tout a été fait avec la plus grande prudence, contrairement à ce qu'on raconte des liaisons. Whitney n'est jamais imprudente. Ce qu'elle a fait ces neuf derniers mois a été soigneusement calculé. Il y a un risque et un bénéfice, de bonnes personnes auxquelles elle ment, des familles qu'elle met en danger, et il y a de la honte. Tellement de honte. Pourtant, chaque fois, ça a semblé valoir la peine.

Mais ensuite, elle est devenue insatiable. Et le désir de lui s'est immiscé dans son esprit à des moments où il n'aurait pas dû. Puis elle s'est sentie anxieuse quand un jour passait sans apercevoir sa silhouette, ce rappel du fait qu'elle pourrait avoir cette sensation de nouveau, si elle en avait besoin. Et est-ce que c'était lui, spécifiquement ? Ou est-ce que c'était simplement ça : il n'est pas le mari qui est meilleur qu'elle, il n'est pas son obligation implacable, et elle ne le déçoit pas encore et encore. Il n'est pas fondu avec elle comme un métal lourd.

Le plaisir est devenu une addiction. Il n'y avait plus de contrôle, plus aucun contrôle.

Elle frappe son poing contre son cœur à présent. Et elle repense à la nuit de mercredi.

L'infirmière dit qu'elle va lui apporter un verre d'eau, qu'elle doit prendre soin d'elle. Être forte. Que sa famille a besoin d'elle. Elle la guide jusqu'à la chaise de l'autre côté de Xavier. Mais elle ne veut pas porter le verre en polystyrène à sa bouche. Elle refuse de se sentir forte. Elle s'est sentie forte avant. Elle s'est sentie invincible, elle a tenu les rênes pendant des décennies. Maintenant c'est fini. Elle rend les armes.

46

Septembre
Le jardin des Loverly

Aiden et Blair sont les derniers à la fête. Le traiteur est parti. Les jumeaux sont dans leurs lits. Blair aide Whitney à nettoyer l'îlot de cuisine et à couvrir la nourriture qui a seulement été grignotée. Elles sont inhabituellement silencieuses.

Chloé et Xavier viennent dans la cuisine, et il déballe le plateau des desserts, enfonce ses doigts dans les fruits soigneusement arrangés, en extrait une tranche d'ananas. Chloé se niche sous le bras de sa mère et enfouit son visage dans sa poitrine.

« Ne touche pas à la nourriture, s'il te plaît, Xavier », dit Whitney.

« Est-ce que tu veux jouer aux échecs avec nous ? » Xavier s'adresse uniquement à Blair. Whitney retire sa main des fruits. Il proteste, elle lui dit de se taire. Elle lui essuie les doigts avec le torchon. Elle déplace un verre de vin en dangereuse position au bord de l'îlot de cuisine. Il fait toujours ce qu'elle ne veut pas qu'il fasse, et elle aimerait ne pas tant le remarquer, être imperméable à ces irritations.

« J'aimerais beaucoup jouer avec toi, Xavi, mais il est tard. » Le visage de Xavier se décompose, Blair lui touche les cheveux. Elle lui frotte les bras et cherche à accrocher son regard, puis elle lui sourit gaiement, et il retrouve le sourire à son tour. Whitney les observe en se demandant s'il arrive à son amie de faillir. De crier. De hurler.

« Dis au revoir maintenant, Xavier. À la douche », lance Whitney, mais il l'ignore.

« Est-ce que tu sais que la plus longue partie d'échecs au monde s'est jouée en 269 coups ? Ou peut-être 629. » C'est à Blair qu'il raconte ça, mais il scrute Whitney avant de reprendre la parole. Elle est en train d'arranger les fruits sur une assiette plus petite, en évitant son regard. « Une fois, j'ai joué une partie avec, genre, 120 coups. Le professeur du club d'échecs a dit que c'était la plus longue partie qu'il avait jamais vue.

— Waouh, trop bien. Est-ce que tu peux venir la semaine prochaine me donner une autre leçon ? »

Il acquiesce, enfonce ses doigts dans le glaçage des mini-cupcakes et les lèche. Il n'est pas aussi bavard d'habitude. Whitney observe en silence. Elle veut que Blair parte.

« Et est-ce que tu sais que le plus long vol d'un avion en papier est de 29,2 secondes ? Avec un pliage appelé le Star Fighter. J'en ai déjà fait un. Il faut pincer le bout, comme ça. » Il serre le nez de Chloé entre son pouce et son index et elle glousse avant de le repousser.

« Xavier, je t'ai dit d'aller prendre ta douche. »

« Chloé, est-ce que tu peux aller dire à papa qu'il est temps de rentrer ? » Blair l'embrasse, lui tapote les fesses, et laisse échapper un soupir d'aise. Comme s'il n'y avait pas de tension. Ce soir, cette feinte donne à Whitney l'impression d'être stupide, et que Blair lui accorde sa pitié.

« Est-ce qu'on va faire comme si rien ne s'était passé ? » demande Whitney.

Les paroles de Whitney sidèrent Blair. Elle ne sait quoi répondre. Est-ce que ce n'est pas ce que nous faisons l'une pour l'autre ? pense-t-elle. Fermer les yeux ? Protéger chacune la dignité de l'autre ? Comment oses-tu me faire ça, ressasse Blair, comment oses-tu m'humilier. Elle est sidérée que Whitney amène le sujet d'Aiden en train de la reluquer aussi frontalement. Elles n'ont encore jamais vécu de confrontation, et elle se sent submergée de gêne. Elle se tourne pour regarder à l'arrière de la maison vers le jardin, pour voir si Aiden arrive. Pour s'assurer que Chloé ne peut pas les entendre.

Mais Whitney ajoute : « Le fait que j'ai crié sur lui, là-haut. J'ai pété un plomb. C'était terrible, hein. »

Blair expire. Les cris, c'est de ça qu'elle parle. Les bras de Whitney sont maintenant croisés sur sa poitrine, comme si elle avait fini par admettre que son choix de robe était discutable pour un barbecue entre voisins, et Blair voit que son audace l'a enfin quittée. Blair coupe l'eau de l'évier et essore le torchon. Elle sait qu'elles ne sont pas en train de parler du fait que Whitney l'a traité si cruellement. Plutôt du fait que tout le monde a entendu.

« Écoute, tu ne peux pas te rendre malade pour ça. Les gens vont oublier.

— Non, ils n'oublieront pas.

— Xavi a déjà oublié – il était de très bonne humeur à l'instant. » Blair sait pertinemment que souligner à quel point son fils est joyeux quand elle-même est là blessera son amie. Whitney appuie une main sur son front.

Blair pourrait aisément soutenir que les cris venant de la chambre n'étaient pas aussi graves qu'ils n'étaient, et parler sans s'arrêter jusqu'à ce que Whitney en soit convaincue. Un mensonge de ce genre permettrait à Whitney de se sentir mieux. Mais Blair pense aux seins parfaits de Whitney offerts à tous les regards, et à la note de traiteur payée sans un coup d'œil au montant total, à Whitney l'attirant pour danser alors qu'elle sait qu'elle déteste ça. Et Blair décide qu'elle ne veut pas lui rendre les choses plus faciles.

« Ce que tu as dit au sujet de Xavi aux mamans de l'école. Après. Sur les problèmes graves qu'il a en ce moment, et le fait de consulter un spécialiste du comportement. C'est vrai ? »

Whitney repose le plateau de desserts à peine entamé. Sa mâchoire inférieure glisse et Blair regrette d'avoir abordé le sujet. À l'embarrassante démonstration de rage s'ajoute le mensonge sur son fils.

« Il fallait que je trouve quelque chose à leur dire, Blair. Elles pensent déjà que je suis une mère indigne.

— Elles ne pensent pas ça. Elles savent que tu es très occupée. » Une pause. Blair pourrait continuer à être rassurante. Au lieu de ça, elle dit : « Je voulais juste m'assurer que tout allait bien pour lui. Qu'il n'y avait rien de préoccupant à son sujet. Est-ce qu'il a des difficultés avec quelque chose, est-ce que…

— C'était un pur mensonge. Il va très bien, et tu le sais. »

Blair pense en elle-même, pour la première fois : *Est-ce que je le sais, vraiment ? Est-ce que je suis certaine que Xavier va bien ? Est-ce que Whitney pense vraiment qu'il va bien ?* Blair imagine ce que ça fait d'être la cible de cette colère explosive. La fréquence à laquelle ça doit se produire. Elle voit combien le petit garçon est agréable et facile quand il vient chez elle, sans Whitney.

Whitney s'apprête à dire quelque chose quand Aiden et Jacob rentrent du jardin.

« Super fête, Whit, merci. » Aiden lui touche l'épaule, l'embrasse sur la joue pour la saluer. « J'ai une bouteille de tequila à 300 dollars avec ton nom dessus, un cadeau d'un client. Il faut que tu la goûtes. Je te l'apporterai.

— Quand tu veux, oui. » Mais Whitney s'agite en tous sens, elle tripote le film plastique. Elle ne le regarde pas. Chloé tire Aiden loin d'elle, elle le guide vers la porte.

Dans la cuisine, Whitney lance à Blair un dernier regard qui dit : Je pensais que tu étais de mon côté. Je pensais que je pouvais compter sur toi pour arranger ça. Ce que Blair n'avouera jamais, c'est que ce n'est pas la rage de Whitney qui la tracasse le plus, ni même le mensonge au sujet de Xavier. Ce qui la perturbe, c'est le naturel avec lequel Whitney a menti. Avec quelle facilité ces mots ont semblé rouler de sa langue.

Blair est en train de suivre sa famille hors de la cuisine quand elle entend la voix de Whitney, tout bas.

« Blair, il y a autre chose. »

Whitney regarde derrière son épaule vers la porte d'entrée, où Aiden parle avec Jacob tandis que Chloé fait ses lacets. Ils sont hors de portée de voix. Les mains de Whitney glissent à l'arrière de ses hanches, et elle se mord la lèvre, et ça rend Blair plus nerveuse encore. Whitney ouvre la bouche, elle a quelque chose à dire, quelque chose qui assombrit son regard et indique à Blair que maintenant c'est Whitney qui éprouve de la pitié. Que Blair a une raison d'être inquiète. Ce court intervalle de silence suffit à Blair pour savoir qu'elle ne peut pas entendre ce qui s'apprête à sortir de la bouche de Whitney. Elle a la terrible intuition que ça concerne Aiden. Elle la coupe avant le premier mot.

« Il faut que j'y aille, Whit, je suis désolée. »

La mâchoire de Whitney se referme. Blair s'attend à ce qu'elle soit contrariée, mais au contraire, elle semble soulagée. Plus que tout le reste de la fête, c'est ce soulagement qui l'inquiète, ce moment qu'elle se rejouera dans les jours qui viendront. Avant que Whitney ne se tourne à nouveau vers le film plastique, Blair sent son regard s'attarder sur le short vert olive qu'elle porte, sur les poches encombrantes, les ourlets froissés, roulottés, et quand elle rentre chez elle, elle le jette dans la poubelle sur le côté de la maison.

47

Blair

Blair est assise sur le banc à côté de la porte d'entrée, avec la carte de Chloé et la maquette d'avion de Xavier dans ses mains. Elle a imaginé que Whitney pouvait avoir une responsabilité dans ce qui est arrivé à Xavier, mais c'est peut-être sa propre fille la coupable. Elle n'est pas sûre de pouvoir aller à l'hôpital, maintenant qu'elle sait ce qu'a fait Chloé. Elle a googlé sur son téléphone des phrases qui semblaient insensées : *Est-ce qu'un enfant de dix ans peut se suicider ? Taux de suicide chez les enfants de moins de douze ans.* La pression se resserre autour de son crâne, de l'arrière de sa tête jusqu'à ses tempes. Il est si jeune. Mais elle le voit maintenant – il y avait quelque chose de sombre en lui. Toujours une tristesse. Ça faisait partie de ce que Whitney ne pouvait pas supporter, sa mélancolie, sa nervosité. Son mal-être.

« Elle allait bien quand tu l'as déposée ? »

Aiden est debout à côté d'elle, sa veste de costume suspendue à son index ; il est en retard pour le travail.

« Apparemment. Je vais envoyer un mail à sa maîtresse, je ne sais pas exactement ce que sait l'école. » Elle replie ses doigts tremblants sur ses genoux. Elle ne parvient pas à répéter ce que Chloé lui a dit. Elle a besoin de garder le contrôle de cette histoire et de la faire disparaître. Et si Xavier meurt ? Elle ne pourra pas les laisser porter cette culpabilité pendant des années, avec les enfants de l'école, les professeurs. Les parents. Non. Il faut qu'elle aille au-devant de tout ça avant que les gens ne se fassent leur idée de pourquoi c'est arrivé. « Je pense que je vais retourner voir Whitney à l'hôpital. »

Elle regarde Aiden se pencher pour attraper ses belles chaussures, avec un léger rictus. Elle guette sa réaction à la mention du nom de Whitney, mais il ne dit rien. Elle n'a pas pensé à eux deux baisant ensemble depuis une heure. Elle n'arrive pas à décider si elle regrette de lui avoir montré la clé ou non.

« Est-ce que je peux te demander quelque chose ? » dit-elle lentement. Elle veut se laisser le temps de reculer. Mais c'est sa famille. Sa fille. « Tu ne trouves pas étrange que personne ne parle de la façon dont Xavier est tombé ? Qu'est-ce qu'il faisait à sa fenêtre si tard la nuit ? Est-ce qu'il était vraiment seul ? »

Aiden soupire, fait ses lacets. « Je ne sais pas, je

n'y ai pas vraiment pensé. Ils ont sans doute posé des questions à l'hôpital et ils en ont conclu que c'était un accident. On n'a aucun intérêt à faire des spéculations, si ? »

Blair ouvre la carte et lit le message de Chloé. *Je t'aime Xavi. Je veux qu'on soit amis pour toujours.* « Mais si tu devais spéculer. Si tu devais deviner. »

Il pose ses avant-bras sur ses genoux et garde le visage baissé. Il hoche subtilement la tête en réfléchissant. « Tu sous-entends que Whitney aurait perdu le contrôle avec Xavier. »

Blair ne dit rien. Si Aiden avait une aventure avec Whitney, il voudrait à tout prix se dissocier d'elle, maintenant que son monde est au bord du chaos. On ne peut pas compter sur elle pour rester discrète, pas dans son état de crise. Leur liaison devrait nécessairement prendre fin. Peut-être qu'il a été secoué en voyant la clé. Peut-être qu'il a décidé de commencer à se protéger. Et peut-être que ça pourrait être positif pour leur famille.

Blair veut qu'il continue de parler, pour ébaucher un récit qu'ils puissent construire ensemble pièce par pièce jusqu'à ce que ça ressemble à la vérité. Ils ont besoin d'une autre histoire que celle qui incrimine Chloé. Une hypothèse que Blair pourra suggérer, discrètement, délicatement, à tous ceux qui poseront la question. Le flot de messages ne devrait pas tarder, elle s'y attend d'un instant à l'autre. Face à Aiden, elle insiste : « Je veux dire, les accidents arrivent. Mais ça ne fait pas vraiment sens. Et Jacob n'était pas là, et Louisa déjà rentrée chez elle. Donc s'il s'est réveillé et qu'il ne s'est pas rendormi… S'il a été difficile avec elle. S'il l'a poussée à bout. S'il l'a mise en colère. Peut-être qu'elle a juste… dérapé. »

Elle pourrait mentionner la tasse de café brisée dans la chambre de Xavier, sauf que ça impliquerait de lui avouer qu'elle est allée là-bas. Elle attend sa réaction, mais il garde les yeux rivés au sol.

« C'est une accusation très grave. »

Elle reste silencieuse. Il a l'air pensif, comme s'il réfléchissait à une idée. Et puis :

« Je suppose que tu fais partie de ceux qui la connaissent le mieux », dit-il. Il réfléchit encore. « C'est certainement possible. Mais si quelque chose de ce genre est arrivé cette nuit-là, Whitney ne l'admettra jamais devant personne, on peut en être sûrs. Elle mentira pour s'en sortir. »

Le sang tambourine dans les tempes de Blair quand il parle, la tension monte dans son crâne. Elle ferme les yeux. Il a ses propres raisons de vouloir qu'elle suive son idée, elle le sent. L'implication la dégoûte, mais c'est ce dont elle a besoin. Quelque chose qu'ils puissent mentionner à Rebecca en prenant l'air inquiet. Et aux femmes de l'école qui voudront en savoir plus. Aux voisins curieux. « Pourquoi tu dis ça ?

— Écoute, je n'ai pas envie de dire du mal d'elle, surtout pas maintenant. Mais elle se fait toujours passer en priorité, non ? Pourquoi ce serait différent cette fois-ci ? » Il hausse les épaules. « Et si Xavier ne s'en sort pas, alors… il n'y aura personne pour la contredire.

— Aiden. » Ça ne lui ressemble pas, cette froide lucidité. Jusque-là, il avait plutôt tendance à considérer Whitney comme inoffensive. Quelque chose a changé. Et bien que Blair en ait besoin, leur déloyauté la perturbe. Elle pense à Xavier, inerte dans son lit d'hôpital. Au handicap auquel il devra sans doute faire face s'il vit.

« Je suis désolé, je sais que c'est rude. Mais c'est toi qui m'as posé la question. Sur ce sujet comme sur d'autres, je prendrais sa version avec des pincettes. C'est tout ce que je dis. » Il se penche de nouveau et lace sa deuxième chaussure. Il prend sa mallette. Il s'apprête à sortir, quand il se retourne. « Tu es sûre que c'est une bonne idée d'aller à l'hôpital aujourd'hui ? Ça a eu l'air dur hier pour toi. Reste à la maison et essaie de penser à autre chose. »

Elle lit sur son visage. Hier, il a insisté pour qu'elle se rende immédiatement au chevet de Whitney, mais maintenant il ne veut plus qu'elle l'approche. Il veut qu'elle pense que Whitney est une menteuse. Une mauvaise personne. Ses joues sont inhabituellement colorées. Son front est humide. Elle baisse les yeux vers l'aération qui souffle de l'air frais dans le vestibule, vers la chair de poule sur ses propres bras. Elle sait qu'elle doit retourner la voir.

48

Mara

En entendant crisser les pneus de Blair, Mara se demande s'il y a de mauvaises nouvelles. Si elle part à l'hôpital. Elle risque d'être surprise de voir qui d'autre est là-bas. Bien que, comme la plupart des choses intéressantes à savoir ces derniers jours, ça ne la regarde pas. Et ces femmes ne sont certainement pas intéressées par ce qui lui est arrivé, à elle.

Elle croise ses chevilles et replie les bras. Ce matin, elle a froid dans la véranda, pourtant elle ne parvient pas à se décider à s'habiller, à se brosser les dents, à manger. Depuis hier, elle n'est pas parvenue à se concentrer. Elle se demande combien de temps il va falloir à ses voisins pour remarquer que son mari n'est plus là. Ils ne connaissaient pas plus Albert qu'ils ne la connaissent elle, mais si ça avait été le cas, ils l'auraient trouvé aussi sympathique que n'importe qui. Travailleur. Dans une conversation, il posait les bonnes questions. Soixante-deux ans de mariage, auraient-ils souligné, incrédules. Ils répéteraient le nombre, en essayant d'évaluer à quel point ça devait sembler long ; Mara serait surprise que l'un d'eux ait l'occasion de le découvrir par lui-même.

Tout le monde s'imaginera qu'elle a eu le cœur brisé à la seconde où il est mort sur le sol de sa cuisine.

Albert cachait bien sa cruauté.

Les gens sont rarement qui ils semblent être.

Et parfois, ce sont les bonnes personnes qui font les pires choses.

Hier, tandis qu'elle était assise sur le canapé du sous-sol et s'apprêtait à plier la dernière pile de linge, elle avait entendu Albert l'appeler de la cuisine.

Pour l'amour de Dieu, il ne peut pas attendre quelques minutes ? avait-elle marmonné pour elle-même.

Elle lui avait répété deux fois qu'elle descendait s'occuper du linge. Elle n'allait pas remonter pour voir ce qu'il voulait, puis redescendre pour finir le pliage, et remonter encore avec le panier. Quel que soit son problème, il faudrait qu'il attende.

Il l'avait appelée de nouveau. Deux fois. Trois. Elle s'était interrompue, un tricot de corps jaunissant dans les mains. Et elle avait entendu quelque chose s'écraser sur la table de la cuisine, et puis le pied en métal de la chaise, et puis un bruit sourd sur le sol.

Son cœur avait bondi. Elle s'était assise toute droite

et avait fixé la pile de vêtements. Il y avait eu un autre bruit, un grognement, un gémissement, et puis son nom à elle, peut-être. Et puis son nom, c'était certain. Et sans doute une prière marmonnée. Dans son champ de vision, elle avait cru voir la silhouette de Marcus, à côté de sa vieille chaise de cuisine dans l'angle ; Albert avait insisté, ils n'en avaient plus besoin à table. L'apparition était éthérée, comme de la fumée. Elle avait tourné la tête vers le bas de l'escalier du sous-sol et écouté.

Elle avait pris le tricot de corps sur ses genoux et l'avait plié en deux. Puis en quatre. Elle avait entendu quelque chose marteler le sol, son pied, peut-être. Elle avait placé le tricot sur la pile vacillante, les mains tremblantes. Et puis elle avait attrapé le jogging bleu marine d'Albert. Elle l'avait lissé. Elle avait dégluti. Elle l'avait plié. Une ambulance. Il faudrait qu'elle appelle une ambulance. Elle plierait juste un dernier vêtement. Elle ne regarderait pas la silhouette de Marcus de nouveau, elle ne laisserait pas son esprit lui jouer des tours comme ça.

Elle avait attrapé un autre tricot de corps d'Albert, taché aux aisselles et au col. Sa bouche était sèche, elle fixait le coton miteux sans parvenir à déglutir. Au cours des années, elle avait déjà pensé à cette possibilité, elle s'était demandé comment ça se passerait. Elle avait même fantasmé ce moment. Elle avait plié le tricot de corps. Attrapé le suivant. Et puis le suivant. Et le suivant. Et le suivant.

Je vais monter maintenant. Je vais le faire, avait-elle finalement murmuré, quand elle avait été sûre qu'en haut les bruits avaient cessé. Quand elle avait été certaine qu'il était trop tard. Ses jambes étaient faibles lorsqu'elle s'était levée. Elle avait placé le panier sur sa hanche, traversé lentement le sous-sol jusqu'à l'escalier. Elle aurait juré qu'elle avait senti Marcus dans la pièce.

« Je ne sais pas ce qui s'est passé, je suis montée et j'ai été choquée de le voir là, sur le sol, voilà le mensonge qu'elle avait raconté aux ambulanciers. Il a un problème au cœur. »

Quand ils lui avaient accordé une minute seule dans la cuisine pour lui dire adieu sur le brancard, elle avait posé ses lèvres tout contre son oreille, comme Marcus le faisait avec elle avant qu'Albert ne lui retire ses murmures. Et elle avait chuchoté ce qu'elle voulait lui dire depuis des décennies :

« Je te déteste pour la façon dont tu l'as traité. J'ai toujours souhaité que ce soit toi qui sois mort. »

49

Blair

Elle montre son pass visiteur en longeant l'accueil jusqu'au couloir qui mène à la chambre de Xavier. L'infirmière de la veille lui dit que Jacob vient juste de partir – il est allé voir les jumeaux. Elle est plus nerveuse qu'elle ne l'a été sur la route, quand elle était déterminée à découvrir ce qui se passait vraiment. Tous les murmures qu'elle ignore si habilement lui hurlent dessus à présent, et dans la voiture elle a été traversée d'une bouffée de certitude. Elle sait quelque chose. Elle peut se faire confiance. La clé, la façon dont Whitney l'a traitée la veille, Aiden qui a cherché à la convaincre que Whitney est une menteuse.

Mais à présent, Blair fixe la porte de la chambre d'hôpital et cette conviction fond comme neige au soleil. Elle ne parvient pas à chasser les mots de Chloé de son esprit. La chappe de la culpabilité pèse sur ses épaules. Elle pousse lentement la porte, en se demandant si Whitney va lui demander de partir cette fois encore. Elle est toujours sur la même chaise, enveloppée dans le pull que Blair a apporté la veille, en train de caresser la main de Xavier avec son pouce. Elle ne lève pas la tête.

Il y a plus de machines que la dernière fois, plus de pochettes de liquide qui se déversent en lui. De la gaze scotchée sur son cœur et deux fins tubes blancs qui en dépassent, l'autre extrémité plongeant dans son cou. Une partie de son crâne a été rasée. Il a à peine l'air d'être là. Blair avait oublié le gonflement des paupières, la minerve en plastique autour de son cou. Elle pose ses doigts sous ses yeux pour retenir les larmes. De l'autre côté de son lit, elle saisit sa main chaude et flasque.

Si tu mourais, tout le monde s'en ficherait.

Il a déjà l'air mort.

Elle a la tête qui tourne.

Il a seulement dix ans. Mais il était plus mature que son âge. Et il n'était que l'ombre de lui-même pendant cette année scolaire. Il s'étiolait, tandis que Chloé s'épanouissait. Il se repliait sur lui-même, tandis que Chloé se rapprochait des autres filles. Blair sent sa honte grandir. Elle s'efforçait de faire de sa fille quelqu'un de bien. Pourtant, quelque part sur la route, elle a échoué.

Elle approche sa bouche de l'oreille de Xavier.

« Chloé ne le pensait pas, murmure-t-elle. Elle est tellement désolée. »

L'infirmière frappe à la porte pour dire que le chirurgien arrive dans une minute. Blair se lève et s'essuie le visage. Elle ne peut pas comploter contre Whitney – elle ne peut pas chercher à en faire la méchante de l'histoire, si la véritable responsable est sa propre fille. Ce n'est pas juste. Elle n'est pas ce genre de personne.

Tout ce dont elle a besoin, c'est que Whitney lui donne une raison d'arrêter d'imaginer le pire sur elle et Aiden, d'arrêter d'être obsédée par la clé. N'importe quoi.

« Est-ce que j'ai fait quelque chose de mal ? » demande Blair. Sa voix tremble. « Ou est-ce que c'est à propos de Chloé ? »

Whitney lève enfin les yeux de Xavier. Elle fixe le mur derrière Blair. « Je ne peux pas parler de ça maintenant, Blair, je t'ai demandé de ne pas…

— À propos de ce que Chloé a fait à la récréation ? »

Whitney est étrangement impassible.

« Allez, Whit, on est plus proches que ça. » Blair tend la main vers son bras. Elle voudrait la secouer pour la réveiller, la pincer jusqu'à ce qu'elle parle, et mettre enfin un terme à cette tension ridicule entre elles, mais Whitney dégage son bras.

« Blair, s'il te plaît. » Whitney a l'air irritée. Elle secoue la tête. Elle ferme les yeux juste un moment, comme Blair l'a vue faire quand ses enfants la contrarient. Elle reporte son regard sur son fils.

Blair se sent humiliée. Elle s'est trompée – elles ne sont pas plus proches que ça. Aux yeux de Whitney, elle ne représente pas grand-chose.

La trahir a dû être tellement facile.

La clé qu'elle a trouvée dans le tiroir de Whitney est dans la poche de son manteau. Une grenade dégoupillée. Elle la sort de sa poche et la tient à quelques centimètres du visage de Whitney.

« Pourquoi tu as ça ? » demande Blair.

Whitney tourne lentement son regard vers le porte-clés d'Aiden. Les initiales. Ses yeux ne cillent toujours pas. Et puis son expression change, comme si elle venait de penser à quelque chose. Quelque chose a enfin réussi à l'arracher à sa torpeur. C'est seulement là que Blair réalise ce à quoi elle-même va devoir répondre.

Whitney lève les yeux : « Je pourrais te poser la même question. »

50

Rebecca

Le sang coule depuis trois heures et les contractions n'ont pas encore commencé, mais elle a pris trois comprimés de naproxène. Elle veut s'évaporer dans un endroit où elle ne peut rien sentir. Elle est au bord du sommeil, elle s'imagine sur une table d'opération, se découpant elle-même avec un scalpel, écartant ses entrailles, jetant chacun de ses organes reproductifs dans un chariot en métal et le poussant à travers la chambre stérile. Elle voit les instruments qui s'entrechoquent, les haricots en acier heurtant bruyamment le sol, son utérus explosant comme un ballon d'eau. C'est le bruit de l'éclaboussement qui la réveille.

Elle ouvre les yeux, voit la lampe sur sa table de chevet, le verre d'eau vide, l'agenda de poche. Trois secondes, quatre, et elle se rappelle. Elle ne veut pas vivre ce qui l'attend.

C'était sa dernière chance. C'est fini pour elle.

Cette fois, ça y est, il n'y a plus d'espoir du tout, et l'injustice est insupportable. Elle enfonce son visage dans l'oreiller.

En bas, elle arpente la cuisine, elle pousse des choses, les chaises, la poubelle. Elle jette ses clés à travers la pièce. Tandis que le brouillard des médicaments commence à se dissiper, elle attend que la douleur s'empare du bas de son dos. Son cerveau reconnaît ce qui s'annonce et son corps est tendu, déjà épuisé. Le creux sous sa langue se remplit de salive et elle crache, sa tête penchée sur l'évier.

Ben n'a pas envoyé de texto, il ne l'a pas appelée. Il est presque midi. Son visage se froisse de regret de lui avoir parlé de la grossesse. Quatre heures et demie trop tôt. Elle donne un coup de poing sur la porte du placard.

Il pourrait rentrer à tout instant et dire qu'il le sent – l'espoir. La meilleure chance qu'ils aient jamais eue. Lui dire qu'il lui pardonne, qu'il lui est reconnaissant de n'avoir jamais abandonné, qu'en fin de compte elle avait raison pour les miracles. Et elle tombera à genoux.

En se tenant le bas du dos, elle marche jusqu'à la fenêtre du salon pour le guetter. Elle voit onduler une tache rose corail – la chemise de nuit en coton de Mara, dans la brise. Elle est toujours sur l'escalier. Elle n'est pas partie. Rebecca ouvre la porte, pourtant Mara se tourne à peine pour lui parler.

« Je voulais m'assurer que tu allais bien, dit-elle.
— Merci. Mais tu peux y aller, vraiment. Tu as laissé ta porte ouverte. » Elle croit entendre le téléphone de Mara sonner. « Albert est là ? C'est ton téléphone ? » Mara ne semble pas l'entendre. « Ben va bientôt rentrer à la maison, ça va, vraiment.
— Ben est parti à l'hôpital. Je l'ai entendu le dire au chauffeur de taxi quand il est parti. » Elle fait un geste en direction de la rue.

« À l'hôpital ? » Rebecca pense à la chambre des urgences où ils sont allés la première fois. Elle n'arrive pas à comprendre comment il peut savoir qu'elle est en train de perdre le bébé une fois de plus. Ni pourquoi il irait à l'hôpital sans elle. Elle ne comprend rien.

« L'hôpital où tu travailles, précise-t-elle. Celui où est le garçon d'à côté. Et sa mère. »

Rebecca cherche une explication. Ben a dû penser qu'elle avait été rappelée pour une consultation. Il doit être en train de la chercher.

Mais c'est le ton de Mara quand elle dit : *sa mère.* La façon dont elle hausse les sourcils. La façon dont maintenant elle appuie son pouce contre la paume de son autre main.

Mara la regarde de nouveau. Rebecca observe sa poitrine qui se soulève et puis retombe, une longue respiration pesante.

Elle laisse la porte d'entrée ouverte et se retourne pour ouvrir l'ordinateur portable de Ben sur la table de cuisine. Elle n'a jamais fait ça auparavant, violer son intimité. Elle n'a jamais eu de raison de le faire. Mais elle ouvre l'écran et clique sur l'icône des mails. Elle tape le nom de Whitney dans la barre de recherche et appuie sur entrée.

De : Whitney Loverly (Pas d'objet)
Date : 2 novembre 2018

Un mail. Un seul. Elle imagine déjà ce qu'elle va lire : Peux-tu sortir la poubelle pour nous pendant qu'on n'est pas là ? Récupérer notre courrier ?

Hey ! Encore merci pour le nouveau gant, il l'adore. Mais je tiens à ce que tu me laisses te rembourser. Si Rebecca travaille ce soir et si tu as envie de compagnie, passe boire un verre comme la dernière fois. Au fait, je voulais te demander – peut-être que par textos c'est mieux ? W.

51

Blair

C'est seulement une fois dans le parking de l'hôpital, alors qu'elle cherche furieusement ses clés dans son sac, qu'elle s'aperçoit qu'elle a oublié de donner à Xavier la carte de Chloé et le moulage d'avion. Chloé lui posera la question à la seconde où elle entrera dans la maison. Et un cadeau serait une bonne chose à son crédit. Elle passe son pouce sur l'autocollant American Airlines décoloré sur le flanc de l'avion jauni. Il devait être à Jacob quand il était petit. Elle le laissera devant la porte.

Elle glisse la tête dans la chambre pour voir si le chirurgien est déjà là. À la place, elle distingue Jacob, de dos. Elle a dû le rater de peu dans le couloir.

Il tend sa main vers la joue de Whitney. Elle se dégage doucement. Il recommence, et cette fois elle ne bouge pas. Ses cheveux lui couvrent le visage, et ses épaules se mettent à trembler. Elle pleure – la visite de

Blair a dû la bouleverser. Jacob glisse sa main à la base de son cou et la caresse avec son pouce, tandis que la tête de Whitney se rapproche lentement de son torse, comme si elle était enfin soulagée. Ses mains glissent dans l'encolure de sa chemise. Et puis il se retourne.

Blair sursaute et s'éloigne de la vitre, mais avant de détourner les yeux, elle est prise sur le fait – par Ben. Il baisse immédiatement la tête tout en remuant les lèvres. Il dit quelque chose à Whitney. Quelques mots paniqués. Whitney se tourne dos à lui et à la porte. Ben va à l'autre bout de la chambre, où il sait que Blair ne peut pas le voir.

Elle dépose l'avion et la carte sur le sol devant l'entrée de la chambre. Elle ne peut pas analyser exactement ce dont elle vient d'être témoin, mais quelque chose désormais les implique tous les trois, et chaque seconde est plus lourde que la précédente tandis que la situation semble plus limpide.

En pressant le bouton de l'ascenseur, elle revoit la façon dont Ben a touché le visage de Whitney, son cou. Ces gestes d'intimité sont plus choquants que les visions pornographiques qui la torturent depuis des semaines. Elle appuie de nouveau sur le bouton et les portes de l'ascenseur s'ouvrent. Les répercussions sont si nombreuses qu'elle peut à peine les considérer une à une. Ça concerne Jacob et Rebecca. Pas elle. La clé ne signifie rien.

Aiden. Aiden, qui avait vu juste sur le genre de

personne qu'est Whitney. Aiden, qui n'est pas parfait, mais qui lui pardonne sa façon de le traiter, parce qu'il l'aime. Aiden, qui a toujours été là pour leur famille. Il ne lui ferait pas ce genre de choses. Peut-être qu'il se rince l'œil, peut-être qu'il fantasme, mais il ne caresserait pas le visage d'une autre femme avec la tendresse qu'elle vient d'observer. Il n'a rien à voir avec ces deux-là. Après ce dont elle vient d'être témoin, elle n'en a jamais été aussi sûre. Elle a envie de se recroqueviller sur le sol de l'ascenseur pour pleurer de soulagement.

L'ascenseur sonne. Parking niveau 4.

Elle veut partir le plus loin possible de ce qui se passe dans cette chambre d'hôpital. Cette honte. Ce goût putride qu'ils lui ont laissé dans la bouche. Ils devront tous les trois faire semblant qu'elle ne s'est jamais trouvée là.

Dans la voiture, pourtant, elle ne parvient pas à se décider à mettre le contact. L'adrénaline est retombée et sa gorge se serre. Elle tremble. Elle rentre le menton et presse ses tempes aussi fort qu'elle peut. Quand elle relève la tête, elle pousse un cri monstrueux. Ce dont elle n'a été capable qu'une seule autre fois, quand elle a mis Chloé au monde. Elle laisse le son emplir la voiture aussi longtemps que ses poumons le permettent, elle se sent hors d'elle-même, grande ouverte, elle est tout ce qu'elle ne s'est jamais autorisée à être. Elle sent la réverbération de sa voix longtemps après qu'elle ne peut plus l'entendre.

Elle regarde autour d'elle les voitures sombres et vides. Elle est épuisée.

On dirait que tout le monde pense uniquement à lui-même. Quand a-t-elle déjà fait un choix qui ne relève que de ses besoins, de ses désirs ? Se faire passer avant sa propre famille ? Mettre *leur* bonheur en danger au profit du sien ? Jamais, quel qu'en ait été le coût pour elle. Elle n'a jamais été si égoïste, si téméraire, si cruelle. Elle est une mère. Elle est une épouse. Elle est une bonne personne.

Elle tape sa main contre la fenêtre de la voiture. Sa gorge est à vif.

Elle a toujours l'annonce immobilière de l'appartement, même s'il est loué depuis longtemps maintenant. Elle est roulée à l'arrière du tiroir fourre-tout dans la cuisine. Elle avait eu un rendez-vous à la banque quelques jours plus tard, puis un coup de téléphone avec un avocat en droit de la famille, un de ces gros cabinets qui proposent vingt minutes de conseil gratuites. Elle avait eu besoin de savoir ce que ça faisait. Et elle y repense tous les jours depuis. Juste pour voir.

Mais qui est-elle sans cette vie, si elle n'est pas cette mère, cette épouse ? Qui est-elle ?

Elle se mouche et puis elle regarde l'heure. Il faut qu'elle fasse les courses pour le dîner. Et qu'elle trouve des sacs pour les déchets verts parce que le camion passe demain. Ces responsabilités prosaïques n'en finissent pas. Parfois, ces responsabilités sont tout ce qu'elle a. Elle prend une profonde inspiration, et elle presse l'air de ses joues gonflées. Elle redresse son dos. Elle met sa ceinture de sécurité. Et elle démarre enfin.

52

Blair

QUATRE MOIS PLUS TÔT

« À quelle date voudriez-vous emménager ? Le 1er mars ? »
Elle secoue rapidement la tête. Elle n'aime pas la question, qui a quelque chose de trop certain. « Pas d'impératif. Je suis flexible. »

Elle passe son doigt sur le comptoir et ouvre un placard vide dont les étagères sont recouvertes de papier peint floral. Une vieille femme vivait seule ici. Elle y est peut-être morte. Blair s'imagine remplir le placard de choses qu'elle est la seule à aimer. Comment ce serait d'être débarrassée de la douzaine de boîtes de conserve périmées, des épices inutiles, des céréales intactes et du sac de marshmallows rassis.

Dans la pièce principale de l'appartement, elle pose sa main sur la vitre de la fenêtre, parce que c'est quelque chose que font les gens. Quelque chose qui a à voir avec la déperdition énergétique, elle ne sait pas exactement. Il y a une poignée qui pivote et laisse l'air entrer à travers une ouverture de quinze centimètres. Si elle vivait sans Aiden, elle pourrait laisser la brise fraîche entrer toute la nuit. Il tient à ce que la pièce soit chaude.

La douche est combinée avec une baignoire peu profonde. Un panneau de verre bullé sur le côté, sur un rail noir de crasse. Mais elle peut nettoyer la moisissure. Et le miroir. Elle peut remplacer la lampe au-dessus du lavabo, qui est digne d'un motel.

Il y a un placard dans lequel ont été laissés des cintres. Elle pense aux enfants adultes qui ont sans doute nettoyé les affaires de la morte. Elle attrape un cintre et le renifle, s'attendant à y trouver l'odeur de la mort. De la solitude. Un parfum floral. Mais rien.

Dans ce placard, ses vêtements seront rangés selon un ordre nouveau, et en dessous un seul panier à linge sale attendra d'être rempli. Parfois, elle portera toute la journée une tenue que personne ne verra avant qu'elle ne l'enlève de nouveau.

Elle se tourne vers l'endroit prévu pour le lit, et on dirait qu'il y a juste assez de place pour un lit double. Quelque chose dans la possibilité que ça puisse suffire lui paraît réconfortant. Bon, le lit n'est pas assez grand de toute façon. Bon, il n'y a pas de place pour quelqu'un d'autre. Elle est seule, désespérément et douloureusement seule, comme une mère de famille n'est pas censée l'être. Et pourtant, ici, la solitude serait différente. Elle serait choisie, et raisonnable.

La deuxième chambre dispose d'une meilleure vue, et c'est comme ça qu'elle la présenterait à la petite fille innocente dont elle aurait bouleversé la vie. On voit quasiment le front de mer d'ici. Et les voiliers quand la météo est bonne. C'est presque comme notre famille avant, presque la vie que je voulais pour toi, pense-t-elle. Et imaginer Chloé dans cette chambre la rend mièvre.

« Est-ce que votre canapé entrerait ? Est-ce que vous avez un canapé d'angle ? » L'agente immobilière garde les mains crispées à l'arrière de sa veste vert foncé tout en tournant en rond, les talons de ses bottines raclant le parquet comme des pieux.

« Je ne sais pas ce que j'ai », répond Blair. Et c'est la vérité. Elle ne sait pas.

Un nuage de pitié passe sur le visage de l'agente, comme si elle avait déjà vécu cette situation. Comme si elle savait exactement pourquoi Blair est là, et qu'il n'y aura pas de commission, et que cette femme devant elle, roulant la brochure, est seulement en train de se tester. Ça doit se voir à la façon qu'a Blair de se tenir au milieu de l'appartement et de se retourner comme si elle était un enfant effrayé au beau milieu d'une foule, cherchant l'adulte qui l'a emmenée là. Ça, et le fait qu'elle ne pose pas suffisamment de questions au sujet du loyer. Elle n'essaie pas de négocier.

Dans l'ascenseur en redescendant, elles sont toutes les deux silencieuses.

« Je reviens vers vous, dit Blair dans le hall d'entrée quelconque.

— Très bien. »

Blair allume le chauffage dans la voiture et attend que son pouls se calme. Elle se sent euphorique et libérée, et il y a un bourdonnement dans sa tête qu'elle ne se rappelle pas avoir senti avant. Elle pourrait rouler jusqu'à la banque et ouvrir son propre compte. Elle a utilisé une calculatrice gratuite sur un site Internet d'avocat spécialisé en divorce pour estimer le montant de la pension qu'Aiden devrait lui payer tous les mois, et ça pourrait marcher. Tout juste. Elle essaie de s'imaginer vivre là. Se séparer, vendre la maison. S'inquiéter pour l'argent. Travailler tous les jours, être mère célibataire. Est-ce que c'est la liberté ? Ou est-ce que c'est de la folie ? Elle pense à ce qu'a dit Whitney quelques mois plus tôt quand elle est venue boire un verre à la maison. Au sujet de sa mère. Du ticket de bus qu'elle a gardé pendant dix ans. La porte de sortie. Elle y pense sans cesse. Elle voulait savoir quel effet ça lui ferait de l'envisager. Elle fixe la brochure dans sa main.

Mais maintenant elle se sent juste idiote. Et triste pour les boîtes de soupe périmées dans son placard, et les poils de barbe de son mari qui traînent dans le lavabo, et la sensation de ses orteils sur la moquette de l'escalier qu'elle déteste. Le bruit qu'il fait quand il arrive à la maison. Chloé entre eux dans leur lit. La routine familière. Et c'est toujours ce qui arrive quand elle fantasme la séparation ; elle finit par faire demi-tour. Revenir à la sécurité d'une vie diminuée.

Elle sort son téléphone de son sac et appelle sa mère.

Elle essaie encore. Et encore. Sa mère ne répond plus que très rarement à son portable. En tout cas pas aux appels de Blair débordant de nouvelles de Chloé et d'Aiden et des derniers événements. Blair n'appelle jamais sur la ligne fixe de leur maison, au cas où ce soit son père qui réponde.

Elle s'apprête à abandonner, quand elle entend sa mère s'éclaircir la voix.

« C'est moi », dit Blair. Sa gorge se noue. Elle déglutit. « Ça fait un moment. Je voulais savoir comment tu vas. »

Sa mère lui demande d'attendre une seconde, et Blair l'imagine se déplacer à travers la maison jusqu'au jardin, où son père ne pourra pas l'entendre. Elle approche le téléphone de son oreille et soupire.

« Depuis Noël, je pense », dit sa mère, mais elle ne pense pas, elle sait. Blair lève les yeux vers le plafond de la voiture et se retient de lui dire que son téléphone à elle aussi permet de passer des appels.

« Oui, j'ai été occupée. Et je ne me sentais… pas tout à fait moi-même. » Elle regrette immédiatement d'avoir dit ça. Elles ne sont à l'aise ensemble qu'à une certaine distance. Et elle se demande parfois si sa mère lui en veut pour la vie apparemment heureuse qu'elle a. Peut-être qu'elles pourraient sauver quelque chose de leur relation, si elle comprenait que Blair se sent plus proche d'elle qu'elle ne le pense.

« Mmm-hmm, dit sa mère. Tu as toujours eu tendance à céder rapidement au stress. Tout va bien avec Chloé ? »

Blair marque une pause avant de lui répondre que Chloé travaille sur son premier projet de science. Qu'elle et Aiden vont nager deux fois par semaine maintenant, qu'elle apprend les différentes nages.

« Bon, je suis contente que tout aille bien, alors. »

Blair attend que sa mère lui demande pourquoi elle se sent mal. Mais elle est déjà passée à autre chose, elle parle de l'affaire qu'elle a faite sur un ticket de train pour aller voir la tante de Blair dans sa nouvelle maison dans laquelle le syndic nettoie les fenêtres extérieures et plante les jardinières de tout le monde.

Et puis sa mère dit qu'elle doit y aller. Blair sait qu'elle ne trouve pas d'autres détails anodins pour remplir la conversation. Aucune d'elles ne mentionne son père.

Elle laisse tomber le téléphone sur le siège à côté d'elle et fixe l'entrée fatiguée de la copropriété.

Quand elle rentre à la maison, Aiden lui demande où sont les sacs, et l'espace d'une seconde, elle pense qu'il sait où elle était. Qu'il est prêt à mettre ses affaires dans ces sacs, et qu'il y aura des papiers rédigés par un avocat dans une grosse enveloppe en papier kraft sur la table de la cuisine. Et que cette maison ne peut plus être à elle, et lui non plus ne lui appartient plus, et que la famille qu'elle a créée a vraiment disparu.

« Les sacs de courses ? précise Aiden devant son silence. Tu ne reviens pas des courses ? » Il met quelque chose dans sa bouche. Des noix de cajou, peut-être. Les dernières. En attendant qu'elle remplisse le bocal, qu'elle réapprovisionne tout ce dont ils ont besoin.

Même si elle s'endormira cette nuit en espérant avoir le courage de changer, d'être une femme plus forte que sa mère, elle pose ses bras sur les épaules d'Aiden et se convainc que tout ira bien. Que ces phases vont et viennent, et que bientôt, de nouveau, tout aura disparu. Cette vie sera suffisante. Il se raidit ; il lui tapote le dos. Ils ne s'embrassent plus. Elle ne se souvient plus de ce que ça fait de l'embrasser.

« J'avais oublié mon portefeuille », dit-elle seulement.

53

SEPTEMBRE
Le jardin des Loverly

La culotte en dentelle de Whitney est sur ses chevilles, et elle inspire au creux de ses paumes qui ont une odeur étrangère, celle de toutes les mains qu'elle a serrées dans l'après-midi. Elle se rejoue la scène de son retour dans la fête quinze minutes plus tôt. Les yeux qui l'évitent. Le mépris dans le regard de Jacob, qui dit combien elle l'a déçu une fois de plus. Elle refoule la sensation d'humiliation, mais elle est bien là, brûlante sur sa peau, sa colère battant encore à ses oreilles. Xavier reculant face à elle. Elle a fini d'uriner, mais elle n'arrive pas bouger, à quitter cette salle de bains. Elle pose ses coudes sur ses genoux et plonge ses doigts dans ses cheveux. Ses yeux se remplissent de larmes. Elle doit faire attention à son maquillage, elle a encore des heures à tenir, et…

« Oh merde, je suis désolé », dit quelqu'un.

Elle se dépêche de se rhabiller. Elle n'a pas l'habitude de fermer à clé la porte de la salle de bains dans sa propre maison. Elle s'essuie, tente d'effacer rapidement les coulures autour de ses yeux, et espère que la personne qui est entrée sera partie quand elle ouvre la porte. Mais non. C'est Ben.

« Je suis désolé, Whitney. Je me serais volontiers épargné l'embarras en retournant dehors, mais tu avais l'air… est-ce que ça va ? »

Whitney lisse sa robe sur ses hanches, écarte son inquiétude d'un tss-tss. Bien sûr qu'elle va bien, bien sûr qu'elle est en pleine forme, est-ce qu'il passe un bon moment ? Est-ce qu'il veut un autre verre ? Est-ce qu'il a goûté les mini-burgers ? Elle réordonne les bracelets sur son bras et s'efforce de sourire. Finalement, il se penche, retenant une moue rieuse.

« Ce qui s'est passé n'est pas très important, franchement, dit-il. Le lapin du magicien est devenu un peu fou juste au même moment. Tu n'étais pas le clou du spectacle. »

Whitney se couvre les yeux. Elle marmonne, « Oh mon Dieu », et puis une excuse, mais ils sourient tous les deux. Ils s'écartent pour laisser quelqu'un d'autre entrer dans la salle de bains. Elle se rappelle à ce moment qu'elle a senti le regard de Ben sur elle plus tôt dans l'après-midi. Avant qu'elle ne crie sur Xavier. Quand sa main à lui était dans la poche arrière de Rebecca, caressant ses fesses.

« J'ai entendu dire que tu entraînais l'équipe de softball de l'école primaire ? Xavier veut essayer au printemps, mais il n'est pas très porté sur le sport. » Elle hausse les sourcils, elle veut paraître plus douce qu'elle ne l'est. Il a l'air un peu nerveux en sa présence. Elle aime ça. Elle aime savoir qu'elle lui fait de l'effet.

« Je serai content de passer un peu de temps avec lui avant qu'il ne fasse trop froid. On peut travailler sa technique pour le préparer aux sélections.

— Ce serait très gentil de ta part. Jacob n'est pas très sportif, enfin ne lui dis pas que j'ai dit ça. » Et puis, elle se sent obligée d'ajouter : « Xavier est un bon gamin. L'incident en haut, c'était juste… c'était ma faute. »

C'est plus facile d'être honnête avec Ben qu'avec ces femmes dehors. Il secoue la tête, marmonne quelques mots rapides à propos du fait de comprendre, d'oublier que c'est arrivé. Ils se regardent, droit dans les yeux, et elle attend que ça devienne gênant.

Elle pense à ce que Mara lui a dit au sujet de Xavier au printemps dernier. Elle avait déposé une superbe brassée de lilas de son buisson devant sa porte. Pour lui rappeler, peut-être, qu'elle était toujours là. Le jour suivant, Whitney s'était arrêtée devant la véranda de Mara pour la remercier.

Et au fait, si un jour Xavier vous embête, à regarder par-dessus la barrière, dites-le-moi.

Mara avait gloussé, écarté le sujet. Et puis tandis que Whitney faisait demi-tour :

Votre fils me rappelle un petit garçon silencieux que j'ai connu. Quelque chose dans ses yeux…

Elle s'était interrompue, comme si elle en avait trop dit. Elle avait continué à fixer ses plants de soucis, déplaçant le pot en terre pour qu'il reçoive plus de soleil.

Whitney pense à ça, en parlant de Xavier avec Ben. Les yeux de Ben ont quelque chose de familier. Ils lui rappellent ceux de son fils. Est-ce que Mara voulait parler de tristesse ? Est-ce que c'était ça qu'elle avait vu dans le regard de Xavier ?

« Tu es sûre que ça va ? » Ben pose sa main sur son épaule.

« Beaucoup mieux, maintenant que je sais pour le lapin. »

Ils sourient de nouveau, lui gardant les yeux baissés, elle qui observe la boucle enfantine de cheveux dans son cou. Aucun d'eux n'esquisse un mouvement pour s'éloigner. Aucun d'eux ne dit : Bon, allez, on ferait mieux d'y retourner. Merci d'être venu. Merci de m'avoir invité.

« Je vais accepter ta proposition d'aider Xavier

avec son lancer. » Elle regarde en direction du jardin où Rebecca demande de l'eau au serveur, où Jacob donne un pourboire au magicien.

« Avec plaisir. À condition qu'il y ait une bière fraîche après.

— Peut-être quelque chose d'un peu plus fort. Mais oui. Marché conclu. »

Le rythme lent de leurs acquiescements. Leurs sourires contenus. Et ses joues qui rosissent, ses lèvres qui s'entrouvrent. Comme s'il voulait lui en dire plus.

Beaucoup plus tard, cette conversation avec Ben devant la porte de la salle de bains ne la quittera pas. Pas cette nuit où elle reste éveillée sur son lit, l'écran de Jacob brillant sur ses genoux à côté d'elle. Pas quand elle prend sa douche le lendemain matin, avec huit heures de rendez-vous en perspective. Pas le soir suivant, debout en tailleur-pantalon dans sa cuisine après le travail, à écouter Xavier cogner le pied de la table encore et encore tandis qu'il lape un bol de glace fondue, et elle sent la pression de cette vie remonter centimètre par centimètre le long de sa colonne vertébrale, jusqu'à ce qu'elle frappe sa main sur la table et que la rage prenne le dessus, une fois de plus.

54

Rebecca

Elle referme brutalement l'ordinateur de Ben. Son cerveau tourne enfin plus vite. *Comme la dernière fois*, a écrit Whitney dans le mail. Ben n'a jamais mentionné le fait d'être allé boire un verre chez les Loverly. Le soir. Il n'a jamais mentionné les Loverly tout court. C'était simplement la famille de l'autre côté de la rue. Rebecca fixe l'initiale avec laquelle elle a signé. *W*. Quelque chose semble trop intime. Beaucoup trop détendu pour une femme qu'il connaît à peine.

Elle regarde les pieds qui se déplacent sur le parquet en chêne blanc comme si ce n'étaient pas les siens. Elle retourne à la porte d'entrée et prononce le nom de Mara. Elle savait pour la grossesse. Et pour les précédentes aussi. Et elle a patienté dehors pour lui dire ça.

Mara est assise en haut des marches de la maison de Rebecca. Elle ne se retourne pas.

« Je t'ai dit que j'avais eu un fils, et qu'il était mort. » Mara marque une pause. « Ce que je ne t'ai pas dit, c'est que j'aurais pu l'éviter. C'est arrivé à cause de moi. Et j'y pense tous les jours depuis. »

Rebecca s'accroupit derrière elle et lui touche l'épaule.

« Oh, ce n'est pas la peine, ça va. C'était il y a longtemps. » Mara pose tout de même sa main sur celle de Rebecca et la caresse. « Tu as autre chose à faire qu'écouter mes problèmes dans un moment comme ça. Je voulais juste te dire que, si graves que soient les choses maintenant, tu trouveras la force de continuer, même si ça te paraît inimaginable pour l'instant. Quelque chose se présentera à toi, exactement au moment où tu en auras besoin, dit-elle en faisant un geste vers ses mocassins usés. Mais tu vas devoir attendre. Être patiente. »

Elle tapote la main de Rebecca avant de se lever avec difficulté. Rebecca la soutient. Elle voudrait la remercier, dire quelque chose de gentil, seulement Mara ne voudra pas l'entendre. Elle est déjà en bas des marches et traverse la rue pour rentrer chez elle. Rebecca retourne lentement dans le salon et fixe l'ordinateur.

La pesanteur qui enfle de son pubis jusqu'à son dos commence à lui donner la nausée. Elle se tortille pour s'en débarrasser, mais c'est là. Elle va dans les toilettes de la salle de bains, une main sur la bouche pour retenir le vomi tandis que les contractions commencent à l'engloutir. Elle s'agenouille sur le carrelage et penche sa tête au-dessus de la cuvette froide des toilettes. Elle tente de trouver une dernière respiration dans l'espace entre le doute et la certitude, mais la bile lui emplit la bouche, et elle cède.

55

Blair

Une fois rentrée à la maison avec les courses pour le dîner et les sacs de déchets verts, elle s'agenouille dans le jardin de devant et arrache les racines revêches de mauvaises herbes tout en s'admonestant de ne pas avoir compris plus tôt. La liaison de Whitney avec le mari de Rebecca, l'étendue de son égoïsme. C'est difficile d'admettre à quel point elle a aimé Whitney. À quel point elle a envié sa vie. C'est déroutant de voir une amitié aussi proche que la leur se défaire aussi vite. À quel point la fin est douloureuse, et pourtant sans heurts. À quel point sa vie changera peu sans Whitney, pas comme la fin de son mariage la bouleverserait, elle et tout le reste.

Et pourtant, perdre Whitney semble plus sensible. Plus personnel. Comme une mort. Dans l'espace de leur amitié, elles étaient toutes les deux de meilleures versions d'elles-mêmes, et maintenant Whitney a volé cet espace et tout ce qu'il contenait. Pourtant il ne lui appartenait pas, à elle seule, de le détruire. Blair arrache des myosotis par poignées. Pourquoi Whitney leur a-t-elle fait ça ? La perdre va être une torture. Et Whitney a d'autres problèmes à affronter, pense Blair, en fourrant des mauvaises herbes dans le sac, et en déglutissant la boule dans sa gorge. Blair sera une simple arrière-pensée, leur relation oubliée dans le naufrage.

Et c'est peut-être aussi bien, compte tenu de ce que sait Blair. Elle se souvient alors de la clé qui est toujours dans sa poche. Et de l'explication qu'elle n'a jamais obtenue.

Elle regarde sa montre. C'est presque l'heure d'aller chercher Chloé à l'école. Elle jette un regard derrière son épaule de l'autre côté de la rue et remarque que Jacob a ouvert les rideaux à l'avant de la maison. Elle abrite ses yeux du soleil et le voit se déplacer dans la cuisine, peut-être pour préparer quelque chose que Whitney pourra manger à l'hôpital. Elle a probablement renvoyé Ben, bien qu'il ne semble pas encore rentré chez lui.

Elle sait qu'elle devrait rester là où elle est, les genoux dans la terre. Qu'elle ne devrait plus jamais s'approcher de la maison des Loverly.

Pourtant elle sent monter en elle une audace qu'elle n'a encore jamais eue.

Elle pense à la façon dont Jacob pose ses doigts

sur la taille de sa femme quand elle passe à côté de lui. L'emphase qu'il met dans le prénom de Whitney quand il parle d'elle, comme s'il prononçait le nom d'une tête couronnée. Whitney ne mérite rien de tout ça. Et Blair peut tout lui reprendre, en une conversation. Jamais la balance de leur amitié n'a ainsi penché en sa faveur. Elle n'a jamais senti ce genre de pouvoir.

Elle se tient dans le jardin, l'occasion devenant évidente. Elle retire ses gants et se retrouve en train de remonter l'allée de Jacob sur des jambes qui pourraient se dérober sous elle.

Il ouvre la porte et la serre dans ses bras. Elle perçoit l'odeur de santal dans son cou. Elle laisse ses doigts glisser le long de son bras quand il se recule.

Elle entend l'écho de sa propre voix dans ses oreilles quand elle parle. Elle dit qu'elle est tellement désolée, qu'elle n'arrive pas à croire que ce soit arrivé. Elle demande comment va Xavier ce matin, quelle est la situation à l'hôpital, comme si elle n'y était pas allée le jour même. Jacob lui parle des battements de paupières, des petits mouvements subtils qu'ils ont observés. Que ça pourrait être un bon signe comme un faux espoir. Que l'opération a été programmée. Il revient tout juste d'être allé voir Thea et Sebastian, mais il s'apprête à retourner à l'hôpital. Il n'a pas dormi depuis qu'il a reçu le coup de fil. Whitney refuse de manger.

Mais Blair ne pense qu'à ce qu'elle dira après :

Il faut que je te dise quelque chose, et je sais que ce n'est pas le bon moment, mais…

Je le fais uniquement parce que je te respecte, et que je pense que tu devrais savoir…

J'espère que tu me pardonneras pour ça, Jacob, mais ce n'est pas juste de te le cacher…

Aussi simple que ça. Comme sauter dans un lac glacé. Fais-le sans y penser, c'est ce qu'elle dirait à Chloé. Compte jusqu'à trois et saute. Surpasse leurs attentes.

Elle ouvre la bouche, elle l'interrompt, elle prononce son nom avec une voix qui ne semble pas la sienne.

« Jacob, je dois… il y a quelque chose… »

Il pose de nouveau sa main sur son épaule. Sa poigne est ferme. Elle se revoit explorer l'intimité de Jacob, porter son caleçon à son nez.

« Je sais. Il faut qu'on parle », dit-il. Il rougit. « Je ne voulais pas avoir cette conversation avec toi. Je suis désolé. Je pense que les autorités sont satisfaites maintenant, mais les gens risquent de te poser des questions. Et il y aura des rumeurs. Et il faut qu'on puisse compter sur toi pour, tu sais… mettre les choses au clair. »

Blair acquiesce car elle sent qu'il veut qu'elle saisisse sa pensée sans qu'il ait à prononcer les mots exacts. Mais en réalité elle ne sait pas ce qu'il veut dire, pas exactement. Il a l'air mal à l'aise. Est-ce que la police continue de fouiner ? Est-ce que Whitney a avoué quelque chose ? Est-ce qu'ils ont vu la tasse cassée, le café répandu dans la chambre de Xavier ? Ou pire, est-ce qu'ils ont parlé à l'école, est-ce qu'ils ont découvert l'incident avec Chloé ? Ça arrivera… c'est juste une question de temps, à moins qu'une rumeur plus accablante prenne le dessus.

Jacob agrippe toujours son épaule.

Elle marmonne… bien sûr, il n'y a même pas besoin de le préciser. Elle est là pour eux. Elle essaie de sourire. Il se penche pour la serrer de nouveau dans ses bras et elle sent sa main lui caresser lentement le dos, sur l'attache de son soutien-gorge. Elle pense à quand elle s'est touchée sur son lit à l'étage. Elle revoit la main de Ben caressant le cou de Whitney dans la chambre d'hôpital.

« Comment est-ce que Chloé prend la nouvelle ? »

Elle recule pour scruter son visage. Est-ce qu'il a insisté sur le prénom de Chloé ? Ou est-ce que c'est dans sa tête ?

« Chloé, elle va bien… Je veux dire, elle est dévastée, bien sûr. J'ai déposé une carte de sa part à l'hôpital. Plus tôt dans la journée.

— Oh », dit-il. Il semble déconcerté, et elle se rappelle qu'elle a sous-entendu un peu plus tôt qu'elle n'était pas allée à l'hôpital aujourd'hui. « J'ai dû te rater de peu ?

— J'imagine », dit-elle, et puis elle hausse les épaules, mais ça semble venir légèrement trop tard.

« C'est une gentille fille. Sa meilleure amie. » Il hoche la tête en le disant, mais il semble sérieux. Trop sérieux. Son visage est toujours écarlate.

Elle a la sensation qu'il peut lire ses pensées et elle veut se débarrasser de lui. Elle ne retrouve plus l'aplomb avec lequel elle est venue ; au lieu de ça, elle se sent en danger. Est-ce que c'est une menace ? Est-ce que Jacob sait comment Chloé a traité son fils ?

Elle est soulagée d'avoir gardé le silence. Ce qu'elle sait de Whitney et Ben aura sans doute plus de valeur si elle se tait pour le moment. Si elle doit protéger sa propre famille face à des rumeurs.

Elle traverse lentement la rue jusqu'à sa maison, en essayant d'analyser le comportement de Jacob. Ou ce qu'il pourrait savoir d'autre sur ce qui se passe. Les erreurs dévastatrices que sa femme a commises. À sa façon, il est peut-être aussi faible qu'elle. Elle sent les yeux de Mara la suivre jusqu'à sa porte, même lorsque Jacob appelle le nom de Mara, en trottinant de sa propriété vers la sienne.

Elle sort son téléphone de sa poche, ouvre le groupe de discussion avec les mamans de l'école, et commence à taper.

Je ne sais pas si vous êtes déjà au courant. Il y a eu un accident chez les Loverly.

Elle relit le message. Et puis elle efface la dernière phrase. Elle recommence à écrire.

Il y a eu un incident entre Whitney et son fils. Je vous tiens au courant dès que j'en sais plus. On est tous dévastés, surtout Chloé.

Elle appuie sur entrée, et retourne à ses mauvaises herbes.

56

Whitney

L'hôpital

Elle se sent fébrile jusqu'au retour de Jacob. Il vient derrière elle et pose sa joue contre la sienne, là où Ben l'a touchée. Elle se demande s'il perçoit l'odeur de Ben dans la pièce, comme elle. Elle plisse ses yeux fermés et attend qu'il remarque que quelque chose est différent, qu'il fasse un commentaire innocent qui grandisse et grandisse dans son esprit jusqu'à ce que tout ce qu'elle lui a fait devienne évident. Elle se demande quand il va lui arracher les mains du visage et lui dire enfin : *Regarde-moi. Il faut que tu sois honnête avec moi.*

Au lieu de ça, il parle à Xavier comme s'il pouvait l'entendre. Et peut-être que c'est le cas. Sa voix est tendre, comme dans un rêve. Il place son petit avion dans sa main. Il lui dit à quel point il manque à Thea et Sebastian. Qu'ils ont hâte de courir sous l'arrosage automatique avec lui quand il rentrera. Mais les mots sont douloureux. L'espoir est douloureux, et elle sait qu'ils le sentent tous les deux.

Il se tourne vers elle à présent. Qui croit-il qu'elle est ? De quoi la pense-t-il capable ? Elle veut lui dire qu'elle ne serait jamais allée jusqu'à couper l'oxygène. Qu'elle a seulement voulu voir comment ce serait. Comment ce serait *presque*. Comme quelqu'un debout sur une corniche, tout en haut. Avec les orteils qui dépassent. Le regard plongé vers le sol.

Mais Jacob lui dit qu'il a eu un nouveau rendez-vous avec le chirurgien. Ils ont décidé de lancer la procédure le lendemain. C'est le mot qu'il emploie : procédure. Comme si quelque chose venait de se clipper ou de se resserrer ou de se brancher. Mais non, ils vont retirer les plaques osseuses de son crâne. Des parties entières de lui, disparues. La salle d'opération est réservée pour la première heure le lendemain. Ils doivent signer des pages de décharge.

Elle ne veut pas qu'il lui en dise davantage. Elle ne peut pas imaginer son cerveau exposé à l'air libre. La lame aiguisée d'un instrument médical. Tout ce qu'il est se trouve à cet endroit, ses pensées, ses émotions, sa personnalité. Ce cerveau, c'est lui tout entier, lui qu'elle a tellement voulu changer. Mais maintenant elle aimerait tous les repousser, arracher leurs mains du corps de Xavier, leur dire de laisser son fils tranquille. S'il doit mourir, elle ne veut pas que ce soit entre leurs mains, ouvert et manipulé.

Ou peut-être qu'ils commettront une erreur. Une main qui dérape légèrement. Un accident endommageant la mémoire de Xavier. Et alors elle sera débarrassée de tout. Ce qu'elle a fait. Qui elle a été.

La pensée la traverse l'espace d'une seconde, mais elle n'en est pas moins ignoble.

Jacob l'aide à se mettre debout, lui dit qu'elle ne peut pas continuer à dormir aussi peu. Il veut se tenir à côté d'elle, la bercer contre lui, sentir quelque chose l'un pour l'autre. Elle pense à tout ce qu'il ne sait pas. Ça ne semblait pas être des mensonges avant. Ça ressemblait à des décisions privées, des choix qu'elle avait le droit de faire parce qu'ils comblaient un besoin en elle, un besoin que Jacob n'avait pas. Cette vie lui suffisait, à lui ; il était bien dans cette vie. Pas elle, elle voulait davantage. Elle voulait sentir d'autres yeux sur son corps. Un désir qui lui promettait : tu n'es pas comme les autres mères. Les autres mères ne peuvent pas faire ça.

Elle avait pris la responsabilité de s'assurer qu'il ne le saurait jamais. Toutes ces précautions, toutes ces règles qu'elle avait instituées pour elle-même, ressemblaient à celles qu'on prendrait avant de partir en mer sur un voilier ; oui, le bateau pourrait se retourner, c'était toujours possible avec un changement de vent imprévu, mais ça n'arriverait probablement pas, si on savait ce qu'on faisait.

Après, chaque fois, elle avait été une meilleure mère. Est-ce qu'ils l'avaient senti ? Qu'il y avait des jours où elle les appréciait davantage ? Et alors, si c'était ce dont elle avait besoin, cette unique petite chose, est-ce qu'on pouvait lui pardonner ?

Mais maintenant.

Maintenant, debout dans la chambre d'hôpital de leur fils, leurs deux fronts pressés l'un contre l'autre, ses doigts dans ses cheveux, tout ce désir affamé paraît atroce.

« On va s'en sortir, Whit. Mais on a besoin l'un de l'autre. On a besoin l'un de l'autre. »

Il lui répète ça. Encore et encore. Presque comme s'il savait tout, et qu'il essayait de les convaincre tous les deux. Il agrippe sa tête. Et puis sa main glisse jusqu'à son cou. Elle déglutit.

Ça lui traverse l'esprit. Qu'il pourrait l'étrangler. Qu'il pourrait savoir que c'est tout ce qu'elle mérite. Il garde sa main là, ses doigts s'enfonçant lentement dans son cou. Elle essaie de ne pas tousser. Elle sent qu'il commence à pleurer.

57

Mara

Le téléphone n'arrête pas de sonner, le bêlement strident braille à travers la maison, toujours plus désagréable. Toute la journée, elle est allée de la véranda à la cuisine, en se demandant combien de temps elle pouvait éviter ce qu'elle avait à faire. Le corps. Les coups de téléphone à Lisbonne. Il n'est pas loin de 3 heures du matin. Il y a déjà presque un jour entier qu'Albert est mort.

Elle ne peut pas se faire confiance pour agir rationnellement. Peut-être qu'elle aurait dû rester en dehors des affaires de ces gens, surtout maintenant, compte tenu de Xavier.

Elle sait ce que ça fait.

En promettant à Rebecca qu'elle trouverait de l'espoir de la façon la plus inattendue, elle s'était rappelé qu'elle n'avait toujours pas jeté un œil dans le jardin. Balayé les buissons pour voir ce qu'elle pouvait trouver. Jacob était passé un peu plus tôt. Il avait le front en sueur. Il paraissait anéanti.

« Est-ce que vous avez entendu quelque chose ? avait-il demandé. Mercredi soir ?

— Entendu quelque chose ? Comme quoi ?

— Je ne sais pas », avait-il répondu. Il avait regardé la fenêtre de sa cuisine, il avait penché la tête comme s'il essayait de voir à l'intérieur de sa maison, cherchant Albert. « Et votre mari ? Est-ce qu'il aurait pu être réveillé autour de minuit ? Est-ce que vous pourrez lui poser la question ?

— On dormait tous les deux », avait-elle répondu. Et ça s'était fini comme ça.

Elle était déjà responsable de trop de choses.

Une heure plus tôt, elle avait regardé Blair remplir deux sacs entiers de déchets avec des mauvaises herbes. Elle les avait tirées de la terre comme le fil d'une vieille machine qui refusait de démarrer. De temps en temps, elle s'arrêtait et regardait fixement le sol, les coudes sur les genoux.

Mara aurait pu traverser la rue pour avoir aussi une conversation à cœur ouvert avec Blair. Lui apporter une brassée de tulipes perroquets et lui demander gentiment si elle avait quelques minutes.

Mais elle s'était suffisamment mêlée des affaires des autres pour aujourd'hui.

Elle aimait particulièrement Rebecca. Ça ne paraissait pas juste de laisser tout le monde s'en tirer aux dépens de la dignité de Rebecca. Elle méritait de savoir la vérité. Elle est la seule à vraiment voir Mara, au-delà de l'âge sur son visage, et à la voir comme quelqu'un de pas si différent des autres. C'est grâce à Rebecca qu'elle n'a pas encore disparu de Harlow Street, pas complètement. Elle sera sans doute la première à remarquer qu'Albert n'est plus là. Elle s'arrêtera près du porche un jour pour discuter, elle montrera la maison et demandera : *Au fait, comment il va ? Il est parti quelque temps ?* La semaine prochaine, peut-être. Ou le mois prochain.

Peut-être qu'il aurait mieux valu qu'elle reste assise dans sa véranda quelques mois, le temps de voir tout imploser. Sans s'immiscer dans les vies de ces femmes. Dans tous les cas, les panneaux immobiliers ne tarderaient pas à émailler de nouveau la rue.

Elle rentre dans la maison et s'adosse à la porte. Elle n'aurait jamais pu se préparer à ce que ça ferait d'être la seule qui reste. La seule à se souvenir de qui ils étaient ensemble, tous les trois. La seule qui puisse penser à Marcus tous les jours. Qui connaisse la sensation de son poids sur ses genoux. Lourd et concret. Quand elle partira, il disparaîtra lui aussi, et c'est la seule pensée qui la soulage, le matin, quand ses yeux s'ouvrent sur le plafond en plâtre de sa chambre.

Il avait seize ans quand elle avait finalement acheté deux billets d'avion, au milieu des années 1970. Elle allait réessayer. Pendant des années, elle avait mis de côté un petit peu tous les mois sur l'allocation que lui donnait Albert, rogné sur les courses et menti au sujet de réparations pour pouvoir encaisser les frais de service. Elle avait dit à Albert que sa grand-tante avait payé le vol. Il n'avait pas posé de questions, qu'il l'ait crue ou non. Ils n'avaient pas discuté pour savoir s'il viendrait ou non avec eux – elle savait qu'il resterait à la maison.

À cette époque, Marcus possédait toute une étagère de livres sur les avions. Un manuel de pilotage qu'ils avaient trouvé dans un magasin d'occasion, un manuel d'information aéronautique, *Le Monde de l'aviateur*. Elle voulait qu'il sente enfin ce que ça faisait d'être dans un avion. Et qu'ils quittent Harlow Street, pour une fois. Et la présence mortifère d'Albert.

Elle avait recommencé à rêver de voir Marcus assimiler les détails de l'aéroport, les avions roulant lentement jusqu'au terminal, les équipages de vol vêtus élégamment se pressant vers leur porte d'embarquement, jeter un œil aux postes de pilotage au-dessus des têtes des pilotes avant le décollage. Elle voulait voir son visage s'illuminer, et se délecter de sa joie débordante. Maintenant qu'il était adolescent, peu de choses semblaient l'exciter, mais c'est comme ça qu'étaient les garçons de son âge. Le voyage serait différent.

Elle avait gardé son secret jusqu'à la veille du vol,

quand elle lui avait montré les tickets. Il avait examiné les papiers cartonnés dans ses mains. Elle avait secoué ses épaules.

« On le fait ! On le fait enfin. Six heures entières dans les airs. On va passer deux semaines dans ma famille. » Elle lui avait montré les numéros des sièges. « 22A et 22B. Je t'ai pris une place côté hublot. »

Il s'était mordu l'intérieur des joues et avait déposé les billets sur sa table de chevet.

« Marcus. Ça a coûté beaucoup d'argent. Tu adores les avions. Tu vas adorer partir en voyage, je te le promets. C'est ce que font les familles comme la nôtre. Elles retournent au pays, elles rencontrent les cousins et les grands-parents. Il faut qu'on y aille, ça fait longtemps qu'on aurait dû. Ne rends pas les choses difficiles, s'il te plaît. »

Elle avait regretté la tension dans sa voix. Il fallait qu'elle se maîtrise. Ils pensaient tous les deux à ce qui s'était passé la dernière fois qu'ils avaient prévu ce voyage. Comment tout avait changé après. Mais elle en demandait peu à son fils. Et une partie d'elle pensait mériter l'excitation de faire quelque chose qu'*elle* voulait, pour une fois. Elle n'était pas rentrée voir qui que ce soit depuis presque dix-sept ans. Elle voulait que sa famille rencontre son fils. Et la famille d'Albert aussi, même s'il n'avait rien voulu savoir. Il l'avait prévenue que le voyage était une mauvaise idée, que Marcus ne se sentirait pas bien dans un endroit nouveau, à rencontrer plein d'étrangers, le chaos de l'aéroport. Comme s'il pouvait avoir la moindre idée de ce qui était bon pour lui.

Elle avait embrassé Marcus pour lui dire bonne nuit et était remontée finir les bagages.

Le matin, il avait enfilé les beaux habits qu'elle avait sortis pour lui et était venu prendre le petit déjeuner pendant qu'elle vérifiait une dernière fois qu'elle avait bien les passeports et relisait leur itinéraire. Albert était parti au travail plus tôt que d'ordinaire.

« Tu as hâte de prendre l'avion, Marcus ? » Il ne la regardait pas. Mais il avait hoché la tête. « Super ! J'ai tellement hâte. Allons-y. Tu vas adorer ça. »

Elle l'avait embrassé sur la tête, et avait laissé ses lèvres s'attarder sur ses cheveux châtains. À ce moment, elle s'était imaginée qu'ils pourraient tous les deux se sentir comme de nouvelles personnes.

À l'aéroport, Marcus restait systématiquement quelques pas derrière elle. Ils s'étaient assis juste à côté de la porte d'embarquement et avaient attendu l'appel pour leur vol. Mara lui tenait les genoux pour empêcher ses jambes de tressauter. Son anxiété était inévitable. Il se calmerait quand ils seraient assis à leurs sièges. Quand leur rang avait été appelé, elle l'avait guidé le long de la passerelle d'embarquement. D'habitude, elle avait une patience illimitée avec lui ; c'était essentiel à leur vie ensemble. Mais elle trouvait ça difficile à présent, avec la tension du voyage qui prenait le dessus, le sac lourd sur son épaule, la file de gens qu'ils empêchaient d'avancer, le fatras de documents dans ses mains qu'elle essayait de ne pas laisser tomber. Elle voulait qu'il profite de tout ça. Elle voulait en profiter aussi.

« Allez, Marcus, dépêche-toi. » Un jeune couple tirant des bagages à main était passé à côté d'eux et avait heurté l'épaule de Mara, et les tickets, les passeports et son porte-monnaie s'étaient éparpillés sur le sol. Marcus l'avait regardée se précipiter pour tout ramasser tandis que la file grossissait derrière eux. « Marcus, aide-moi, pour l'amour de Dieu ! Ne reste pas planté là ! »

Elle était rouge d'embarras tandis qu'il se tenait debout au-dessus d'elle. Elle avait entendu un *tss* d'une passagère s'écartant pour les dépasser et elle avait voulu dire à la femme d'aller au diable. Elle avait tout fourré dans son sac à main et recoiffé sa frange qui s'emmêlait sur son front.

« Écoute-moi, avait-elle sifflé à Marcus en attrapant son menton entre le pouce et l'index. Secoue-toi un peu. Marche plus vite et comporte-toi comme un garçon de ton âge, pour une fois. J'en ai assez. »

Elle avait repoussé son visage du sien avant de le lâcher. Elle n'avait jamais dit ça auparavant – j'en ai assez. Pourtant cette fois elle l'avait dit. Elle avait senti ses yeux se remplir de larmes tandis qu'elle se dirigeait vers la porte de l'appareil, sans tourner la tête vers lui. Elle s'était calmée à temps pour être accueillis à bord par le steward enjoué.

Juste avant le décollage, elle avait perçu le changement dans sa respiration tandis qu'il regardait le tarmac par la fenêtre. Il remuait nerveusement. Elle lui avait pris la main, lui avait caressé les doigts. Elle se sentait coupable d'avoir perdu patience, elle voulait qu'ils recommencent de zéro tous les deux.

« Ferme les yeux et compte, lui avait-elle rappelé. Tout va bien se passer. »

L'avion avait dévalé la piste. Elle avait entendu le cliquetis métallique contre son accoudoir mais avait compris trop tard qu'il avait détaché sa ceinture. Elle avait senti l'odeur de ses aisselles tandis qu'il se levait pour agripper l'appuie-tête de l'homme à côté d'elle dans le siège côté couloir. Il essayait de l'enjamber pour quitter l'avion. Elle l'avait repoussé dans son siège et s'était agrippée à lui aussi fort qu'elle avait pu. Il était aussi grand qu'elle à présent, et il était fort. Sa chemise était humide contre son visage. Elle sentait son cœur battre. Il haletait dans son oreille. Elle lui avait chuchoté : « Tout va bien, Marcus, reste assis, respire. Tout va bien. Beaucoup de gens sont tendus en avion. C'est complètement normal. » L'homme à côté s'était écarté d'eux. Il avait allumé une cigarette avant de faire claquer la page de son journal. Le visage de Mara était en feu.

Marcus touchait sa poitrine là où l'anxiété lui causait souvent une douleur.

« Je sais, l'avait-elle rassuré. Tu te sentiras mieux dans une minute. Regarde. » Elle avait montré à Marcus la couche de coton étirée à côté d'eux à travers le hublot. Elle était envahie par une sensation de déjà-vu. Et puis elle l'avait reconnu : le rêve qu'elle faisait quand elle était enceinte de lui. Son utérus matelassé de nuages comme ceux qu'ils voyaient à présent. La paix avec laquelle il avait flotté à l'intérieur d'elle. Le calme.

Elle l'avait relâché et s'était laissée tomber dans son siège. Elle avait fermé les yeux. Le bruit blanc de l'avion les apaisait tous les deux. Tout irait bien pour lui. La partie la plus stressante était derrière eux. À la redescente, ils verraient les rivages d'un vert profond de Lisbonne, et il aimerait ça. Elle s'était demandé quand le café allait arriver. Si Marcus voudrait un verre de jus de tomate.

Et puis elle avait senti le poing de son fils s'enfoncer dans son estomac. Le choc lui avait coupé le souffle.

Elle avait manqué d'air en le regardant se raidir dans son siège, essayant de l'agripper. Essayant de lui dire quelque chose. Son autre main tirait sur le col de sa chemise et son visage était déformé par la douleur. Il était à l'agonie. Son cœur. Elle avait inspiré de toutes ses forces et enfin retrouvé son souffle.

« Mon fils ! Aidez-nous ! Quelque chose ne va pas ! »

Il avait été tiré dans l'allée sur le sol et il avait disparu de sa vue. Elle avait escaladé les sièges, criant son nom, poussant des corps sur son passage. Quelqu'un l'avait attrapée sous les bras et traînée jusqu'à l'arrière de l'avion tandis qu'elle se débattait. Sa tête avait heurté le coin d'un chariot de service. Ils l'avaient maintenue contre la porte d'urgence avec les mains derrière le dos et son visage écrasé contre le métal froid. Elle avait essayé de surmonter le vacarme des haut-parleurs, de hurler assez fort pour que Marcus l'entende, mais quelqu'un avait appuyé de nouveau sur son crâne.

Quand ils avaient atterri à Houston, elle avait été amenée à l'hôpital pour des points et des calmants. Ils l'avaient gardée toute la nuit. Elle n'avait vu le corps de Marcus que deux jours plus tard. Ils lui avaient expliqué que c'était son cœur, qu'il était mort rapidement. Sans doute une fragilité préexistante, déclenchée par le stress. Elle avait refusé l'autopsie – elle n'avait pas besoin qu'on confirme quoi que ce soit, ça n'avait pas d'importance. Elle savait qu'elle l'avait tué en le faisant monter dans l'avion. Si elle avait écouté Albert, il serait encore vivant.

Elle l'avait appelé le matin après la mort de Marcus. Il avait sangloté. Son chagrin semblait cruel et immérité, mais elle avait toujours su qu'il y avait eu de l'amour, quelque part sous la cruauté. Elle avait raccroché le téléphone alors qu'il pleurait.

Après la morgue, de retour à l'hôtel, elle s'était assise dans la baignoire vide avec un couteau à steak qu'elle avait volé au restaurant bon marché dans lequel elle était restée à regarder son assiette pendant deux heures sans y toucher. Elle avait pensé longtemps et profondément à ce qu'elle croyait être vrai. Il y avait un paradis, et il y avait un enfer. Et il y avait la promesse qu'elle avait maintenant, la garantie que si elle restait vivante, elle pourrait voir Marcus quand elle fermait les yeux. Enfoncer son nez dans son odeur restée sur son oreiller à la maison. Elle pourrait serrer ses moulages d'avions pour s'endormir. Et prendre son petit déjeuner en regardant sa chaise vide, en sachant qu'il avait compté.

Il reste une heure au soleil d'après-midi avant qu'il ne plonge derrière la ligne de toiture du troisième étage des Loverly. Mara traverse la rue jusqu'à leur porte et se plie en deux pour poser l'avion en papier sur leur seuil.

58

Rebecca

Whitney sursaute en sentant la main froide de Rebecca sur son avant-bras. Cette dernière approche sa bouche de l'oreille de Whitney. « Est-ce que mon mari est venu ici ? »

Whitney ne répond pas.

Rebecca lui dit de la suivre hors de la chambre d'hôpital. Le simple fait qu'elle obéisse confirme les doutes de Rebecca. Oui, il était là. Oui, il y a quelque chose entre eux. L'adrénaline amortit la douleur en bas de son dos. La serviette entre ses jambes est lourde.

Elle ouvre la porte sur une petite pièce vide au bout du couloir. Whitney hésite.

« Assieds-toi. J'ai besoin que tu t'asseyes. »

Whitney s'exécute. Rebecca marche à petits pas. Elle l'a emmenée dans cette pièce, mais elle n'a pas de plan. Elle voulait que Ben soit là, pour sentir ce que c'était de les voir ensemble.

« Comment as-tu pu me laisser te réconforter ? Te tenir la main ?

— Rebecca, je ne peux pas faire ça maintenant, j'ai besoin…

— Arrête », lâche-t-elle. Elle détourne le regard quand Whitney se met à trembler. Elle est peut-être en train de perdre son fils, mais Rebecca n'a rien, elle. Elle est vidée. Elle n'arrive même pas à formuler les questions qu'elle devrait poser.

Elle essaye de reconstituer la trame de ce qui s'est passé, pourtant rien ne colle. Il n'y a pas de place pour un malentendu ou une explication différente. *Tu n'es plus toi-même*, lui a dit Ben ce matin. Elle, c'est elle, le problème. Les fausses couches l'ont changée, c'est vrai. Son obsession l'a dévorée, c'est vrai. Mais ce qu'il voulait dire, c'était : Tu n'es plus celle que je veux que tu sois. Tu n'es plus assez pour moi. Ils sont tous les deux brisés, mais ils n'ont pas été brisés ensemble.

Quelqu'un frappe à la porte et Jacob glisse la tête à l'intérieur. Il dit à Whitney qu'il est revenu, qu'il lui a apporté des vêtements propres. Et puis il voit sa panique. Il fait un pas dans la pièce. « Qu'est-ce qui se passe, ça va ? »

Whitney s'approche si près de Rebecca qu'elle sent l'odeur aigre de ses aisselles. Voilà la femme que Ben touche. Il tient la chair de cette femme contre la sienne. Elle voudrait tendre la main pour toucher Whitney, elle aussi, pour imaginer ce que ça fait à

Ben. Son pull. Les ondulations maîtrisées de ses cheveux. Elle voudrait faire tourner la boucle d'oreille en diamant dans son lobe. Il y a des sentiments, il doit forcément y avoir des sentiments entre eux, mais elle ne parvient pas à comprendre qu'il ait la capacité d'aimer quelqu'un d'autre. Cette personne-là. Elle a la nausée. Elle détourne son visage de l'haleine de Whitney – qui est en train de murmurer dans l'oreille de Rebecca :

« Je t'en prie, ne fais pas ça. Ne lui dis rien. »

Whitney, avec ses trois enfants. Ses seins qui ont allaité. Son col de l'utérus qui a accouché.

« Whit, dit Jacob, impatient. Est-ce que tu vas me dire ce qui se passe ?

— Tout va bien, chéri. Laisse tomber. Il faut que je retourne avec Xavi. »

Whitney recule d'un pas, mais elle ne regarde pas son mari. À la place, ses yeux supplient Rebecca. Jacob pose ses mains sur ses épaules, et finalement elle se tourne et s'appuie contre lui. Il lui frictionne les bras comme s'il essayait de la ramener à la vie.

Rebecca s'appuie sur le dossier d'une chaise, la douleur l'envahit de nouveau. Elle sent son téléphone vibrer dans sa poche et sait que c'est Ben.

« Whit, dit Jacob. Pars devant. Il faut que je parle avec Rebecca de l'opération, et je sais que tu ne veux pas entendre ça. »

Whitney et Rebecca échangent un regard. La peur

grandit dans les yeux de Whitney, mais elle marche sur des œufs. Alors elle hoche la tête et sort lentement de la pièce. Jacob s'assure qu'elle ne peut plus les entendre.

« Je sais que tu es dans une position délicate et que tu as des engagements éthiques en tant que médecin. Je te demande juste de nous dire s'il y a une nouvelle information concernant ce qui s'est passé. D'accord ? Juste une info, c'est tout ce que je demande. Comme je l'ai déjà dit, elle n'a rien pu faire de mal cette nuit-là, je peux te l'assurer. » Il marque une pause. Il déglutit. Il semble plus désespéré de la convaincre que la veille.

« Qu'est-ce que tu penses qu'il s'est passé, Jacob ? Il était tard. Il aurait dû être endormi. » Il a l'air stupéfait qu'elle l'interroge. Elle voit sa mâchoire se crisper. « Je vois de la lumière chez vous toutes les nuits à 3 heures du matin. Elle est insomniaque, pas vrai ? Est-ce qu'elle prend quelque chose pour ça ? Elle avale quelques cachets en buvant tous les soirs ? L'alcool associé aux médicaments, ça peut vraiment foutre en l'air l'état d'esprit de quelqu'un. Et sa capacité de jugement. Est-ce que la police sait qu'elle avait bu une bouteille de vin mercredi soir ? Elle a laissé son verre vide en plein milieu de votre jardin. Il est toujours là. » Elle se reconnaît à peine. Mais elle continue, sa voix plus coupante encore. « Vous savez la chance que vous avez d'être blancs et d'avoir de l'argent, n'est-ce pas ? Vous savez que c'est pour ça que ces travailleurs sociaux aguerris y vont doucement avec vous ? La négligence ne leur vient même pas à l'idée en vous regardant tous les deux. »

Jacob la fixe droit dans les yeux. « Pourquoi est-ce que tu fais ça ? »

Mais à ce moment Whitney réapparaît dans l'encadrure de la porte. Rebecca se tait.

« Jacob, qu'est-ce qui te prend aussi longtemps ? Il faut que tu viennes avec moi, dit Whitney, et sa voix se brise. S'il te plaît. »

Rebecca les regarde partir. Et puis elle s'accroupit pour récupérer. Il faut qu'elle réfléchisse. Son téléphone vibre encore. Et encore.

Son utérus se contracte tandis qu'elle marche dans le sens opposé à Jacob et Whitney, dans le couloir qui mène à l'infirmerie. La douleur serpente dans son dos et elle essaie de ne pas grimacer. Elle prie pour que le sang ne traverse pas son pantalon. Pour que personne ne remarque la sueur à la lisière de ses cheveux.

Elle pourrait aller voir le travailleur social dès maintenant, lui dire qu'elle a des doutes au sujet de la mère de Xavier, qu'elle a eu connaissance de comportements suspects par le passé. Elle pourrait faire dégénérer les choses très vite.

Mais ils lui demanderont pourquoi elle n'a pas parlé plus tôt.

Elle voit Leo qui pousse un moniteur de pression artérielle quelques mètres devant elle.

Et alors elle pense à ce que le Dr Menlo lui a dit devant les ascenseurs quand elle est arrivée. La sédation de Xavier est en train de se dissiper, et ils ont décidé de ne pas la renouveler. Ils veulent voir comment il s'en sort sans. Le Dr Menlo n'a pas prévenu les parents. Elle ne veut donner d'espoir à personne – tout peut arriver. Mais elle a des raisons de penser qu'il y a une chance.

Une chance qu'il se réveille, avait précisé Rebecca pour être sûre, en agrippant la rampe du couloir. Elle sait que le Dr Menlo ne peut rien dire de précis.

Eh bien, croisons les doigts, avait répondu le Dr Menlo. *J'ai quelques cas à voir à l'étage, je reviens dans une heure. On verra où en sont les choses.*

Le moment que Whitney avait attendu à son chevet. Le rater la tuerait.

Rebecca regarde l'heure sur sa montre.

Elle attire Leo sur le côté. Elle lui demande s'il peut lui rendre un service.

« J'ai besoin que tu transmettes un message aux parents de Xavier. Immédiatement. Ils sont de retour dans sa chambre. »

Il regarde le sol pendant que Rebecca parle, concentré sur ses instructions.

D'une voix qui résonne à ses propres oreilles, elle lui dit que le Dr Menlo a insisté pour que Jacob et Whitney fassent une pause pendant qu'on emmène Xavier en bas pour un autre scanner. Ils doivent rentrer à la maison prendre une douche et se ressaisir avant l'opération de demain, pour voir un peu les jumeaux. S'il y a la moindre urgence, le Dr Menlo les appellera. Et puis elle dit à Leo de les accompagner jusqu'aux ascenseurs. De s'assurer qu'ils partent vraiment. Que c'est très important.

« Mais… » Leo paraît perplexe. « Il me semble que l'anesthésiste a suspendu la sédation, tu ne crois pas que les parents voudront être là, au cas où l'enfant se réveille ? »

Le cœur de Rebecca bondit. Elle secoue la tête en s'efforçant de garder une expression neutre malgré la douleur. « C'est bon. » C'est tout ce qu'elle dit. Elle s'attend à ce que Leo la questionne davantage. Mais il se contente de hocher la tête.

Et puis elle lui demande, comme si cette idée lui venait après coup, de ne pas préciser que le message vient d'elle. Elle ne veut pas qu'ils se froissent qu'elle ne soit pas venue les voir personnellement ; elle est seulement à l'hôpital pour une réunion rapide, et elle est déjà en retard. Elle met la main sur sa montre.

Elle ne lui a jamais donné la moindre raison de douter de son intégrité. Mais par sécurité, elle s'éloigne avant qu'il ne puisse ajouter quoi que ce soit. Elle se tient à la rampe. Elle fronce les sourcils, son front se plisse de douleur. Elle n'arrive plus à se contrôler.

Ben l'appelle de nouveau.

Elle trouve des toilettes et arrache la serviette hygiénique qui pèse maintenant le poids d'un ballon de foot. Rebecca est chaude et moite, elle commence à trembler. Elle s'assied sur les toilettes et ouvre une photo sur son téléphone. Une photo de Whitney. Elle l'a prise quand elle a accompagné Whitney voir Xavier la première fois, le jour où elle s'est assise face à elle de l'autre côté du lit et a eu la sensation qu'il y avait une connexion entre elles. C'est pour ça qu'elle lui a dit pour ses grossesses. C'est la raison pour laquelle elle est allée dans le jardin la veille. Une partie d'elle savait qu'il y avait quelque chose d'autre.

Elle essuie la tache de sang à l'intérieur de ses cuisses et replace la serviette dans sa culotte. Elle va aller à l'hôpital de l'autre côté de la rue. Elle va répondre à leurs questions. Cinq grossesses. Pas d'enfant. Elle va donner le numéro de sa mère comme contact d'urgence. Fixer l'horloge sur le mur jusqu'à ce qu'ils appellent son nom, s'allonger sur un brancard derrière un fin rideau bleu, remonter ses genoux sur sa poitrine et traverser la douleur, et elle ne va pas espérer, et elle ne va pas prier, elle va faire la seule chose à sa portée. Elle va attendre.

59

Blair

Aiden et Chloé sont encore en train de jouer au pendu sur la table de la cuisine. La sauce pour les spaghettis mijote sur le feu. Blair est assise en face d'eux avec son ordinateur portable ouvert, elle tape des mots dans la barre de recherche. Causes de suicide chez les enfants. Suicides présentés à tort comme des accidents. Des articles d'actualité évoquant des enfants de primaire poussés au suicide par le harcèlement.

Elle a une nouvelle bouffée de terreur.

Chloé pousse un cri, victorieuse. Aiden lui frotte la tête pour la féliciter. Il est revenu plus tôt du travail pour être avec elles. Encore une partie, supplie-t-elle, et il accepte. Elle dessine la potence.

Aiden et Blair se regardent, et il la fixe. Après tout ce qui s'est passé, elle a l'impression de s'adoucir à son égard. Elle le doit. Pour une fois, son mari lui apparaît comme la seule chose sûre dans sa vie. Elle ne veut plus le traiter comme s'il était le problème. Elle a besoin de guérir de l'animosité à laquelle elle est devenue accro.

Plus tard ce soir, elle se rapprochera de lui dans le lit, et elle lui dira qu'elle est désolée. Qu'elle n'aurait jamais dû le soupçonner d'avoir une aventure, et elle le pensera. Qu'elle veut qu'ils aillent mieux. Elle le serrera contre elle sous la couette, elle attendra qu'il devienne dur dans sa main.

Il la taquinera, il passera sur tout ça comme il peut si facilement passer sur tout le reste, et puis il l'attirera à lui, et il mordillera sa lèvre inférieure qui aura encore le goût du dentifrice, et il embrassera son épaule, et puis ses seins qu'elle voudra couvrir, et ils feront l'amour pour la première fois depuis longtemps. Elle lui dira de l'embrasser en bas. Elle se sentira soulagée de ne jamais avoir laissé un autre homme la toucher là où il la touche.

Blair entend un bruit de porte de voiture. Elle ferme l'ordinateur et marche jusqu'à la fenêtre de devant. Jacob soutient Whitney, la mène lentement jusqu'à l'entrée. Blair ressent déjà un pincement de manque ; son cœur n'a pas rattrapé son cerveau rationnel, et peut-être qu'il ne le fera jamais. Mais rien ne sera plus jamais pareil entre elles. Elle prend une grande respiration pour se préparer. Elle a envoyé un texto à Rebecca cet après-midi pour avoir des nouvelles de Xavier, mais elle n'a reçu aucune réponse, ce qui est inhabituel. Elle regarde Whitney qui reste en arrière pour laisser Jacob ouvrir la porte avant qu'il ne lui tende la main de nouveau. Ils se tiennent comme ça, immobiles, avant qu'il ne la mène à l'intérieur.

Blair pense à la trahison qui couve sous cette tendresse. Au mariage si enviable que Whitney a stupidement mis en danger. Et pour quoi ? Avoir encore plus d'attention ? Quelqu'un qui la baise mieux ? Elle aurait dû savoir que Whitney était dangereuse. Ça aussi, ça rappelle la trahison à Blair. Qu'elle lui ait menti si facilement. D'avoir envié cet amour si profondément.

Elle tire le rideau.

Les groupes de discussion étaient en ébullition. Les questions, encadrées de vagues condoléances, demandaient ce que Blair savait de plus. Comment Whitney tenait le coup. S'il y aurait une enquête de routine de quelque sorte que ce soit, compte tenu de la nature de l'« incident », le fait qu'un enfant soit impliqué. Comme elle l'avait espéré, il y avait un accent de soupçon dans leurs messages. Au sujet de Whitney. La progression mesurée des textos habilement construits par des vautours. Jusque-là, personne n'avait mentionné ce qui s'était passé avec Chloé, en tout cas pas devant Blair. Mais leur curiosité avide la rend nerveuse. Blair éteint son téléphone et le range pour la nuit. Elle n'est pas encore sûre de ce qu'elle va répondre ensuite.

De retour à la table de la cuisine, elle se penche pour embrasser Aiden sur la joue. Elle glisse sa main dans la longue queue-de-cheval de Chloé. Un effluve du parfum de Whitney – elle lève son poignet à son nez. Devant l'évier de la cuisine, elle fait couler l'eau chaude, fait gicler du liquide vaisselle au citron sur sa peau, et grimace sous la dureté des poils de la brosse à frotter. Elle est allée chez les Loverly cet après-midi après le départ de Jacob. Juste une dernière fois.

Quand elle est entrée dans la maison, tout a semblé différent. Froid et sans vie. Elle s'est tenue devant le plan de travail de la salle de bains et a vaporisé le parfum de Whitney une fois, puis deux. Elle a remarqué que les bagues avaient disparu du bol.

Elle a monté prudemment l'escalier jusqu'à la chambre de Xavier. Rien n'avait été touché depuis la veille – le café renversé avait séché sur le sol et la fenêtre était toujours grande ouverte, la pièce fraîche. Elle a frotté le haut de ses bras et jeté un œil au jardin, mais tout semblait comme d'habitude. Elle a aperçu Mara dans son jardin, à côté. En train d'enfoncer les mains dans ses buissons d'hortensia, comme si elle cherchait quelque chose de précis.

Le gribouillis désordonné et noir d'encre de Xavier sur le mur. Elle a passé ses doigts dessus, et puis elle a vu qu'il y avait quelque chose d'écrit dessous qu'il avait dû essayer de recouvrir. Elle a plissé les yeux, assemblant les lettres, et puis reculé, jusqu'à ce qu'elle voie ce que Xavier avait écrit.

Les mots lui ont coupé le souffle :

JE NE VEUX PLUS ÊTRE TON FILS

Chloé et Aiden commencent une partie de pendu décisive. Blair annonce qu'elle reviendra pour mettre les pâtes à cuire, et elle monte dans sa chambre. Elle est allée chez les Loverly cet après-midi chercher la conviction dont elle avait besoin. Sois reconnaissante pour la vie que tu as. Pour la petite fille qui te tient encore la main. Pour le mari qui t'a aidée à construire cette vie, avec qui tu as conçu cette précieuse fille, un mari qui désire toujours se glisser dans le lit avec toi la nuit, enrouler sa jambe autour de toi sous les couvertures. Parce que tout ça peut disparaître en un instant, si tu n'es pas attentive. Si tu baisses la garde.

Le mariage n'est pas une question d'amour ; c'est une question de choix. Et elle a choisi cette personne, et cette vie. À présent, sa soif de quelque chose qu'elle ne peut pas définir, quelque chose qu'elle ne trouvera jamais, semble pure ingratitude. Une faim égoïste. Elle ne peut plus vivre comme ça.

Elle sort le porte-clés de sa poche et le laisse tomber dans le sac de sport d'Aiden. Ce n'est rien de plus qu'une clé perdue et retrouvée. Et puis elle ouvre le tiroir de sa commode et emporte le bout d'alu émeraude dans la salle de bains. Ça lui semble pathétique maintenant, c'est un simple déchet dans sa main. Elle le laisse tomber dans les toilettes et le regarde flotter. Et puis, lentement, le triangle commence à couler, comme la voile d'un bateau chaviré. Elle pose son doigt sur la poignée de la chasse d'eau. Elle a une belle vie, une vie miraculeuse. Elle va arrêter de se convaincre du contraire.

60

Mara

Elle observe de l'autre côté de la rue l'avion en papier qu'elle a laissé dans la véranda des Loverly et se pose une fois de plus la question de comment va Xavier. S'il est toujours vivant. Dans d'autres circonstances, elle se demanderait peut-être si elle a une part de responsabilité dans toute cette histoire. Mais, mercredi soir, les ronflements d'Albert l'avaient encore empêchée de dormir et elle avait entendu le bruit dans le jardin des Loverly. Elle avait claqué sa fenêtre et dormi en bas dans le vieux lit de Marcus.

Elle était loin de se douter que ce serait la dernière nuit d'Albert.

L'été dernier, Xavier avait pris l'habitude de se joindre à elle pour jardiner. Chaque jeudi matin tôt, il passait la tête par-dessus la clôture pour demander s'il pouvait l'aider, même s'il n'aimait pas se salir les mains. Elle lui avait acheté une paire de gants de jardinage pour enfant et lui avait dit que son fils n'aimait pas trop la sensation de la terre sous ses ongles non plus. Elle n'avait jamais mentionné qu'elle avait eu un fils auparavant.

Un matin, à la fin de l'été, sans prévenir, Xavier lui en avait reparlé. Mara lui avait dit qu'il était parti depuis longtemps.

« Parti où ?

— Il est mort, avait dit Mara. En vol. »

Xavier avait eu l'air pensif, suivant du doigt les ailes du jet qu'elle lui avait donné à peine quelque mois plus tôt, celui que Marcus avait adoré. Xavier lui rappelait tellement son fils. Elle avait senti qu'il voulait en savoir davantage. Voler, comment ? Voler, où ? Mais il devait savoir qu'il ne faut pas poser trop de questions au sujet d'un garçon mort.

Elle avait commencé à trouver les avions en papier le jeudi matin suivant, la première semaine d'école, quand il ne pouvait plus venir la regarder jardiner. La journée avait été particulièrement mauvaise, son esprit occupé à se poser encore et encore la même question, la plus difficile de toutes… Et si, et si, et si. Et puis l'avion s'était posé là, juste à ses pieds quand elle avait baissé les yeux.

Après ça, elle avait fait le tour du jardin tôt chaque jeudi pour ramasser les avions en papier où qu'ils soient tombés. Parfois logés dans les branches des buissons, parfois à côté de la clôture du fond ou éparpillés sur l'herbe, leurs nez pliés ou le papier ramolli par la rosée. Elle n'en avait jamais parlé à Albert, de peur qu'il ne dise quelque chose aux Loverly.

Un jour, elle avait demandé à Xavier si c'était lui qui envoyait les avions. Il avait d'abord paru inquiet, sachant que ce serait fini s'il se faisait prendre debout tard, avec cette fenêtre ouverte, à lancer des avions dans le jardin du vieux couple.

Il avait juré que ça ne venait pas de lui, qu'il n'avait aucune idée de ce dont elle parlait. Elle avait marmonné, *Oh, alors peu importe.* Et puis elle l'avait vu réprimer un sourire de satisfaction. Peut-être qu'il voulait qu'elle croie, l'espace d'un merveilleux moment ridicule, qu'ils venaient du paradis.

Elle sourit en y repensant.

Il y a longtemps qu'elle n'a pas bu un verre digne de ce nom. Elle en sort un du placard et la bouteille de rhum du buffet dans le salon, et elle se dirige vers le sous-sol.

Ces avions en papier vont lui manquer.

61
Whitney

Jacob éteint le moteur dans leur allée et ils restent assis dans la voiture.

C'est lui qui l'a convaincue de quitter l'hôpital, il a insisté. Il était soulagé, elle le sait, que le Dr Menlo lui ait ordonné de quitter la chambre pour la première fois en deux jours. Ils veulent qu'elle prenne une douche. Qu'elle dorme et qu'elle mange. Qu'elle voie les dernières lueurs du jour dans le ciel. Elle est complètement épuisée.

Peut-être qu'ils pensent qu'elle n'est plus utile à l'hôpital.

Peut-être que le docteur sait quelque chose.

Elle ne voulait pas partir, mais c'était plus prudent d'acquiescer, de quitter l'hôpital où Rebecca pouvait changer d'avis à tout instant. Ou Ben revenir à sa recherche. Elle était restée en apnée pratiquement tout le temps que Rebecca avait passé seule dans la pièce avec Jacob. Elle s'était laissée glisser le long du mur du couloir et s'était assise sur le sol en résine froid, à regarder des pieds défiler devant elle. À anticiper la fin.

Elle ignore pourquoi Rebecca les a épargnés.

Elle doute que Blair n'en fasse autant.

Blair, vertueuse, immaculée. Une personne que Whitney aspirait à être – le genre de mère qu'elle pourrait apprendre à imiter. Elle aurait dû se douter que cette tentative était vaine. Malgré les meilleures intentions de Blair, personne ne lui a davantage donné la sensation d'être une mère indigne. Personne ne la jugerait plus durement si elle savait la vérité au sujet de mercredi soir. Elle osait à peine respirer quand Blair était dans la chambre d'hôpital à côté d'elle. Sa simple présence ensevelissait Whitney sous une montagne de culpabilité.

Je vais m'en occuper, putain, avait sifflé Whitney à Ben quand Blair les avait surpris ensemble. *Calme-toi et pars avant que Jacob ne revienne.* Mais elle ne savait pas du tout comment elle allait gérer ça. La honte la paralysait. Elle avait perdu Blair à jamais, elle l'avait su immédiatement. Elle perdait tout le monde. Un par un. Elle avait besoin de réfléchir.

Elle ne parvenait pas à comprendre comment Blair avait eu la clé. Et ce qu'elle pouvait savoir d'autre.

Un mois plus tôt, Whitney venait d'arriver dans son allée au moment où une Honda rouge s'arrêtait devant la maison de Blair. Elle avait remarqué dans le rétroviseur la façon dont la voiture avait pilé, comme si le conducteur s'était garé avant de lever le pied de la pédale. Une femme blonde en jean skinny et crop-top – elle avait peut-être trente ans, Whitney n'était pas sûre – était sortie et avait claqué la porte. La femme était restée debout devant la maison de Blair. Whitney l'avait regardée avec un mauvais pressentiment. Quelque chose n'allait pas. Elle ne ressemblait pas à quelqu'un que Blair pourrait connaître.

Whitney était sortie rapidement de sa voiture pour aller vers la femme tandis qu'elle s'approchait de la maison de Blair. Elle l'avait appelée de la voix la plus basse possible pour que Blair ne l'entende pas de l'intérieur.

« Hé ! Hé ! Est-ce que je peux vous aider ? » La femme s'était retournée et Whitney avait vu qu'elle avait l'air tendue. Comme si elle s'apprêtait à faire quelque chose qui l'effrayait. Whitney s'était rapprochée d'elle. Elle voyait que le blanc de ses yeux était rose, que ses joues étaient trop rouges. « J'ai dit : Est-ce que je peux vous aider ?

— Je suis venue rendre quelque chose au trou du cul qui habite ici. »

Whitney avait compris immédiatement. « Vous parlez d'Aiden ? »

La femme avait serré les mâchoires. Elle réfléchissait. Elle réfléchissait à ce qu'elle pouvait dire, jusqu'où aller, et les muscles de ses bras paraissaient tendus. Elle était crispée et en sueur. Elle avait fouillé dans son sac et sorti une paire de lunettes de soleil, puis continuer à chercher, et Whitney avait immédiatement reconnu la monture. Leur forme carrée, la moucheture couleur pêche dans le motif écaille de tortue. C'était la femme du barbecue de septembre. La petite amie du copain d'université de Jacob.

Elle s'était soudain rappelée avoir entendu cette femme et Aiden parler pendant que Blair était à l'intérieur en train de ranger. L'indécence avec laquelle Aiden avait flirté, la façon dont cette femme s'était accrochée à son bras un peu trop longtemps. Elle l'avait entendu lui dire dans quel immeuble de bureau il travaillait en ville. Qu'il sortait souvent boire un verre après le travail dans le pub qui se trouvait en bas de la tour. Whitney n'avait pas aimé ça. Elle avait failli en parler à Blair à la fin de la soirée, dans la cuisine, tandis qu'elle partait avec Aiden et Chloé. *Je ne veux pas te blesser, je ne veux pas te causer d'ennui. Mais si j'étais toi, je voudrais savoir.*

Puis finalement elle n'avait rien dit. Parce que c'était Blair. Et que Blair ne voudrait pas savoir. Cet après-midi-là, Whitney s'était rappelée à quel point l'amitié de Blair était essentielle à sa vie. Elle ne pouvait pas mettre en danger leur relation, pas pour déposer dans les mains de Blair une bombe qu'elle n'avait jamais demandée.

La femme avait tiré une petite pochette de satin rose de son sac, et en avait sorti une clé portant les initiales d'Aiden sur l'étiquette. Whitney avait jeté un regard à la fenêtre de Blair pour s'assurer qu'elle n'était pas en train de regarder à travers les rideaux. Elle ne voyait la voiture d'Aiden nulle part. Elle avait besoin que cette femme parte avant que Blair ne les remarque et ouvre sa porte.

« Donnez-moi ça. Je la rendrai pour vous », avait dit Whitney. La femme fixait la paume de Whitney. « La clé. Donnez-la-moi maintenant. Et puis partez. »

La femme paraissait stupéfaite. Et puis elle avait regardé la maison de nouveau. Elle avait glissé la clé dans la pochette. Whitney percevait sur son visage le déroulement de ce qu'elle avait imaginé en venant ici, le fantasme de revanche qu'elle s'était inventé pendant des semaines. La fade épouse ouvrant la porte, sa gentillesse laissant rapidement place à la peur.

« Vous ne voulez pas faire ça. Croyez-moi. Je m'assurerai que vous le regrettiez. » La femme avait scruté sa main pendant ce qui avait paru une minute entière à Whitney. Et puis elle avait laissé tomber la pochette et la clé dans la paume de Whitney. Elle avait pincé les lèvres. Elle avait sans doute voulu la reprendre immédiatement, mais elle était déjà dans la poche de Whitney. « Partez. Et ne refoutez jamais les pieds ici. »

Tandis que la femme battait en retraite, Whitney

avait vu Mara dans sa véranda, suivre la voiture des yeux dans la rue. Elles avaient échangé un regard, et puis Whitney était rentrée chez elle, le cœur battant à tout rompre. Elle avait senti l'odeur du curry aux lentilles de Louisa, entendu les cris des trois enfants qui jouaient à cache-cache avec elle en haut. Elle avait marché droit vers la cuisinière et soulevé le couvercle pour voir ce qui restait dans la casserole : ils avaient tous déjà dîné. Elle avait remué sa cuillère dans les restes, en se convainquant qu'elle avait fait ce qu'il fallait. Est-ce que Blair soupçonnait quelque chose ? Est-ce que tout ça la détruisait silencieusement ? Elle avait envie d'aller la voir maintenant pour la serrer dans ses bras. Whitney ne voulait pas savoir tout ça, mais c'était trop tard, et son amie serait humiliée si elle comprenait qu'elle était au courant. Blair voudrait gérer ça en privé si elle le découvrait un jour. Alors Whitney ne dirait rien. Comme au barbecue en septembre, elle lui accorderait la dignité de prétendre que ça n'avait jamais eu lieu.

Et puis, il y avait la circonstance aggravante. L'hypocrisie à être tellement désolée pour sa meilleure amie, et tellement dégoûtée par Aiden.

Elle avait continué à remuer le curry en réfléchissant.

Elle avait entendu les pas de Jacob descendre les marches. Et puis elle avait senti ses lèvres.

« Dis, je peux te poser une question ? La petite

amie de Jamie, celle qui est venue au barbecue. Il la voit toujours ?

— Ils ont rompu il y a quelque temps. Elle n'était pas faite pour le couple, apparemment. » Il s'était écarté d'elle. Il avait ouvert le frigo, avait pris une bouteille d'eau pétillante. « Pourquoi tu me poses la question ?

— Comme ça. J'ai l'impression de l'avoir vue l'autre jour dans l'ascenseur au bureau. »

Il avait hoché la tête. Mais il était silencieux.

« Je crois qu'elle a une Honda rouge, avait insisté Whitney. Tu l'as déjà croisée dans le coin ? »

Il avait levé les sourcils. Haussé les épaules. Secoué la tête. Il aurait pu dire : Comment est-ce que tu sais ce qu'elle a comme voiture ? Qu'est-ce qu'elle ferait par ici ? Mais il s'était retourné pour quitter la pièce, et elle avait su qu'il ne lui disait pas tout. Peut-être qu'il savait pour Aiden, lui aussi. Pourtant elle n'avait rien ajouté ; elle était déjà allée trop loin. Elle ne voulait surtout pas que ces mots – une liaison – flottent dans les airs.

Elle savait que les shrapnels étaient partout autour d'eux, comme une menace souterraine dans leurs foyers, lovée entre eux quand ils dormaient. Et que leurs débris accablants – leur sifflement quand ils approchent, leur poids quand ils frappent – étaient les plus traîtres. Les plus gênants. La vie pouvait exploser à n'importe quel moment.

Non, elle n'en parlerait pas, ni à Jacob, ni à Blair. Tant de choses étaient échangées dans ce qui n'était pas dit. Dans ce qui était protégé.

C'était comme ça qu'elle y pensait à l'époque. Elle pouvait porter tout ça à l'intérieur d'elle, compartimenté comme le dîner servi à ses jeunes enfants difficiles, les aliments rangés par cases dans leur assiette, sans jamais être en contact.

62

Rebecca

Ben est la première personne qu'elle voit quand elle passe les portes des urgences de l'autre côté de la rue de l'hôpital pour enfants. Il se lève de la chaise dans la salle d'attente. Elle voit son incertitude, ses sourcils qui se soulèvent, le mouvement de sa mâchoire qui cherche à le faire paraître innocent. Comme s'il n'avait rien à se reprocher d'autre que de l'avoir laissée seule dans la cuisine alors qu'il aurait dû rester auprès d'elle. Alors qu'il aurait dû mettre ses mains sur la bosse de leur bébé et dire quelque chose sur le fait de les vouloir tous les deux.

Elle le dépasse sans un regard pour aller jusqu'au bureau d'enregistrement et cherche ses papiers dans son sac. Quand ils en ont fini avec elle derrière la fenêtre de plexiglas – *Une fausse couche. Oui, je suis sûre. Non, je ne suis pas encore à vingt semaines. Pas d'allergies* –, elle s'étend sur la première rangée de sièges libre. Elle ne parvient plus à garder les yeux ouverts. Elle respire à travers la vague de douleur, puis siffle entre ses dents. Elle ressent un bref soulagement, mais elle sait que ça va passer, la pression commence à se manifester entre ses jambes, et il y a un signe rouge occupé sur la porte des toilettes à trois mètres.

« Mara m'a dit que tu serais là. » Elle sent son poids sur le coussin du siège à côté d'elle. Elle sent sa main sur sa cheville. « Je n'aurais pas dû partir comme ça. Je suis tellement désolé. »

La douleur est de retour très vite. Elle s'étire et enfle longuement avant de retomber.

« Je suis parti parce que j'avais peur, et j'étais choqué. Mais à la seconde où tu me l'as dit, j'ai su que je voulais ce bébé, moi aussi. »

Elle ne peut que glousser. Pur délire. Elle gigote, essaie de trouver un soulagement en changeant de position. C'est comme bercer un bébé en pleurs, ce bébé, dans quatre mois. Elle garde les yeux fermés. Elle écoute, tendant l'oreille vers la porte des toilettes. Plus bas, elle a la sensation de s'ouvrir. Elle sait qu'elle devrait marcher jusqu'au triage, dire à l'infirmière qu'elle a besoin d'un lit, mais ça n'a pas d'importance à cet instant, elle se fiche de devoir s'agenouiller sur le sol de la salle d'attente pendant que les sept personnes présentes se détournent, évitent du regard ce qui surgira d'elle.

Il y avait une question dans le formulaire de la

Clinique de fertilité qu'ils avaient chacun dû remplir l'année dernière. Pourquoi est-ce important pour vous d'avoir des enfants biologiques ? Il s'était tourné vers elle. *Qu'est-ce que tu as répondu à celle-là ?* Elle avait haussé les épaules, elle fixait elle aussi la question sans la comprendre, en se disant que ce n'était pas très juste de leur demander d'expliciter ça quand des millions d'autres parents n'avaient pas à le faire. Pour voir comment les traits de leurs visages se mêleraient ? Parce que c'est une chose naturelle que les humains en âge de se reproduire sont censés désirer ? Ils n'avaient jamais cherché à savoir *pourquoi* ils voulaient un bébé, ils avaient seulement parlé de le vouloir ou non. En signe de protestation, Ben avait barré la case prévue pour la réponse. Elle avait regardé son papier et fait pareil sur le sien.

Elle ne veut pas l'écouter lui expliquer pourquoi il a une liaison. Elle sait qu'elle le rend claustrophobe. Qu'il s'est tranquillement dissocié de l'avenir qu'ils avaient ensemble, point par point, qu'il a battu en retraite, malgré tous ses efforts pour la convaincre du contraire. Qu'il est resté éveillé la nuit à s'apitoyer sur lui-même, comme un enfant irascible qui ne peut pas avoir ce qu'il veut. La seule chose qu'il pensait mériter de droit. Et même si Whitney ne lui donnerait pas cette chose, il ne fait aucun doute pour Rebecca qu'être avec elle lui rendait son destin sans enfant plus facile à vivre. Rebecca tirait sa vie vers le bas ;

Whitney rétablissait l'équilibre. Elle rendait la vie avec Rebecca supportable.

Ou peut-être que c'était juste animal. Une attirance pour une femme pourvue d'organes reproductifs en état de fonctionnement. Une mère qu'il peut baiser.

Ses gémissements augmentent. La douleur monte sans pitié, gagnant chaque centimètre carré de son dos. Elle sent des mains sur elle maintenant, et ce ne sont pas celles de Ben. Un tensiomètre a été fixé sur son bras. La lourdeur entre ses jambes est presque menaçante, comme un sac en papier imbibé prêt à se déchirer, et elle sait ce qui vient après.

« C'est fini pour moi, murmure-t-elle à Ben. Je ne le ferai plus. »

Il s'agenouille à sa hauteur et lui prend la main, presse son front contre le sien.

« On n'est pas obligés d'abandonner l'idée d'un bébé, lui dit-il doucement. On n'a pas à perdre espoir. J'avais tort. On va surmonter ça, on pourra retourner à la Clinique de…

— Je veux dire que j'en ai fini *avec toi*. Je ne ferai plus ça *avec toi*. »

Il est confus. Il regarde l'infirmière qui revient avec une bouillotte. Elle informe Rebecca qu'un lit va se libérer dans quelques minutes.

« Tu es bouleversée et en colère, on va juste…

— Tu as commencé à la baiser en novembre, lance-t-elle. Quand tu m'as dit que tu ne voulais plus qu'on essaie d'avoir un bébé. C'est ça qui avait changé, pas vrai ? »

Ben se renfonce dans son siège. Ses yeux se posent sur son ventre. « Tu ne comprends pas à quel point je t'aime, à quel point je veux…

— Rentre à la maison et prends tes affaires. Laisse-moi la voiture et ton double des clés. »

Elle serre de nouveau les paupières. Il reste silencieux. Elle se laisse glisser du banc, se stabilise à quatre pattes. L'infirmière frotte entre ses épaules. Elle dit qu'elle va marcher avec elle, qu'ils vont installer l'intraveineuse immédiatement. Venez. Elle l'aide à se tenir debout et la guide à travers le couloir de lits.

Et alors Rebecca commence à sentir ce qu'elle attend. Un grondement de force. Comme si elle pouvait atteindre l'intérieur d'elle-même et porter le bébé endormi à l'extérieur dans la paume chaude et sûre de sa main. Comme si elle était enfin une mère.

63

Whitney

Jacob la prend par la main pour la mener à la porte d'entrée. Il se penche pour ramasser quelque chose.

C'est un avion en papier fait dans une feuille quadrillée jaune. Quelque chose est écrit en attaché entre le pli au milieu.

Il te plaît ? Pas mal pour une vieille dame.
Je t'attendrai.
Ta Mara

Whitney se tourne vers la maison de Mara, s'attendant à la voir avec Albert comme tous les soirs. Mais il n'y a personne. Et toutes les lumières sont éteintes.

Elle va dans l'entrée et regarde dans la cuisine, dans le jardin. Le vide de la maison est frappant.

Elle se rapproche des fenêtres à l'arrière et voit l'herbe.

La scène se rejoue dans son esprit.

Le claquement de sa tête.

Elle veut repartir en courant vers la voiture, jusqu'au siège conducteur, prendre sur Harlow Street, à travers la ville, jusqu'à lui. Brûler tous les feux rouges. Monter les marches quatre à quatre jusqu'à sa chambre, si vite que ses cuisses prendront feu.

Jacob la mène jusqu'à l'escalier et l'aide à s'asseoir sur la première marche. Il dépose une à une leurs affaires sur le plan de travail de la cuisine, le sac en toile, sa montre, ses clés. L'avion en papier. Ses gestes sont mesurés, méthodiques. Il vide ses poches.

« Oh. C'est vrai. J'ai oublié que j'avais apporté ça pour toi. À l'hôpital. » Il ouvre la main. Ses bagues. Elle les regarde fixement. « Tu ne les portais pas mercredi soir. »

Ce n'est pas une question. Il ne lui demande pas d'explication. Son cœur tambourine. Il leur sert chacun un verre d'eau, très lentement. Il lui tend le sien et ils voient tous les deux sa main trembler quand elle l'attrape.

« Écoute, dit Jacob. J'ai réfléchi. Ce que m'a dit Louisa au téléphone hier. À quel point Xavi était bouleversé mercredi que Chloé le traite comme de la merde à l'école. Je t'en ai parlé cet après-midi ? »

Whitney se rappelle, même si elle ne le montre pas. *Est-ce que c'est à propos de Chloé ?* lui avait demandé Blair à l'hôpital. Et bien sûr que ça l'était, d'une certaine façon ; Chloé, la fille idéale de la mère parfaite. L'étalon auquel aucun d'eux ne pouvait se mesurer.

« Je pense qu'on devrait dire quelque chose aux travailleurs sociaux, continue-t-il. Et à qui que ce soit qui pose la question. Qu'il en bavait avec les autres à l'école, et que sa meilleure amie au monde lui a dit qu'il devrait se tuer. Devant tout le monde. »

Whitney respire profondément par le nez. Se tuer. Pourquoi lui dit-il ces mots à voix haute ? Elle pense à ce que Xavier a écrit dans sa chambre. JE NE VEUX PLUS ÊTRE TON FILS. Aux choses qu'elle lui a dites. Dont elle l'a menacé.

« Jacob. Est-ce que tu es monté dans sa chambre ? Depuis que c'est arrivé ?

— Je ne peux pas y aller. »

Elle le regarde remplir son verre d'eau, un mince filet, presque une goutte, comme si chacun de leurs mouvements devait être prudent. Tout ce qu'ils disent.

« Pourquoi tu ne m'as pas demandé, Jacob ?

— Demandé quoi ?

— CE QUI S'EST PASSÉ, BORDEL ! » Son verre tournoie jusqu'au sol et la flaque d'eau grandit entre eux. Elle se lève, secouant la tête, son visage déformé par les pleurs. « Tu n'as pas demandé parce que tu n'es pas sûr que je n'aie rien à voir avec ça. Tu ne crois pas que je sois incapable de le frapper, même si tu voudrais désespérément le penser. La vérité te terrifie, elle t'a toujours terrifié. Alors qu'est-ce qui nous reste ? Un accident improbable au milieu de la nuit auquel personne d'autre ne croira ? Un suicide dont on veut faire porter la responsabilité à une petite fille, dont la mère est une foutue martyre ? Les autres femmes ne m'aiment pas suffisamment, Jacob, elles ne pensent pas que je mérite d'être protégée. J'ai été trop égoïste. J'ai raté trop de choses. Je les ai laissées m'entendre lui hurler dessus ! » Elle reprend sa respiration, la honte de cet après-midi de septembre la submerge de nouveau. Elle essuie son nez du dos de sa main. « Je ne suis pas comme elles. Tu ne comprends pas ça ? »

Jacob a les mains sur les hanches. Il ne quitte pas des yeux l'eau qui serpente jusqu'à ses pieds.

« Est-ce que tu m'observais dans sa chambre d'hôpital plus tôt aujourd'hui ? Est-ce que tu me testais ? »

Il fronce les sourcils. Il secoue la tête. « De quoi tu parles ? »

Ils se dévisagent. Ils se défient. Avec quoi sont-ils prêts à vivre l'un et l'autre ?

C'est lui qui détourne le regard en premier.

Elle sait que la discussion est close, parce que l'alternative, savoir la vérité sur ce qu'elle a fait, et ce qu'il pense vraiment d'elle, est trop douloureuse pour eux deux.

« Je vais te faire couler un bain », dit-il.

Elle attend qu'il soit en haut de l'escalier pour s'allonger sur la dernière marche.

Elle peut les éloigner de cette maison, de cette rue, de cette ville, pour tout recommencer de zéro. Elle prendra un congé de sa société, se retirera quelque temps. Elle trouvera une façon de vivre avec elle-même après ce qu'elle leur a fait à tous. Ce qu'elle a presque détruit.

Mais Jacob a raison. Il lui faut un plan. Parce que si Xavier se réveille, il se rappellera sans doute ce qui s'est passé mercredi soir. Et elle ne peut pas les perdre. Elle ne peut pas laisser cette vie exploser.

Elle sanglote dans ses mains. Elle n'aurait pas dû quitter le chevet de Xavier. Elle aurait dû se battre pour rester à ses côtés. Et si, à ce moment précis, il sent qu'elle est partie ? S'il ouvre les yeux et qu'il est seul ? Elle a besoin qu'il la voie là. Elle imagine le cercle de visages étrangers penchés au-dessus de lui, ses petites mains arrachant le cathéter de son pénis, tirant sur la bande adhésive, sur l'intraveineuse dans son bras. Les infirmières se précipitant pour le maîtriser. Elle ressent le chaos dans la pièce comme si elle y était, c'est viscéral.

Elle entend Jacob couper le robinet à l'étage, et elle essuie son nez sur sa manche. Elle va prendre un bain rapide et se changer. Et puis elle partira retrouver Xavier. Elle sent une légère nausée, et elle pense à son estomac vide, son besoin de se priver tant qu'elle se tenait à son chevet. Mais la nausée revient et elle est plus forte cette fois.

Ça lui rappelle quelque chose : ses grossesses. Elle glisse son pouce sous sa chemise pour toucher son mamelon gauche à côté de son cœur galopant, et c'est seulement là qu'elle constate la sensibilité reconnaissable entre toutes. Le temps n'a plus aucun sens pour elle, alors c'est inutile de compter les semaines, les mois qui sont passés depuis qu'elle a saigné. Les fois où elle les a laissés, chacun d'eux, venir en elle. Elle sait. Et elle est paralysée.

Alors qu'elle essaie de faire face à ce qu'elle a laissé se produire, elle comprend que le téléphone de Jacob est en train de vibrer sur le sol. La sonnerie s'arrête. L'hôpital, ça aurait pu être l'hôpital. Ils ont dit qu'ils appelleraient s'il y avait quoi que ce soit d'urgent. Et puis leur ligne fixe sonne dans la cuisine, et le bruit la déroute, il est presque impossible à reconnaître. Personne ne les appelle jamais sur cette ligne. Ses jambes peuvent à peine la porter jusqu'au combiné, mais elle finit par l'atteindre, et elle décroche.

C'est le Dr Menlo.

Elle entend Jacob descendre l'escalier quatre à quatre. Elle lui tourne le dos, elle se précipite de la cuisine au jardin, agrippant le combiné pour qu'il ne puisse pas le lui prendre, pour qu'elle soit la seule à entendre les mots.

« Est-ce qu'il est mort ? Il ne peut pas être mort, j'ai besoin de lui ! Dites-moi ce qui se passe ! »

Jacob lui dit d'arrêter. De se taire. Il essaie de lui

prendre le téléphone des mains, mais elle le repousse aussi fort qu'elle peut, elle presse le téléphone contre son oreille.

Elle tombe dans l'herbe.

Xavier est réveillé. Et il appelle sa mère en pleurant.

MERCREDI,
LA NUIT DE LA CHUTE

Elle pose violemment son café sur sa table de chevet, les yeux rivés sur le mur. La lumière du couloir lui permet tout juste de déchiffrer ce qu'il a écrit.

JE NE VEUX PLUS ÊTRE TON FILS

Les mots lui serrent le cœur. Ses yeux se remplissent de larmes trop vite pour qu'elle puisse les retenir. Elle sent Xavier qui l'observe, elle sent sa peur. Il attend qu'elle explose. Elle aussi.

Mais pour une fois, elle ne ressent pas de colère. Elle se sent faible. Et vide.

Il y a dix ans que ses besoins et ses attentes épuisent Whitney. Et maintenant il a compris ce qu'elle a toujours su, c'est écrit là sur le mur : elle ne sera jamais assez pour lui.

« Donne-moi ton porte-monnaie », dit-elle.

Il reste immobile. Elle arrache le tiroir dans lequel il garde son petit porte-monnaie en canevas contenant le peu d'argent qu'il a économisé de ses anniversaires et de la petite souris. Elle le trouve sous ses chaussettes et le lui jette sur le lit. « Tu vas payer pour faire repeindre ce mur. »

Xavier repousse lentement les couvertures et s'assied. Il sort les billets et les pièces. Whitney tend sa paume ouverte. Mais il la regarde dans les yeux ; il cherche la flamme. Il attend que l'allumette craque. Il jette l'argent à ses pieds. Il se rallonge.

« Tu ne veux pas être mon fils ? » dit-elle, et elle marque une pause. Elle se teste elle-même. « Alors je pars. Et je ne reviendrai jamais. Tu n'as plus de mère. »

Elle retient sa respiration, les mots résonnant dans ses oreilles. Elle ne s'attendait pas à ce que le menton de Xavier tremble comme il le fait. Il se tourne pour faire face à la fenêtre. Elle ramasse l'argent sur le sol et quitte sa chambre.

Son cœur bat à tout rompre. Elle s'adosse à la porte fermée. Je pars. Je pars. C'est la première fois qu'elle dit quelque chose comme ça. Qu'elle admet que c'est une possibilité. Qu'elle a le choix.

Mais la seule différence entre elle et une mère qui part, s'il y en a une, c'est que Whitney sait déjà qu'il n'y a aucun soulagement dans le fait de partir. Pas si son fils est en vie, à exister sans elle. Il sera toujours tapi dans ses pensées, il s'immiscera dans ses rêves, charriant un flot de honte ininterrompu. Au lieu de quoi, elle a appris à être absente même quand elle est là. Elle a la capacité de voir à travers ses enfants comme s'ils étaient transparents, regarder leurs lèvres bouger tandis qu'elle hoche la tête, elle est capable d'être ailleurs et pourtant là. Elle est une illusion. Mais elle n'est jamais partie.

Elle devrait lui dire qu'elle ne pensait pas ce qu'elle a dit, elle devrait revenir dans la pièce pour le réconforter avant qu'il ne s'endorme. Elle est fatiguée d'échouer à ses yeux. La partie la plus cruelle de la maternité, c'est que c'est elle qui l'a fait comme il est, chaque détail frustrant. Elle est la source de tout ce qui le trouble, la raison pour laquelle il se sent seul même quand elle est là. Elle presse ses mains sur ses joues. Elle ne veut pas pleurer.

Mais il y a un coup lourd contre la porte et puis une explosion sur le parquet. L'odeur du café lui monte aux narines, et elle sent l'humidité sur ses talons. Et ça suffit à réveiller sa colère.

Une heure et demie plus tard, elle se réveille avec les pages de sa présentation sur la poitrine – elle n'avait pas prévu de s'endormir. Elle a le sentiment de quelque chose d'étrange, comme une électricité en elle, venue de son rêve. À quoi a-t-elle pensé, en une sieste si courte ? Dans des fragments qu'elle ne parvient pas à resituer dans le temps ni dans l'espace, elle le tire par les cheveux à travers l'herbe. Il crie, il la supplie d'arrêter, mais elle est tellement absorbée par la montée, par la pulsion sexuelle qu'elle ressent – est-ce qu'elle avait essayé de se toucher dans son sommeil ? Est-ce que ça avait semblé réel à ce point ? –, qu'elle ne peut pas le lâcher.

Elle passe sa main sur ses yeux en souhaitant que tout ça disparaisse. La dispute avec Xavier. L'horrible rêve. Elle fixe l'heure qui rayonne sur son téléphone. Il est 22 h 45.

Toujours pas de réponse de Jacob de Londres. Il a pourtant lu ses six messages.

Son silence la met mal à l'aise.

Elle aurait dû annuler. Par sécurité. Elle pourrait encore.

Mais elle prend une douche.

Après, elle enfile un peignoir en soie bleu marine qui descend juste au-dessous de ses genoux. Elle écoute à la porte des chambres des enfants pour s'assurer qu'ils sont tous endormis.

Elle se sert moins d'un demi-verre de vin.

À l'extérieur dans le jardin, tout est encore humide, et elle pose des coussins secs sur les meubles du patio. Elle fait défiler les gros titres sur son téléphone et s'apprête à boire une première gorgée de vin, quand elle sent des mains sur ses épaules.

Son souffle dans son cou. Il descend sa main jusqu'à

son sein, et il tapote son mamelon avec son pouce. Elle aime quand il ne veut pas parler d'abord, quand il arrive prêt pour elle. Elle repose sa tête sur la chaise et elle ne veut pas l'interrompre, mais ils doivent aller dans l'abri. C'est toujours là qu'ils le font, Whitney courbée en deux avec ses coudes sur le plan de travail métallique après avoir balayé d'un geste les seaux en plastique et les camions bennes miniatures. Elle lui souffle, allons dans notre endroit, mais il l'oblige à rester assise, il lui dit qu'il veut la baiser dehors ce soir. Sur le fauteuil d'extérieur hors de prix avec ses larges accoudoirs.

« Quelqu'un pourrait nous voir », lui chuchote-t-elle. Et en disant les mots, elle devient plus humide, et elle sent son doigt glisser en elle.

Elle se cambre, elle veut qu'il aille plus profond. Elle fait glisser le peignoir. Elle veut être sur lui maintenant. Elle fait passer son sweat-shirt sur sa tête, se débarrasse de son pantalon. Elle s'assied sur sa queue, dos à lui, et il parcourt son corps pour sentir tout ce qu'il veut toucher. Les nuages se déplacent rapidement et la lumière de la lune revient, et elle veut qu'il la voie. Elle lui ordonne de s'agenouiller devant elle. Elle aime se sentir exposée, offerte. Elle se perd dans ce qui suit, elle disparaît à l'intérieur d'elle-même.

Elle n'a pas conscience du bruit qu'elle fait jusqu'à ce qu'il pose une main sur sa bouche, l'écho de son plaisir coupé comme un fil. Elle sent son propre goût sur sa paume calleuse. Il tire sa tête en arrière et la lune semble brillante sur ses paupières.

« Maman, arrête ! »

Ses yeux s'ouvrent d'un coup.

Et elle voit Xavier à la fenêtre de sa chambre au-dessus d'eux. Il les regarde.

Ben la repousse et se détourne de la maison. Whitney se jette à genoux à la recherche de son peignoir. Le vin se renverse, le verre tournoie sur le béton.

« Qu'est-ce qu'on fait ? Merde. » Ben se débat avec sa ceinture.

« Tais-toi », siffle Whitney. Elle attache son peignoir. Elle ne peut pas lever les yeux. Elle sent la présence de Xavier qui n'a pas bougé de la fenêtre ouverte. « Il faut que tu partes tout de suite. »

Elle sort du champ de vision de Xavier, s'appuie contre la porte en verre de la cuisine, essaie d'inspirer plus profondément. Il va le dire à Jacob, il va le dire à tout le monde. Leurs vies vont s'effondrer à cause de ça. Putain, pourquoi est-ce qu'il était réveillé ?

« Maman ! »

Elle veut lui hurler de se taire.

« BEN ? » appelle-t-il. Il les cherche. Elle voit son ombre s'allonger, il se penche par la fenêtre.

Elle serre fort ses paupières. Elle pense à sa façon de se cambrer pour que Ben la voie dans la lumière de la lune. À l'avidité avec laquelle elle l'a léché, puis a étalé son sperme sur elle comme de la peinture à doigt, aux mots obscènes qu'elle a prononcés. Depuis combien de temps Xavier pouvait être en train de regarder.

« MAMAN ! »

Il a l'air en colère maintenant, ou paniqué, elle n'est pas sûre. Elle devrait se précipiter à l'étage pour le réconforter, le serrer dans ses bras et dire qu'elle est tellement désolée. Le convaincre que ce qu'il a vu n'est pas ce qu'il pense. Mais il saura. Ça les consumera pour le restant de leurs vies. Elle s'est battue contre la femme qu'elle était censée être depuis le jour de la naissance de Xavier, et maintenant elle comprend qu'elle n'avait aucune chance de gagner.

« MAMAN ! BEN ! »

Elle se glisse par la porte de derrière pour échapper à son regard, s'appuie sur l'îlot en marbre, et essaie de trouver un moyen de calmer sa panique, mais elle ne peut pas. Sa bouche se remplit de bile et elle se dit qu'elle va vomir. Il faut qu'elle réfléchisse à ce qu'elle va faire après. Va dire.

« MAMAN, est-ce que tu es toujours dehors ? Est-ce que tu es déjà partie ? »

Il pense qu'elle est en train de l'abandonner, comme elle a dit qu'elle le ferait. Il l'a crue. Pourquoi a-t-elle dit ça ?

Elle se tourne pour faire face à son reflet dans la porte en verre.

Et c'est là qu'elle l'entend.

Le claquement léger de son corps sur le sol.

Elle marche lentement jusqu'à la porte en verre et la fait glisser d'une main tremblante.

Il a l'air mort.

Il n'y a pas d'espace à l'intérieur d'elle pour la panique ou la peur ou aucune autre sensation. Elle s'agenouille au niveau de sa tête dans l'herbe humide et tâtonne pour voir s'il y a du sang sous son crâne. Mais il n'y a rien. Elle prend son visage dans ses mains, et soulève ses paupières avec ses pouces tremblants. *Regarde, je suis juste là*, supplie-t-elle, *reste avec moi !* Mais il ne bouge pas. Elle l'attire à elle. Elle voudrait qu'il retourne à l'intérieur de son ventre, dans le seul endroit où il ait été protégé d'elle.

L'odeur du sperme sur ses mains. Sa vulve gonflée.

L'opératrice lui explique ce qu'elle doit faire, Whitney met le téléphone sur haut-parleur pour accomplir les gestes. Elle trouve de l'air pour remplir ses propres poumons, et puis elle souffle cet air dans les siens. L'adrénaline l'aide à rester concentrée, à faire exactement ce qu'il faut, mais elle sait que cette manne de temps insensée est éphémère. C'est une course, et elle aura une fin. Elle écoute attentivement la femme à l'autre bout du téléphone, elle veut faire tout exactement comme elle le dit. La femme lui dit qu'elle s'en sort bien, qu'elle doit attendre, que les ambulanciers seront là dans quelques minutes, ils viendront directement les trouver dans le jardin.

C'est alors que Whitney remarque l'avion en papier à côté de Xavier, qui devait être dans sa main quand il est tombé. Elle se rappelle l'avoir vu plus tôt cette nuit. Dans sa chambre.

Sa chambre.

Elle monte les marches quatre à quatre, elle est dans tous ses états, elle se cogne aux murs. Dans sa chambre, elle dérape dans le café et se jette sur le feutre noir sur le sol. Elle gribouille de toutes ses forces chaque mot qu'il a écrit. Il le pensait. Elle frémit et gémit, et ses doigts sont en feu, et elle veut retourner le tenir dans ses bras sur l'herbe. La parenthèse de légèreté et de témérité qui lui a été accordée est terminée. Elle a presque fini. Elle continuera de répondre aux questions de l'opératrice, elle dira à Xavier qu'elle l'aime encore et encore et encore, elle ne le quittera plus jamais, mais d'abord elle doit couvrir ces mots.

Le sifflement des sirènes. Elle lâche le feutre. Et elle court jusqu'à lui.

Épilogue

DEUX SEMAINES PLUS TARD

« Qu'est-ce que tu fais là ? »
Ses mots l'arrêtent net sur le seuil de la chambre d'hôpital de Xavier. Le ton de Jacob paraît accusateur, mais elle se rappelle que c'est juste la paranoïa. La souffrance causée par le fait de mentir.

« Je me suis réveillée tôt et j'ai pensé que je pourrais venir prendre la relève. Pourquoi tu ne rentres pas à la maison, voir un peu les jumeaux ? » Elle baisse les yeux vers Xavier, qui est assis dans le lit, en train de jouer sur l'iPad. Il n'a pas encore parlé depuis son réveil. Ça peut arriver, a-t-on rassuré Whitney et Jacob, revenir à la normale peut prendre un peu de temps, même dans le meilleur scénario, comme le sien, quand les résultats s'avèrent bons. Ils s'agitent tous autour de lui en faisant comme si cette nouvelle norme était supportable, ils regardent d'un œil vague des films sur la télévision volumineuse fixée au mur, ils bavardent autour de lui, ils parlent de lui, de toutes les choses qu'ils feront ensemble de nouveau en famille quand il sera bientôt autorisé à quitter l'hôpital. C'est pour le bien de Xavier, bien sûr, mais Whitney aussi en a besoin – de ce réconfort. Cette promesse.

Jacob range ses quelques affaires dans son sac en toile, plie le drap, et puis utilise le téléphone de la chambre pour commander le petit déjeuner de Xavier au service de restauration. Il glisse le sac sur son épaule.

« Tu es sûre ? » demande-t-il.

Depuis qu'il s'est réveillé, Whitney a évité de se trouver seule à l'hôpital avec Xavier. Jacob reste avec lui toutes les nuits, il dort sur le banc dans la chambre de Xavier, tandis qu'elle reste éveillée dans leur lit à la maison, avec Thea et Sebastian de chaque côté d'elle. Il ne s'absente pour une pause que lorsque Louisa et les jumeaux viennent.

Plus personne ne parle de cette nuit-là – ils sont tous passés à autre chose. Les questions répétitives, les conversations à voix basse qu'elle pouvait entendre juste devant la porte.

Et elle devrait passer à autre chose elle aussi.

Mais elle ne peut pas vivre comme ça, paralysée par la peur de ce qui pourra remonter à la surface quand il commencera à parler.

Elle a besoin d'être seule avec lui.

Jacob semble hésiter à partir. Elle se tient debout,

les mains sur les hanches, elle le regarde regarder leur fils. La paranoïa revient.

« Il y a un problème ? » Elle déglutit.

Il touche le pied de Xavier sous la couverture. Et puis il s'approche d'elle lentement, il pose tendrement sa main entre ses omoplates, ses lèvres légères sur sa joue. « Pas du tout », dit-il. Elle espère qu'il ne peut pas sentir son cœur qui bat à tout rompre. « Appelle-moi si tu as besoin. Je t'aime. »

Elle fait quelques pas dans le hall et le regarde monter dans l'ascenseur. Et puis elle revient à la chambre de Xavier, retourne la pancarte accrochée à la porte sur NE PAS DÉRANGER.

Il a posé l'iPad et maintenant il regarde droit devant lui le panneau blanc sur le mur, sur lequel ils sont censés faire un suivi, noter l'heure de tous les changements cognitifs pour que l'infirmière puisse les inscrire dans son tableau. Tremblements. Bégaiements. Confusion.

Elle s'assied sur le côté du lit et lui prend la main. Elle la secoue un peu, joyeusement, en essayant de lui arracher un sourire. Elle recommence, appuie son front contre le sien. Je suis différente maintenant, voudrait-elle lui dire, je suis vraiment là. Je t'écoute vraiment. Je te vois.

« Tu peux tout me dire, tu sais. »

Elle se demande si c'est comme ça que c'est censé être, si c'est ce à côté de quoi elle est passée depuis le début. Est-ce que c'est le désir qu'elle n'a jamais connu, cette envie désespérée d'être aimée comme seul son fils peut l'aimer ? Ce besoin de l'avaler dans son âme, d'exister uniquement de la façon exacte dont il a besoin d'elle ? Je suis à toi, voudrait-elle dire. Je peux faire abstraction de la personne que j'étais avant, et toi ?

Elle recule et caresse ses joues, tellement enflées par les stéroïdes qu'il serait à peine reconnaissable aux yeux de quelqu'un d'autre. Ils appellent ça le visage de lune. La lune, la lumière de la lune. Sa nudité, illuminée par les rayons nocturnes.

« Tout, dit-elle à voix basse. Ça restera entre nous. Même si ça concerne cette nuit. Ce qui s'est passé. » Elle espère qu'il n'entend pas le tremblement dans sa voix. Elle voudrait lui inspirer de la confiance, pour une fois. Mais pourra-t-il un jour se sentir en sécurité avec elle ? Elle ne veut pas le pousser dans ses retranchements. À voix basse, elle ajoute : « Même si c'est quelque chose dont tu n'es pas sûr que ce soit vrai… quelque chose que ton cerveau aurait pu mélanger. Ça peut être juste notre secret. Tu comprends ? Je n'ai même pas besoin de leur dire que tu as parlé. Pas tant que tu n'es pas prêt. »

Elle le caresse encore. Il ne quitte pas le tableau blanc des yeux.

Et puis il hoche la tête.

« Tu peux me dire ? » Elle regarde la porte fermée,

et puis sa main qu'elle serre dans les siennes. Elle sent ses yeux parcourir son visage. Il a quelque chose à dire. Il a attendu qu'ils soient seuls. Elle le sent.

« Dis-moi. » Elle voudrait atteindre l'intérieur de lui et saisir ses mots à la main. Pouvoir les façonner jusqu'à ce qu'ils deviennent ce qu'elle a besoin qu'ils soient. « S'il te plaît. »

Il caresse ses jointures avec son pouce. Le geste est si tendre, si réciproque, et le soulagement lui met les larmes aux yeux.

« D'accord », dit-il. Elle souffle doucement au son de sa voix. Elle avait raison, il avait besoin d'être seul avec elle, seulement elle. Ils se dévisagent, et puis il inspire, il baisse les yeux vers leurs mains. Elle retient son souffle. Il mordille ses lèvres sèches. Les larmes coulent sur ses joues gonflées. Il s'essuie le nez sur le dos de son autre main.

« Qu'est-ce qui va se passer ? » demande-t-il, et il glisse son pouce sur ses jointures de nouveau, juste une fois.

Elle prend son gros visage dans ses mains, et souffre de l'aimer à ce point. De vouloir tant faire mieux. Elle secoue la tête, elle ne comprend pas ce qu'il veut dire.

« Pour toi, dit-il. Quand je vais tout leur dire. »

REMERCIEMENTS

Merci à la merveilleuse Madeleine Milburn et à l'inégalable équipe de la Madeleine Milburn Agency. Je suis reconnaissante du soutien que m'offrent Esmé Carter, Hannah Ladds, Liv Maidment, Giles Milburn, Valentina Paulmichl, Georgina Simmonds, Liane-Louise Smith et Rachel Yeoh.

Merci à Pamela Dorman, Maxine Hitchcock et Nicole Winstanley d'avoir été si patientes, attentionnées et encourageantes pendant que j'écrivais ce livre. C'est un plaisir et un privilège de travailler avec vous, et je vous suis profondément reconnaissante de votre engagement envers mon écriture.

Aux équipes éditoriales phénoménales qui ont mis au monde *Entre toutes les mères* et maintenant *Des Murmures* avec tant de soin et d'enthousiasme, merci pour tout ce que vous faites. Plus particulièrement, merci à Brian Tart, et à l'équipe de Pamela Dorman chez Books et Viking : Diandra Alvarado, LeBria Casher, Tricia Conley, Andy Dudley, Tess Espinoza, Matt Giarratano, Rebecca Marsh, Randee Marullo, Nick

Michal, Marie Michels, Lauren Monaco, Patrick Nolan, Jeramie Orton, Lindsay Prevette, Jason Ramirez, Andrea Schulz, Kate Stark, Mary Stone et Claire Vaccaro. Merci à Louise Moore et à l'équipe de Michael Josep : Clare Bowen, Jen Breslin, Riana Dixon, Helen Eka, Christina Ellicott, Laura Garrod, Sophie Marston, Kelly Mason, Sriya Varadharajan, Lauren Wakefield et Madeleine Woodfield. Et merci à Kristin Cochrane et l'équipe de Penguin Canada : Beth Cockeram, Dan French, Charidy Johnston, Beth Lockley, Bonnie Maitland, Alanna McMullen et Meredith Pal.

Merci aux Dr Lennox Huang de SickKids, Dr Kim Aikins du Starship Children's Hospital et Dr Sony Sierra de TRIO Fertility, qui ont généreusement donné de leur temps et de leur expertise pour m'aider à préciser des parties de ce roman concernant les soins médicaux et la fertilité. (Je dois cependant ajouter que j'ai pris quelques petites libertés pour les besoins de l'intrigue et des personnages, et que donc ce livre ne reflète pas toute la subtilité de leurs connaissances – toutes mes excuses !)

À mes premiers lecteurs Beth Lockley, Ashley Thomson, Robin Kotisa, Karma Brown et le Dr Kristine Laderoute pour son regard de psychologue – merci. Et Carley Fortune, Nita Pronovost et Harriet Alida Lye, merci d'être un groupe si adorable d'amis écrivains.

Ma partenaire d'écriture, Ashley Bennion Tait, a lu davantage d'exécrables brouillons de mon travail qu'aucune personne ne devrait avoir à le faire. J'ai bénéficié immensément de ses talents, comme de son amitié. Elle a publié son premier roman *Twenty-Seven Minutes*, par Ashley Tate, en janvier 2024, et j'espère que vous en achèterez un exemplaire – ce livre est aussi brillant qu'elle.

Mes précieuses amies m'ont soutenue dans mon travail d'écrivain de façon si gentille et attentionnée – je tiens à vous dire à quel point je vous aime toutes. Un remerciement spécial à ma chère Jenny Leroux, pour toutes les raisons.

Merci aux lecteurs, libraires, bibliothécaires et auteurs qui ont soutenu *Entre toutes les mères* au cours de ces dernières années, et à ceux d'entre vous qui m'ont envoyé un message, ont écrit un compte rendu, ou ont posté sur les réseaux sociaux. Ça compte beaucoup pour moi.

Ma plus grande chance dans la vie est ma famille. Merci à mes deux parents aimants et exceptionnels, Mark et Cathy Audrain, à mes sœurs, Sara et Samantha, et à Alex, Brendan et Brayden. Merci aux Fizzells et aux Aikinses pour votre amour et votre soutien. Et merci à notre nounou dévouée, Jackelyne Napilan.

Enfin, à MJF, pour tout. Et à Oscar et Waverly, qui tolèrent si patiemment ma vie d'écrivain et sont une source d'inspiration merveilleuse et infinie. Je vous aime.

DE LA MÊME AUTRICE :

Entre toutes les mères, JC Lattès, 2021.

Le Livre de Poche s'engage pour
l'environnement en réduisant
l'empreinte carbone de ses livres.
Celle de cet exemplaire est de :
150 g éq. CO_2
Rendez-vous sur
www.livredepoche-durable.fr

PAPIER CERTIFIÉ

Composition réalisée par NORD COMPO

Achevé d'imprimer en février 2025 en Espagne par
BLACKPRINT
Dépôt légal 1re publication : mars 2025
LIBRAIRIE GÉNÉRALE FRANÇAISE
21, rue du Montparnasse – 75298 Paris Cedex 06
marketing@livredepoche.com

68/3673/7